El espía de
Napoleón

HISTÓRICA

EUSEBIO GÓMEZ

El espía de Napoleón

Barcelona · México · Bogotá · Buenos Aires · Caracas
Madrid · Miami · Montevideo · Santiago de Chile

www.elespiadenapoleon.com
www.eusebiogomezlibros.com

El espía de Napoleón

Edición de junio de 2015

D. R. © 2015, Eusebio GÓMEZ
D. R. © 2015, EDICIONES B México, S. A. de C. V.
      Bradley 52, Anzures DF-11590, México

ISBN: 978-607-480-737-0

Impreso en México | *Printed in Mexico*

A mis padres:
Nora Elsa y Eusebio

Mi reconocimiento a todos aquellos
historiadores cuyo trabajo convierte el aprender
sobre Napoleón en una aventura apasionante

El hombre de genio es como un meteoro
destinado a arder para iluminar su siglo

Napoleón BONAPARTE

Soberana determinación

Estimado lector:

Dos episodios en los últimos años me llevaron a escribir este libro: Cuando, hace unos meses, Google publicó una serie de documentos históricos de suma importancia, entre los cuales figura un decreto del Rey de España, don Fernando VII, publicado en el número 19 de la *Gazeta de la Regencia de España e Indias* con fecha del 1 de mayo de 1810, en el cual, la Corona advierte a las autoridades de sus colonias en América que Napoleón Bonaparte ha enviado agentes encubiertos y espías al Nuevo Continente con el fin de desestabilizar al gobierno español en ese territorio. El documento alerta que estos espías tratarán de infiltrarse en las colonias españolas entrando por los Estados Unidos de América y la provincia de Texas. Ésto sucedió justo cuando México y el resto de las colonias latinoamericanas estaban por comenzar sus guerras de independencia de España. El segundo episodio fue cuando llegaron a mis manos unas cartas que Bonaparte le escribió a la emperatriz Josefina y, la que a continuación transcribo, fue una de las que más me conmovió e inspiró profundamente para *El espía de Napoleón*.

Para Josefina

No puedo pasar un día sin amarte, no puedo pasar una noche sin
tenerte en mis brazos. No puedo siquiera beber una taza de té sin
maldecir la gloria y la ambición que me mantienen lejos del amor
de mi vida. En medio de mi trabajo, mientras comando mis tropas,
mientras reviso los campos, sólo mi adorada está en mi corazón,
llenando mi espíritu, ocupando mis pensamientos.

Napoleón BONAPARTE

EL REY DON FERNANDO VII, y en su real nombre, el Consejo de Regencia de España e Indias; por don Eusebio de Bardaxi y Azara, mi secretario interino de Estado y del Despacho, se ha comunicado con fecha de 14 del presente mes al Decano de mi Consejo Supremo de España e Indias mi real resolución del tenor siguiente:

«Excelentísimo Señor: Noticioso el Consejo de Regencia de los reinos de España e Indias que por diferentes puntos intenta el perturbador general de Europa, Napoleón Bonaparte, enviar emisarios y espías a los dominios españoles ultramarinos (y que ha verificado ya el envío de algunos) con el depravado designio de introducir en ellos el desorden y la anarquía; ya que no alcanzan sus fuerzas a países tan remotos, y constando también a Su Majestad que la mayor parte de dichos emisarios (entre los cuales se encuentran algunos españoles desnaturalizados) se reúnen en los Estados Unidos de América desde donde, con disfraces y simulaciones, procuran penetrar furtivamente por tierra en la // provincia de Texas o se embarcan para otras posesiones españolas. Ha resuelto Su Majestad que a ningún español ni extranjero de cualquier clase o nación que sea, y bajo de ningún pretexto, se permita desembarcar en ninguno de los puertos españoles de aquellos dominios sin que presente los documentos auténticos y pasaportes dados por las autoridades legítimas residentes en los puntos de su procedencia a nombre del Rey nuestro señor don FERNANDO VII, y que acrediten de un modo indudable la legitimidad de sus personas y el objeto de su viaje; que los virreyes, gobernadores y demás autoridades militares y civiles de los referidos dominios observen y hagan observar inviolablemente el exacto cumplimiento de esta soberana determinación; y que si por alguno de aquellos accidentes, que no siempre se pueden precaver, se verificase el desembarco o introducción por tierra de alguno de los emisarios o espías franceses en aquellos países, se proceda desde luego a formarle breve y sumariamente su causa, se le imponga la pena capital y se mande ejecutar sin necesidad de consultar a Su Majestad, procediendo asimismo a la confiscación del cargamento y buque en que dicho emisario o espía hubiese sido conducido. Debiéndose ejecutar esto último con toda embarcación de cualquier nación que sea por el solo hecho de llevar a bordo personas que no tengan los correspondientes permisos dados por las autoridades legítimas y a nombre de FERNANDO VII, aun cuando los sujetos fuesen naturales de aquellos dominios. De real orden lo comunico a Vuestra Excelencia para inteligencia y noticia del Consejo, y para que // por su parte la haga circular a quien corresponda».

Publicada en mi Consejo Supremo de España e Indias la inserta, mi real resolución, acordó su cumplimiento y, en su consecuencia, mando a mis virreyes, presidentes, gobernadores, capitanes generales, intendentes y demás autoridades militares y civiles de mis dominios de las Américas, observen, cumplan, hagan observar y cumplir inviolablemente esta mi soberana determinación, que así es mi voluntad. Dada en la Real Villa de León a 25 de abril de 1810.

Yo, el Rey
Por el Consejo de Regencia
Xavier de Castaños, presidente
Por mandado de Su Majestad: Manuel (?) Gómez

Para que en los reinos de Indias e islas Filipinas se guarde y cumpla lo que por esta Real Cédula se previene.

1

El más valiente, un gigante

DENTRO DE LA TIENDA DE CAMPAÑA SE ENCONTRABA EL CAPITÁN Fernando de Montpellier, trataba de ordenar sus pensamientos, de tranquilizase. Sin embargo, algo se lo impedía, no eran los preparativos de la batalla del día siguiente ni la inminencia de la muerte que siempre está al acecho. Sentado, apoyando los brazos sobre las rodillas y cubriéndose el rostro con las manos, tenía frente a él una carta que lo había conmovido hasta las lágrimas.

Al amanecer, llegó al capitán un torbellino de noticias que lo puso a temblar, lo que requirió de toda su fuerza emocional para poder concentrarse. Mientras más fuerte y noble es un hombre, mientras más leal y buen amigo es, más capacidad tiene para luchar contra los retos de la vida, su corazón le da la fuerza, pero también se convierte en su talón de Aquiles. Y no es una bala o una espada la causa del doloroso golpe, es algo mucho más sutil, algo bello sin duda: el amor.

El día inició con los preparativos del próximo ataque contra las fuerzas españolas, que tendría lugar en las cercanías de la ciudad de Tudela. El capitán caminaba de un lado al otro, revisando los cañones, preparando los caballos y pasando lista a todos los efectivos bajo su mando. Era un reto difícil organizar una compañía de fusileros en dos días, pero Fernando era un líder extraordinario y hacía un buen equipo con el mariscal Jean Lannes, con quien había peleado hombro con hombro junto a Napoleón Bonaparte.

La experiencia del capitán y Lannes se remontaba a esos días de gloria en que un general desconocido, procedente de la isla de Córcega, junto con un puñado de intrépidos oficiales franceses, al que ambos pertenecieron, conformaron un verdadero batallón y lograron con ellos derrotar al más poderoso ejército de Europa, el del imperio de Austria. Nadie apostaba mucho por ellos, eran sólo muchachos salidos de las calles y barrios pobres de París, bajo las órdenes de un general sin mucha fama, que no tenía ni la mitad de la edad y experiencia de los grandes generales de Europa, pero estos hombres compensaban todas sus carencias con un talento militar natural y una valentía de sobra.

Los críticos de ese grupo de oficiales, aquellos que no les pronosticaban más que derrota y muerte, tuvieron que cerrar sus bocas cuando vieron cómo esos jóvenes, ante la sorpresa de todos, empezaron a cambiar el rumbo de la guerra.

A pesar de la guerra entre Francia y España, De Montpellier tenía muy buenos amigos españoles y se preocupaba por ellos, en especial por una familia que vivía en el poblado de Murchante, cerca de la ciudad de Tudela. Cuando el capitán se enteró de que Murchante quedaría atrapada justo en el centro de la batalla que se avecinaba, se preocupó muchísimo. Pensó en ir personalmente allá y poner a salvo a sus amigos, pero no podía separarse de sus tropas en aquellos momentos, estaba desesperado. Afortunadamente para él, Felipe Marmont, un amigo de siempre, casi un hermano, se ofreció a ir en su lugar y asegurarse de poner a salvo a la familia que lo había protegido por muchos años.

Fernando vio a Marmont alejarse del campamento y, aunque no era un hombre muy religioso, miró al cielo pidiéndole a Dios que todo saliera bien y que volviera pronto. Días después Marmont aún no regresaba. La angustia empezó a carcomer al capitán cuando se enteró de que los españoles habían llegado a Murchante antes de lo previsto, lo cual podría significar que Marmont había sido tomado prisionero, o peor aún, estaba muerto.

Ya era bastante la tensión generada por tener que organizar a una compañía de fusileros, ser el líder en quienes todos buscan confianza y valor, pero tener que hacerlo cuando su amigo, lo más cercano al hermano que él jamás tuvo, estaba en peligro, duplicaba el esfuerzo que el capitán tenía que hacer.

No todo era negativo para Fernando en esos momentos, incluso era bastante positivo que se le hubiera asignado estar al mando de una compañía de fusileros porque podía dirigir el ataque de sus hombres hacia la población de Murchante y utilizar esta situación para buscar a su amigo una vez que arribara a la ciudad. Fernando se encontraba en una tienda de campaña, en una junta dando instrucciones a los demás oficiales de la compañía de fusileros y trazando junto con ellos los planes de combate para dirigir a sus hombres hacia Murchante, cuando en ese momento llegó un teniente desde el cuartel del mariscal Lannes para decirle al capitán que tenía órdenes de presentarse ante el mariscal. Fernando dio por terminada la junta, encargó a sus hombres organizar el resto de los detalles y se marchó cabalgando hasta la tienda de donde el mariscal Lannes estaba organizando el ataque; mientras cabalgaba sólo pensaba una cosa: «Ojalá y no me cambien la jugada, la vida de Marmont depende de que yo haga las cosas bien». Fernando llegó al cuartel sin saber que ahí recibiría la segunda noticia del día de gran importancia para él.

Después de pasar por varias revisiones de seguridad, Fernando llegó hasta el círculo de guardias que cuidaban de la seguridad del mariscal.

—El capitán Fernando de Montpellier reportándose —dijo Fernando poniéndose en posición de firmes ante el teniente encargado de recibir a los visitantes del mariscal, quien le devolvió el saludo militar.

—Lo estábamos esperando, capitán, pase, por favor —ambos hombres caminaron hasta la fastuosa tienda del mariscal de campo Jean Lannes y el teniente se adelantó a anunciarlo.

—Capitán Fernando de Montpellier, a sus órdenes, mi general —dijo y se cuadró.

—Descanse, capitán —respondió el mariscal sin voltear a mirarlo. Luego de un rato de ver varios mapas que tenía sobre su mesa de trabajo, invitó a Fernando a sentarse. De Montpellier se sentía afortunado por haber sido asignado a las tropas del mariscal Lannes en España, y sobre todo cuando se enteró que el mismo Lannes había pedido que estuviera entre sus oficiales. Ambos había luchado en el desierto, en la nieve, con fusiles, con sables, a caballo, a pie, contra todo tipo de enemigos y sabía que probablemente no había otro general sirviendo bajo las órdenes de Napoleón Bonaparte con más valentía que Jean Lannes, brillante mariscal de Francia, duque de Montebello y príncipe de Siewierz, uno de los hombres más cercanos al emperador. «Lannes es uno de los hombres con quien puedo contar, el más valiente de todos. Su espíritu ha crecido tanto por su valor que se ha vuelto un gigante», dijo él de Bonaparte.

Cómo podía evitar hablar así Napoleón Bonaparte del general Jean Lannes si gracias a éste había evitado ser capturado y fusilado. El 14 de noviembre de 1796, en la batalla del puente de Arcole, en Italia, las tropas de Lannes se encontraban en dificultades ante los austriacos, pero el comandante, aún cuando estaba herido, arengó a sus tropas para iniciar un contra-ataque. Fue gracias a esto que Lannes logró evitar la captura de Bonaparte. Tan valiente era Lannes que, a pesar de las tres heridas que sufrió en esa batalla, siguió luchando, y dos meses después, él y sus hombres tomaron la ciudad de Imola.

Jean Lannes nació en un hogar humilde, tanto que sus padres no pudieron pagar sus estudios y recibió únicamente la educación básica. Luego se enlistó como voluntario en el ejército, pero los rangos militares de oficial estaban fuera de su alcance, ésos estaban reservados para la nobleza. Entonces llegó la revolución y Napoleón Bonaparte con ella, volviendo todo posible para quienes tuvieran el valor suficiente para conseguirlo. La valentía de Lannes fue tan legendaria que el emperador Bonaparte lo nombró mariscal de Francia, duque de Montebello y príncipe de Siewerz.

—Capitán De Montpellier, lo mandé llamar por varias razones. ¿Se imagina usted cuáles? —al escuchar estas palabras, Fernando no sabía la sorpresa que se llevaría.

«¡Maldición!», pensó Fernando, si el mariscal le preguntaba eso era porque estaba al tanto de la situación de Marmont y sospechaba que se arriesgaría hasta cualquier extremo con tal de rescatarlo.

—Mi general, si pudiera usted explicarme las razones, se lo agradecería —respondió con voz insegura.

—Capitán, tengo que recomendarle muy encarecidamente que sea cuidadoso —dijo el mariscal, tratando de aplazar un poco más el tema de Felipe Marmont.

—¿A qué se refiere, mi general?

—En la última junta que tuve con los generales del alto mando en París discutimos varios puntos concernientes a la información que estábamos recibiendo del enemigo, provista por nuestros espías.

—¿Información provista por mí?

—No, pero información concerniente a usted.

—¿De qué se trata, mi general? —preguntó Fernando. ¿Habrían descubierto su identidad?

—Usted sabe lo preocupados que están actualmente el emperador y todos los generales desde… —el mariscal Lannes titubeó, sabía que lo que mencionaría le traía recuerdos dolorosos a Fernando— lo ocurrido con el maestro de armas. A raíz de ese acontecimiento hemos estado poniendo especial atención a lo que ha estado ocurriendo con nuestra red de agentes en todo el mundo, sobre todo en Europa. Durante la última junta en París, el general Savary me informó de la pérdida de contacto con muchos de nuestros hombres más valiosos. Si atamos cabos no es difícil llegar a la conclusión de que el maestro de armas está cumpliendo su amenaza, ¿me comprende capitán?

—Sí, mi general —respondió Fernando con tono de preocupación.

—Se mencionó que teníamos que ser muy cuidadosos con usted, capitán, la verdad es que estamos algo preocupados por todos los hombres de La Legión.

—Entiendo —dijo Fernando.

—A raíz de entonces estamos reorganizando todo el aparato de espionaje, en especial de La Legión.

—No es para menos, el maestro es un hombre peligroso.

—Es cierto, por eso hemos empezado a sacar a nuestros hombres encubiertos de Inglaterra; en definitiva, tendremos que cerrar ese territorio de espionaje hasta reorganizar toda la estructura de agentes, de lo contrario los estaremos enviando a la muerte. Por desgracia, no pudimos actuar a tiempo y algunos ya fueron descubiertos y ejecutados.

—Me lo imagino —dijo Fernando.

—En el resto de Europa no hemos tenido que cancelar las operaciones de espionaje, fuera de Inglaterra los ingleses no tienen el mismo poder, pero hemos tenido que reemplazar a los agentes en activo y tuvimos que emprender un esfuerzo de reorganización tremendo.

El capitán Fernando de Montpellier formaba parte de aquel grupo secreto de hombres que llevaban a cabo las operaciones de espionaje y sabotaje en contra de los enemigos del imperio francés. La dirección de este grupo había quedado vacante a raíz de la deserción del coronel que había fundado y dirigido al grupo, a quien se le conocía como el maestro de armas. Un hombre que sabía muchos secretos de las fuerzas francesas y que conocía a la perfección el genio militar de Bonaparte. El maestro de armas ahora lucharía contra sus antiguos camaradas, contra el ejército que ayudó a convertir en una máquina de victorias. ¿Por qué un hombre así desertaba? Sólo los altos comandantes franceses y los miembros de ese grupo lo sabían. Cuando el general Savary, director de todos los servicios de inteligencia y espionaje de la Gran Armada de Francia, le comunicó a Napoleón la deserción del maestro, Napoleón se sintió amenazado y pidió al general que reemplazara él mismo al maestro y tomara las riendas del grupo. Napoleón conocía la peligrosidad del hombre que acababa de convertirse en su enemigo, lo había visto combatir por primera vez en la campaña de Egipto y ahí también lo observó entrenar a sus aprendices. El maestro de armas era un genio guerrero sin igual, con una gran capacidad para entrenar soldados para el espionaje, el sabotaje y el combate cuerpo a cuerpo. Este maestro era un arma en sí mismo, y ahora, después de diez años, se cambiaba de bando.

Por tal deserción el mariscal Lannes asignó al capitán De Montpellier la tarea de organizar los servicios de inteligencia de sus fuerzas y entonces el capitán se convirtió en el espía número uno de Francia en España. El capitán era los ojos y oídos ocultos que se infiltraban en todos los círculos políticos y militares de la resistencia española para descubrir su estrategia y después llevar esa información al escritorio del comandante en jefe de las fuerzas francesas en España. La guerra de espionaje le estaba costando graves pérdidas a las fuerzas españolas, nunca antes se habían enfrentado a un enemigo tan eficaz como los franceses en ese campo, los españoles estaban experimentando por primera vez lo que era luchar contra un enemigo al que no se podía ver, que se ocultaba en sus palacios de gobierno, en sus juntas militares, entre sus mismas tropas y la población civil, un enemigo que los forzaba a tener que cuidar lo que decían y enfrente de quién lo decían, que los hacía desconfiar unos de otros. Cuánto darían los españoles por capturar a un espía francés. Por esa razón, el mariscal Lannes sabía que los españoles debían de estar realizando un gran esfuerzo por identificar a sus oficiales clave y por eso sabía del peligro creciente en que se encontraba el capitán Fernando de Montpellier.

—Bien, ahora, en cuanto a usted concierne, Fernando, nunca podré decirle lo mucho que estoy preocupado por usted.

Cuando De Montpellier escuchó que el mariscal lo llamaba por su nombre de pila, supo que Lannes se refería a él más como a un amigo que como a un subordinado.

—Mariscal, entiendo su preocupación y créame…

—¡No! No la entiende, capitán, si entendiera la situación, no tomaría usted las cosas en sus propias manos.

—¿A qué se refiere, mariscal?

—Me enteré lo del teniente Marmont —dijo el mariscal y Fernando creyó que le quitaría el mando de la compañía.

—No se olvide quién soy, capitán, aunque esté al mando de treinta mil hombres, no por eso pierdo la visión de lo que sucede con cada uno de mis oficiales.

—Entiendo, general —respondió Fernando con voz firme y agachó la cabeza.

—Capitán, míreme a la cara cuando le hablo —ordenó el mariscal y continuó—. Escúcheme bien, usted y yo nos conocemos desde hace mucho tiempo, hemos sido heridos en las mismas batallas y hemos visto juntos el peligro. Nunca olvidaré esa ocasión en Egipto cuando yo estaba tirado en el fondo de ese pozo, incapaz de moverme, abandonado por todos los que me habían dejado atrás en la retirada, pensando que había llegado mi hora y usted me rescató, esquivando al enemigo me cargó hasta ponerme a salvo. Le debo mi vida, por eso sé que usted es un hombre leal —el mariscal hizo una pausa y por fin dijo—: sólo por eso no le quitaré el mando de la compañía de fusileros y le permitiré dirigir a sus hombres hacia Murchante.

—Gracias, mi general, muchísimas gracias —dijo Fernando respirando aliviado.

—No me lo agradezca, capitán, lo hago porque sé que Marmont es casi un hermano para usted, pero todo mi juicio me dice que estoy tomando la decisión equivocada. La razón por la que le acabo de hablar de la situación de nuestra red de espionaje es porque le quiero hacer entender la posición en la que usted se encuentra. Todo parece indicar que el maestro trabaja ahora para los ingleses y los está ayudando a cazar a nuestros mejores agentes, y es muy probable que también esté ayudando a los españoles. Y también sabemos que el maestro tiene un gran interés en encontrarlo a usted. Lo que significa que cada vez que usted decide lanzarse en una misión personal, como la que intentará mañana para rescatar a su amigo, se está poniendo en grave peligro, cada vez que se aleja usted de las fuerzas principales queda desprotegido y se vuelve presa fácil de captura, ¿me entiende?

—Sí, mi general.

—Bien, recuerde eso mañana y tenga cuidado.

—Sí, mi general. ¿Me permite una pregunta?

—Dígame, capitán.

—¿Entonces no están ustedes seguros de que los ingleses y los españoles trabajen juntos en la cacería de espías?

—No, no estamos seguros, sólo intentamos atar cabos, pero no hay por qué correr riesgos innecesarios, ¿no cree usted?

—Comprendo —respondió el capitán.

—Otra cosa —el mariscal Lannes buscó un sobre entre los papeles que se encontraban en su escritorio y se lo dio a Fernando—. Han llegado órdenes para relevarlo de su mando en La Coruña y remitirlo a París de inmediato, pero evitaré unos días la orden, hasta el fin de la batalla, después usted saldrá para París.

Fernando tomó la carta firmada por el nombre clave, el Cazador, y supo a quién pertenecía ese nombre, y aunque no se revelaba detalle del porqué se le ordenaba presentarse en París, adivinaba lo que eso implicaba.

—Mi general, ¿tiene usted alguna idea de lo que se trata? ¿Para qué me están llamando a París? ¿Qué es tan importante para que me llamen en medio de esta campaña?

—Sí, capitán, sé de lo que se trata, y créame que es un asunto de suma importancia para el imperio, y me alegra que en París hayan pensado en incluirlo a usted en ese plan, pero tomando en cuenta que usted se encuentra ahora muy presionado, prefiero esperar hasta después de la batalla para comunicárselo. Ahora regrese con su compañía y apúrese a terminar los preparativos para la batalla.

—Sí, mi general —respondió el capitán De Montpellier mientras se ponía de pie en posición de firmes.

—Capitán, una cosa más —dijo Lannes antes de dejarlo partir—, le ha llegado esta carta.

—¿Disculpe, mi general? —a Fernando le llamó la atención que el mariscal hubiera revisado su correo y reaccionó sorprendido—.

Esta mañana, cuando me informaron de la situación de Marmont, pedí a mi secretario el reporte de sus últimas actividades. No es que acostumbre revisar el correo de mis subordinados, pero lo tuve que hacer porque estaba preocupado de que entre las cartas pudiera venir alguna enviada por el enemigo, algún truco para engañarlo y hacerlo caer en una trampa.

—Entiendo, mi general —Fernando saludó de nuevo y dio la media vuelta militar para retirarse.

Una vez afuera de la tienda, la tercera noticia del día estaba a punto de alcanzarlo como un relámpago; al leer el nombre del remitente el destino lo alcanzó y ese pedazo de papel lo puso a temblar. Esa carta, para bien o para mal, haría que olvidara todo lo que en ese momento lo preocupaba: Marmont, su compañía de fusileros, las órdenes recién llegadas de París, todo, con sólo leer el nombre de la persona que le había escrito: Ysabella.

2

Ysabella

EL CAPITÁN LEYÓ UNA VEZ MÁS LA CARTA Y NO PUDO EVITAR QUE la nostalgia lo embargara al revivir esos sueños que nunca se realizaron. Se había jurado no leerla hasta que hubiese cumplido con la misión de rescatar a Marmont, pero no pudo, abrió el sobre con el corazón palpitando y casi al borde del llanto. ¿Sería posible que aquel amor de juventud hubiese podido cruzar la barrera del tiempo? Después de tantos años, el recuerdo de aquella mujer que creía haber olvidado volvía a habitarlo.

Las últimas noticias que Fernando había tenido de Sofía, hacía diez años, lo habían sumido en la más terrible tristeza. Desde entonces, Fernando había luchado con todas sus fuerzas por superarlo, y aunque sus pensamientos regresaban de vez en cuando a esos años de juventud, cuando la tuvo entre sus brazos y sentía que abrazaba todo su mundo, el tiempo pasó y él creyó haber dejado atrás la oportunidad de volver a verla algún día. En aquellos años, Fernando había tenido que abandonar su hogar y todo lo que había amado para salvar su vida, después tuvo que cortar con todo aquello que le recordaba el sentimiento de haber perdido todo, sus padres, su casa y aquel amor. El deseo de venganza había nacido en él, pero su meteórico desarrollo militar lo obligó a concentrarse en el presente. Sin embargo, el destino lo volvía a confrontar con sus demonios y esa carta parecía abrir de nuevo un capítulo que él se esforzaba por considerar olvidado.

Hacía poco más de un año había llegado a París una mujer proveniente de la Nueva España. Su situación era bastante curiosa porque decía haber venido a París con el interés de escribir un libro, una guía acerca de todo lo interesante que había en Europa para los viajeros provenientes de América. Era una mujer sola, que se notaba que estaba en su segundo amanecer, que había hecho un gran esfuerzo en su pasado por vencer una pena y ahora estaba luchando por abrir los brazos a la vida una vez más. Era una mujer que había aprendido con dolor a apreciar los dones de la vida y a atesorar cada momento, pues se había dado cuenta de que todo lo que uno tiene se puede perder en un instante, y que el amor, aun cuando es doloroso perderlo, es uno de los sentimientos más hermosos que puede conocer el ser humano. Era una mujer que trataba de encontrar las alegrías de la vida en las pequeñas cosas, que reía con sencillez sin llegar a la carcajada escandalosa. En su nueva filosofía de vida había decidido conocer ese mundo que tanto había leído en libros: Londres, Madrid, Roma y París. Todo lo que veía lo anotaba en un pequeño diario y esperaba utilizar esas notas para escribir una novela, con la cual ella sintiera que plasmaba su deseo de atesorar cada momento de su vida.

Un sábado, en un espectáculo de equitación de caballos lipizzanos, al que había asistido en compañía de una amiga francesa, quedó impresionada por la disciplina de los caballos y la gallardía de los jinetes del ejército francés. Preguntó quién era el maestro de aquél espectáculo y el nombre del capitán Fernando de Montpellier llegó a sus oídos. Él había llevado de España esa disciplina ecuestre. El nombre le sonó familiar, pero no recordaba por qué, fue hasta muchos días después, mientras se disponía a dormir, que recordó una conversación con su difunto marido. «¿Será posible que sea él?», pensó Ysabella en medio de la oscuridad, y ese pensamiento la inquietó tanto que le fue difícil dormir.

El lunes siguiente, Ysabella se presentó en la Escuela Especial Militar de Saint-Cyr, en la Subdirección de Caballería, y preguntó por el capitán De Montpellier, pero la secretaria que la recibió ese día en la escuela le dijo que no se encontraba en París, que estaba en España luchando con las fuerzas francesas, que por el momento el encargado era el sargento Granville. Ysabella quiso verlo, era un individuo de unos cincuenta años, de estómago enorme y de poca educación para tratar a las mujeres. Así que Ysabella decidió marcharse, y le dijo a la secretaria que no le interesaba conocer los detalles de la educación de los caballos si tenía que preguntárselos a un individuo menos educado y más pestilente que los mismos caballos. Ante la poca fortuna de satisfacer su curiosidad, se sintió devastada. Pero el destino una vez más jugaría sus cartas.

Días después, Ysabella salió con su amiga Adelina a tomar un café a un restaurante cercano a las Tullerías para disfrutar de las dulces tardes parisinas. Ysabella notó que su amiga se arreglaba más de lo habitual y que caminaba con un porte diferente, pero no le hizo ningún comentario, además se sentía contenta de que su amiga tuviese la ilusión del amor. Lo que la incomodó fue que el restaurante elegido por Adelina para disfrutar de la tarde estaba repleto de oficiales del ejército francés. Aunque los oficiales vestían su uniforme con elegancia, eran jóvenes y apuestos, no encajaban con el gusto de Ysabella, eran jóvenes arrogantes y ruidosos.

—Adelina, no me hagas esto.

—¿Qué? —preguntó Adelina.

—Vamos, ya sé que vienes a buscar a alguien, pero estos hombres son muy ruidosos. Mejor vamos a otro lugar, me gusta conocer hombres, pero los militares no tardarán en acercarse a nosotras buscando romance, yo sé que a ti te encantaría, pero a mí me incomoda.

Adelina no supo qué decir para disimular la sorpresa que le causó que Ysabella pudiera ver sus intenciones. Se dio cuenta de que lo mejor sería dejar de disimular y apelar a la amistad, así que tomó la mano de Ysabella con gesto de adolescente que pide a su padre permiso para poder ir al teatro por primera vez.

—Perdóname —le dijo—, sé que no te gustan los militares, pero ayúdame, por favor, quedémonos unos minutos, y si veo que no viene, entonces nos vamos.

—¿Si no viene quién?

—Un amigo que acabo de conocer la semana pasada. Es un oficial nada arrogante. Me invitó al teatro el sábado pasado, pero como nos acabábamos de conocer, no sabía qué contestarle y le dije que no. Luego, ese sábado, en una cena en casa de mis primos, lo vi pasar por la ventana montado a caballo, estoy segura de que era él. Como él no sabe que eran familiares míos los que estaban con nosotras esa noche, va a pensar que estoy frecuentando a otro hombre.

—¿Y has venido aquí a decirle que no es así? Ése es el peor error que puedes cometer —dijo Ysabella, desesperada por la inocencia de su amiga.

—No, sólo quería verlo otra vez.

Ysabella se sonrió y le contestó:

—Está bien, nos quedaremos un rato, pero te voy a dar algunos consejos —Ysabella vio que Adelina miró hacia el otro lado del salón y que un joven militar caminaba en dirección a la mesa de ellas portando algo como un portafolio bajo el brazo.

—Qué tal, Adelina, qué gusto verte de nuevo —dijo el teniente Thierry Montfort.

—Hola, Thierry —contestó Adelina controlando la emoción—, igualmente, encantada de saludarte.

—¿Me permites sentarme con ustedes?

—¡Sí!, claro —contestó ella y él se sentó a su lado, sin embargo, continuó dirigiéndose a Ysabella.

—Permítame presentarme, mi nombre es Thierry Montfort y estoy encantado de conocerla, señorita Ysabella Bárcenas —Ysabella pasó de la sonrisa a la sorpresa.

—¿Cómo sabe usted mi nombre, caballero?

—Su nombre se ha vuelto famoso en la escuela de equitación desde que la secretaria nos contó a todos la forma en que usted describió al sargento Granville.

—¡Oh!, perdóneme, caballero —respondió con un gesto de desilusión—, créame que no soy de esas personas que juzga a todo un grupo por un individuo y respeto mucho a los oficiales de equitación, pero ese Granville... —Ysabella no se atrevió a continuar la frase.

—No se preocupe, todos conocemos al sargento y nos ha hecho gracia que una mujer lo haya puesto en su lugar de esa manera.

Ysabella no salía de su asombro e intentó hablar:

—Bueno, yo sólo dije lo primero que me vino a la mente.

—Le repito, no se preocupe. Es más, tengo un obsequio para usted —la sorpresa regresó al rostro de Ysabella, no se diga al rostro de Adelina.

—¡Qué libro tan hermoso! Pero ¿qué es esto? —preguntó Ysabella al ver que Montfort sacaba de su portafolio un libro enorme empastado en piel, con el escudo imperial de la casa Bonaparte enchapado en oro y justo debajo de éste el escudo de armas de la Escuela Especial Militar de Saint-Cyr.

—Esta mañana el capitán De Montpellier visitó la escuela de equitación —Ysabella saltó al escuchar ese nombre.

—¿Acaso el capitán De Montpellier no se encontraba en España?

—De Montpellier va y viene. El lunes se presentó en la escuela y lo primero que le informó la secretaria fue el episodio de usted con Granville. «A una mujer con esa velocidad de mente no hay que dejar que se vaya con una mala impresión de la escuela de equitación», dijo el capitán y ordenó que la buscáramos para hacerle llegar este libro conmemorativo con instrucciones de jinetes que la escuela de equitación preparó con motivo de la coronación del emperador Napoleón en 1804. El problema era que nadie sabía quién era usted, nadie nunca había escuchado su nombre, lo cual nos hizo suponer que usted era una viajera que sólo estaba por algunos días en París. Entonces creímos que nunca la encontraríamos. Pero hoy que fui a casa de Adelina para invitarla a pasear, me informaron que había salido a comer a algún restaurante cercano a las Tullerías en compañía de una amiga extranjera. Cuando me dijeron el nombre de su amiga, no creí mi suerte. Fue una gran fortuna haberlas encontrado tan rápido.

Ysabella agradeció la amabilidad de Thierry y se portó cortés con él, pero la verdad era que estaba impaciente por preguntar acerca del capitán De Montpellier, le urgía saber dónde podía encontrarlo; sin embargo, decidió no precipitarse, no quería verse ridícula mostrando tanta ansiedad por un hombre al que no había conocido. Ambas mujeres se sintieron muy a gusto en compañía del teniente Montfort, un joven tan educado. La tarde transcurrió hablando de viajes y teatro, y al filo de las cuatro el teniente las invitó a dar un paseo. Era mayo y la tarde estaba espléndida.

—El capitán De Montpellier y algunos amigos vamos hoy a pasear en su velero, el Rossette, por el Sena, y estoy seguro de que él estará encantado de recibirlas, señoritas. A bordo habrá un pequeño coctel y música interpretada por un violinista y un guitarrista gitano.

—Estaremos encantadas de asistir, caballero —respondió Ysabella.

Después de que los tres terminaron de beber té y comer pastel, Thierry pagó la cuenta y se marcharon. En pocos minutos llegaron al muelle, donde otros oficiales y sus parejas los esperaban.

—¡Qué tal, Thierry! ¿Quiénes son estas bellas mujeres que te acompañan? —dijo Arnoldo.

—Ella es Adelina, de quien ya les había hablado —Adelina se sonrojó al escuchar su nombre—, y esta otra encantadora dama proveniente de América es la famosa Ysabella Bárcenas.

—¿La misma Ysabella de la escuela de equitación? —preguntó Lamberto.

—Encantada de conocerlos, caballeros —contestó ella y extendió la mano para saludarlos.

—Mira si el destino es misterioso, el capitán se llevará una sorpresa. Pero bueno, hay que apurar el paso porque Fernando ya tiene todo preparado y está esperando que lleguemos —dijo Arnoldo, y se dirigieron hacia el velero.

A Ysabella le inquietaba la expectativa de conocer a De Montpellier, de averiguar si era posible que fuera la misma persona de quien su difunto esposo le había platicado en varias ocasiones. Si sería posible que fuera el mismo hombre que había desaparecido de la Nueva España hace mucho tiempo. Se decía que había sido asesinado junto con toda su familia, aunque nunca se encontró su cuerpo. ¿Cómo preguntarle sin parecer indiscreta? ¿Y si no era el mismo hombre, ella quedaría en ridículo? Al llegar al pie del muelle, todos vieron a lo lejos al capitán a bordo de un velero de doce metros de eslora, disfrutando de una compa de champán.

3

Paseo en velero

Eﾪ capitán De Montpellier, un hombre de alrededor de treinta y cinco años, de 1.80 metros de estatura, cabello castaño un poco largo, de porte varonil y elegante. Impecablemente vestido, volteó hacia donde sus invitados se encontraban y los saludó alzando el brazo.

—Arnoldo, Lamberto, Therry, qué gusto recibirlos, aunque llegan tarde, como es costumbre, pero no importa si su tardanza fue por convencer a estas señoritas que los acompañan —De Montpellier abrazó a sus camaradas y besó la mano de las damas.

Cuando Fernando extendió su mano para presentarse ante Ysabella, Thierry intervino.

—Capitán, no creerá usted quién es esta dama —dijo Montfort cuando Fernando se encontró con Ysabella, y un buen presentimiento lo sobresaltó.

—¿Una mujer misteriosa? —dijo Fernando.

—Misteriosa, inteligente y famosa entre los oficiales de la escuela de equitación. Le presento a la célebre Ysabella Bárcenas.

—¿Usted es Ysabella Bárcenas?

—Sí, caballero, encantada de conocerlo ¿y usted es el famoso capitán De Montpellier?

—¿Famoso? No sabía que yo fuera famoso. —Cualquiera que pregunte por el espectáculo de los caballos lipizzanos en París tiene que escuchar hablar de usted.

—Muchas gracias por su elogio, eso significa que le gusta nuestro arte. Y permítame disculparme por las impertinencias de mi segundo, el sargento Granville.

—No se preocupe caballero, si todos los hombres me pidieran disculpas de la manera que usted lo hace, regalándome una pieza de colección como ésta —Ysabella le mostró el libro que le acababan de regalar y continuó— e invitándome a pasear en velero con tan agradable compañía, me gustaría encontrarme con más granvilles durante mi estancia en París.

—Pues encantado de conocerle —le dijo Fernando sin soltarle la mano e invitó al grupo a abordar al fin.

La tarde de mayo era fresca, hacia un viento juguetón que revoloteaba los vestidos de las mujeres y con la suficiente fuerza para hacer avanzar al velero. El grupo había dejado ya las formalidades y los oficiales se habían quitado el saco, vestían ahora su chaleco para estar más frescos y cómodos. Las mujeres que se acababan de conocer hacía apenas unos minutos se hablaban ya por su primer nombre y todos se habían quitado los zapatos, costumbre no bien vista en otro lado, pero común en un paseo en velero. Mientras tanto, los trovadores tocaban y el mesero servía copas de champaña. En esta atmósfera los paseantes platicaban las novedades del teatro, sus actores y músicos, siempre lleno de anécdotas curiosas. No podían faltar tampoco los chismes de las cortes europeas. Entre estos mencionaron el sonado romance entre una princesa austriaca y un misterioso marqués Cavallerio que había causado problemas a la corte de Austria, pues la princesa estaba comprometida para casarse con un noble de ese país. Era princesa por título nobiliario, pero no político, es decir, no era la hija del emperador austriaco, pero seguía siendo un asunto que ocasionaba escándalo e incomodidad a las casas reales de cualquier país. Se decía que ella y el marqués se habían conocido cuando éste la había rescatado de unos piratas que querían pedir dinero por ella, o algo así. Luego la devolvió a Austria. En el transcurso de su odisea los dos se habían enamorado, pero ella estaba comprometida y su unión con un noble austriaco no era posible de romper sin causar un escándalo en la corte y una vergüenza para la familia de la joven. Por un momento ella había decidido abandonar el país junto con el marqués, pero justo antes de hacerlo, ella se había arrepentido y nadie sabía la razón.

Cuando Fernando escuchaba aquella historia, apartaba su mirada del grupo y la dirigía hacia el horizonte. Una leve sonrisa cruzaba sus labios. Ysabella, sentada a su lado, notó que sonreía y pensó que tal vez ése era un tema que podía usar después como punto de inicio para una conversación más íntima. Hasta que ese momento llegó.

—Ysabella, ¿me ayudaría usted a ajustar la vela de proa? —dijo Fernando y extendió su mano para ayudarla a ponerse de pie.

—Claro —le dio la mano a Fernando y se dirigieron a la proa, donde había un montón de cuerdas tiradas en el suelo.

—Tome esta cuerda, por favor —dijo Fernando—, y jale suavemente cuando yo termine de amarrar este sobrante de vela.

—Se ve que tiene usted experiencia como marino —dijo Ysabella mientras observaba a Fernando ajustar la vela.

—Un militar pasa gran parte de su vida viajando y muchas veces por mar, además, tal vez viajar en barco sea la forma más placentera de hacerlo.

—¿Entonces ha viajado usted mucho por mar?

—Bastante. Sentir la brisa correr libremente sobre la cubierta de un barco es uno de mis más grandes placeres.

—Entonces debe usted de haber conocido mucha gente diferente.

—Doy gracias a la vida por haberme concedido ese don, sí. He conocido todo tipo de personas. El hecho de que alguien viva muy lejos de donde nosotros vivimos no significa que el lugar donde esa persona vive sea mejor que el nuestro, pero por alguna razón la mayoría de los seres humanos tienden a pensar así. En todo lugar hay gente divertida y aburrida, gente de quien aprender y gente a quien enseñar. Algo de lo que he aprendido es que si somos lo suficientemente humildes podemos aprender cosas valiosas de quien sea, hasta de un niño, y no importa qué tan inteligentes seamos, si no somos pacientes no podremos enseñar nada a nadie. ¿Me permite preguntarle algo?

—Adelante.

—Usted parece ser una mujer muy valiente y con muchas ganas de conocer, virtudes que admiro en una mujer. ¿Qué la ha traído desde tan lejos?

—No se anda usted con rodeos, capitán. Una mujer sin un marido viajando por Europa, todo apunta a que ando buscando uno, ¿es eso lo que quiere decir?

—Discúlpeme, no fue mi intención que lo tomara así, es que estoy intrigado: pocas veces he visto algo parecido, además, si me permite decirlo, usted es una mujer muy atractiva, que puede llamar la atención de cualquier hombre en cualquier lugar.

—Gracias, pero si no quiere que piense de usted como otro donjuán más de los muchos que me he encontrado en Francia, le pediré que no me halague tanto —mientras Ysabella decía estas palabras, no podía esconder una ligera sonrisa.

—Perdóneme entonces, créame que no pienso de usted así, la creo demasiado inteligente para ello. Bien dicen que lo más sencillo es siempre lo más sencillo, y difícilmente lo elegimos por encima de lo difícil. Permítame entonces preguntarle, ¿qué la motiva a venir a Europa corriendo tantos peligros? La situación política aquí es difícil y complica todo para los viajantes.

—Europa siempre será hermosa, capitán, y algo de lo que yo he aprendido es que nunca llegará el momento ideal para emprender nuestro viaje ideal. Hace tiempo dejé de esperar.

—¿Esperar a que la situación en Europa mejore?

—No, simplemente de esperar.

—Bien por usted, pero mientras más valiente es una mujer, más se convierte en el centro de críticas de muchos hombres y mujeres.

—No sé, no me gusta ser el chisme de café de nadie, como a todos, a mí también me gustaría vivir una vida en la que le agrado a toda la gente, pero irónicamente me he dado cuenta de que pasé mucho tiempo tratando de agradarle a quienes nunca me agradaron, y por el contrario, mientras menos me esfuerzo en agradarles, más lo logro.

—Entonces quiere aprovechar el tiempo perdido y dejar de limitarse por tonterías, yo mismo he sentido eso algunas veces y también me dan ganas de lanzarme a lo desconocido. Pero mi experiencia me dice que debe pasar algo, un detonador que nos dé el impulso final. ¿Cuál fue el suyo?

—¿Acostumbra usted a deducir la vida de todos los que acaba de conocer en menos de cinco minutos? —preguntó Ysabella sin decidirse a contestar su pregunta.

—No, pero usted es diferente, interesante.

—Gracias por sus palabras, pero créame que soy tan común como cualquier otra mujer. —Permítame decirle que no lo es.

—Créame que sí —Ysabella se decidió a darle al menos una pista—, mi detonador se dio cuando perdí a mi esposo, alguien con quien había sido afortunada para conocer ese tipo de felicidad del que sólo leemos en los libros de cuentos. Cuando lo perdí a él, perdí mi brújula.

—La envidio —dijo Fernando rompiendo el silencio que por unos momentos los embargó.

—¿Escuché bien? ¿Por qué habría de envidiar usted a alguien que perdió al ser que más amaba? No se imagina el dolor.

—Porque para perder algo hay que haberlo tenido primero. Desgraciadamente mi experiencia ha sido estar muy cerca de tenerlo, pero lo pierdo justo antes de poseerlo de verdad.

—¿Como el marqués Cavallerio? —preguntó Ysabella queriendo amenizar la conversación.

—El marqués Cavallerio —dijo Fernando riendo—. Le diré algo, Ysabella, yo sé por qué esas historias son tan populares, porque tienen todos los elementos necesarios para despertar la imaginación: romance, princesas y aventuras en el mar, pero no dejan de ser relatos que tienen tal vez un poco de verdad y mucho de ficción. Por eso me sorprende que alguien como usted, quien dice haber tenido la dicha de vivir un amor real, tan apasionante como el de cualquier historia inventada, se deje interesar por esas historias ficticias.

—Bueno, por una razón muy sencilla —respondió Ysabella mientras, recargada en el barandal, trataba de mantener el equilibrio en el velero que se mecía lentamente—: porque como tuve la dicha de experimentarlo en carne propia sé que puede ser real y me ilusiona saber que aunque yo ya no lo tenga, existen otras personas que sí lo tienen o lo pueden tener. Además, la base de la felicidad es la esperanza, si no soñamos con un futuro que nos entusiasme, no podemos mantenernos con ganas de vivir en los momentos duros —al decir esto, Ysabella hizo un gesto de reflexión y miró también el horizonte, luego continuó con un tono un poco más serio y menos juguetón—. ¿Qué es lo que lo ha vuelto tan duro para creer que la unión perfecta entre dos personas que se quieren es imposible?

—La experiencia —dijo Fernando con un tono algo reflexivo.

—Pues si usted confiara más en mí y me contara su experiencia, tal vez podría ayudarle a ver las cosas con otra luz.

—Ojalá y pudiera ser tan franco con usted como quisiera —dijo Fernando y bajó la mirada hacia las aguas del río que hacían pequeñas olas—, pero diversas razones me lo impiden. Lo que sí puedo decir es que siento que una mujer puede perder a un hombre, pero si tiene suficientes opciones sobre la mesa, no tardará en encontrarse un reemplazo y no le importará en lo más mínimo lo que le suceda al hombre que dejó atrás. ¿Y qué nos queda? Nuestra única opción es aprender nuestra amarga lección, la cual es perdonar y olvidar, tenemos que hacerlo porque de lo contrario un hombre puede irse llorando a la tumba si no lo hace. Pero nada cambia lo que sucedió, tú perdiste, ella ganó. ¿Y qué es lo peor? Que a ella ni siquiera le importa.

—Fernando, me asusta. ¿Qué le sucedió? ¿Quién lo lastimó de esa manera? —preguntó Ysabella mirando el rostro endurecido del capitán.

—Ysabella, usted parece apreciar el hecho de haber tenido a quien quiso mucho durante un tiempo, aunque después lo perdió y tiene la fuerza para seguir creyendo en el futuro. Créame que admiro eso en usted, pero en mi caso el dolor de haber perdido aquello que amé fue tan duro que no sé si es bueno o malo darme esperanza.

—La esperanza es el tesoro más grande que cualquier persona puede encontrar y siempre será la mejor de las medicinas contra cualquier dolor del alma, pero es un tesoro que no se encuentra, se construye.

—Bueno, entonces permítame poner a prueba, si me lo permite, su convicción. ¿Hace cuánto tiempo que murió su esposo?

—Cuatro años y tres meses —respondió Ysabella.

—¿A qué se debe que en estos cuatro años una mujer tan atractiva e inteligente como usted, a quien no dudo que le sobren pretendientes, no haya decidido darse la oportunidad de casarse otra vez? —Fernando no sabía si agregar algo más, no sabía si había tocado tal vez una fibra muy íntima y debía disculparse.

—Porque cuando se ha estado enamorada del hombre que yo estuve, todos los demás parecen insuficientes para llenar su vacío. Porque cuando una mujer ha estado enamorada de un rey es difícil enamorarse de cualquier príncipe.

—Mis respetos para él, estoy seguro que fue un hombre valioso para haber tenido a su lado a una mujer como tú —Fernando se atrevió a tutearla.

—Bueno, Fernando —contestó sorprendida, pues ese «tú» en vez de «usted» significaba mucho. Intercambiaron miradas y al fin dijo—, espero al menos haberme ganado la oportunidad de ser una confidente para ti.

—Sin duda, no sólo eso, estoy pensando en hacer de ti mi filósofo de cabecera —al terminar la frase ambos rieron.

—Harías bien —dijo ella—, compartir las medicinas para los dolores del alma puede ser tan beneficioso como compartir las medicinas para los dolores del cuerpo. El gran problema es que para compartir las del alma hay que confiar, y la confianza se gana con el tiempo.

—Eso es también muy cierto —dijo Fernando.

—Pero yo no tengo el suficiente tiempo en París como para ganarme la tuya —dijo Ysabella.

—Bueno, prefiero sufrir las consecuencias de ser indiscreto a que te vayas de París pensando que no te considero digna de confianza —dijo Fernando y sonrió ligeramente—. ¿Qué quieres saber?

—Podríamos comenzar por su nombre, o debería decir sus nombres.

—Mantendré su nombre en secreto, pues hay cosas que mientras no se sepan no tienen importancia.

—¿Sucedió hace mucho?

—Sí, hace mucho tiempo que sucedió. Yo estuve a punto de casarme una vez, era muy joven, le había propuesto matrimonio a una joven y ella había aceptado. No les habíamos comentado a sus padres de nuestro compromiso porque se encontraban de viaje, pero en cuanto llegaran les daríamos la noticia. Todo era perfecto, era uno de esos amores como tú los describes, de cuento de hadas, pero… —en ese momento el rostro de Fernando se llenó de tristeza, luego de rabia— un socio de mi padre sabía que mi papá había apoyado financieramente a ciertos grupos políticos. Entonces acusó a mi familia de consipirar contra el rey de España. De esa manera pudo quedarse con todo. Discúlpeme —Fernando había vuelto a tratarla de usted, no sabía hasta dónde revelarle la verdad. Perturbado, se llevó la mano al pecho y esquivó la mirada de Ysabella.

—Discúlpeme si lo obligué a recordar cosas no gratas —Ysabella estaba indecisa, no quería seguir preguntando, pero lo que Fernando le acababa de contar podía estar relacionado con el hombre que ella buscaba.

—No se preocupe, es que hay heridas de las que creemos habernos olvidado y que podemos hablar de ellas sin ningún problema, pero al parecer yo todavía no logro curarme bien de las mías.

—Sí, perdóneme.

—Olvidemos esto y regresemos con los demás, no hay que dejar que un día tan agradable se nos convierta en algo triste —dijo Fernando y dio unos pasos que Ysabella interrumpió al tomarle de la mano.

—Espere, hay algo más —dijo ella—, mi marido murió hace cuatro años y hay algo acerca de su muerte que no he podido aclarar, estoy llena de dudas que llevo mucho tiempo tratando de resolver —con estas palabras Fernando no pudo evitar llenarse de curiosidad, pero también de temor por lo que Ysabella pudiera decirle—. Mi difunto marido viajaba mucho a Veracruz.

—¿Veracruz? —repitió él. ¿Aquella mujer provenía de la Nueva España? ¿Qué diablos tenía ella que ver con él? —pensó.

—La última vez que mi marido dejó la casa para ir a Veracruz me dijo que tenía que ocuparse de un asunto muy riesgoso y que fuera preparando todo para abandonar la Nueva España. Que a su regreso de Veracruz nos iríamos a América del Norte. Cuando le pregunté qué era aquello tan peligroso que tenía que hacer, él me dijo que cuando estuviéramos los dos a salvo me lo explicaría. También me dijo que si no regresaba él a la ciudad de México en dos meses, yo debía buscar la forma de salir de la Nueva España y dirigirme a Nueva York. Que él me encontraría allá —Ysabella se entristeció antes de continuar—. Ése era el plan, pero poco más de un mes después de su partida llegaron las autoridades del virrey a mi casa en la ciudad de México para decirme que mi esposo había muerto asesinado por asaltantes que intentaban robarlo en su camino de regreso de Veracruz —Ysabella no pudo contener algunas lágrimas que escaparon de sus ojos—. Me entregaron el ataúd donde lo habían puesto y me dijeron que las autoridades del virrey harían todo lo posible por encontrar a esos criminales. Me preguntaron varias cosas sobre la vida de mi marido y yo, ingenua como era, les dije que él había estado yendo a Veracruz para hacerse cargo de un proyecto muy peligroso, pero que nunca me contó qué era. Les pedí que por favor me mantuvieran al tanto de lo que encontraran, que no estaría tranquila sin saber qué asunto tenía mi esposo en Veracruz. Después de algún tiempo, el inquisidor del virrey me dijo que habían descubierto que mi marido tenía otra mujer en el puerto, que mi esposo estaba planeando abandonar el país con ella.

—Ysabella, lo siento mucho.

—Con el tiempo fui analizándolo todo y descubrí que varias cosas no encajaban en aquella historia. ¿Por qué me había pedido mi marido estar lista para huir a Estados Unidos si todo era mentira? Si todo aquello del peligroso proyecto secreto era sólo una mentira para cubrir sus amoríos con otra mujer, entonces, ¿para qué me pidió que me preparara para huir? Y si pensaba abandonarme y no regresar nunca, ¿por qué no se llevó el dinero que teníamos? Cuando fui al banco me enteré de que había sacado el dinero necesario para un viaje corto. Además, él nunca fue mujeriego, sus mismos amigos lo admiraban por ello, además era ilógico que si él tuviera una amante, ella viviera tan lejos de la ciudad de México, pues los hombres que las tienen las quieren tener siempre cerca. Tampoco me sonó lógica la historia de los asaltantes, él conocía a los jefes de las bandas que operaban en esa ruta, se sabía los caminos hacia Veracruz mejor que nadie para evitar las zonas solitarias y peligrosas. Y aunque no tenía necesidad de hacerlo, de vez en cuando les pagaba a los jefes de las bandas para mantener su relación con ellos en paz y poder ir y venir a Veracruz. Incluso algunas veces, a cambio de un poco de dinero, los jefes de las bandas le asignaban algunos hombres para acompañarlo y protegerlo en el camino. Así había sido durante muchos años y él siempre había regresado a casa sano y salvo. Pero hay algo más que me intrigaba —Ysabella se tranquilizó como quien trata de analizar algo—. Antes de partir mi marido por última vez a Veracruz le pedí que no me dejara en aquel mar de dudas, que tan siquiera me dijera exactamente a qué lugar iría. Después de hacerme jurar que yo no le diría de ello a nadie, razón por la cual no le comenté de ello a las autoridades del virrey, me dijo que iría a la Isla de Pájaros —al escuchar esto, Fernando reaccionó sorpresivamente, ese nombre le traía recuerdos. Su actitud se volvió defensiva, casi descortés e Ysabella lo notó, pero no le importó y continuó—. Mi marido me dijo que allí había un pequeño fuerte construido por una familia muy rica y que era el centro de una operación secreta que ponía en peligro a muchas personas importantes. Esta familia había sido asesinada hacía algunos años por haber sido denunciados como conspiradores contra el rey de España y todos sus bienes habían sido confiscados —al escuchar eso, los ojos de Fernando crecían de incredulidad y su respiración se aceleró—. Un miembro de esa familia fue amigo de mi esposo en la juventud y se decía que al parecer fue asesinado también, pero nunca se encontró su cuerpo. ¿Conoce usted su nombre? ¿Conoció usted a Juan Pedro Filizola y Serrano? —le preguntó por fin.

—¿Quién es usted? ¿Qué quiere? ¿Quién la envía? —Fernando dio un paso atrás y el viento del Sena le golpeó la cara.

—Fernando, escúcheme —suplicó Ysabella—. Sólo quiero una respuesta. Sólo usted puede aclarar mis dudas.

Ambos notaron que todo el grupo los estaba mirando y callaron sin saber qué hacer. Ysabella se volteó hacia el horizonte dando la espalda hacia los demás para que no vieran sus lágrimas. Fernando la vio con el rostro de alguien que se siente defraudado, como si pensara que todo aquello había sido un plan de Ysabella para acercarse a él y obtener información, parte de ello era verdad, pero no los secretos que él pensaba. Sin despedirse ni decir nada, Fernando dejó a Ysabella de pie en la proa del velero y caminó hacia el otro extremo, como si buscara poner tierra por distancia.

Mientras caminaba a popa, De Montpellier se preguntaba quién era en realidad esa mujer, si podía ser una coincidencia o una broma del destino. Cómo había podido pensar él que ella podía ser aquel ángel que tanto había buscado. Recordó sus manos, su rostro, la calidez de su voz y su corazón se estremeció. Mientras, los demás seguían disfrutando del paseo tratando de disimular que nada había pasado.

Adelina sentía una gran curiosidad por saber qué había pasado con su amiga y el capitán, pero también sabía que no era momento para preguntarle. Mientras tanto, Ysabella seguía en una punta del velero y Fernando en la otra, hasta que por fin llegaron al muelle de Notre Dame, donde debían desembarcar. Estaba a punto de caer el sol.

4

Abriendo el baúl

Días después de aquel paseo por el Sena, Ysabella y Adelina caminaban por las calles de París, cuando entre las sombras de la ciudad distinguieron la figura de un hombre en traje militar montado a caballo, era Fernando de Montpellier.

Ysabella supo entonces que ese encuentro no era una coincidencia, Adelina había conducido sus pasos hacia él. Después de aquella tarde en el velero, Fernando tuvo tiempo de reflexionar y se dio cuenta de que cualquiera que fuera el origen de Ysabella y la razón por la cual ella acudía a él con aquella historia que se remontaba a la época cuando él vivió en la Nueva España, no podía ser mala, era el destino que los había hecho encontrarse. La reacción inicial de Fernando era algo natural en un hombre acostumbrado a ponerse a la defensiva ante las sorpresas y a cuidarse de sus enemigos, pero al darse cuenta de su error buscó enmendarlo. Quiso hablar con Ysabella al bajar del barco, pero ella se había alejado tratando de evitarlo, por lo que recurrió a la ayuda de Adelina.

—Ysabella, perdóneme por mi actitud.

—No, no tengo nada que perdonarle.

—¿Me permitirían acompañarlas hasta su casa?

—Encantadas —contestó Adelina.

Ysabella se limitó a sonreír, pero los pensamientos en su cabeza le impedían reaccionar con certeza. Y así los tres empezaron a caminar hacia casa de Adelina, con el caballo de Fernando a la distancia. Durante el trayecto, los dos que más hablaron fueron De Montpellier y Adelina. Hablaron del paseo en el velero, de París y sus días soleados. Ambos sabían que sólo estaban platicando para evitar un silencio incómodo hasta llegar a su destino.

—Ysabella, disculpa si te pido que te quedes un poco más —le dijo Fernando antes de despedirse frente a la puerta.

—Yo me retiro, los dejo para que platiquen —escucharon decir a Adelina y entró a su casa.

A Ysabella la habían sorprendido su amiga y el capitán, pero algo dentro de ella la hacía sentir agradecida de que la situación la obligara a quedarse con Fernando. Finalmente estaban solos e Ysabella estaba bastante nerviosa, ¿qué le quería decir Fernando? ¿Cuál sería la actitud del capitán después de que ella se había metido en su vida privada y dolorosos recuerdos? Ysabella no se imaginaba lo que estaba a punto de escuchar.

—¿Así que eres muñequita de azúcar? —dijo Fernando.

Ysabella sintió desmayarse. Puso su mano derecha sobre su pecho para contener la respiración y su mano izquierda sobre su boca. Ella casi podía sentir la mano de su difunto esposo acariciando su pelo en ese momento, cumpliendo su promesa de siempre cuidar de ella, aun después de la muerte. Cuando Fernando la vio tan afectada se apresuró a ayudarla. Él nunca esperó esa reacción, al contrario, él esperaba que ella se llenara de alegría al descubrir que había encontrado lo que estaba buscando, pero luego Fernando entendería. Ysabella empezó a llorar y buscó refugio en el pecho del militar. Después de un momento, Ysabella recuperó las fuerzas y Fernando la invitó a caminar.

Esa noche Fernando abrió el baúl de sus recuerdos. Ysabella se convirtió en una de las poquísimas personas que conocieron la historia completa y el linaje de Juan Pedro Fernando Filizola y Serrano de Montpellier. Ysabella había escuchado de él hacía muchos años, por su marido, quien había hablado de ese joven y sus padres con gran respeto. Fernando era hijo de Juan Pedro Filizola y Serrano, duque de Calabria, y de la francesa Marisa De Montpellier. Cuando el capitán había tenido que huir de la Nueva España y refugiarse en Francia, después del asesinato de sus padres, decidió llamarse sólo Fernando de Montpellier y no quiso reclamar el título de duque de su padre, porque Francia estaba en plena revolución y no había nada más peligroso que tener un título nobiliario. Además, los antiguos enemigos de su familia, poderosos funcionarios en el gobierno de España, podrían rastrear su paradero. Fue hasta la llegada de Napoleón al poder cuando se sintió más seguro y pudo enfrentar el futuro.

Ysabella supo entonces por qué era tan doloroso para Fernando hablar de su pasado, supo todo lo que él había perdido y la necesidad de mantener en secreto su verdadera identidad. Fernando se sintió liberado de un peso que lo oprimía, volvió a pensar en su pasado y pudo platicarlo con alguien más, le preguntó a Ysabella sobre amigos comunes, el destino de muchas personas que se habían cruzado por su camino, pero ella desconocía lo que había pasado con todos aquellos nobles novohispanos, de cierto modo, ella había estado alejada de la cúpula política y económica de la Nueva España.

Entonces le tocó a ella contar su historia. Ysabella era una sencilla mujer de clase media que se había casado con un muchacho muy trabajador originario de Veracruz. Él se llamaba Francisco Bárcenas, y entre él y su padre, Manuel Bárcenas, poco a poco levantaron una pequeña compañía comercial que transportaba mercancía del puerto de Veracruz a todas partes de la Nueva España; entre las cosas que más comerciaban estaban los libros. En uno de sus recorridos Francisco conoció a Ysabella en Guanajuato. Ella era hija de Santiago Salamán, un hombre con un pequeño taller de impresión de libros. De él heredó su pasión por la lectura, y de su madre, doña Maricarmen Mendoza, aprendió la delicadeza de las damas prudentes.

El misterio que había unido a Fernando e Ysabella pronto se develó, Fernando y Francisco sí habían sido amigos. Bárcenas había ayudado a la familia de Fernando, los Filizola y Serrano, a imprimir y distribuir libros que promovían los ideales de la Revolución francesa en América del Sur, desde México hasta Buenos Aires. Gente como los Filizola y Serrano financiaban la lucha literaria, y gente como Francisco Bárcenas las llevaban a la sociedad. Ambos habían apoyado en la clandestinidad la lucha por la libertad de América, una lucha para modificar la monarquía, y acabar con ese sistema que le enseñaba al ser humano que unos habían nacido para gobernar y otros para ser gobernados, que unos habían sido destinados por Dios para mandar y otros para servirlos, que por nacimiento unos hombres eran mejores que otros y que el hombre tenía que resignarse a la condición en la que había nacido. El padre de Fernando había visto en persona los extremos de corrupción a los que podía llegar semejante sistema y quería cambiarlo. Gente como la familia de Fernando y el difunto esposo de Ysabella creían que se podía aspirar a algo mejor. Fernando, quien después de tantos años de lucha en el ejército francés no había podido acostumbrarse a enterarse de la muerte de sus amigos sin entristecerse, sintió pena por la muerte de Francisco, pero aún más por el sufrimiento de la fiel esposa que había quedado sola y había tenido que reponerse a su muerte.

Luego Fernando aclaró el misterio de la Isla de Pájaros. En aquella isla, la familia de Fernando había construido una fortaleza escondida que era utilizada en aquellos tiempos para recibir en la clandestinidad las embarcaciones que llegaban desde Europa, trayendo todo tipo de material que apoyaba la promoción de la democracia; libros y ensayos de política o personajes políticos que querían entrar al país a escondidas, era el primer punto de reunión de estos hombres que contrabandeaban sus ideas. Hasta que los padres de Fernando fueron asesinados en extrañas circunstancias y De Montpellier tuvo que desaparecer de la Nueva España, pero Francisco y los demás mantendrían la pelea, sólo que ahora lo harían con tanta secrecía como fuera posible. Luego Francisco conoció a Ysabella y pronto se casaron. Entonces las cosas se complicaron aún más para el joven que ahora tenía una esposa que proteger. Ysabella pronto se vería enfrentada al comportamiento extraño de su esposo. Aunque ella constantemente preguntaba qué estaba pasando, él no corría el riesgo de ponerla en peligro y siempre trataba de mantenerla lejos de todo aquello. Por lo que ella empezó a sentir inseguridades y celos de que su esposo pudiera tener otra mujer, y un día lo amenazó con dejarlo si él no le explicaba lo que estaba pasando. Al final le explicó lo suficiente como para que ella tuviera fe en él y no ponerla en peligro.

Entonces Fernando le contó a Ysabella cómo había sabido de ella, cómo él mantuvo contacto con su esposo. Un día que Francisco se encontraba en una feria de libros, en una plaza de la ciudad de México, un hombre desconocido se le acercó, le dio un libro y le dijo: «Este libro es muy interesante, es uno de esos libros que te hacen sentir que todavía hay una historia más después de terminarlos». Semejante frase era un mensaje codificado. El hombre desapareció momentos después sin dejar rastro. Francisco llegó a su casa y con un cuchillo cortó el forro de la tapa posterior del libro y encontró una carta de Fernando, en la cual le decía que estaba a salvo y viviendo en Francia. La respuesta de Francisco tenía que ser inmediata y discreta. En su carta, Bárcenas le contó que se había casado: «Me he casado con un ángel hermoso, la amo, estoy locamente enamorado, tanto como te deseo a ti que lo estés un día. Sus mejillas, sus manos, su cabello, amo todo de ella. Me he casado con la mujer más bella que he conocido en mi vida. La llamo muñequita de azúcar». Pero no mencionó el nombre de su esposa, por temor a que su correspondencia fuera interceptada.

Ysabella sintió su corazón renacer, no más dudas, su marido le había sido fiel toda la vida y nunca hubo otra mujer. Ésa era una historia inventada por los asesinos de su marido, las autoridades del virrey, para ocultar la verdad. El rostro dulce de su difunto marido volvía a su recuerdo. El secreto había sido necesario para cuidar la vida de todos aquellos que trabajaban en la clandestinidad y la de sus familiares, entre ellos Ysabella. Y al mismo tiempo sentía tristeza de saber que su marido había muerto asesinado por las autoridades de la Nueva España. Más orgullosa se sintió de su marido al enterarse que había sido un héroe, un hombre que había muerto por sus ideales.

Ysabella había deseado encontrar en Fernando alguna pista que la llevara a dar respuestas a sus dudas, pero él había hecho mucho más que eso, había contestado todas sus preguntas que, lejos de ser tristes respuestas como ella lo había esperado, eran una nueva fuente de inspiración en su vida y un nuevo motivo para admirar al hombre que tanto había amado y había perdido. Fernando se había convertido para Ysabella en un ángel. Sentía una gran gratitud hacia él y a Dios por haberlo cruzado en su camino.

Después de horas de plática, se percataron de que era más de medianoche. Se tardaron bastante en despedirse, pues siempre había algo más que uno quería saber del otro. Justo antes de marcharse, Fernando tomó la mano de Ysabella y la besó, ella le agradeció todo y se quedó en el pórtico de la puerta de la casa de Adelina, mientras veía a aquel hombre alejarse galopando por las oscuras calles de París. Una vez que lo perdió de vista, Ysabella volteó a la ventana de Adelina, quien por supuesto estaba espiando desde la ventana de su recamara en el segundo piso. Luego entró en la casa y se preparó para varias horas más de desvelo con su amiga.

Fernando pasó una semana más en París antes de tener que volver a su puesto militar en España y todos esos días, en compañía del teniente Thierry Montfort, invitaron a Adelina e Ysabella a pasear por el parque. Durante el último paseo, un día antes de que Fernando partiera, Ysabella le prometió a Fernando investigar lo sucedido con los conocidos de éste una vez que regresara a la Nueva España. Fernando pensó que esta propuesta era peligrosa, pues existía el riesgo de que ella cometiera alguna indiscreción y los antiguos enemigos de la familia Filizola y Serrano de Montpellier se enteraran de que Fernando había sobrevivido, de que las autoridades de la Nueva España la relacionaran con él y los movimientos democráticos independentistas. Sin embargo, ella quería hacer algo por él, y al saber de su deseo le aseguró que sería tan discreta que nadie lo notaría. Fernando seguía pensando que era riesgoso, pero se sentía seducido por la idea, así que aceptó haciéndole jurar que ante cualquier sospecha o peligro ella abandonaría cualquier investigación y huiría a Francia, donde él podría protegerla.

—Fernando, si en algún lugar he encontrado amigos y me siento segura, es aquí. Te prometo que así lo haré.

—Por favor, sé fiel a esa promesa.

—Así lo haré. Ahora dime, ¿hay alguien en particular sobre quien quieras saber de Nueva España?

—Son muchos, te anotaré sus nombres en un papel, pero hay alguien en especial —Ysabella notó la actitud indecisa de Fernando hasta que pronunció un nombre—, la familia Ibargüengoitia.

—¿Alguien en particular? —preguntó Ysabella. Fernando se mantuvo pensativo, en silencio, aún luchando contra aquel recuerdo, batallando para decir su nombre, y miró hacia la distancia.

—Sofía —dijo entre suspiros—, Sofía Ibargüengoitia.

Cuando Ysabella escuchó aquel nombre sintió como si una pequeña espina se le clavaba en el corazón, pero ¿por qué? Ella ni siquiera conocía a esa mujer. No era necesario ser muy perspicaz para darse cuenta de que Sofía Ibargüengoitia había herido a Fernando. Ysabella lo notó, luego continuó mirándolo a los ojos, tratando de comunicarle que había comprendido lo especial que era para él.

—Claro, Fernando, sabrás de ella tan pronto como regrese a América.

5

La carta

U N AÑO MÁS TARDE, A PUNTO DE ENFRENTARSE CONTRA LAS
fuerzas españolas en Tudela, Fernando recibió una carta de
Ysabella con noticias de Sofía. En ella le describía el encuentro que
había tenido con Sofía, una mujer de noble cuna proveniente del viejo
continente. Su familia había llegado a la Nueva España acompañando
al virrey don Martín de Mayorga.

La carta decía:

«La alta nobleza de su apellido y la respetabilidad de su familia son
ya motivos suficientes para hacerla una de las mujeres más comentadas
del virreinato, cosa que descubrí tan pronto como empecé a preguntar
por ella, pues incluso hay personas que sin conocer mucho sobre la
alta sociedad de nuestra colonia han escuchado hablar de ella o de
su familia. Pero la celebridad de su apellido no es lo único que la distingue, su fama es también atribuible sin duda a sus cualidades como
mujer. Parece ser que dedica gran parte de su tiempo y su fortuna en
sostener obras de caridad y financiar instituciones educativas, algunas
de ellas dedicadas a la enseñanza de los indígenas y jóvenes huérfanos. Me pongo a pensar que su generosidad para con los necesitados
nace de que se considera una mujer muy bendecida por Dios. Sin
duda ha sido una mujer, por encima de todo lo que te he comentado,
famosa por su belleza. Ha sido musa de músicos y poetas quienes se
inspiraron en ella para escribir sus versos. Se dice que cuando visitó
Madrid, su padre presentó a su familia ante la corte del rey Carlos IV

durante la fiesta de aniversario de su coronación, y fue entonces que su figura se hizo tan famosa entre la nobleza española que recibió propuestas matrimoniales del duque de Abrantes y el marqués de Mirabel. Es difícil encontrar mujeres que hayan disfrutado desde su niñez los dones de la belleza y la riqueza en tanta abundancia sin que la vanidad las haya hecho perder el buen juicio, pero la fama de Sofía Ibargüengoitia es la de una mujer sencilla y noble.

»Sofía sigue viviendo en la capital de la Nueva España. Después de haber escuchado tanto sobre ella, quedé tan intrigada que sin quererlo propicié un encuentro. Con mi amigo Ricardo Arizpe, asistí a una fiesta de aniversario de la Sociedad de Teatro de la ciudad de México. La noche de la fiesta me sentía un poco nerviosa pues nunca había convivido con personas de tanto renombre, pero la presencia de Ricardo me hizo sentir más segura. Algunos de los banqueros, comerciantes, gobernantes y gente con títulos de nobleza que conocí creyeron que yo era una duquesa europea recién llegada a la Nueva España, pues nunca antes me habían visto y yo les platicaba sobre lo último que estaba pasando en Europa. No te imaginas lo gracioso que fue todo. No sabía cómo reconocería a Sofía, hasta que la oportunidad se presentó sola. Al parecer Ricardo quería platicar con ella para proponerle financiar una nueva puesta en escena de una obra de Shakespeare, así que él tenía mucho interés en saludarla. Mientras brindábamos con un grupo de amigos de Ricardo, alguien llegó a saludarlo a él y le dijo: "Mi buen amigo, esta noche estás de suerte, me habían dicho que Sofía no vendría debido a otro compromiso en el palacio del virrey, pero vengo del vestíbulo de la recepción y Sofía acaba de llegar, ponte atento porque está a punto de entrar".

»Cuando escuché eso, volteé hacia la entrada del salón, vi entrar a Sofía Ibargüengoitia y se hizo un pequeño silencio. Nunca me había tocado ver cuando una mujer entra a un lugar y es capaz de provocar silencio porque todos detienen sus conversaciones para voltear a verla. Ricardo respiró aliviado al saber que tendría la oportunidad de saludarla y platicarle de sus planes. Tengo que confesarte, Fernando, que desde su entrada al salón no pude quitarle los ojos de encima pues estaba llena de curiosidad. Mientras ella saludaba a cada persona, yo pensaba cuál sería la historia que los unía a ella y a ti.

»Cuando Sofía llegó a donde yo me encontraba y Ricardo me

la presentó, tantas cosas vinieron a mi mente que no reaccioné de manera normal, no me di cuenta de que ella tenía su mano extendida hacia mí, yo estaba absorta viendo a aquella hermosa mujer y la imaginaba siendo tu amiga, platicando contigo, paseando por algún parque tomados de la mano. Ricardo me sacó de ese sueño en el que me encontraba aplaudiendo dos veces frente a mí, cosa que causó risas entre los amigos reunidos y me hizo despertar.

—¿Por qué no saludas a la condesa?

—Perdón, Sofía, me distraje.

»Como ya te imaginarás, el hecho de haberla tuteado ocasionó sorpresa en el círculo. Ricardo me vio con ojos de curiosidad, cómo queriéndome hacer entender que aquello era impropio, como si no lo supiera. Luego yo reaccioné.

—Perdón condesa, es sólo que he escuchado tanto de usted que siento como si ya la conociera.

—¡Oh!, me halaga usted con esas palabras, pero no se preocupe, yo misma a veces extraño que la gente me llame por mi primer nombre. ¿Y usted es?

—Ysabella Bárcenas, duquesa de Loira… ¡oh, no!, perdóneme condesa.

—Señora Ysabella, si continúa usted pidiéndome perdón me va a hacer sentir como el sacerdote con quien usted se confiesa —lo cual generó risas, luego Sofía continuó—, pero no se preocupe, siendo usted amiga de Ricardo ya me imagino la razón de sus equivocaciones, las bromas de Ricardo son famosas en toda la ciudad de México.

»Me sentí un poco avergonzada por mis tontos errores, pero la sencillez de Sofía me hizo sentir que no tenía importancia. Al parecer Ricardo es buen amigo de ella debido a los muchos años que él ha sido actor de teatro y ella miembro del consejo, por eso se quedó charlando mucho tiempo con nosotros. Fernando, lo siguiente que te voy a platicar es algo difícil de decir, no sé cómo lo vayas a tomar, así que procura leer esta carta cuando tengas una mente clara para pensar.

»Mientras conversaba con Sofía, Ricardo le habló de mi estancia en España y en Francia, pidió que le contara sobre mi visita al país de Napoleón Bonaparte.

—Bueno, condesa, la verdad es que me encantó Francia. Sé que ahora es difícil hablar de ese país por la guerra que en estos momentos tiene con España, pero siendo sincera, el tiempo que estuve en París fue hermoso y los amigos que conocí son inolvidables.

—Señora Ysabella, yo dejo la política a los gobernantes y la guerra a los generales. También para mí Francia es un hermoso país —la vi titubear un poco, como si reflexionara, y luego terminó por decir—: también conocí amigos inolvidables en ese país —lo dijo con cierta nostalgia.

—Sí, los franceses saben ser grandes amigos y gente muy interesante de quien aprende uno muchísimo.

»Lo dije sin poder contener mi curiosidad y no pude resistir la tentación de empujarla a continuar hablando de Francia. Perdóname, Fernando, si piensas que dije algo indiscreto. ¿Te acuerdas cuando me llevaste a la biblioteca de París a explicarme cómo emigró tu familia a la Nueva España?, bueno, pues modifiqué un poco la historia y dije que Adelina me había llevado a esa biblioteca.

—Además, son anfitriones excelentes, una de mis amigas, Adelina Betancourt, sabiendo que soy de la Nueva España, me llevó a una biblioteca en París donde había registros de las familias francesas que habían emigrado a América al comprar propiedades aquí, o habían establecido negocios. Fue de lo más interesante —cuando dije esto noté un chispazo de curiosidad en el rostro de Sofía.

—¿Algún apellido en especial que conozcamos en la Nueva España? —preguntó.

—Varios, los Betancourt, los Villagrán y De Montpellier —dije por fin.

—Perdón, ¿De Montpellier, mencionó usted? —dijo y me tomó del brazo para acercarse más a mí—. ¿Y conoció usted a alguien con ese apellido? —cuando me preguntó eso me di cuenta de que ella estaba un poco afectada, y dije:

—Mi amiga Adelina sí conoce a gente con ese apellido —cuando dije esto ella presionó mi brazo con más fuerza.

—¿Quién de los De Montpellier? —me preguntó viéndome a los ojos, suplicándome que continuara.

—No recuerdo bien, tal vez se llamaba Thierry, sí, Thierry De Montpellier. No me preguntes cómo pensé tan rápido en esa respuesta, y perdóname por ser tan indiscreta al grado de casi fallarte, pero gracias a Dios no te descubrí, tu secreto está a salvo. Cuando dije esto, ella se tranquilizó, sentí que su mano aflojó su fuerza sobre mi brazo y vi una expresión de decepción en su rostro. Luego soltó mi brazo.

—Sin duda ese apellido es muy común y ha de ser una familia muy grande —dijo—, y una familia muy especial —concluyó.

»Permaneció platicando un buen rato, y mientras estuvo con nosotros pude sentir que yo le agradaba. El tiempo pasó volando. Después se despidió diciendo que tenía que saludar a otros invitados. La vi alejarse y continuó saludando a más gente, pero pude notar un cambio en ella. Me pasé la noche siguiéndola con los ojos, tratando de ser discreta, ella siguió comportándose jovial y educada, pero yo la noté diferente, nostálgica. La fiesta fue agradable, los artistas siempre amenizan cualquier fiesta con su buen humor y sus divertidas historias, así que el tiempo se pasó volando. A la media noche vi desde lejos que se despidió de algunos amigos y se dirigió hacia la salida del salón. Justo antes de cruzar, volteó hacia mí y levantó el brazo para despedirse de mí. Sentí que me vio con una gran dulzura. Yo lo sé, porque soy mujer y conozco esos sentimientos, ella se marchó añorando algo.

»No puedo terminar de hablar de ella sin comentarte lo que sin duda es lo más importante para ti. Después de que ella se marchó, Ricardo notó mi curiosidad sobre Sofía y me pidió que lo acompañara a caminar al jardín, lo hizo para quedarnos solos y poder contarme lo que sabía de ella. Me dijo que había estado comprometida con un joven que desapareció sin dejar rastro, no se sabía por qué. Nunca se había podido confirmar aquella historia porque ella nunca decía nada al respecto y al parecer su padre le había exigido guardar el secreto. Ella sólo conservaba de aquella promesa un pequeño crucifijo de oro que había pertenecido a la madre del joven, quien se lo había regalado a su hijo para que se lo diera a la mujer con quien decidiera comprometerse. Decían que ese crucifijo había pertenecido a una duquesa cercana a la corte del rey Luis XIV, porque la madre del muchacho había sido una francesa de muy alto abolengo, pero la verdad era que nunca nadie había visto el crucifijo. Ricardo me dijo que a Sofía la mandaron a España durante varios años y se rumora que fue justo después de la desaparición del muchacho. Al parecer ella era muy joven cuando sucedió todo.

»Fernando, no puedo dejar de pensar en que tú eras aquel joven que estuvo comprometido con ella y me entristece pensar en cómo la vida los ha separado. Yo supuse que mi tragedia era única, pero ya veo que tú también has tenido que reponerte al dolor de perder al ser que adoras. Al saber de tu historia y la de ella me siento todavía más responsable que nunca de hacerte saber lo sucedido con su vida y por eso te escribo esta carta llena de tantos detalles. Me imagino que tú mismo quieres también hacerle saber a ella lo que sucedió contigo, que mueres de ansias por contarle que estás vivo y enamorado de ella, pero puedes tener la seguridad de que de mi boca nunca saldrá una palabra. El único que tiene el derecho de hacerlo eres tú.

»Hay algo más. Te mencioné que Ricardo decía que el único detalle que se podía comprobar de la historia de Sofía Ibargüengoitia y su prometido secreto era el pequeño crucifijo que le había dado ese joven como muestra de su compromiso, pero que nunca nadie lo había visto, hasta que semanas después, Sofía nos invitó, a Ricardo y a mí, junto con un pequeño grupo de actores y músicos a un día de campo al lado de un río en las afueras de la ciudad de México. El viento soplaba trayéndonos el aroma de los pinos e insistiendo en levantar el mantel que habíamos tendido. Después de un rato de haber llegado, Sofía le pidió a un violinista y un tocador de arpa que nos deleitaran con algunas melodías. Fue un momento sublime, yo misma no pude evitar la tentación de dejar que mi pensamiento volara hacia los recuerdos de mi difunto marido. Estaba en esos pensamientos cuando la vi sacar de su bolso un pequeño estuche negro, el cual contenía un pequeño crucifijo dorado que se colgó al cuello.

»Sé que en estos momentos, mientras lees mi carta, mil pensamientos se han de estar apilando en tu mente. Sé que será imposible evitar que tu corazón empiece a galopar como un potro que corre sin rumbo fijo. Pero tengo que mencionarte algo más, sé que será doloroso, pero si no lo aclaro, puede ser muy peligroso. Siendo tú un hombre tan inteligente, ya habrás deducido de qué se trata. Era algo natural en cualquier mujer y más en ella, una dama con tantos dones, Sofía es una mujer casada. Sé que en el momento de escribir estas líneas estoy clavando una espina en tu corazón, pero sería muy peligroso para ti este punto. Sé que te lo habrás imaginado durante muchos años, pero tristemente me toca darte esta noticia. Ella contrajo matrimonio hace tiempo y tiene hoy tres hijos, dos hombres, Gonzalo y Andrés Felipe, y una niña, Mariela. Su esposo se llama don Gonzalo Fernández de Córdova, conde de Santángelo, se casó con ella mientras se encontraba en España. Después el conde decidió venir a la Nueva España y la trajo de regreso a México. El día de campo tuve la oportunidad de conocer a sus hijos, son encantadores y han heredado de ella muchas virtudes.

»Sé que no tengo yo el derecho de pedirte que dejes de pensar en ella, pero sé que tu corazón es grande y en él no puede caber el pensamiento de romper un hogar. Yo no soy nadie para pedirte que seas más fuerte que el destino, que abandones una ilusión alimentada durante tantos años, pero sé que tu corazón es sólido y encontrarás las fuerzas para hacer lo que un hombre de tu fortaleza de espíritu sabe que es lo correcto. Sé que el destino les jugó a ti y a ella una mala carta, pero cuando una pareja se une en matrimonio y Dios los bendice con el don de los hijos, ya no es posible aspirar a tener a alguna de esas personas a nuestro lado sin poder evitar una catástrofe para alguien, en especial para tres hijos que quedarán marcados para siempre si la unión de sus padres es destruida por alguien más.

»Fernando, yo sí he estado casada y sé lo que eso significa en una mujer como Sofía. Cuando una mujer noble y auténtica se casa, aspira a entregarse por completo a su marido, aspira a pasar todos los años de su vida cuidando de él y que éste cuide de ella, quiere encontrar en su unión con él y en los hijos algo que tú como militar que ha peleado docenas de batallas debes de conocer bien, un ideal por el cual estar dispuesto a dar la vida. No se trata de un sentimiento de juventud, no se trata de hacer el amor a la luz de la luna y sentirnos felices cuando despertamos al lado de aquella persona que adoramos. Una pareja que se ha jurado un amor auténtico, como el que me imagino que Sofía profesó ante el altar el día que se casó, es una pareja que sufrirá mucho si alguno de los dos es arrebatado del otro, o si alguno de los dos decide dejar el vínculo matrimonial para ir en busca de falsas ilusiones que no pueden durar mucho tiempo. Sufro al pensar en todo lo que has perdido en tu vida, pero sufro más al pensarte cometiendo un error, del cuál un alma honorable como la tuya se arrepentirá por el resto de sus días. Arrebatar la virtud a una mujer que vive en matrimonio, más aún, con hijos, es cosa de hombres sin conciencia que pueden hacer daño sin sentir remordimiento. Yo sé que tú no eres así y por eso no podrías vivir tranquilo aun cuando la tuvieras contigo.

»No sé qué más decirte. Pero puedo con toda seguridad decirme a mí misma que eres un hombre fuerte, con un corazón tal vez endurecido por la guerra, pero que abraza grandes ideales, honor y virtud. Me despido, pero quiero decirte algo más. Perdí por un momento la fe cuando mi marido murió en circunstancias tan trágicas, y engañada con mentiras que mancharon su memoria, pero Dios te envió a mí para limpiar la memoria de aquel hombre que amé con toda mi alma y para darme nuevas ilusiones por qué vivir. Por eso ahora rezaré con tanto fervor, como no lo hacía desde que perdí a mi marido, para que ilumine ese corazón tuyo tan noble y te dé fuerzas para encontrar el amor y la felicidad, que sane la herida que el destino te hizo hace tantos años. Tu amiga, Ysabella».

Esta carta llegó un día antes de que Fernando saliera a batirse una vez más. Antes había sido fuerte frente a los austriacos, los ingleses, los rusos, mañana serían los españoles, nunca había importado mucho quién le disparaba, esa noche no le importaba en lo más mínimo. Él se encontraba en otro lugar, su cuerpo pisaba el campo de batalla, pero su pensamiento, la verdadera esencia de su ser, viajaba a un continente lejano, a un tiempo pasado. Luego susurró en voz baja: «Sofía, cuándo dejarás de partirme en pedazos».

Él había luchado por perdonarla, había hecho un esfuerzo honesto por desearle felicidad con quien fuera que ahora ella viviera su vida; lo hizo porque deseaba ser feliz otra vez, algo que sólo podía lograr dejando el pasado atrás. Pero su memoria se negaba a marcharse, fue corto, pero había sido perfecto. Una idea en especial le vino a la mente. Con ojos llorosos, el capitán De Montpellier miró hacia el cielo estrellado. Tal vez le pedía que una bala se pusiera en su camino la siguiente mañana para así terminar con todo, acabar con el dolor de pensar que ahora enfrentaba la obligación de respetar a la mujer que pertenecía a alguien más. Fernando no sabía lo cerca que estaba de cumplirse su deseo. Pero la inesperada llegada de un mensajero sacó al capitán de su estado de contemplación.

—¡Capitán De Montpellier! Tiene que venir a ver esto —dijo el joven oficial y señaló una carreta de carga que llegaba con dos cuerpos. El capitán creyó que se trataba de su amigo Felipe Marmont, pero al llegar hasta ellos comprobó que no, eran los cuerpos de un anciano y una mujer, de la cual Felipe Marmont había estado enamorado. Al comprobar que el hombre estaba muerto pero la chica aún con vida, De Montpellier pidió que la bajaran, fue entonces que se fijó que el vestido de la muchacha estaba empapado de sangre y desgarrado por la espalda, mostraba señales de latigazos.

6

Murchante, unas horas antes

Era de noche, la caravana de caballos llegó a la granja donde unas pocas tropas españolas estaban acampadas. El centinela del campo los vio aproximarse y ondeó la antorcha en el aire, la caravana respondió con la señal esperada. El centinela los dejó pasar. En la caravana había una carreta tirada por una mula que transportaba a una mujer atada de manos. El centinela distinguió al líder del grupo, un hombre con cicatrices en su rostro.

Una vez en el campamento, el de las cicatrices bajó del caballo y ordenó a sus hombres que metieran a la mujer en el granero. El centinela se aproximó a él sabiendo que una discusión era inevitable.

—Señor Bocanegra, el teniente Valderrama dejó en claro que él no toleraría este tipo de cosas —el hombre siguió caminando como si nada—. ¡Señor Bocanegra! ¡Escúcheme! —dijo el centinela.

—¡Cállese! —gritó poco antes de llegar al granero y cerrar la puerta tras de sí.

Dentro del granero, Bocanegra ordenó que amarraran a la mujer a uno de los pilares de madera, quedando sostenida sólo por las puntas de sus pies y con la cara contra la rugosa madera del pilar.

—Te pregunto por última vez, ¿dónde está? —dijo Bocanegra tirando de su negro cabello.

—Nunca te diré.

—Veamos hasta dónde llega el silencio de una mujer enamorada. María, yo te voy a hacer hablar.

Bocanegra era un criminal lleno de odio y resentimiento. Las cicatrices en su rostro eran un complemento de la imagen invisible de su alma. María estaba aterrada, pero sintió la necesidad de responder, de herirlo con la única arma que tenía en ese momento: su orgullo; así que hizo un esfuerzo y comenzó a reírse.

—Miserable, te ha de haber dolido como un cuchillo ardiente que te haya rechazado. Sé que le ofreciste a mi padre comprarme, pero él nunca hubiera vendido a su hija. Entonces trataste de sobornarme y yo también te rechacé, tu dinero y tus joyas. Prefiero a un hombre sencillo y valiente —ella logró hacer que el hombre perdiera el control y continuó—. Esas cicatrices en tu cara son producto de lo que hay dentro de ti, maldito.

—Así que no te gustan mis cicatrices —dijo el hombre con una sonrisa terrible.

Teodosio Bocanegra era famoso por su falta de límites en los métodos que usaba para lograr sus metas. Era un hombre paciente, pero si había algo que lo podía hacer perder la paciencia era el orgullo de una mujer que retara su poder.

—Pues qué mala suerte —dijo Bocanegra y azotó su látigo contra la cara de María—. Ahora eres tan fea como yo.

—Nunca te diré dónde está —dijo lloriqueando y ocultando su rostro. El recuerdo de Felipe Marmont le daba valor para enfrentarlo.

—Y yo ya te lo dije, de una forma u otra harás lo que yo quiera.

Entonces Bocanegra agarró el vestido de la muchacha y de un jalón rompió la tela que le cubría la espalda. Ella se sintió desnuda y avergonzada. Bocanegra agitó su látigo un par de veces sobre la espalda de María.

—¿Dónde está Felipe Marmont?

—¡Vete al diablo! —respondió ella. Entonces él le dio otro latigazo y ella gritaba de agonía, pero no entregaría a su prometido.

María estaba a punto de desmayarse cuando llegó un grupo de hombres. Ella no sabía quiénes eran, estaba a punto de perder la conciencia, pero al menos el castigo se detuvo. Escuchó un tumulto de gente y una voz que estalló como un trueno.

—¡Bocanegra, ¿qué demonios está usted haciendo? —preguntó el teniente Valderrama—. Ya le había dicho que no toleraría semejante comportamiento. Esta mujer es una española. Cómo puede usted hacerle esto a uno de nosotros.

—Esta mujer que usted defiende, teniente, le estaba dando protección al enemigo.

—Me importa un diablo eso, las cosas aquí están bajo mi autoridad.

—¿Tengo acaso que recordarle, teniente Valderrama, que Fernando de Montpellier, un hombre a quien esta familia protegió en el pasado, es el responsable de las muertes de su madre y su hermano? Yo soy un hombre de resultados, y los resultados de mis acciones serán estos: si capturamos a Felipe Marmont, atraeremos a De Montpellier, no hay forma de que el capitán rechace venir a nosotros, le tenderemos una trampa.

—Nunca hable usted de mi familia, Bocanegra. ¿Me escuchó? Y nunca me diga cómo hacer mi trabajo —gritó Valderrama encendido.

—¡Yo no estoy bajo su autoridad, teniente! Tenga cuidado con la forma de hablarme.

Bocanegra tenía razón y Valderrama lo sabía. Bocanegra era el hombre enviado por sus superiores para hacer el trabajo sucio. En ese momento estaban buscando a un agente enemigo y a Bocanegra le había sido dada una gran autoridad para conseguirlo.

—Yo ya estoy trabajando en arreglar este asunto. ¡Ya le había dicho que estaba por arrestar al padre de la muchacha, y ya lo hice!

—¿Y qué tal le ha ido con eso? ¿Le ha dicho algo importante? No ha dicho nada, ¿o sí? —preguntó Bocanegra.

—Sólo necesito tiempo, yo lo haré hablar.

—El padre de la muchacha no hablará, teniente, Fernando de Montpellier y Felipe Marmont salvaron la vida de su hija hace años, rescataron a la muchacha de ser violada por tropas enemigas, su padre les debe eso a los dos franceses. ¿Cree usted que él traicionaría a alguno de los hombres que salvaron a su hija de semejante tragedia?

—¿Y entonces qué hará? —preguntó el teniente—. ¿Darle de latigazos a esta mujer hasta que muera?

—Mi plan está resultando, estamos a punto de saber dónde se esconde el agente francés.

—¿Cómo, Bocanegra?

—Ya lo verá, entrégueme a su padre y ya lo verá.

—Traigan al hombre para acá —ordenó Valderrama al adivinar el plan del otro verdugo.

El viejo llegó encadenado de pies y manos. Un grupo de cuatro hombres lo bajó de la carreta y lo llevaron hasta la puerta del granero.

—Gustavo Larrañaga, hace tiempo que no nos vemos. Yo hubiera esperado con gusto hasta vernos en el infierno, pero pues qué le vamos a hacer. Te tengo una sorpresa —dijo Bocanegra.

Don Gustavo pensaba que su hija había escapado a Francia. Pobre viejo, sería una terrible sorpresa. Bocanegra lo llevó dentro del granero. El espectáculo ante sus ojos lo destrozó, aunque no pudo verle el rostro, de inmediato la reconoció. Un sentimiento de angustia infinita se apoderó de él, se lanzó hacia ella y trató de tomarla en sus brazos y protegerla con todo su cuerpo, pero no podía porque sus manos estaban atadas detrás de su espalda. La presencia de su padre hizo a María despertarse por momentos del estupor causado por los latigazos.

—¡Dios mío! —dijo ella rompiendo en llanto. Su padre no pudo controlar sus emociones y ambos se fundieron por un instante compartiendo su desesperación. Durante este corto momento la muchacha expresó su deseo más grande— Papito, por favor, no les digas dónde está Felipe, por favor, no les digas.

Después de dar rienda suelta a sus lágrimas por unos segundos don Gustavo sintió en su pecho una emoción explosiva. Sintió la ira quemar su sangre y se volteó. Sin pensarlo trató de abalanzarse sobre Bocanegra, pero los cuatro hombres que lo habían arrestado estaban listos, sabían que el viejo era todavía fuerte, peligroso, y justo en ese momento, cuando estaba a punto de alcanzar a Bocanegra, los cuatro le saltaron encima. Él luchó, pero los guardias lo golpearon con la culata de sus rifles una docena de veces y el viejo sucumbió.

—Ya sabes lo que te voy a preguntar, Gustavo, y ya sabes cuál será el premio si me lo dices, pero déjame aclararlo mejor, porque de esa forma sabrás de las terribles consecuencias si me das las respuestas equivocadas. Tú me dices dónde está Felipe Marmont y qué está escondiendo para Fernando de Montpellier y a ti y a tu hija los dejo en libertad. De otra manera, mantendré a tu hija aquí en el cuartel con las tropas y tú sabes lo que les sucede a las mujeres que se quedan en los campamentos militares.

—Está en el sótano de mi tienda, la casa junto a la iglesia —dijo el viejo sin esperar un latigazo más.

El teniente Valderrama había visto todo el episodio sintiendo una gran vergüenza. Bocanegra era un desalmado, pero siempre obtenía lo que quería. El teniente Valderrama ordenó a su escuadrón alistarse y salió junto con sus hombres a buscar aquello que pondría en sus manos a Fernando de Montpellier, el asesino de su hermano, y el causante indirecto de la muerte de su madre; una mujer llevada a la locura y luego a la tumba cuando perdió a su hijo más pequeño.

El grupo de jinetes entró al pueblo cabalgando a toda prisa por las calles y se dirigieron a la tienda de don Gustavo Larrañaga. Felipe Marmont, desde el sótano, escuchó las pisadas de los caballos y cómo los hombres que venían por él derribaban la puerta de la tienda. Felipe era un hombre de guerra, listo para pelear y morir en el acto, pero aun así, en esa situación, estaba nervioso, en ese momento necesitaba concentrarse si quería tener una oportunidad de salir de ahí con vida.

Don Gustavo le había dicho que había un túnel que iba del sótano hasta el jardín de la iglesia, justo al lado de la tienda. Era un túnel muy pequeño, sólo un hombre a la vez podría entrar en él y tendría que arrastrarse todo el camino. Una vez dentro del túnel tendría que jalar una palanca que dejaría caer una placa de concreto sobre la entrada, de esa forma cortaría el paso a sus perseguidores. Marmont estaba ya dentro del túnel y estaba buscando la palanca, pero el túnel estaba completamente oscuro y Marmont no tenía más fósforos, tentaba las paredes tratando de encontrar la palanca. Podía escuchar la puerta del sótano a punto de derribarse. Sin pensarlo más, sacó su pistola y empezó a arrastrarse dentro del túnel. La puerta sucumbió y los hombres entraron al sótano.

—¡Aquí! —gritó uno de ellos. El resto de los hombres corrieron hasta el lugar.

—¡Maldita sea! —exclamó el teniente Valderrama al ver la entrada del túnel.

—Yo voy, teniente —dijo uno de sus hombres.

Un segundo después escucharon un disparo y ese hombre murió a manos de Marmont. El teniente Valderrama se adentró un poco al túnel y tomó al hombre muerto por las piernas. Nadie quería entrar, pero el teniente sabía lo que debían hacer.

—Todos. Apunten los rifles hacia la entrada del túnel. ¡Fuego! —gritó el teniente y una ronda de disparos llenaron de plomo el interior del túnel—. ¡Otra vez! —ordenó.

Uno de los hombres encendió una de las lámparas de aceite que traían y la pusieron frente a la entrada del túnel. Todos esperaban ver un cuerpo humano destrozado por los disparos, pero no encontraron nada.

Desde los tiempos del Imperio romano, cuando las ciudades tenían que ser fortificadas con murallas y se tenían que excavar túneles para escapar en caso de que las fuerzas enemigas lograran franquear las defensas, los constructores de semejantes fortificaciones hicieron túneles en zigzag. Luego, cuando las armas de fuego se inventaron, otra innovación les fue añadida a los túneles de escape: pequeños agujeros del tamaño de una mano eran excavados al otro lado de la curva y conectaban ambos lados, desde ese punto el escapista estaría protegido de sus perseguidores, y a través del pequeño hueco, les podría disparar. Justo eso fue lo que hizo Marmont. Pero de esta forma no se podía pelear contra una docena de rifles, así que después del primer disparo, con el cual se deshizo del primer valiente que entró en su persecución, Marmont continuó arrastrándose hacia adelante y sus perseguidores entraron al túnel después de dos rondas de disparos.

Entonces Marmont llegó a un lugar donde el túnel parecía agrandarse permitiéndole ponerse de pie. Estaba todavía oscuro y no podía saberlo con toda certeza, pero ahora parecía estar en una especie de pasillo, lo cual lo hizo sentirse aliviado. Enseguida se percató de que sus perseguidores estarían ahí también, llevaban luz para iluminar y una docena de armas, su ventaja sobre ellos disminuiría mucho, necesitaba salir de ahí rápido. Así que empezó a correr en la oscuridad, tentando las paredes. De pronto empezó a ver más claro, era una luz que provenía de la lámpara de sus cazadores, quienes se estaban acercando a la salida del túnel. Por fortuna, esa poca luz le dio la oportunidad de ver una puerta más adelante. La abrió y estaba justo por salir cuando escuchó un disparo y sintió un dolor punzante en su pierna derecha. Cerró de golpe la puerta detrás de sí y logró asegurar el candado.

Marmont estaba en la sacristía de la iglesia. Corrió hacia la puerta, la abrió y se encontró en el altar mayor. Luego se dirigió hacia una de las entradas laterales y se encontró en el jardín. Desde ahí caminó hasta la entrada y desde lejos alcanzó a distinguir a unos soldados españoles que hacían guardia en la calle, en la entrada de la tienda de don Gustavo, la cual estaba frente a la iglesia. Corrió hacia el jardín trasero buscando otra salida pero no había ninguna y las paredes del jardín eran demasiado altas para brincarlas.

Corrió hacia un árbol y empezó a escalarlo, pero la herida en su pierna, aunque superficial, era dolorosa y hacía el esfuerzo algo difícil. Alcanzó las ramas superiores, vio una que cruzaba la pared y se agarró de ella con su mano derecha. «Tal vez salga de aquí después de todo», pensó. Estaba muy cerca de llegar a la pared, pero su pierna le dolía cada vez que se apoyaba en ella. «Dios», pensaba. Cada vez que daba un paso le daban ganas de gritar, pero tenía que resistir. Ya casi estaba ahí, sólo unos pocos pasos más y lo lograría. Para ese momento los españoles ya habían llegado al jardín y lo estaban buscando. Marmont los vio y su corazón se aceleró, dio un paso más y finalmente llegó. Lo había logrado. Pero sintió un dolor aún más grande que cualquier tortura física cuando llegaron hasta él las palabras del teniente Valderrama.

—Marmont, si quieres volver a ver a María, detente ahora mismo —Felipe, a punto de saltar, se detuvo, se dio la vuelta y vio a Valderrama—. ¿Reconoces este pañuelo? —Marmont se paralizó.

Con la escasa luz de las lámparas de los guardias Marmont alcanzó a distinguir un pequeño pedazo de tela que el teniente sostenía en su mano. Marmont sintió su pecho llenarse de furia. Su pistola ya no tenía balas, así que sacó la espada que cargaba. Saltó hacia el jardín cegado por la sed de venganza, listo para enfrentar a cuantos hombres quisieran pelear con él, pero estaba herido. Tan pronto como tocó el suelo su pierna se dobló y cayó al piso, trató de ponerse de pie pero no tenía sentido. Pensó que iba a ser acuchillado por una docena de bayonetas, pero no fue así. Todos estaban inmóviles.

—¡Malditos! —gritó.

—Si quieres que tu mujer viva, darás tu vida por la suya, la dejaré vivir, pero tú morirás —Marmont respiró profundamente cuando escuchó estas palabras y trató de calmarse—. Ahora suelta tu espada —dijo Valderrama.

El juego había terminado; un instante después, uno de los soldados golpeó a Marmont con la culata de su rifle y perdió el conocimiento. Luego le ataron las manos. Cuando Valderrama se acercó a Marmont, la espada del francés le llamó la atención, era sin duda de gran valor, de un diseño muy especial y parecía tener unas inscripciones que nadie entendía. El teniente tomó la espada y la sopesó, era evidente que no era una espada regular de batalla, ésa era una pieza de colección.

—¿Cree usted que esto es lo que busca Bocanegra? —preguntó uno de los hombres de Valderrama. El teniente no había pensado en ello, pero bien podría ser.

—Tal vez —respondió Valderrama mientras miraba la espada—. Sargento, cabalgue de inmediato hasta el cuartel general y dele esto al coronel Leonel Montesqueda —su subordinado salió de inmediato y entonces Valderrama se dirigió a todos sus hombres—. Escúchenme bien, nadie mencionará nada de esto a Bocanegra cuando regresemos a la granja.

El teniente Valderrama regresó pronto a la granja donde la mujer y su padre estaban prisioneros. Entró al granero seguido de cuatro hombres que llevaban prisionero a Marmont. Bocanegra estaba ahí para recibirlos, cuando vio el mal estado de Marmont sintió un cierto gusto, pero por alguna inexplicable razón se sintió también un poco incómodo. Éste era el hombre por quien María lo había rechazado y ahora él, Bocanegra, tenía el poder de perdonarle o quitarle la vida a los dos. Caminó hacia Marmont y buscó entre sus ropas, pero al parecer no encontró lo que buscaba.

—¿Portaba algo más este hombre cuando lo encontraron? —preguntó Bocanegra al teniente.

—No —respondió Valderrama.

—¿Está usted seguro?

—Bocanegra, ¿qué es lo que usted está buscando? Tal vez si yo supiera eso con lo que usted está obsesionado por encontrar, yo hubiera podido buscarlo en el lugar donde encontré al prisionero. Pero usted se rehúsa a decirme nada.

—No puedo hablar de eso —dijo Bocanegra y se alejó del teniente volviendo su atención hacia Marmont—. ¿Ves lo que le has ocasionado a tu mujer? —le dijo apuntando hacia el lugar donde María estaba amarrada al poste de madera.

—María —exclamó Marmont.

Éste sintió la furia correr por sus venas y trató de lanzarse sobre Bocanegra, pero antes de que pudiera intentar cualquier cosa los cuatro hombres que lo sostenían le dieron otra paliza. María escuchó su voz y volteó para ver al recién llegado, y cuando vio a su amado recibir los golpes comenzó a llorar y gritar.

—¡Detente, por lo que más quieras, detente! —decía ella, y en ese mismo momento sintió una gran vergüenza y trató de esconder su cara.

—Ahora —dijo Bocanegra— te voy a explicar lo simple que es todo esto. Tú le escribes una carta a Fernando de Montpellier pidiéndole que venga por ti, solo, sin ningún truco y dejaremos a tu novia en libertad.

Felipe Marmont entendió el porqué de todo aquello y un terrible conflicto empezó a destrozar su corazón. Si quería que María viviera, tendría que convertirse en un Judas, tendría que vender a su amigo, al hombre que solía llamar «hermano».

—Bien, parece ser que has entendido el asunto —dijo Bocanegra y pidió que le llevaran un pedazo de papel y una pluma con tinta para Marmont—. Ahora, empieza a escribir —dijo y chicoteó el látigo a pocos centímetros de María.

—No. Detente —gritó Marmont—, escribiré lo que quieras.

—Sé que lo harás —dijo Bocanegra—, pero no tengo todo el tiempo del mundo para esperar —entonces Bocanegra estrelló su látigo contra la espalda de María una vez más. La muchacha gritó y Marmont sintió que se le rompía el corazón.

—¿Te queda claro ahora?

—Sí, pero deja de pegarle —dijo Marmont y comenzó a escribir.

Cuando Marmont terminó de escribir la carta, Bocanegra la empezó a leer. «Fernando, María, su padre y yo estamos a salvo, nos estamos escondiendo en la granja del padre de María en Murchante. Pero necesito tu ayuda, por favor ven a rescatarnos».

—¿Por qué hiciste semejante cosa, Marmont? —dijo Bocanegra moviendo su cabeza de un lado al otro.

—¿Hacer qué? Hice lo que me pediste —Marmont pensó que todo iba a salir bien, pensó que tal vez el truco podía funcionar, pero Bocanegra era un hombre muy astuto.

—¿De verdad?, ¿hiciste lo que te pedí? —Bocanegra respiró, como una forma de preludio para hacer saber a su presa que había descubierto su truco—. Escribir mal tu nombre, con una *n* de más.

Marmont trató de hablar, pero no sabía que decir y se le atoraban las palabras, había sido descubierto en el acto y estaba tratando de convencer a su verdugo de que no había hecho nada. Ése era un truco común que algunos espías usaban cuando trataban de alertar a sus compañeros de que estaban en peligro o que había algo más escondido en la correspondencia que les estaban enviando.

—Por favor —dijo el muchacho llorando—, escribiré la carta de nuevo, pero por favor, ya no la golpees.

—Muy tarde, Marmont, fui paciente, generoso, pero parece que tú no estás dispuesto a cooperar tan fácilmente. Parece ser que voy a tener que usar otras medidas —dijo Bocanegra, entonces se volteó hacia sus hombres—: tráiganme al viejo —los soldados fueron hacia el poste donde el padre de María estaba atado—. Llévenlo al patio y preparen un escuadrón de fusilamiento —les ordenó.

—No, por favor, haré lo que quieras. No mates a mi padre. Me casaré contigo, pero por favor, deja vivo a mi padre.

—Señor Bocanegra, ninguna ejecución se realizará aquí sin mi autorización —intervino Valderrama.

—Teniente Valderrama, ¿está usted insinuando que se opondrá a mi decisión en este asunto?

—Por supuesto que me opondré, no necesitamos esto, ya tenemos todo lo que queríamos.

Cuando el teniente Valderrama intervino, María sintió como si un rayo de esperanza brillara en medio del drama que estaba a punto de ocurrir. Pero Bocanegra, una vez más, jugó sus cartas.

—Teniente Valderrama, tendré que recordarle que Gustavo Larrañaga es un hombre que dio asilo al enemigo, él protegió a un agente francés y por dicha razón es culpable de un delito que se castiga con la pena de muerte, y usted, al oponerse a esta sentencia, se está oponiendo a los principios de guerra ordenados por la Junta Suprema Central que detallan el trato que se les debe dar a los traidores.

—¿Si ya tenía todo esto planeado desde antes, para qué toda esta farsa? ¿Para poder culpar al muchacho francés por la muerte del padre de la muchacha? —preguntó Valderrama considerando lo dicho por Bocanegra.

El teniente había dado con el clavo. Bocanegra quería que la muchacha odiara a su prometido por ser el responsable de la muerte de su padre. Bocanegra fue descubierto en el acto y por alguna extraña razón se sintió avergonzado, pero pronto se sacudió la vergüenza diciéndose que sólo estaba jugando bajo las reglas de un mundo injusto. María escuchó la discusión y dejó de suplicar clemencia y empezó a dejar correr la ira que se había acumulado en ella.

—Gusano —le dijo a Bocanegra y le escupió a la cara—, cuando te encuentre Fernando de Montpellier, te va a partir en pedazos.

Valderrama tenía razón, pero también Bocanegra, nada cambiaba y el teniente no podía oponerse más. María lamentó sus actos de odio pensando que todavía podía salvar a su padre y volvió a sus súplicas desesperadas, pero nada cambió. Sin embargo, Bocanegra aún tenía algo en mente y les dijo a dos de sus hombres que la acercaran.

Bocanegra quería que ella viera el ritual de preparación del escuadrón de fusilamiento. Ella seguía suplicando clemencia, aunque sin ningún efecto. Ataron a su padre a una silla de madera, lo vendaron y el escuadrón se formó a unos pasos, entonces Bocanegra empezó la secuencia.

—Preparen. Apunten… —hizo una larga pausa para que María pudiera ver el poder que él tenía sobre sus vidas, dándole esperanza sólo para quitársela después, y finalmente dijo— ¡Fuego!

Ocho detonaciones resonaron y el cuerpo sin vida de don Gustavo Larrañaga cayó de la silla al suelo. María no pudo más, había sangrado mucho a causa de los latigazos, se había cansado hasta el agotamiento suplicando y odiando, y finalmente se desmayó. Después de que todo terminó, Bocanegra tomó un momento para pensar su siguiente paso, luego se acercó a Valderrama.

—Teniente, ya tenemos un medio seguro de atraer a De Montpellier a nuestras manos. Usaremos la carreta que utilizamos para transportar prisioneros y le enviaremos el siguiente mensaje: un hombre muerto y una mujer a medio morir.

7

Cañón de cuatro libras

En la misma carreta en la que llegaron los cuerpos, el médico del campamento constató que María estaba aún con vida y que traía un trozo de papel atado en su vestido. Era la carta de Marmont.

—¿Cómo se encuentra, doctor? —preguntó Fernando.

—Ha perdido mucha sangre —dijo el doctor tomando un largo respiro—. Creo que será mejor buscar a un sacerdote para esta niña.

Fernando ya estaba alterado por la carta de Ysabella y la desaparición de Marmont, pero cuando vio ese horrible espectáculo casi perdió el control. Empezó a maldecir y juró que mandaría al infierno a los responsables de aquello. Sus hombres trataron de calmarlo, pero le llevó un momento controlar su ira. Le había prometido a una persona muy querida hacía varios años que nunca mataría por odio o venganza, pero en aquel momento hubiera traicionado esa promesa; si hubiera tenido a los torturadores de María enfrente, les hubiera abierto la garganta.

Habría que pensar en un plan: correr a la granja de don Gustavo, en Murchante, pero buscar venganza era asegurar su muerte y la de Marmont sin ningún sentido. No podía ir en compañía de muchos de sus hombres, e ir solo era entregarse a las demandas del enemigo; en cualquier escenario, él y Marmont, sin duda alguna, morirían. ¿Cómo iba a rescatar a su amigo de las manos del enemigo? Tendría que pensar en algo ingenioso. Llamó a tres de sus hombres, aquellos en quienes sabía que podía confiar más y que sabía que estaban en deuda con Marmont, hombres que se arriesgaban a hacer cosas peligrosas.

—Teniente Arnoldo, necesito que me consiga «la caja» —dijo Fernando.

—¿La que hemos estado usando para experimentar con transportes blindados?

—Esa misma, y voy a necesitar que la refuerce con todas las hojas de acero que pueda encontrar.

—Va a ser difícil, todos en el campo están usando lamina de acero para maquinaria y carruajes de carga.

—Haga lo que pueda —luego Fernando dio órdenes a Lamberto—. Teniente, usted es uno de los amigos más cercanos de Felipe Marmont y uno de los mejores artilleros que tengo, voy a necesitar su ayuda. No le voy a mentir, la misión es peligrosa, el enemigo nos estará esperando, nosotros seremos muy pocos y el enemigo más numeroso.

—Capitán, por Marmont corro el riesgo que sea —contestó Lamberto.

Fernando se sintió agradecido con aquellos hombres a quienes les pidió ayuda. Cuando les explicó que lo que pretendía hacer era para liberar a Marmont y traerlo de regreso sano y salvo todos respondieron que sí de inmediato. Marmont era un hombre con una reputación de honor y lealtad en varios regimientos. Era similar al mariscal Jean Lannes, uno de esos hombres amado por casi todos sus hermanos de armas.

—Gracias, teniente Lamberto. Ahora, necesito que consiga un par de barriles de pólvora y un cañón de cuatro libras.

—Cuente con ello, capitán, ahora, si me permite preguntarle, ¿en qué formación nos alinearemos para esta operación?

—Aquí está Murchante —dijo Fernando señalando un mapa que tenía sobre su mesa de campaña—, y en esta colina, la granja de don Gustavo. Iremos a esta posición, justo encima de la colina, desde donde el enemigo puede vernos y disparar contra nosotros, pero no podrá alcanzarnos, nosotros les estaremos apuntando desde esta posición más elevada y eso nos dará la ventaja de un mayor alcance. Ahora, el plan de ataque es éste —dijo y volvió a señalar el mapa.

El sol no brilló esa mañana sobre los campos de Navarra. Las nubes cubrían el horizonte y una suave llovizna refrescaba las caras de los soldados. Fernando, listo para el combate, miró una vez más el sobre que contenía la carta de Ysabella y la puso en el bolsillo interior de su saco, cerca de su corazón. Luego Fernando tomó la otra carta, la escrita por Marmont y la puso en el mismo bolsillo. Después, como todo soldado justo antes de entrar en combate, aunque fuera un hombre de fe o no, miró al horizonte y haciendo la señal de la cruz encomendó su alma al cielo.

En el pequeño pueblo de Murchante, en la granja de don Gustavo, el teniente Valderrama observaba a través de su catalejo las formaciones enemigas, ansioso de ver aparecer al hombre que pensaba era la raíz de todas las tragedias de su familia. Tenía en su poder lo que sabía era una carnada irresistible, Felipe Marmont, y como todo buen cazador, esperaba a que su presa apareciera. El combate comenzaría en cualquier minuto. El teniente siguió mirando a través de su catalejo; ahí estaban los franceses preparando la batalla. Pero no sabía quién era Fernando de Montpellier, ¿cómo lo distinguiría? A lo lejos vio a dos transportes despegarse del cuerpo principal de las fuerzas francesas, eran dos carretas, de esas utilizadas para transportar municiones y hombres. Un hombre iba al mando de cada carreta y poco a poco se empezaron a acercar a la granja. El corazón de Valderrama se empezó a acelerar, puso el catalejo en el suelo y empezó a observar al grupo que se acercaba a través de la mira de su rifle. Por un instante puso su dedo sobre el gatillo para sentirlo mientras murmuraba: «Acércate más, unos pocos metros más».

Los transportes avanzaron casi hasta llegar a distancia de tiro de los españoles y ahí se detuvieron. «¡Qué diablos!», pensó Valderrama. Entonces uno de los conductores, un hombre que se veía bastante viejo, que tenía una larga y blanca barba, así como la cabellera, sacó una bandera blanca y empezó a llevar su carreta con dos caballos hacia el campo español. «Ése no puede ser De Montpellier», pensó Valderrama, y luego observó al otro hombre a cargo de la otra carreta, el que se había quedado atrás, «ése debe ser», respiró mientras sentía la frustración acumularse dentro de él. «Cobarde. Por supuesto, tú nunca arriesgarías tu vida, ni siquiera por tu hermano».

La emoción se tensó entre las tropas españolas y algunos pidieron autorización para disparar sobre el viejo que se aproximaba, pero Valderrama ordenó a sus tropas controlarse.

—Nadie dispare —ordenó al notar que la carreta que se aproximaba iba cargando un par de prisioneros—. No se acerque ni un paso más. ¿Quién diablos es usted? —gritó Valderrama.

—Mi nombre es François Pouncet y soy doctor.

—Aquí nadie lo mandó llamar. Vaya y dígale a De Montpellier que voy a ejecutar a su supuesto Marmont, si no está aquí en tres minutos.

—El capitán De Montpellier estará aquí.

—Escúcheme, viejo, regrese con su capitán y dígale que yo soy Xavier Valderrama. Me escuchó, Xavier Valderrama. Dígale que va a pagar por lo que le hizo a mi familia.

—Entendido, señor Valderrama, pero antes de regresar con mi comandante necesito cumplir con un par de cosas. En primer lugar, he traído a un par de prisioneros españoles y unas raciones de carne seca y bísquets —dijo el doctor apuntando hacia los dos hombres atados a bordo de la carreta y hacia un par de barriles—. Se los vengo a entregar como un gesto de buena voluntad a cambio del teniente Marmont. Si usted acepta este intercambio, no habrá sangre.

—¡Cierre la boca! —gritó Valderrama— Eso nunca fue parte del trato.

—En ese caso, me llevaré a estos dos prisioneros y las provisiones conmigo.

Valderrama observó a los hombres en la carreta y las provisiones. No habría trato pero tampoco podía dejar ir todo aquello.

—Deje la carreta aquí —dijo Valderrama.

—Discúlpeme, pero eso no fue parte del trato.

—No me importa lo que usted crea. La carga y los prisioneros se quedan —Los hombres de Valderrama estaban a punto de saltar sobre la carreta para apoderarse de ella pero el doctor evitó que lo hicieran.

El doctor accedió y pidió confirmar que el teniente Felipe Marmont estuviera vivo. Además de asegurarse de que sobrevivirá.

—Traigan al prisionero —ordenó Valderrama.

—Este muchacho tiene una fiebre terrible —dijo el doctor al examinarlo.

—Pero está vivo.

—Pero no sobrevivirá mucho tiempo, no a menos que yo haga algo y rápido. Señor Valderrama, por favor ordéneles a sus hombres que me ayuden a bajar esa caja —dijo el doctor señalando algo sobre la carreta—. Esa caja es una máquina médica que inventé, es una unidad de cuidado de emergencia y necesito poner al prisionero dentro de ella si es que quiero darle alguna oportunidad de sobrevivir.

—¿Piensa usted que soy estúpido? —dijo Valderrama al tiempo que desenfundaba su espada—, si intenta usted escapar con el prisionero, los mato.

—Sería imposible escapar, señor Valderrama, la caja es muy pesada y ustedes ya tienen la carreta.

«En efecto», pensó Valderrama sin perder de vista la caja, tan parecida a un ataúd. Luego ordenó a sus hombres bajar a los prisioneros, las provisiones las bajarían después, un combate estaba a punto de comenzar y había que preocuparse de otras cosas. Una vez que la caja estuvo en el suelo, el doctor puso a Marmont dentro, entonces sacó unos botes de cristal llenos con líquidos de colores, los abrió y los vació dentro de unos compartimentos de la caja. Todos los soldados españoles en el campo miraban con curiosidad y se preguntaban qué tratamiento médico estaba realizando el doctor. Después de que terminó, cerró la caja y jaló una palanca. Entonces le dio a su audiencia una pequeña explicación de lo que estaba sucediendo.

—Para que un ser humano pueda luchar contra las heridas infectadas es necesario que se encuentre en un espacio libre de contaminación. Aún más, que respire aire medicinal puro. Esta caja envuelve a un hombre adentro y lo aísla del exterior. Así, los líquidos que vacié dentro son liberados y la atmósfera dentro de la caja se convierte en medicina pura. Sólo necesita quedarse dentro un par de horas y recuperarse.

—¿Y si se ahoga? —preguntó uno de los soldados.

—Hay un mecanismo para prevenir eso, el paciente puede abrir la caja desde adentro en caso de que sienta que la medicina lo está dañando.

—Ya hizo lo que tenía que hacer —vociferó Valderrama—, ya confirmó que el prisionero está vivo, ahora regrese con De Montpellier y dígale lo que ya sabe.

—Así lo haré, señor, así lo haré, ahora avisaré al capitán que su amigo está vivo y recuperándose. El doctor se dio la vuelta y agitó su puño en el aire con su dedo pulgar levantado para que el capitán pudiera verlo a la distancia.

Entonces tomó uno de los caballos que jalaban la carreta y se alejó galopando. Cuando el doctor ya se encontraba lejos, el teniente se puso el catalejo en el ojo. Ahí estaba el capitán De Montpellier, tenía su espada apuntando hacia el cielo, como si esperara que algo sucediera, pero ¿qué? Entonces sucedió algo raro, el supuesto doctor, el hombre que se presentó en el campamento español con una larga barba blanca, se quitó la barba y la peluca blanca que llevaba puestas y entonces apareció el teniente Arnoldo, quien se reunió con Fernando, saltó de su caballo y se subió a la carreta de Fernando.

Valderrama, confundido, no tuvo oportunidad de analizar lo que había sucedido. En ese momento se escucharon las primeras explosiones del grueso del combate a unos kilómetros de distancia. La tierra empezó a temblar con los rugidos de los cañones, y entonces sesenta mil hombres se lanzaron al macabro juego de apostar la vida en la guerra.

Fernando bajó con fuerza su espada y ordenó el ataque. Les dio un latigazo a los dos caballos que tiraban su carreta, se lanzó con su transporte a toda velocidad hacia las líneas enemigas y todos se prepararon para el combate que daba inicio.

Valderrama notó otra cosa más, el capitán llevaba puestoa una especie de cubierta brillante sobre su cuerpo, Valderrama podía ver a De Montpellier portando la tradicional capa roja del ejército francés y justo debajo de ella podía ver algo brillante que le cubría el torso, pronto adivinó que el capitán estaba usando una *cuirass*, una armadura que cubre el pecho y era utilizada por los oficiales de caballería. El teniente buscó su rifle, puso al capitán en medio de su mira y pensó: «Crees que eso te protegerá de mi fuego».

El capitán De Montpellier se dirigía a toda velocidad hacia las líneas enemigas. Las balas empezaron a pasarle cerca, pero aún se encontraba lejos como para que los proyectiles le hicieran daño, aunque algunos disparos dieron en la carreta y una lo golpeó en su armadura, no lograron detenerlo.

Valderrama observaba con ansiedad al enemigo que se acercaba, pero era paciente, no dejaba que la emoción lo descontrolara como al resto de sus tropas, quienes empezaron a disparar hacia el capitán francés, quien todavía se encontraba fuera de rango. Esperaba con paciencia a que el capitán se acercara a la distancia suficiente para poder hacerle daño. Pero de pronto sucedió algo inesperado: el capitán se estaba dando la vuelta. «¡Qué demonios!», pensó el teniente, tomó el catalejo y vio al capitán dar la vuelta. «¡Huye, cobarde!», se repitió Valderrama y momentos después el capitán detuvo la carreta en posición de retirada, hizo una rápida maniobra, levantó una manta y prendió fuego a un cañón.

—Cúbranse —gritó el teniente español y todos sus hombres saltaron dentro de sus trincheras.

De Montpellier era un experto en las tácticas de artillería, estrategia que aprendió con Bonaparte, moverse con rapidez y de forma concentrada, bombardear al enemigo hasta abrir una brecha en sus líneas defensivas para lograr introducir a su infantería. De Montpellier trajo un cañón de cuatro libras y empezó a dispararlo sobre los españoles, el resultado fue el esperado, la estrecha formación se deshizo en desorden, y aunque los españoles empezaron a disparar sobre él, la brecha se había abierto. Fernando, apostado sobre una pequeña colina que le daba ventaja, disparaba al enemigo sin que los proyectiles de los españoles lo alcanzaran. Siguiendo con la fase más arriesgada de su plan, Fernando le entregó la antorcha a Lamberto, quien junto con Arnoldo se encargó de disparar el cañón y él montó a caballo y galopó hacia la línea española, aquello era un enfrentamiento peligroso, pero él no era ningún vengador suicida. Sus artilleros continuaron disparando el cañón y colocando sus disparos justo adelante del sendero de Fernando, limpiando su paso de enemigos de forma que pudiera llegar hasta la granja.

Valderrama tuvo que aceptar que el capitán francés era un buen estratega, pero a él le quedaba un as bajo la manga: Marmont. Corrió hacia el granero y al encontrarse a uno pasos de la caja donde estaba su prisionero, preparó su rifle y ordenó a sus hombres que lo abrieran.

—No se abre, teniente —dijo el soldado.

—¡Cómo! —exclamó Valderrama y trató de abrirla él mismo pero fue imposible—. Todos, disparen a la caja —ordenó Valderrama, pero las balas no parecían penetrarla, rebotaban. Valderrama había sido embaucado.

—¡Maldito seas, Fernando de Montpellier! —gritó el teniente español.

Por el camino de tierra venía un jinete a todo galope. Valderrama ordenó de nuevo la formación y la línea comenzó a disparar sobre

Fernando, pero al parecer tampoco el fuego enemigo podía detenerlo. Él repelió con su rifle hasta que uno de los soldados españoles vio cómo el capitán francés caía de su caballo, casi ileso, la armadura lo había protegido. De Montpellier no tuvo tiempo de mirar sus heridas, prefería seguir con su estrategia. No podía luchar cuerpo a cuerpo con tantos hombres, recargó su rifle y vio a corta distancia la carreta que había dejado, cerca del granero, su médico. Afinó la puntería y disparó a los barriles transportados, los cuales no estaba llenos de víveres, sino cargados de pólvora. La explosión fue de tal magnitud que mató a una docena de españoles y dejó amedrentados a los otros.

Sin embargo, un valiente soldado español salió de entre la humareda y, bayoneta en mano, corría hacía De Montpellier. Fernando primero lo enfrentó con la espada y cuando ambos perdieron sus armas en el combate, el capitán, siguiendo las enseñanzas del maestro de armas, lo dominó con sus propias manos y lo tomó de la garganta hasta asfixiarlo. Pero el combate aún no terminaba, tres hombres más corrían hacia él, cogió su espada y los enfrentó hasta matar a dos de ellos. El tercero era el teniente Valderrama, un combatiente muy diestro con la espada.

Valderrama ordenó al resto de sus hombres detenerse. Fernando estaba muy metido en las líneas enemigas, estaba rodeado por al menos una docena de españoles enfurecidos, ansiosos por darle muerte, pero aun así no lo hacían. Fernando se mantuvo en guardia sosteniendo su espada, listo para defenderse. Valderrama lo miró con rostro impasible, lanzó su rifle al suelo y desenfundó su espada, lo que significaba una lucha entre iguales. Fernando, un caballero que seguía las normas, se quitó la armadura para estar en igualdad de circunstancias.

El enfrentamiento era a muerte y ambos combatientes eran los mejores con la espada en su regimiento. Pero De Montpellier era un estratega nato, luego de una gran cantidad de lances de su enemigo que él logró esquivar o desviar, comenzó a cansarlo y Valderrama a perder oportunidades, hasta que el capitán hizo su movimiento final, fingió atacar a Valderrama desde arriba, desvió su espada y se fue con toda su fuerza sobre el vientre del teniente, quien cayó de rodillas atravesado por la espada De Montpellier.

—No es lo mismo pelear contra un hombre que azotar a una mujer, ¿verdad? —le dijo el capitán mientras Valderrama moría.

Luego De Montpellier caminó hacia la caja que había soportado la explosión, sacó una llave de su bolsillo y abrió la pesada puerta. Marmont estaba vivo, aún malherido, pero vivo. En ese momento Arnoldo y otros oficiales franceses estaban llegando a la granja. Por lo que Fernando les pidió que lo ayudaran con Marmont, quien al verse rodeado de amigos, le agradeció a su capitán el haberlo rescatado y enseguida preguntó.

—¿Y María?, ¿está bien María?

—Todo está bien —dijo Fernando—, todo va a estar bien, aguanta, mi hermano.

Fernando trató de disimular lo mejor que pudo, pero Marmont lo conocía bien. Fernando lo levantó y lo puso sobre el lomo de un caballo. El muchacho estaba herido, pero había una herida mucho más profunda en su alma. No lloró, sólo cerró los ojos y con su silencio acompañó a los suyos en la retirada.

—¡De Montpellier! —escuchó el capitán la voz de un moribundo. Era Valderrama que yacía en el pasto sosteniendo su rifle—, soy el hermano de Martín Valderrama —le gritó y disparó.

Lamberto y el resto de los hombres de Fernando sacaron sus pistolas y lo remataron, pero había sido demasiado tarde. Fernando de Montpellier, caía en tierra española, al tiempo que sentía un calor dulce crecer en su pecho. «Muere, canalla», murmuró Teodosio Bocanegra, quien, con el catalejo, miraba todo desde una colina.

8

Recuerdos de Egipto

Jerónimo Laroque llegó al improvisado hospital militar justo el día después de la batalla y preguntó buscando al capitán De Montpellier. El hospital estaba compuesto por varias tiendas de campaña levantadas y alineadas una tras otra. Por suerte, Jerónimo se encontró con el mismo doctor que había examinado a María la noche anterior y éste le señaló la cama del capitán y justo a un lado estaba Marmont.

Fernando estaba inconsciente y Marmont, despierto «Gracias a Dios que mis amigos están bien», pensó Jerónimo. Pero Marmont estaba devastado, habría preferido morir en la granja de su suegro que seguir viviendo con esa pena.

—¿Estás bien, Felipe? —preguntó Jerónimo al notar su mirada perdida.

—Sí, estoy vivo y todavía no sé para qué —dijo Felipe.

—¿Qué ha sucedido? —preguntó Jerónimo.

—María, Jerónimo, me duele tanto —dijo con la mirada perdida en el infinito.

—¿Qué hay de ella? Vine para estar presente en tu boda con ella.

—Ya no habrá boda ni esperanza, mi corazón es una piedra. María está muerta.

Las palabras de Marmont cayeron sobre el retirado oficial como un balde de agua fría. No esperaba encontrarse a sus amigos en catres del hospital y mucho menos esperaba una noticia como ésa.

—Lo siento tanto —respondió Jerónimo tan atribulado como su amigo.

—Y Fernando se debate entre la vida y la muerte —dijo Felipe.

—¿Qué dicen los doctores? —preguntó Jerónimo y tocó la frente de su amigo, ardía de fiebre.

—No dan muchas esperanzas. Es terrible perder a tu mujer y a tu mejor amigo al mismo tiempo —dijo Marmont y continuó—. ¿Sabes, Jerónimo, lo que más recuerdo de mi madre?

—¿Qué? —respondió Jerónimo apesadumbrado.

—El arcoíris —dijo Marmont—. Cuando yo era niño, uno de los pocos recuerdos que tengo de ella son los días de lluvia, en esas tardes, mi hermana y yo nos sentábamos frente al fuego y mi madre nos leía una historia, luego que dejaba de llover, salíamos al jardín con la esperanza de ver el arcoíris. Cuando aparecía, ella se veía tan hermosa, sonriente, radiante de alegría, nos hacía mirar los colores en el cielo hasta que desaparecían, entonces nos decía que la vida era hermosa.

—Felipe, escúchame, Dios todavía no ha dicho la última palabra. Fernando no se ha ido todavía; él una vez salvó mi vida, y por eso te prometo que si Dios alguna vez ha escuchado mis plegarias ahora tendrá que escuchar las que estoy a punto de hacer porque rezaré con más fuerza que nunca por la vida de Fernando.

Marmont sabía que Jerónimo era un hombre de fe, alguien que creía en los milagros y lo admiraba por ello, él era una fuente de esperanza para quienes lo rodeaban. Marmont se sentía a gusto con su compañía y consideraba al padre Escataglia, el hombre que lo había recogido de las calles cuando era un niño, como un santo, su segundo padre, pero ahora no compartía sus creencias. Minutos después, de un silencio que a los dos les pareció infinito, Jerónimo se despidió, y antes de partir, le preguntó a una enfermera dónde estaba la iglesia.

Una hora más tarde, un mensajero llegaba al pie del catre del teniente Marmont, traía consigo un pequeño paquete para entregarle. El mensajero tenía el aspecto de quien es portador de malas noticias. De debajo del catre, Marmont sacó una bolsa con monedas y le puso en las manos algunas de ellas. El intercambio fue en silencio y antes de un suspiro, aquel extraño dejaba el hospital de campaña. Marmont sacó el paquete de su envoltura y lo miró, era una botella de cianuro.

Jerónimo entró a la catedral de Santa María de Tudela. Observó a las gentes que ahí estaban, muchos de ellos orando por algún miembro de su familia que habían perdido en la batalla del día anterior. Caminó ante la imagen de la Virgen Blanca, una estatua estilo romana tallada en el siglo XII, famosa porque había sido hecha en dos partes, dejando un espacio en su interior, en el que, mucho tiempo después, encontraron unos huesos y un pañuelo que se remontaban a la época en que los musulmanes habían dominado España, lo cual dio origen a todo tipo de leyendas y mitos románticos que buscaban explicar aquella historia. Jerónimo sintió una rara sensación mientras observaba aquella estatua porque en cierta manera él mismo se sentía igual, como alguien que busca una respuesta. Continuó caminando y encontró una pequeña capillita ubicada en una esquina discreta de la catedral donde el Santo Sacramento estaba expuesto, era la capilla de la Purificación de Nuestra Señora. Tan pronto como se arrodilló se sintió fatigado, la carga de los misterios de la vida: el amor, la guerra, la muerte, el dolor, todo lo estaba abrumando. Buscaba una respuesta, pero no parecía encontrarla.

Entonces hizo lo único que podía pensar en hacer, abrió su corazón ante el pequeño círculo blanco que simbolizaba su esperanza y empezó a rezar. El tiempo pasó sin que Jerónimo se diera cuenta, estuvo ahí toda la noche hasta quedarse dormido. Su espíritu consternado divagó en el río de su pasado. Sus memorias lo llevaron a un tiempo lejano y a una tierra muy distante: Egipto. Jerónimo recordó los años de campaña que pasó con Fernando de Montpellier y otros compañeros de armas, a las orillas del Nilo.

El cielo estaba algo nublado y poca luz llegaba hasta el suelo arenoso del desierto y a las agua del río Nilo, lanzando un ligero resplandor plateado que bañaba toda la atmósfera. A bordo de varios botes pequeños una caravana de franceses navegaba a través de las aguas del Nilo, en medio de la oscuridad de la noche y de un territorio inexplorado. En uno de estos botes Jerónimo platicaba con dos de sus amigos. Estaban sentados sobre la cubierta, en círculo, y hablaban en murmullos; la oscuridad de la noche y el discreto aunque siempre acechante enemigo lo exigía. Jerónimo observó los rostros de sus dos amigos iluminados por la luz que emanaba una antorcha mientras escuchaba la conversación en voz baja.

—¿Tienes miedo? —le preguntó Fernando a un joven ingeniero que viajaba con ellos, su nombre era Miguel Ángel Lancret.

—Un poco, sí.

Fernando le sonrió al joven y luego dijo:

—No te preocupes, mantente cerca y no te dejes seducir por esos tontos que quieren desembarcar en medio de la noche. Son tercos y quieren ir a explorar, pero nadie sabe lo que hay allá afuera —le dijo Fernando y puso su mano sobre su hombro para calmarlo.

—Así lo haré, señor —dijo el muchacho y luego miró hacia la orilla del río, la tierra estaba a unos treinta metros de distancia del bote.

—No sé si haya monstruos o extrañas criaturas escondiéndose ahí, pero de los que sí estoy seguro es que se están escondiendo en los árboles y en las ruinas de los templos, los mamelucos.

—¿Usted cree en lo que nos dijeron? —se atrevió a preguntar el muchacho.

—¿A qué te refieres?

—Usted sabe, ¿el monstruo? ¿La leyenda?

—Claro que no, Miguel, pero yo también estoy intrigado, al igual que tú y que todos los demás que escucharon la historia —respondió.

Fernando volteó su mirada hacia el guía egipcio que dirigía la caravana, quien estaba de pie al frente del bote, mirando hacia delante, tratando de penetrar la oscuridad de las aguas que tenían enfrente, como si esperara ver algo emerger del río. Entonces se volvió hacia el hombre que tenía a su izquierda y le preguntó en un murmullo.

—¿Y tú qué piensas, Jerónimo?

—Son tonterías, por supuesto, pero tengo que admitirlo —Jerónimo frunció el ceño y continuó—, cuando estos egipcios dijeron que lo probarían esta noche, ¿a qué se habrán referido? ¿Ustedes creen que realmente veremos un monstruo marino? ¿Qué creen ustedes que pasará cuando lleguemos a ese lugar del río? —pero nadie respondió a sus preguntas.

—Si pudiera, le escribiría a mi padre una carta, relatándole todo lo que he visto en la tierra de los faraones, a él le gusta mucho la historia. Mire —le dijo a Jerónimo y sacó una carta de entre sus ropas—, aquí tengo una carta que aún no le he enviado.

Jerónimo empezó a leer y pronto quedó fascinado por las líneas escritas por el muchacho. Miguel Ángel era bueno con la pluma, él era uno de los miembros de la expedición científica que había sido asignada a las órdenes del general Charles-Louis Desaix para explorar las regiones del sur de Egipto.

Ambos caballeros siguieron conversando hasta que Fernando les pidió que guardaran silencio y les señaló al guía que estaba postrado sobre sus rodillas y agitaba sus brazos en el aire hacia arriba y hacia abajo mientras murmuraba algo, como si realizara un ritual.

—¿Creen que está llamado al monstruo? —preguntó Jerónimo.

—Parece un ritual, una oración —dijo Fernando.

—¡Santa madre de Dios! —exclamó Miguel con la mirada absorta.

Los tres amigos entre la bruma de la noche podían distinguir la silueta de algo gigantesco que estaba emergiendo, al parecer, al final de las aguas. En pocos segundos, los franceses alistaron sus armas para enfrentar al monstruo, pero antes del primer disparo, el guía egipcio terminó su ritual con una profunda concentración y devoción, en calma, sin ningún temor por lo que estaba emergiendo frente a ellos: una colina que en negrura de la noche parecía un ser de enormes proporciones.

El general Desaix, comandante de la tripulación, les había jugado una broma. Algo que hacía cada vez que pasaba por ese lugar del Nilo, una curva muy pronunciada que hacía una U, dejando ver una colina de unos diez metros de altura. De esta forma, cuando un viajante se aproximaba a aquel lugar por el lado norte de la colina, no podía ver lo que había del otro lado, pero mientras navegaba poco a poco y empezaba a voltear la pequeña colina, de pronto una enorme figura aparecía. Mientras el viajante se acercaba a aquella figura, el Coloso de Memnon aparecía en toda su magnificencia como la estructura imponente que era, la estructura de un gigante sentado sobre un trono, un efecto que se magnificaba durante las noches.

Diez años después Jerónimo se decía a sí mismo en silencio: «Qué increíbles momentos», mientras recordaba aquellos días en Egipto. Entonces Jerónimo empezó a recordar otra historia, una muy importante, una que también ocurrió en Egipto, una historia que lo marcó a él para siempre y que moldeó una gran parte de su vida. Recordaba aquellas mañanas en que el coronel los despertaba antes del amanecer y llevaba a sus hombres a practicar sus lecciones de espada y bayoneta en la meseta de Giza. El coronel decía que el arte de la espada debía inscribirse, tatuarse en su alma con un significado noble, tenía que tener un significado heroico y culto con el cual asociarlo, por eso los llevaba a ese lugar, para que cuando sus alumnos tuvieran que desenfundar su espada o empuñar su bayoneta no se olvidaran de que habían aprendido a usarlas sobre la construcción de una de las civilizaciones militares más heroicas y más ricas que ha conocido la historia. Sobre la rivera oeste del río Nilo, en el valle de Giza, se respiraba una herencia histórica que combinaba la belleza artística y la elegancia, tal y como lo era el mismo arte de defenderse con el arma más seductora que se puede poner en las manos de un hombre: la espada.

Jerónimo recordaba la sensación de poder que sintió cuando en los desiertos de Egipto, al pie de las pirámides, tomó una espada y la agitó por los aires para combatir a un guerrero imaginario enfrente de sí. Jerónimo había sido seducido, al igual que una docena de oficiales del ejército francés, a aprender la disciplina del combate antiguo, ése en el que no se usan armas de fuego, ése en el que hay que ver al oponente a la cara mientras se lucha, enseñados por un maestro de armas que capturaba la curiosidad de cualquiera que lo conociera. Este maestro, un famoso coronel francés, había aprendido de su padre, un instructor de la escuela de mosqueteros del rey de Francia, la disciplina de la espada, el florete, el sable y la bayoneta. Iniciado desde adolescente en las artes de la lucha cuerpo a cuerpo, este maestro había viajado por varias partes del mundo junto con su padre para enriquecer su conocimiento de ellas. Gracias al patrocinio de la Escuela Real de Mosqueteros, institución donde su padre enseñaba, ambos habían viajado a Japón, donde quedaron fascinados mientras observaban y aprendían cómo los guerreros de ese país dominaban a la perfección el combate con espada. Entonces, el adolescente se enamoró de la forma con que esos guerreros asociaban a esta disciplina un significado filosófico y religioso, a ellos se les enseñaba una leyenda, la cual decía que el Dios creador del universo había forjado una espada gigante de hierro para después derretirla y utilizar cuatro gotas gigantescas del hierro ardiente para crear cuatro islas en medio del mar y crear así el archipiélago del Japón. Estos guerreros tenían un nombre para el arte del combate con espada, lo llamaban *kendo* y tenían un nombre para su espada distintiva, *katana*. Con el tiempo el joven creció y se volvió a su vez en el maestro de armas.

Después el joven regresó a Francia y se ganó una posición como instructor de oficiales en el ejército del rey Luis XVI. El joven visitó muchos países más y aprendió innumerables formas de combate, pero puso especial interés en el arte de la lucha con espada y bayoneta desarrollada en Europa. Para cuando el maestro de armas luchaba junto a Napoleón en los desiertos de Egipto, él ya se había convertido en una de las cartas de juego bajo la manga del general Bonaparte, una de esas cartas escondidas que se sacan a mitad de la partida cuando el enemigo no lo espera.

Jerónimo Laroque fue uno de los veinte soldados de las fuerzas de Napoleón que fueron invitados a aprender de aquel maestro. Todos los alumnos tenían que practicar cuatro disciplinas: combate con espada, lucha a caballo, ataque con pistola y lucha con bayoneta. El combate cuerpo a cuerpo era inevitable. Además, la caballería de las legiones francesas resistió los intentos de los generales por armarlos con algo más que su espada y su pistola, los jinetes de esos regimientos no querían renunciar a la majestuosidad de lanzarse a la batalla luchando con sus espadas, se consideraban a sí mismos caballeros medievales del campo de batalla. Jerónimo y sus compañeros aprendieron toda la teoría necesaria de un maestro de armas tan diestro como había pocos en Europa, pero una vez aprendida la teoría, el siguiente paso era probar su destreza en la práctica.

Para el grupo de hombres en el que Jerónimo aprendió el arte de la guerra, Egipto no sólo fue un salón teórico de clases, sino que fue un laboratorio de práctica ideal. La campaña de Napoleón en ese país hizo que sus tropas participaran en más de una docena de batallas, otro número aún mayor de enfrentamientos menores de tipo guerrillas y un sinnúmero de operaciones de espionaje y sabotaje. Eran justo estas últimas el propósito para el que Napoleón le había encargado a su maestro entrenar a un grupo de soldados de élite.

Mientras Jerónimo Laroque estudiaba en la escuela del maestro de armas, conoció a otro alumno excepcional; era un joven que había llegado hacía algunos años de la Nueva España, Fernando de Montpellier, quien no mencionaba mucho de su pasado y mucho menos las razones por las cuales había llegado a Francia.

¿Cómo olvidar las ocasiones en las que el maestro de armas subía a dos de sus alumnos junto con él a la cima de la gran esfinge para pelear un combate de entrenamiento? El maestro decía que era indispensable sentir el vértigo de la altura mientras se entrenaban contra un oponente en un combate de práctica por tres razones. La primera de ellas era sentir algún tipo de miedo, pues nada puede librarnos del miedo en un combate y es mejor estar acostumbrado a pelear sintiéndolo. La segunda razón era porque una de las características más importantes de cualquier guerrero excepcional era el dominio perfecto de su equilibrio y la escultura tenía más de siete metros de altura. Años después descubrirían que la esfinge no sólo era la cabeza, sino que estaba cubierta por arena, tanto que al descubrirla, ganó una altura de veinte metros. La tercera razón era porque debían recordar que en un combate personal nada debe existir entre un hombre y su contrincante, debían entender que todo lo demás debe desaparecer, hay que alejar a la mente de todo, tal y como lo estaban sobre la cima de aquel monumento egipcio.

Napoleón había revivido un tipo de unidad militar que surgió durante los tiempos del Imperio romano; la legión, y los legionarios fueron famosos a través de la historia por su disciplina y destreza en combate, así que cuando llegó el momento de bautizar a su nueva unidad militar el maestro la llamó la Legión de la Esfinge.

La última disciplina que aprendió Jerónimo fue el ataque a caballo, la pudo aprender de manera excelente en gran medida gracias a los estupendos animales que encontraron en Egipto. La raza del caballo árabe había ganado fama en toda Europa por su velocidad y resistencia, tanto que se hizo la raza favorita de Napoleón. Además, Fernando resultó ser un gran caballista, por lo que Jerónimo le tuvo mayor estima. El buen trato y cuidado que tenía para con sus amigos, como los llamaba el entonces sargento De Montpellier, era algo que pocos soldados entendían y lo consideraban ridículo, pero Jerónimo observó cómo Fernando logró una unión tan perfecta que sus caballos obedecían cualquier orden que les daba, corrían más cuando él los montaba y si andaban sueltos por el campo, era capaz de hacer que fueran hasta él con un simple silbido. Fernando podía soltar las riendas de su caballo y aun así sentirse seguro, quedándole las manos libres para combatir. Con un suave movimiento de piernas su caballo sabía si su jinete quería correr, caminar, saltar, doblar hacia la izquierda o derecha. Era evidente que el trato cariñoso generaba una unión con el animal más allá de lo común. El mismo Napoleón admiraba al sargento De Montpellier por sus logros ecuestres y le encargó el entrenamiento de varios de sus caballos. Napoleón tuvo tantos caballos admirables que algunos de ellos se volvieron legendarios, el más famoso fue Marengo, herido ocho veces en batalla, pero aun así vivió hasta los treinta y ocho años. Tal fue la fama de este caballo que después de su muerte su esqueleto fue llevado al National Army Museum, en Inglaterra. Jerónimo aprendió de Fernando a generar esta unión con su propio caballo, y una vez logrado esto era mucho más fácil librar batallas montado en él, el animal iría al corazón mismo de los cañonazos y las explosiones si confiaba en su jinete.

Cuando Jerónimo se acordaba de aquellos días de la expedición francesa en Egipto, no podía más que sentir nostalgia y gusto a la vez. Había sido afortunado de que Dios le hubiera puesto en aquella expedición. Él, al igual que Fernando y la mayoría de sus compañeros, eran jóvenes viviendo esa mágica edad entre los veinte y los treinta años en los que la vida está llena de una visión romántica, de esperanzas y expectativas. Encontrarse en una tierra poblada de ruinas y templos llenos de secretos, una tierra rica en historia, de territorios inexplorados, de tradiciones y símbolos enigmáticos, los invitaba a la aventura y al descubrimiento. Ellos eran la primera expedición europea en mil cuatrocientos años que hacía contacto de nuevo con aquella civilización. Era ésta una zona inexplorada, no había ningún mapa de ella, una tierra llena de interrogantes y misterios, pero por lo mismo también llena de aventuras. Napoleón por eso comisionó a varios miembros de la expedición científica que viajaba con el ejército para que acompañaran al general Desaix y le ayudaran a hacer mapas de la zona y un registro de todos los descubrimientos. Estos científicos necesitaban protección militar mientras realizaban sus tareas. Jerónimo y Fernando tuvieron la suerte de ser algunos de los militares asignados como su escolta. Razón por la que la amistad entre Miguel Ángel Lancret, ingeniero, Jerónimo y Fernando, un par de oficiales militares, fructificó.

Jerónimo recordaba con especial sentimiento esas noches cuando la luz plateada de la luna se reflejaba sobre las aguas del Nilo y bañaba las arenas del desierto. Los militares y científicos franceses desde sus barcas veían aparecer sobre las riberas del río las siluetas colosales de los enormes monumentos y templos que la civilización egipcia había erigido hacía cinco mil años. Jerónimo no tenía idea de que las pirámides de la meseta de Giza eran sólo uno de tantos lugares con construcciones impresionantes que la grandeza de la civilización egipcia había dejado huella y que harían a Europa preguntarse cómo habían logrado construir esos monumentos, guardianes de relatos míticos de la historia del país, batallas, coronaciones de faraones, culto a dioses antiguos, todos esos secretos se encontraban envueltos en el misterio de los jeroglíficos, un lenguaje que describía lo que había sucedido en ese país hacía cincuenta siglos, pero que se encontraba oculto para los franceses en ese momento por no saber cómo descifrarlo.

Egipto fue, para Jerónimo y Fernando, una experiencia dura, el enemigo acechaba al grupo, los mamelucos se escondían entre las ruinas y los poblados, esperando a los franceses para tenderles emboscadas. Los cocodrilos y las serpientes incrementaron los riesgos. La guerra endureció su carácter, pero por otro lado, las muchas anécdotas vividas al lado de los profesores y estudiantes de la expedición científica a quienes escoltaban los *savants,* como se les decía en Francia, le habían dado a aquella experiencia de guerra un lado más amable, más noble, y habían convertido también a Jerónimo y a Fernando en dos amantes del dulce vicio de aprender y explorar. Ambas experiencias los habían hecho vivir un sin número de aventuras en las que habían estado los dos en graves peligros, estrechando con ello su amistad.

Diez años habían pasado de aquella expedición. Jerónimo había vuelto después de muchos años de estar lejos y ahora que los franceses tenían el control de España, había vuelto. Los amigos habían estado planeando una reunión algún día, y cuando Felipe y María anunciaron su compromiso, pronto se le envió una carta a Jerónimo para que pudiera venir a la ceremonia. Jerónimo había viajado con mucha anticipación para tener la oportunidad de arreglar unos asuntos en España y verse con Fernando, pero la suerte decidió que justo días antes del encuentro acordado, el capitán cayera herido en la batalla de Tudela junto con Felipe Marmont. Jerónimo se enteró de lo sucedido con sus amigos cuando llegó al campamento francés.

Jerónimo reflexionaba sobre lo mucho que valían sus amigos y la manera en la que muchos como ellos perdían su vida al servicio de un hombre: Napoleón Bonaparte. Jerónimo había caído bajo su hechizo, pero hacía tiempo que se había dado cuenta del enorme costo en vidas humanas que eso había implicado, y aunque admiraba a Bonaparte, no podía evitar pensar en el incontable número de madres que lloraban hijos que no volverían al hogar nunca, hijos a quienes no podrían ni siquiera llevar flores a sus tumbas porque habían muerto en tierras tan lejanas como Egipto, Siria, Italia o España. En el momento en que Jerónimo recibió las noticias de la batalla de Tudela, recordó que había decidido dejar atrás su alma guerrera y el grupo de agentes espías al servicio de Napoleón para entregarse a otros ideales.

El padre Jerónimo Laroque, quien ahora agregaba a su nombre las letras S.I., *Societas Iesu*, tomó una vez más su rosario y empezó a rezar con fervor a la pequeña imagen que estaba en el centro de su rosario, la misma que vio mientras deliraba por la fiebre causada por las dos heridas de bala recibidas durante un combate que lo tuvo al borde de la muerte. Esa visión había hecho cimbrar su ser, por lo que no se sentía capaz de regresar a ser el mismo de antes. Fue así como milagrosamente llegó a sus manos la historia de san Ignacio de Loyola. Las similitudes de la experiencia del santo con la suya hicieron que abrazara sus enseñanzas y decidiera seguir sus pasos. Los pasos de un santo cojo.

Después de una batalla en la que Íñigo, nombre de pila de San Ignacio, sufrió graves heridas de una pierna, sus superiores le permitieron regresar al castillo de Loyola, su hogar, para recuperarse. Como los huesos de la pierna soldaron mal, los médicos consideraron necesario quebrarlos si es que Íñigo quería recuperar la movilidad natural de su pierna. Él se decidió a favor de la operación y la soportó estoicamente, ya que anhelaba regresar a sus anteriores andanzas a todo costo. Pero como consecuencia, tuvo un fuerte ataque de fiebre, con tales complicaciones que los médicos pensaron que el enfermo moriría antes del amanecer de la fiesta de San Pedro y San Pablo. Sin embargo, empezó a mejorar, aunque la convalecencia duró varios meses. No obstante de la operación, la rodilla rota presentaba todavía una deformidad. Íñigo insistió en que los cirujanos cortasen la protuberancia y, pese a que le advirtieron que la operación sería muy dolorosa, no quiso que le atasen ni le sostuviesen y soportó la despiadada carnicería sin una queja. Para evitar que la pierna derecha se acortase demasiado, Íñigo permaneció varios días con ella estirada mediante unas pesas.

Con semejantes métodos era imposible evitar que quedara cojo por el resto de su vida.

Después de leer este pasaje de la vida de san Ignacio, Jerónimo supo que había encontrado a alguien a quien admirar por la humildad en el desapego a los bienes materiales y por ser capaz de soportar el dolor extremo, pero quedaba algo todavía. ¿Qué había de la capacidad de razonamiento? ¿Qué había de la capacidad para descubrir los verdaderos misterios de la vida? Muchos hombres locos o desesperados podían soportar el dolor extremo en su locura, a muchos otros les daba igual no tener fortuna, sólo les bastaba tener lo suficiente para emborracharse y pasársela bien durante un día, pero no eran en ningún modo ejemplos de gente inteligente o, mucho menos, gente con la disciplina necesaria para dominar el intelecto y darle a un hombre las respuestas que lo llenen de plenitud. Hasta que descubrió que san Ignacio de Loyola fue el primero en instituir una práctica llamada los ejercicios espirituales, los cuales consistían en pasar quince días en silencio total, reflexionando sobre la doctrina cristiana y las diferentes filosofías que buscan explicar el sentido de la existencia del hombre. Desde ricos comerciantes y príncipes hasta intelectuales y emperadores habían hecho la experiencia de los ejercicios espirituales de san Ignacio de Loyola y muchos habían cambiado de vida. Algunos donaron todos sus bienes a los pobres para entregarse después a la vida religiosa, pero no todos se convertían en sacerdotes u hombres consagrados, la mayoría habían permanecido en sus ocupaciones habituales de hombres laicos, pero habían cambiado el despotismo y la insatisfacción que los caracterizaba por un carácter generoso, menos soberbio, menos egoísta y mucho más característico de quien encuentra la felicidad en la vida.

Después de enterarse de esto, Jerónimo abandonó el ejército y visitó el seminario clandestino de los jesuitas en Irlanda, donde los aceptaron como estudiante, ya que la orden había sido suprimida en España, Francia, Portugal y varios países más por el papa Clemente XIV en el año de 1773, donde lo aceptaron como estudiante. Con el tiempo, Jerónimo se convirtió en instructor de novicios. Así fue cómo Jerónimo Laroque, uno de los oficiales militares más valientes y uno de los guerreros más temibles del imperio francés, un legionario de la esfinge, se había vuelto un sacerdote jesuita.

Jerónimo se despertó la siguiente mañana cuando una mano lo jaló del hombro. Había pasado la noche suplicando a Dios que soltara el alma de su amigo, la cual estaba a punto de ser juzgada en su reino. Reaccionó con sorpresa y vio los primeros rayos del sol que se colaban a través de los ventanales. Junto a él estaba el doctor que lo había recibido en el hospital el día anterior. Y le entregaba dos cartas, una era de un hospital católico cercano a donde se encontraban, en la cual le pedían al doctor que fuera a ver a una mujer que había llegado malherida y moribunda que respondía al nombre de María. La segunda, era la carta de suicidio del teniente Felipe Marmont, pero él no estaba en su catre del hospital y no lo encontraban por ningún lado. Ambos hombres imaginaron lo peor.

El padre Laroche se cubrió el rostro con ambas manos y en ese momento supo que no había tiempo que perder. «Sé que aún está vivo», le dijo al doctor, «emprendamos su búsqueda, rápido». Jerónimo se presentó con el oficial francés que estaba a cargo del pueblo y le explicó la situación. El militar instruyó a varios hombres para que emprendieran la búsqueda de Marmont. «Vivo a muerto, lo necesitamos ahora», les ordenó.

Mientras toda esta movilización se llevaba a cabo, Felipe Marmont había pasado la noche en la azotea de la catedral de Santa María de Tudela, observando el horizonte, llorando la pérdida de su prometida y quizá de su mejor amigo, el capitán De Montpellier. Su dolor era intenso y de verdad quería acabar con él, pero aún luchaba contra su resistencia humana que se oponía a la muerte. Así que decidió sentarse por un momento, pronto dejaría este mundo, ¿no valía la pena mirarlo por una última vez? Se sentó al filo de la torre, quizá también a esperar una señal, un milagro. Hasta que llegó, un arcoíris al final del horizonte, luego sintió que alguien lo jalaba del cuello y lo tiraba al suelo.

—Soy yo, Jerónimo Laroque —le gritó su amigo—. María está viva, malherida pero viva —le repitió— y De Montpellier está mejorando, ha preguntado por ti, quiere verte.

—¡Dios mío, gracias, gracias Señor, gracias! —repetía Marmont una y otra vez, luego agregó—: ¡Gracias, mamá!

9

La espada y el escudo

U NA SEMANA DESPUÉS DEL MILAGROSO RESCATE DE MARMONT, un grupo de generales y oficiales conocidos como la Junta Suprema Central, organismo que comandaba lo que quedaba del ejército español en la ciudad de Coruña, al norte de España, se había reunido para discutir el desastroso resultado de la batalla de Tudela. Entre los muchos incidentes a los que se les atribuía la derrota española se encontraba el inexplicable hecho de que el teniente Xavier Valderrama hubiera abandonado su puesto y la dirección de sus tropas en plena batalla. ¿Por qué había hecho tal cosa un oficial tan condecorado? El teniente Xavier Valderrama había muerto en duelo contra un oficial francés. Ésta y muchas otras preguntas requerían la respuesta del superior a cargo de las acciones del teniente Valderrama aquel día, el coronel Leonel Montesqueda.

El coronel Montesqueda se encontraba rindiendo un informe ante sus superiores acerca de lo sucedido en la batalla de Tudela días atrás. Había comenzado a rendir su informe contrariado, pues no tenía evidencia para probar por qué confió en esa persona. Durante el desorden que siguió a la derrota, las tropas españolas, en su retirada, tuvieron que dejar muchísimos objetos, militares y personales, por lo que la única prueba de la conversación que el coronel Montesqueda tuvo con su subalterno se había perdido también: la espada que Valderrama le había quitado a Felipe Marmont y que pertenecía a cierto capitán francés llamado Fernando de Montpellier. No había testigo que corroborara la historia ni que pudiera aclarar lo pasado.

—Coronel Montesqueda, como usted comprenderá, a este consejo le resulta inaceptable que usted haya dado permiso al ahora difunto teniente Xavier Valderrama para separarse del ataque, una tarea en la que las vidas de treinta mil españoles estaban comprometidas. Además, entenderá usted que también nos es difícil aceptar las razones que usted planteó para ello —dijo el general Francisco Javier Castaños, quien dirigía la sesión y continuó—. Usted propone que fue un interés militar lo que lo llevó a tomar esa decisión, pero también usted acepta que las suposiciones en las que basó su razonamiento eran poco sólidas y que había un gran componente de venganza personal en las motivaciones del teniente Valderrama para solicitarle el permiso. Para este consejo, lo más acertado es creer que los motivos del teniente Valderrama eran de índole personal y no tenían ningún valor desde el punto de vista militar. Además, coronel Montesqueda, usted debe aceptar que el relato del teniente Valderrama en cuanto al valor estratégico de la captura de un capitán de caballería enemigo es bastante fantástico. Todos los miembros de este consejo encontramos difícil de creer que la captura de un capitán de caballería sea de tal importancia militar como para permitir a subalternos separarse de las órdenes de combate de toda la tropa y perseguir sus propios objetivos. Además, usted nos comenta que la única prueba física que usted dijo tener del relato de Valderrama se perdió en el campo de batalla durante la retirada.

—¿Qué hay de Teodosio Bocanegra? —preguntó Montesqueda.

—¿Qué con él? —preguntó el general.

—Él se encontraba ahí la noche que sucedió todo. Él puede explicar qué pasó.

El general se sintió incomodo en su asiento. Teodosio Bocanegra era un hombre muy cercano al rey, el hombre que tenía destinado el monarca para hacer el trabajo sucio. El general Castaños había recibido una carta de la familia real pidiéndole que le diera a Bocanegra todos los recursos que necesitara para realizar sus labores. Incluso el general en jefe del ejército español no podía cuestionar fácilmente una orden así. Al mismo general Castaños le disgustaba la presencia de Teodosio Bocanegra, pero conocía sus límites. El general Castaños sabía que el asunto de Bocanegra podría presentarse en esa junta y ya se había preparado para ello:

—Imposible, coronel. Bocanegra ha salido de España —obtuvo Montesqueda por respuesta..

—Podemos tratar de contactarlo. Sería de gran utilidad —Montesqueda trataba de presionar para obtener una entrevista con Bocanegra, pero el general no accedería.

—No sé dónde está, coronel. Además, lo que haya sido su participación en ese asunto, él no tiene nada que ver con la forma en cómo usted manejó su relación con el teniente Valderrama.

—General, si me lo permite… —trató de apelar.

—¡Suficiente, coronel, no trate de culpar a los demás de sus fracasos.

El coronel Montesqueda estaba serio, con la mirada a media altura, mirando a sus superiores a la cara, pero sin sostener la mirada y sin fijarla en el suelo como señal de sumisión. El coronel estaba tranquilo de consciencia, pero sabía que lo mejor era dejar de presionar porque el general estaba en lo correcto, si continuaba sobre lo mismo podría parecer que estaba tratando de desviar la responsabilidad del fracaso hacia alguien más.

—Coronel Montesqueda —continuo el general con la sesión—, en vista del análisis que este consejo ha hecho de su conducta concerniente a los acontecimientos ocurridos en la batalla de Tudela, provincia de Navarra, España, el 23 de noviembre de 1808, este consejo considera que… —fuertes golpes en la puerta interrumpieron al general. Afuera estaba el teniente Lorenzana, unos de los hombres de más confianza de Montesqueda, llevaba con él un paquete, una carga que cambiaría el curso de la Junta Suprema Central.

—Mi general, si me permite, traigo un artículo de suma importancia que mi coronel Montesqueda me había encomendado buscar en las cercanías del campo de batalla de Murchante —Montesqueda sonrió desde su asiento.

Enseguida cruzó el salón a grandes pasos y lo entregó en propia mano del coronel. Montesqueda lo descubrió ante la vista de todos. Era una espada militar de diseño francés, con ciertos detalles que la hacían diferente a la típica espada francesa.

—Coronel Montesqueda —dijo sin embargo el general—, este consejo ya había llegado a una conclusión, y usted sabe que no es costumbre de un consejo militar revocar este tipo de veredictos. Una vez que se ha probado que algún subalterno ha desobedecido a sus superiores o ha dado a los hombres a su cargo órdenes que pudieran llevarlos a actuar contra las directivas de sus comandantes, es difícil cambiar de decisión.

El general observó a los demás miembros del consejo, luego volvió a ver al coronel Montesqueda y la espada que sostenía en sus manos, mientras tanto, el silencio se apoderó del salón porque todos presentían que ése no era el final del asunto. Todos conocían al general y sabían que era un hombre que al mismo tiempo que era cuidadoso de las costumbres militares también era un hombre siempre dispuesto a darle a sus subalternos la posibilidad de defender sus decisiones si éstas tenían buenos fundamentos, aun cuando contravenían un mandato de algún superior. Los miembros de aquel consejo, además del coronel Montesqueda y el teniente Lorenzana, estaban a la expectativa de la decisión del general.

—Coronel Montesqueda, este tribunal ha decidido darle otra oportunidad, trate de ser más claro y desarrolle más los detalles de su explicación —agregó el general Castaños.

—Gracias, mi general —luego se preparó para una larga exposición de una larga historia—. Como les había mencionado, el teniente Valderrama me informó la noche antes de la batalla, el 23 de noviembre, en la ciudad de Tudela, que un espía amigo suyo que opera en Inglaterra le había informado que se había enterado de que un alto oficial francés había desertado hacia el bando de los ingleses. Al parecer este oficial había sido parte de un grupo de soldados muy cercanos a Napoleón Bonaparte. Hombres entrenados por alguien que se hacía llamar maestro de armas, quien no sólo les enseñó cómo usar las armas, sino toda una filosofía relacionada a ellas. Para todas las unidades militares se diseñó un símbolo para distinguirlas, un escudo de armas que éstos podrían grabar en algunas de sus armas y en algunas partes de sus uniformes. Cuando el maestro de armas sentía que algún alumno ya tenía la destreza y la prudencia necesarias para considerarlo un guerrero experto, entonces le entregaba el escudo de armas de ese grupo de combatientes y ésta, señores —dijo y levantó la espada—, es la espada De Montpellier, esta inscripción así lo acredita. Como pueden, ver hay cuatro figuras en el escudo de armas, cada una con su significado especial. La primera figura que se encuentra en la esquina superior izquierda es aquélla de donde este grupo de soldados de élite toma su nombre, es la Esfinge de Giza, por lo tanto, la unidad militar se llama La Legión de la Esfinge. En la esquina superior derecha está un caballo árabe saltando dos espadas cruzadas, pues una de las cuatro disciplinas básicas que tenían que aprender los combatientes era el combate a caballo. Según los informes que pude obtener, estos legionarios eran excelentes jinetes y adoptaron al caballo árabe como su montura por excelencia. El tercer símbolo se encuentra debajo de la esfinge, es un hallazgo arqueológico hecho por la expedición científica que acompañó al ejército francés a Egipto. En julio de 1799, un capitán francés, de nombre Pierre-François Bouchard, encontró una piedra mientras los soldados franceses cavaban trincheras en el pueblo de Rashid, llamado por los franceses Rosette, en el delta del Nilo. Esta piedra tenía grabadas noventa y dos líneas de texto, este texto era un mensaje escrito en tres lenguas: la primera, eran jeroglíficos, considerados por los antiguos egipcios como el lenguaje de los dioses; la segunda, griego y la tercera, una vieja lengua egipcia. La llamaron la piedra de Rosetta y fue incautada por los ingleses en 1801 tras la rendición de las tropas francesas al mando del general Menou. Napoleón no estaba allí, había regresado a Francia en 1799 para dar el golpe de Estado que lo llevó al poder. La piedra de Rosetta es el tercer símbolo.

—¿Y por qué es tan especial esa piedra, coronel? —preguntó el general Castaños.

—Durante siglos se ha tratado de descifrar el significado del lenguaje de los dioses, pero ha sido imposible porque hasta hoy no se había encontrado un punto de referencia, algo que asociara esos símbolos con un significado que los arqueólogos pudieran entender, el conocimiento de cómo leer los jeroglíficos egipcios se perdió desde los tiempos en que cayó el Imperio romano. Al parecer, la piedra de Rosetta es esa referencia que se necesitaba porque se pueden comparar los caracteres griegos, los cuales, si se sabe cómo leerlos con los jeroglíficos, se sabría el significado de éstos. Ahora, la piedra se encuentra en Inglaterra y se dice que gracias a ésta los arqueólogos ingleses están a punto de descifrar lo que los egipcios llamaban *lenguaje de los dioses*. Si alguien logra esto, entonces será posible regresar a Egipto y descifrar por completo las inscripciones hechas en la piedra de los templos y las pirámides que aquella civilización construyó hace cinco mil años.

Cuando el coronel dijo esto, la curiosidad y el asombro de todos los presentes se volvió a avivar. Montesqueda siguió relatándoles sobre los hallazgos de la legión napoleónica en Egipto y cómo un artista y diplomático llamado Vivant Denon, autor del libro *Viajes en el alto y bajo Egipto*, había saqueado las tierras conquistadas para el Museo Central de la República. Además, les describió el cuarto símbolo, ubicado en la esquina inferior derecha, correspondiente a un sello encontrado en el interior del sarcófago de Alejandro Magno, el cual fue encontrado por los franceses en la ciudad de Alejandría.

—Cuando los franceses llegaron a Alejandría, de inmediato exploraron el lugar y donde originalmente estaba la iglesia de San Atanasio, más tarde convertida en mezquita, los científicos que acompañaban a Napoleón encontraron un sarcófago monumental, de siete toneladas de peso, que data de la época en que Alejandro Magno llegó a Egipto, por lo que dedujeron que habían encontrado la tumba del gran conquistador de la antigüedad. Además, vean debajo del escudo de armas la inscripción: *L'impossible est le refuge des poltrons*, que quiere decir: «Lo imposible es el refugio de los cobardes», lo cual se dice era algo que Napoleón les decía a sus soldados y que el maestro de armas repetía a sus alumnos. Por último, cruzándose por detrás de esta frase están un mosquete con bayoneta y una espada, dos de las armas que todo legionario de la esfinge debía dominar antes de recibir su escudo.

El coronel Montesqueda respiró aliviado y sonriente. Había probado que tenía una razón de peso para creer en el relato de la legión y que esos legionarios habían luchado junto a Napoleón durante sus primeros años como general en Egipto. Después de esta explicación, la sesión se enfocó en muchas otras ramificaciones de la historia contada por el coronel. Las preguntas con respecto a aquel símbolo iban y venían, alargando la sesión durante horas. Al final, la discusión se centró en las razones de la venganza del teniente Xavier Valderrama contra el capitán Fernando de Montpellier. El coronel empezó a responder.

—La mayor parte de la historia la supe por fuentes diferentes al teniente Valderrama, éste sólo me contó aquello que platica un subalterno a su jefe, el lado bueno de su hermano fallecido, el menos agradable de la historia lo tuve que preguntar a los amigos de Valderrama después de que el mismo teniente había fallecido. Como razón para buscar matar a De Montpellier, el teniente Valderrama me platicó que éste había matado a su hermano envenenándolo, al punto de volverlo loco y cometer suicidio. Al parecer, el capitán Fernando de Montpellier había operado como agente encubierto en el sur de España, en varias ciudades, entre ellas Barcelona. Según me comentó el teniente Xavier Valderrama, durante algún tiempo, Martín Valderrama se desempeñó como secretario del jefe de policía de Barcelona. Según Valderrama, su hermano una vez arrestó a un oficial del ejército francés en una riña en una cantina y resultó que el oficial en cuestión era el capitán Fernando de Montpellier. Pero el francés escapó de prisión y después se vengó de Martín Valderrama.

Pero al parecer las cosas no sucedieron así. Hubo algunos detalles de los que después me enteré por otros oficiales amigos de Xavier Valderrama y de su familia, detalles que no hablan muy bien del difunto hermano menor. Martín Valderrama era un joven bastante rebelde y malcriado, debido en parte a la gran fortuna de sus padres, quienes habían desempeñado en varias ocasiones altos cargos dentro del gobierno del rey. A Martín le gustaba andar de fiesta. Su fama como joven de carácter alegre, así se refería él a su hermano, se había extendido, lo cual causaba preocupación a la familia Valderrama porque tenían que cuidar su reputación ante la corte del rey. Además, esa situación convertía a Martín en un blanco fácil para cualquiera que quisiera acercarse a un alto funcionario del gobierno español, su padre, pues era quien siempre acudía a resolver los problemas en los que se metía su hijo.

Los amigos del difunto teniente Valderrama me comentaron que a Martín le gustaba andar en pleitos y hacer uso de su fuerza, por lo que su padre le consiguió el puesto de secretario del jefe de policía de Barcelona. Pero surgieron dos problemas. El primero fue que Martín, aunque sólo era un secretario a las órdenes del jefe de policía, sabía que su jefe no tenía la suficiente autoridad para controlarlo ni darle órdenes debido a las influencias de su padre. Esto dio lugar a que Martín cometiera muchas tonterías, una de esas tantas fue que decidió incorporar en un escuadrón de la policía de Barcelona a un grupo de muchachos ricos y malcriados igual que él, dando origen a un grupo deshonroso de agentes de policía en esa ciudad. El segundo problema fue que a Martín le empezó a gustar utilizar la fuerza de la policía para encarcelar y golpear a jóvenes de bajos recursos que tenían novias que le gustaban a él y que no tenían los medios para defenderse de sus abusos. Además, presionaba a las mujeres para que accedieran a sus peticiones, las cuales eran de la peor naturaleza.

Una noche, mientras el escuadrón hacía su tradicional ronda por los barrios bajos de Barcelona, buscando algún desafortunado hombre un poco pasado de copas para arrestar o alguna mujer para acosar, Martín y sus hombres se metieron en una cantina. En un principio no se fijaron en una guapa jovencita de unos dieciséis años que estaba en un rincón del salón y se dedicaron a lo de siempre: maltratar a los borrachos reunidos y a esculcarles en su ropa lo que fuera que pudieran traer de valor para quitárselo, bajo el pretexto de que lo habían robado a alguien. Todo marchaba como siempre, pero cuando ya se iban a marchar entró en la cantina un hombre de edad avanzada, que rápido se hizo notar por su porte, manso y educado. Cuando el viejo cortejó a la señorita y la invitó a acompañarlo, inició el problema. Antes de que se marcharan, Martín y su pandilla comenzaron a molestarlos. El viejo los enfrentó, pero como era de suponerse, perdió la lucha y el grupo de Martín le propinó una golpiza que casi lo mata. Después de esto, se los llevaron a la comandancia.

Pero a la salida de la cantina, un hombre de piel oscura, al parecer un africano, preguntó a dónde llevaban a aquel pobre viejo y a la joven, cuál era la razón de su arresto, pero el grupo de Martín lo amenazó diciéndole que no se metiera, que era asunto de la policía. Fue algo curioso porque este mismo africano fue llevado más tarde a la comandancia por un comerciante de vinos que lo acusaba de haber robado de su tienda y se los entregó a los policías para que lo encerraran. En agradecimiento por hacerse cargo del prisionero, el comerciante de vinos les regaló varias botellas a los policías. Los amigos de Martín aceptaron el regalo con gusto, aunque no debían de tomar durante horas de trabajo. Luego —el coronel hizo silencio—, antes de continuar permítanme decirles que lo siguiente lo comento tal cual lo escuché, si son historias inventadas, no fueron inventadas por mí.

—Prosiga, coronel —ordenó el general Castaños.

—Se dice que después de encarcelar al africano, éste empezó a preguntar, ¿creen en los fantasmas? ¿Creen en el demonio? Al oír esto todos los policías en la estación se echaron a reír. Luego iniciaron los insultos hacia el hombre. El africano por su parte reía en voz baja. Lo más curioso vino después. Se dice que este hombre se quitó la camisa y que venía bañado en sangre, y que con su sangre empezó a pintar dibujos raros en las paredes de la celda mientras cantaba entre susurros una canción de magia negra en lengua africana, como si estuviera realizando un ritual o invocando a un dios. Al principio los amigos de Martín no le dieron mucha importancia, pero conforme bebían, el hombre daba más intensidad a su ritual, el miedo entraba poco a poco en aquella comandancia de policía. Uno de los amigos de Martín, a quien le decían Chorro, decidió dejar aquel lugar diciendo que saldría al patio a tomar aire, pero decidió llevarse con él a la joven encarcelada. Pero a los pocos minutos regresó con la cara pálida, las mangas manchadas de sangre, temblaba de miedo y olía a azufre. Se tiró en una esquina y le dio un ataque de pánico. Sus amigos le preguntaron qué le pasaba, quién lo había herido en los brazos, y él empezó a decir: «Vi al diablo, vi al diablo», una y otra vez —de nuevo el coronel detuvo su relato, hizo como que tomaba aire y continuó—. Lo que sigue es un misterio todavía no claro. Uno de los amigos del difunto teniente Xavier Valderrama, amigo también del hermano menor de éste y de sus amigos, fue quien me platicó que el africano sacó una flauta de sus pantalones, la sopló tan fuerte como pudo y esparció un polvo raro por todo el lugar, después de esto todos cayeron en un estado de semiinconsciencia. Según dice la historia, entonces empezaron a ver visiones tan macabras que muchos de ellos se desmayaron y ya no recordaron nada, otros dicen haber quedado paralizados del miedo, que no saben con seguridad qué fue lo que vieron, algo así como una figura negra, envuelta en una capa, esta figura flotaba frente a ellos, era una figura enorme, tan alta que casi tocaba el techo con su cabeza, con cuernos y con un rostro de un color tan rojo y tan macabro que todos sintieron estar en presencia del diablo.

La mayoría de los policías despertaron al siguiente día sin saber qué había pasado. Ninguno de los tres prisioneros estaba en su celda, ni la joven, ni el viejo, ni el africano. Este incidente se volvió famoso en Barcelona, pero no tanto como lo hubiese sido porque los padres de aquel grupo de muchachos, la mayoría gente de dinero y poder, presionaron a las autoridades locales a no mencionar nada, pues no querían que a sus hijos los tomaran por locos. Esto fue algo irónico porque muchos de ellos tuvieron que ser llevados a instituciones mentales durante algún tiempo después de lo sucedido, Martín Valderrama entre ellos.

—Inquietante —dijo otro de los generales ahí reunidos.

—La siguiente parte de la historia sí la escuché del teniente Valderrama. Él dice que su hermano sufrió algunas veces de ataques de nervios durante algún tiempo después de lo sucedido, pero que se estaba recobrando, al igual que sus amigos. Decía que su hermano ya estaba llegando al punto de volver a hacer su vida normal, que incluso era un joven más respetuoso que antes. La familia se sentía aliviada porque al menos esa experiencia había hecho a Martín más temeroso de la vida y de carácter menos ofensivo. Pero de pronto recayó. Martín se levantaba cada mañana diciendo que había visto al diablo la noche anterior, a veces le daba miedo hasta salir de su cama. Poco a poco las cosas fueron empeorando, Martín casi no comía, ya no hablaba y no podía soportar quedarse solo. Una noche se escuchó un grito en su recámara, era la enfermera que había salido corriendo. La familia entera se despertó y acudió a la habitación, pero antes de que llegaran se escuchó una explosión de bala. Cuando llegaron, el cuerpo de Martín Valderrama estaba tendido sin vida sobre su cama y sostenía en su mano derecha una pistola.

Después de esto, el teniente Valderrama se enteró por Teodosio Bocanegra de que en el ejército francés había un tal capitán Fernando de Montpellier, famoso por haber aprendido en algún país árabe los métodos para preparar polvos y líquidos capaces de causar alucinaciones y de matar por envenenamiento.

Sin embargo, hay algo que no tiene lógica. Cuando le preguntaron a la enfermera que cuidaba de Martín Valderrama por qué había salido corriendo de la habitación llena de pánico el día que él murió, ella también dijo que fue porque había visto al diablo. También a ella la pusieron en un hospital por un tiempo. Así que surge la pregunta, ¿si Martín Valderrama estaba viendo alucinaciones?, ¿por qué su enfermera también dijo ver lo mismo? De una u otra manera, hay muchos ángulos en la historia que quedan sin explicar. Pero bueno, continuando con ella, el teniente Xavier Valderrama se enteró de que varios africanos vinieron con Napoleón a Europa después de que Bonaparte abandonó Egipto y formaron una unidad de combate bajo las órdenes del capitán De Montpellier, aquí es donde surge la conexión con el hombre africano que practicó magia negra en la estación de policía. Un descubrimiento llevó a otro y pronto Xavier Valderrama se convenció de que el capitán Fernando de Montpellier era el asesino de su hermano, e indirectamente de su madre. Así que el teniente Valderrama juró matar al capitán a toda costa.

—¿Y fue así que idearon este ridículo plan para capturar a De Montpellier? —preguntó uno de los oficiales a Montesqueda.

—Después me enteré de que había sido Teodosio Bocanegra quien pensó en los detalles del plan para terminar con De Montpellier, el cual incluía capturar a uno de los ayudantes del capitán, al teniente Felipe Marmont, un oficial francés que venía seguido a escondidas a territorio español porque tenía una novia en Murchante, pueblo cercano a Tudela. Esperaban capturarlo durante una de sus visitas y de esta forma atraer a De Montpellier para que viniera a rescatarlo. Una vez capturado, el capitán sería interrogado y después de obtener cualquier información valiosa, Valderrama lo retaría a un duelo. El teniente se consideraba a sí mismo bastante bueno con la espada y pensó que ganaría sin problema, pero resultó que el capitán francés era bastante bueno también, y ustedes ya saben cómo terminó el asunto. Así que, sea quien sea éste, Bocanegra ya me ha costado la vida de varios de mis mejores oficiales.

—Coronel, parece que ese hombre, Bocanegra, es intocable —dijo el general al mando.

—Así parece, aunque yo no sé qué pensar de todo esto. Hay muchos detalles en esta historia que no concuerdan. Es obvio que nadie aquí presente cree en la brujería, pero si todo aquello fueron sólo alucinaciones, ¿entonces por qué todos vieron algo parecido esa noche en la comandancia? Se entiende que todos puedan alucinar bajo el efecto de alguna droga, pero ¿tener todos la misma alucinación? Más aún, si fueron sólo alucinaciones, ¿cómo pudieron escapar los prisioneros? No digo que el diablo o algún fantasma haya liberado a los prisioneros, pero es evidente que alguien más estuvo en la comandancia. Y luego sucede lo mismo con Martín Valderrama y su enfermera. En fin, con explicación racional o sin ella los efectos fueron los mismos, Martín Valderrama se volvió loco, tan loco que llegó al punto de quitarse la vida. Su madre también enloqueció por la pérdida de su hijo y murió pronto. Por esto el teniente Xavier Valderrama juró venganza y eso lo llevó a su muerte.

—Una cosa más, coronel —dijo el general Castaños, tratando de encauzar el verdadero fin de aquella junta que se había desviado con supercherías— ¿Por qué la espada? ¿Cuál es su importancia y su relación con esta historia? Ya explicó por qué le pertenece a De Montpellier, un hombre cercano a Bonaparte, pero ¿por qué estaba en la casa del señor Larrañaga la noche antes de la batalla?

—General, hay un nombre que he comenzado a escuchar en los últimos meses: el marqués Cavallerio. Un hombre que, según sé, opera desde Italia, pero hasta ahora nadie parece haberlo visto. Un hombre que mueve grandes cantidades de dinero de un país a otro y lo invierte en toda Europa. Pero eso no es lo que me preocupa, la cosa es que de alguna manera, por alguna extraña coincidencia este hombre siempre está en el momento y el lugar adecuados para presenciar conflictos armados. Esto ha venido sucediendo en todo el continente. O este hombre tiene mucha suerte o está involucrado en los hechos. El ejemplo más reciente sucedió en Portugal. En los días en que Francia y Portugal eran aliados, ustedes saben, antes de que Napoleón destituyera a la familia real portuguesa y los forzara a huir a Brasil, los dos países cooperaban de maravilla. Por coincidencia resulta que el comandante francés contra quien perdimos la batalla de Tudela la semana pasada, el mariscal Jean Lannes, era el embajador de Francia ante Portugal en aquellos días, y según hemos investigado, Fernando de Montpellier siempre fue un cercano colaborador suyo desde entonces. Durante los días de Lannes como embajador en Portugal, ese país se convirtió en un hervidero de todo tipo de compañías francesas financieras y comerciales. Luego, cuando los dos países se volvieron enemigos y los ingleses desembarcaron en Lisboa, los franceses tuvieron que abandonar el lugar y dejaron tras de sí muchas cosas. Los ingleses empezaron a investigar a todas las compañías francesas que se habían instalado en Portugal en los últimos años. Durante sus investigaciones descubrieron que la mayoría de las compañías francesas eran fachadas para esconder operaciones clandestinas y transferencias financieras de dinero francés a otros países donde Bonaparte tiene intereses políticos. Entonces un nombre empezó a aparecer una y otra vez en los libros de contabilidad de estas compañías, de nuevo el marqués Cavallerio.

—¿Entonces, ese marqués es un agente de Bonaparte? —preguntó el general Castaños.

—No estamos seguros todavía, puede ser sólo un hombre de negocios común o puede muy bien estar jugando del lado francés. De una u otra manera, entre las cosas encontradas en una caja fuerte, registrada a su nombre de un banco de Lisboa, estaba esta espada, y en los documentos de la cuenta aparece que esta espada se la dio el capitán De Montpellier. Los británicos dejaron la espada en la caja fuerte pensando que podían utilizarla como carnada y les dijeron a los empleados del banco que los alertaran en caso de que alguien se presentara en el banco pidiendo tener acceso a esa caja. Y ese día llegó y la persona fue don Gustavo Larrañaga, el padre de la mujer que fue torturada a latigazos, este hombre murió fusilado hace poco. A los ingleses se les avisó que alguien se había presentado en el banco pidiendo acceso a la caja, pero para cuando se enteraron don Gustavo Larrañaga ya estaba fuera de Portugal y de vuelta en España, razón por la cual nos avisaron de todo este asunto. Marmont vino a Murchante, entre otras cosas, para recuperar la espada, y fue en ese momento que Valderrama lo atrapó. Ahora, todo esto me lleva al punto más importante. ¿Qué conexión hay entre Fernando de Montpellier, un capitán francés, y uno de los más poderosos y a la vez discretos banqueros en Italia? Una posibilidad es que el marqués mueve dinero para los franceses de un país a otro, borrando toda huella de sus pasos. Para lograr eso necesita un sistema de códigos, una forma de mandar mensajes hacia todos los países donde opera. Alguien en Europa hace un depósito enorme de oro en Roma, a esta persona el banco le da una carta codificada, con esta carta él se presenta en un banco de Londres, los banqueros decodifican el mensaje y le dan al poseedor de la carta un crédito equivalente al depósito hecho en Roma, menos el interés y las comisiones, por supuesto. Una de las opciones que me vienen a la mente es que el marqués es uno de los banqueros de Napoleón y el instrumento de comunicación entre los dos es el capitán De Montpellier. Lo mismo sucede con las operaciones de espionaje, los espías se comunican de la misma manera en todo el mundo. Simple y efectivamente. Pero la clave de todo es el sistema de códigos que utilizan para comunicarse. Le llevé esta espada a un experto fabricante para que me dijera si había alguna información escondida en ella y fue él quien me explicó el significado de los símbolos sobre el escudo de armas y me dijo que había una cámara secreta dentro de la espada. Me dijo que cualquier información que yo buscaba debía estar dentro de esa cámara.

Después de escuchar las palabras del coronel Montesqueda los oficiales reunidos en esa junta empezaron a hacer todo tipo de preguntas. Entonces el general Castaños hizo sentir su rango a los demás, hablando con una voz más fuerte por encima de todos y ordenando a todos callarse porque él iba a hablar.

—¿Una cámara secreta? ¿A qué se refiere? ¿Qué hay ahí dentro?

—No lo sé —respondió Montesqueda.

—¿Cómo que no lo sabe, coronel?

—No he abierto la cámara, mi general. Porque según el experto que me dijo todo esto, la cámara está protegida con una combinación. ¿Ve usted esta serie de números acomodados de forma circular? Aquí, detrás de la espada, tras del escudo de armas —Montesqueda levantó la espada y la mostró a su alrededor—, pues eso es una cerradura rotatoria. Para abrir la cámara es necesario seleccionar una letra y presionar el botón en el centro del círculo, luego otro número, así hasta completar la combinación correcta de cuatro números. Una vez hecho esto se oprime el símbolo de la esfinge en la esquina superior izquierda del escudo de armas y la cámara se abre. La mala noticia es que no conozco la combinación —el coronel puso cara de decepción al decir esto, pero Montesqueda apresuró a decir lo siguiente—, pero tengo confianza de que pronto la voy a encontrar, y cuando lo haga tendremos en nuestro poder los códigos que el ejército francés usa para sus operaciones clandestinas. Tendremos entonces una información de increíble valor. Su aparato de espionaje, sus transacciones financieras, todo. Podremos descifrar el funcionamiento interno del aparato de espionaje de Bonaparte.

—Al diablo, coronel, forcemos la cerradura —dijo uno de los oficiales.

—No podemos forzar la cerradura —las objeciones empezaron a llover sobre el coronel pero éste subió el tono de su voz—. No podemos hacer tal cosa porque esta cerradura fue diseñada con un mecanismo que, si la combinación es incorrecta, o si alguien trata de forzar la cámara, activará una reacción química, una especie de fuegos de pólvora que quemará cualquier información útil que haya dentro. Créanme, he estado pensando en qué forma podemos abrir la cámara, pero es muy riesgoso. El mecanismo fue hecho por un relojero suizo y si no somos cuidadosos podemos perder una gran oportunidad, además, estoy muy cerca de descubrir la combinación.

—¿Y cuál es, coronel? —preguntó el general Castaños.

—Los ingleses son los mejor informados de esto. Ellos me dijeron que era algo relacionado con la batalla de las pirámides. La combinación es algo que Napoleón les dijo a sus tropas durante la batalla de las pirámides. Créanme, estoy cerca.

El coronel Montesqueda trató de continuar pero la junta se volvió caótica. Debió pensar mejor lo que podía ocurrir. Sus superiores tomaron la espada en custodia. Trataron por unos pocos días de adivinar cuál podía ser la combinación, pero era imposible, ¿quién podía saber lo que Napoleón les había dicho a sus tropas en Egipto durante la batalla de las pirámides? Eso había sucedido mucho tiempo atrás y nadie de ellos había estado ahí. Entonces, un día perdieron la paciencia y trataron de forzar la cerradura. Montesqueda tenía razón, lo que había adentro se quemó en segundos. Pero ahora al menos tenían una pista, un nombre: Cavallerio.

10

La boda

EL PADRE JERÓNIMO LAROQUE OBSERVABA A UN AVE DE GRAN tamaño que volaba por encima de la pequeña embarcación en la que él se encontraba, un pequeño velero de menos de diez metros de largo por tres de ancho, justo la embarcación adecuada para hacer pequeñas travesías surcando los archipiélagos de pequeñas islas del Mediterráneo. Se preguntaba si esa ave era aquella misma que había cautivado su curiosidad e imaginación tantos años atrás. Pronto su pregunta tendría respuesta. El ave volaba en círculos cada vez más bajo y, cuando estuvo a unos metros del velero, se pudo ver que portaba algo entre sus garras y el objeto cayó sobre la cubierta.

Un ramo de tres rosas unidas con un hilo cayó a sus pies. El padre Jerónimo miró otra vez hacia la isla a la cual se dirigían y le pidió al marino que controlaba las velas de la embarcación que le prestara el catalejo. Cuando el padre Jerónimo vio a través del instrumento no pudo evitar sentirse contento, el capitán Fernando de Montpellier, sentado sobre una silla mecedora, levantaba la mano y la agitaba para darle la bienvenida. Fernando parecía descansar sobre la torre de un pequeño castillo construido sobre la orilla rocosa de aquella isla.

La tarde en aquellas islas era agradable, sus habitantes, rodeados por el mar Mediterráneo, en un día de verano podían disfrutar de la suave brisa de mar que los mantenía frescos al caminar al aire libre, y al mismo tiempo el mar evitaba que las casas se volvieran muy frías durante el invierno. Era el lugar ideal para una boda, ésa era la razón de que el padre Jerónimo Laroque estuviera de visita ese día, iba a casar a Felipe Marmont y a María Larrañaga. Fernando estaba ansioso, en especial, por platicar con Jerónimo, había algo que le quemaba por dentro y quería pedirle consejo a su amigo.

Fue una ceremonia pequeña, de parte de María estaban su hermana, su madre y unos amigos, del lado de Felipe había varios oficiales militares y otros amigos; algunos de ellos se conocían desde sus días de huérfanos en el orfanato del padre Escataglia. Tenía que ser una ceremonia pequeña porque el padre de María había muerto hacía poco y su memoria estaba aún fresca, cierto equilibrio entre festividad y luto tenía que mantenerse. También estaba el capitán Fernando de Montpellier. Seguía recuperándose de las heridas recibidas durante la batalla de Tudela, pero hizo un gran esfuerzo para caminar sin mostrar ninguna debilidad, era la boda de su mejor amigo. Además, la imagen de virilidad y fuerza que evocaba el uniforme militar de gala que Fernando vestía opacó cualquier señal de debilidad. En el castillo, donde la ceremonia estaba a punto de comenzar, había una pequeña capilla que había sido adornada con tal elegancia para la ocasión, ése era el regalo de Fernando a su hermano Felipe y no había reparado en gastos. Todo estaba listo, los invitados estaban en las bancas, el padre Laroque estaba de pie junto al altar y el novio esperaba ansioso al final del pasillo. Lo único que faltaba era la novia.

Entonces una joven mujer de figura delicada apareció en la entrada de la capilla. El padre Laroque dio la señal al cuarteto y en ese momento dos violines, un chelista y un violonchelo entonaron la clásica melodía de entrada para iniciar una boda: *Canon en D*, de Pachelbel. Ella empezó a caminar por el pasillo, aproximándose a Felipe, a quien en este momento un pensamiento le vino una vez más a la mente: «La vida es bella». Él había pasado mucho tiempo pensado en todo el camino que había recorrido, desde la pérdida de su madre, de su hermana y cómo terminó en un orfanato, donde conoció a otro extraño, tan asustado y confundido como él, Fernando, y lo había seguido a donde quiera que éste había ido porque era lo más cercano que tenía a un hermano. Entonces, la suerte de Felipe lo puso junto al hombre que un día se convertiría en el gobernante más poderoso de Europa, y ahora ambos pertenecían a la élite que comandaba al país más poderoso del mundo. Ahora estaba formando su propia familia. La vida había cambiado para él, el periodo de prueba había sido largo, pero él no había perdido la pureza de su corazón y estaba a punto de conocer un lado más amable de la vida. Él era un luchador, no esperaba que la vida fuera fácil, la vida nunca sería perfecta pero en ese momento lo era. Pronto se quitaría su uniforme militar, ya había peleado suficiente, había pagado sus deudas, dejaría el ejército. Su guerra había terminado.

María estaba emocionada y esperaba el día de la boda con impaciencia, pero de vez en cuando se sentía triste, temerosa de mirarse al espejo, verse otra vez la cicatriz de su mejilla. Sentía que no le estaba dando a Felipe aquello con lo que él había soñado, la carita bella que tenía cuando se habían conocido por primera vez. Esta mujer seguiría siendo bella aun con la cicatriz, toda su personalidad era pura y bonita, pero ella no podía dejar de pensar en ello. Cuando empezó a caminar por el pasillo, de vez en cuando bajaba la mirada, como si tratara de esconder ese lado de su rostro, pero cuando llegó a Felipe él hizo algo poco usual, se saltó la tradición, le quitó el velo a la novia y la besó en la mejilla, sobre la cicatriz. Luego le dijo al oído: «La vida es bella y tú eres la más hermosa».

Después de la ceremonia religiosa siguió el banquete. La madre de María quería sobriedad, pero el capitán De Montpellier, aunque respetaba su luto, quería regalarle a su amigo una boda con toda la magnificencia posible, se consideraba el hermano mayor y por lo mismo el responsable de proveer para él. Si no hubiera sido por Fernando y sus escandalosos amigos militares, la ceremonia hubiera sido muy respetuosa, pero mucho menos alegre. Además, ese contrapeso le quitaba la responsabilidad a María de ser discreta y la forzaba a renunciar al sentimiento de culpa. La banda tocó, los hombres cantaron en voz muy alta, las mujeres primero rechazaron las invitaciones a bailar pero después de un momento cambiaron de opinión: «Sólo para evitar ser descorteses». Era una fiesta pequeña, pero llena de verdaderos amigos, amigos de muchos años, incluyendo al sacerdote.

Al día siguiente se hicieron los preparativos para que la pareja partiera de luna de miel. Iban a alguna otra isla del Mediterráneo, una mucho más aislada, menos ruidosa. Después se irían a Grecia o tal vez a Turquía, aún no lo habían decidido y no tenían que hacerlo, Fernando le había dado a Felipe un bloque de notas bancarias en blanco que él podía intercambiar en muchas casas financieras por todo Europa y el Cercano Oriente, así que podían ir a cualquier lugar que les diera la gana. Bien se lo merecían. Tal vez Fernando hacía eso imaginando que era él quien partía con su amada Sofía hacia un lugar muy lejano. Mientras los sirvientes terminaban de poner el equipaje en el bote, Felipe le dijo a María que necesitaba hablar con Fernando y Jerónimo antes de partir, así que los tres hombres entraron a la biblioteca del castillo mientras ella se despedía de su madre.

—Fernando, siento mucho lo de tu espada —dijo Felipe.

—No te preocupes por eso, esperemos que el mecanismo de seguridad haya funcionado como se supone que debería, me costó una fortuna. Pero de cualquier forma ya di órdenes para cambiar las cosas de un lugar a otro en caso de que los españoles logren abrir la cámara.

—Aun así, era una espada hermosa.

—Sí, pero de hecho hice varias réplicas. Créeme, no tienes de qué preocuparte. ¿Eso era todo?

—No, hay algo más.

—¿De qué se trata? ¿Estás preocupado por haber dejado el ejército? —preguntó Fernando—. No te preocupes en absoluto, Felipe, no estoy enojado, me siento feliz de que hayas decidido hacerlo. Yo mismo lo haría también, pero he estado peleando por tanto tiempo que no sé qué más podría hacer.

—No, no se trata de eso tampoco. Fernando, ¿recuerdas la promesa que le hiciste al padre Escataglia en su lecho de muerte?

—Sí, ¿por qué mencionas eso ahora?

—Porque vas a necesitar recordar eso. Lo que te voy a decir requiere que lo tengas muy presente.

—¿De qué se trata?

—La noche que yo y mi esposa fuimos torturados había otro hombre que estaba a cargo de la situación, además del teniente Valderrama. Ese hombre decía llamarse Teodosio Bocanegra, ¿te suena familiar?

—No, no lo recuerdo.

—Bueno, Fernando, no sé quién haya sido ese hombre, pero parecía obsesionado con encontrarte y matarte.

—Créeme que deseo que eso fuera algo poco común.

—Lo sé, pero había algo más inusual en él. Ese hombre tenía una cicatriz muy larga en una de sus mejillas y otra en su cuello.

Al escuchar esto, Fernando sintió como si una mano gigante lo estuviera aplastando. Felipe vio su reacción y la esperaba. Incluso Jerónimo notó lo afectado de Fernando y sabía muy bien por qué. Fernando les había platicado muchas veces la historia a Jerónimo y a Felipe, la historia de su trágico pasado. Fernando había escapado de una colonia española en América porque cierto hombre había planeado el asesinato de su familia. Ese hombre se llamaba Nicolás Suárez. El hombre primero asesinó a sus padres, quienes viajaban en un carruaje unos pocos kilómetros delante de Fernando, entonces cuando él mismo cayó en las manos de ese hombre y sus cómplices, intentaron matarlo, pero unos indios, amigos de su padre, personas que le debían su liberación como esclavos al duque de Calabria, aparecieron justo en el momento para rescatarlo.

Se entabló una lucha entre los dos grupos, a Nicolás Suárez se le acabaron las balas y trató de escapar, pero uno de los indios lo alcanzó, pelearon con cuchillos y el indio lo cortó dos veces en la cara, en el cuello y lo tiró de su caballo, pero cuando estaba a punto de acabarlo uno de los cómplices de Suárez disparó al indio y lo mató.

Fernando vio a Suárez caer al suelo y corrió hacia él para acabarlo, pero tuvo que huir cuando los hombres de Suárez abrieron fuego contra él. Después resultó que Nicolás Suárez no era el único que lo quería muerto, era todo el gobierno de la Nueva España, así que tuvo que huir del país sin saber qué había pasado. El primer pensamiento de Fernando era que Nicolás Suárez había muerto, pero ahora estaba seguro que el hombre que había destruido su familia y su vida hacía más de quince años estaba vivo y lo andaba buscando. Fernando contuvo su rabia apretando las quijadas. Jerónimo y Marmont se mantuvieron callados, sabían el significado de esta revelación. Fernando tenía ahora todo el poder que necesitaba para ir tras él y completar su venganza, pero ante eso él tenía una promesa que le había hecho a su segundo padre, el padre Escataglia, de nunca más matar por odio o venganza. Y la cumpliría.

Al día siguiente de que Marmont y María partieron de luna de miel, Fernando y Jerónimo tuvieron la oportunidad de hablar a solas. El capitán todavía estaba sensible por la revelación de Marmont, pero con los años había aprendido a controlar su temperamento y sus emociones, al menos cuando se encontraba en compañía de sus amigos.

Una lección que había aprendido era no arruinar un buen momento en compañía de sus seres queridos por pensar en tragedias pasadas. Además, el tema del que Fernando quería platicar con Jerónimo también atormentaba su espíritu con enorme ansiedad y de alguna manera lo ayudaba a olvidarse de Nicolás Suárez, ahora llamado Teodosio Bocanegra, al menos por un momento.

—Jerónimo, me da mucho gusto verte porque ansiaba poder platicar con alguien de mi más entera confianza, alguien que supiera lo que esto significa para mí.

—Tú dirás —dijo el sacerdote.

—Toma esta carta. Te pido por favor que la leas; cuando ya hayas regresado de Roma, quiero que me aconsejes qué hacer, pero es algo que necesitarás reflexionar varios días, no quiero que me des tu respuesta ahora.

Fernando le dio la carta que había reabierto la herida más sensible de su corazón, aquella que llevaba tantos años tratando de sanar.

—¿Es algo acerca de ella? Fernando, eres de mis mejores amigos, por eso te lo digo, perseguir ilusiones perdidas sólo lleva a la infelicidad.

—Lo sé, Jerónimo, pero es que siempre anhelé saber qué había pasado y si realmente me había amado, si había sufrido por mí... nunca supe nada. Ahora esa carta me ha puesto a temblar.

—Bien, así lo haré. Pero al menos dime, ¿qué harás? Por favor, dime que no harás algo estúpido por esta carta.

—De ninguna manera, Jerónimo. No tendré tiempo ni siquiera para alimentar ninguna esperanza. Recibí órdenes del cazador de presentarme en París. Tú sabes lo que eso significa.

—Fernando, tengo que recordarte que hace muchos años, ante un moribundo a quien considerabas tu segundo padre, prometiste no hacer eso más. Prometiste nunca más ir tras líneas enemigas.

—Sé lo que prometí, Jerónimo, y créeme, estoy decidido a ser fiel a mi promesa. Iré a París y les diré que elijan a alguien más para ese trabajo. Yo ya he pagado mis deudas, he servido mi tiempo, yo ya no tengo razón para ir tras líneas enemigas. Pero entonces me darán otra misión y sea lo que sea me mantendrá ocupado por un tiempo.

—Bien. ¿Al menos te dijeron a dónde te enviarán?

—Si lo supiera, sabes que no te lo podría decir, pero la verdad es que ni siquiera yo lo sé. Pero como ya te dije, les pediré que me envíen a otro lugar, algo alejado, necesito un viaje para distraerme y ayudarme a matar estas pequeñas semillas de esperanza que me traicionan y quieren echar raíces, tú sabes, el corazón es como un niño.

—¿Alguna esperanza nace de esta carta?

—Mis esperanzas nacen y mueren con ella. Léela y entenderás más palabras.

—¿Y qué me puedes decir de los esfinges? ¿Qué ha pasado con el resto? —preguntó Jerónimo.

—Hay algunas malas noticias: Dominico, Julián y Bernardo murieron en batalla —Fernando hizo un gesto de resignación, Jerónimo hizo la señal de la cruz y murmuró algo en voz baja—. Eran buenos amigos —dijo Jerónimo con un tono triste.

—A Schulmeister lo vi la última vez en el cuartel general en París, pero Dios sabe cuál sea su paradero actual. Jean-Baptiste también trabaja en el alto mando, pero no en el cuartel general. En estos días lo estoy esperando para platicar del asunto. Esos dos son verdaderas piezas de ajedrez para los generales, no sé de sus misiones y prefiero no saberlas, hacen cosas de lo más arriesgadas.

—El buen Jean-Baptiste, el mejor jinete que he visto y también el mejor pistolero, gran puntería y velocidad para disparar —dijo Jerónimo y sonrió con gusto al recordar a su amigo.

—Troudeau y Leroy en misión. No debería decírtelo, Jerónimo, pero reza por Troudeau en el oriente y por Leroy en Sudamérica.

—¿Y Grandjean? —preguntó con delicadeza, sabiendo que ese nombre era para desconfiar, incluso para temer.

—Grandjean, el gran Grandjean, el temible Grandjean —dijo Fernando.

—¿Qué pasa con él?

—Bueno, lo último que escuché es que está perdido —Fernando se detuvo, las operaciones en donde estaba su amigo eran demasiado secretas, no podía hablar de ellas ni siquiera con Jerónimo, por mucho que confiara en él. Troudeau en el Lejano Oriente y Leroy en Sudamérica no eran de tanta importancia, estaban a miles de kilómetros y sus misiones eran más que nada de reconocimiento, pero no de sabotaje, no de guerra—. Bueno, sólo te diré que se ha perdido contacto con él.

—¿Capturado por el enemigo?

—No sabemos, lo más probable es que así sea.

—Lo más probable, pero no es lo que tú crees, ¿no es así?

—No sé Jerónimo. Tú conociste a Grandjean, un hombre temible, un guerrero tan talentoso como ningún otro en la legión, tal vez el mejor, pero también muy ambicioso. Tú y yo nos enteramos de muchas cosas, ¿recuerdas?

—Cómo olvidarlo. Era sin duda un gran militar, un agente inteligente, pero no sé por qué siempre tuve miedo de él. Tal vez era lo difícil que se me hacía confiar en él.

Jerónimo no sabía si hacer la pregunta, pero qué más daba, él ya no era un oficial de la legión, y entonces preguntó:

—¿Crees que se haya pasado al bando contrario?

—Pues no sé. No sé, pero de ser así, entonces que Dios ayude a Francia porque el enemigo se ha fortalecido —Fernando titubeó, luego continuó en tono reflexivo—, y que a mí me ayude porque no dejo de pensar que algún día se cruzará en mi camino.

—Fernando —dijo Jerónimo notándolo preocupado—, si algún día tuviera que elegir a algún legionario de la esfinge para que cuidara de mi vida o de la de alguno de mis seres queridos, te elegiría a ti mil veces, por encima de Grandjean. Siempre te creí mejor que él.

Fernando, con actitud reflexiva, miró hacia el horizonte a través de las grandes ventanas del salón. Jerónimo sabía que Dios siempre encuentra la forma de enfrentarnos con aquello o aquellos que retan nuestras capacidades al máximo, y también presentía que el futuro tenía algo preparado para los dos legionarios de la esfinge más capaces. Se hizo un silencio de algunos segundos que Fernando rompió con otro nombre también difícil de mencionar para él, pero éste por otras razones.

—Y bueno, llegamos a Gustavo.

—Fernando —Jerónimo reflexionó unos segundos lo que diría—, tú sabes que no soy una persona que disculpe los errores de los demás, al menos no ese tipo de errores. Sí, ahora detesto aquello en lo que me había convertido, pero la verdad es que de cualquier hombre, haya sido o no un esfinge, aún sé distinguir cuando se ha visto forzado a defender las vidas de unos a costa de las de otros. Gustavo Marchand eligió su camino, puso en riesgo la vida de los que estaban a tu cargo y actuaste como lo hiciste.

—Sí, pero si hubiera sabido quién era, quizá hubiera podido evitarlo.

—En un combate de vida o muerte no existe el *tal vez*. Todos nos arrepentimos en algún momento y creemos que hubiéramos podido hacer mejor las cosas, sin tanta sangre. Yo mismo cuando entré en la orden de los jesuitas me puse a reflexionar sobre lo que había sido mi vida, cuántas vidas había quitado y me sentí horrorizado, pero nadie puede cambiar la naturaleza de un soldado. La razón de ser de un soldado es el combate. Bien sabe Dios qué ansío con el alma: que las cosas hubieran sido diferentes, que quisiera saber si hay alguna forma para evitar quitarle la vida a un enemigo, pero ¿quién puede darnos semejante respuesta? La muerte de Gustavo fue resultado de sus propias decisiones, tú sólo defendiste a tus hombres. Yo mismo he buscado al coronel Augusto para explicarle la forma en la que murió su hijo, pero al parecer está en Inglaterra y a menos que quiera yo convertirme en un mártir, no debo pisar ese país.

—No sé, si algún día me encuentro al coronel Augusto, no soportaré la vergüenza, no sé qué haré, ni las manos meteré.

—Fernando, escúchame, Augusto Marchand entrenó a una veintena de hombres con el único objetivo de aniquilar enemigos, ¿por qué? Porque su general Bonaparte se lo pidió para fortalecer al ejército francés sin importar cuántos enemigos murieran. Después, el destino dispuso que uno de los hombres a quien él convirtió en... —Jerónimo se detuvo, iba a decir asesino, pero pensaba que ni Fernando ni los otros legionarios de la esfinge lo habían sido, sólo eran soldados de élite. Jerónimo no encontraba las palabras para continuar.

—Te entiendo, Jerónimo, sólo quisiera que no hubiese sido así.

Ambos hombres se quedaron en silencio unos segundos, reflexionando mientras miraban el atardecer. Eso dio tiempo a Jerónimo de encontrar las palabras adecuadas.

—Fernando, no soy Dios para saber cómo debe actuar cada ser humano ante una situación tan difícil como la que te tocó enfrentar por azares del destino, yo sé que en cierta manera considerabas al coronel Augusto Marchand casi como un padre, pero creo estar seguro de que tú no eres un asesino. El padre Escataglia era un hombre muy astuto, te dio la recomendación adecuada para nunca traicionar tu consciencia, ¿la recuerdas? Nunca matar por venganza o por odio.

Fernando arqueó las cejas y volteó a verlo. Jerónimo se quedó en silencio para dejar que su amigo asimilara aquellas palabras, él sabía que no tenía nada mejor que decir. El capitán movió la cabeza hacia arriba y abajo un par de veces mientras miraba hacia el horizonte a través de las grandes ventanas del salón, como queriendo adivinar lo que le deparaba el futuro. Jerónimo miraba a Fernando como un padre que quiere comunicar el mensaje adecuado a su hijo, se dirigió hacia una mesita que estaba cerca de ahí, sobre ella había una botella de vino y dos copas; destapó la botella y sirvió el vino; se acercó a Fernando y decidió cambiar de tema.

—¿Cómo encontraste este lugar? —preguntó Jerónimo refiriéndose al castillo.

—Le pertenece a un amigo, un hombre con el cual tengo negocios, el marqués Cavallerio.

—¿Qué?, ¿él es el dueño de este viejo castillo? —dijo Jerónimo con gran sorpresa.

—Sí, ¿por qué? ¿Has escuchado de él?

—Quisiera no haber escuchado de él tantas veces. ¿La famosa aventura de una princesa austriaca que fue plagiada por piratas para luego ser rescatada por un marqués misterioso, del cual se termina enamorando, para después tener que decirle adiós por estar comprometida con otro hombre? Y después de todo resulta que el supuesto marqués tiene una fortuna tan colosal, tan enorme, que ofrece pagar para sacar a la princesa de ese compromiso con joyas, caballos y obsequios provenientes de todo el mundo. La historia del marqués es famosa en toda Europa, hasta en Roma he escuchado hablar de ello. Todos parecen impresionarse cuando alguien habla de los fabulosos regalos del marqués o de sus increíbles invenciones. Es el tema de conversación en la ciudad, lo cual es bastante difícil de entender porque nadie lo ha conocido.

—Vaya, eso sí que no lo sabía. Pareces estar al tanto de todos los chismes del mudo de la aristocracia. ¿De modo que hasta en Roma se habla de eso?

—No, sólo conozco la historia. Algunos incluso piensan que yo conozco a los personajes. Algunos funcionarios de Roma comentan que el marqués Cavallerio es un banquero cercano a Napoleón, y como muchos de mis superiores y algunos cardenales en Roma saben de mi lucha en Egipto, piensan que puedo saber algo. No saben toda la historia por supuesto, nunca les diría lo de la legión, sólo que fui un oficial que conoció y luchó al lado del hoy emperador de los franceses cuando era un general común. Por eso piensan que puedo conocer al marqués. Además, aunque no me lo creas, procuro ser discreto con mi pasado. No quisiera que alguno de mis antiguos hermanos de armas se viera en problemas porque a mí se me escape mencionar algo de la legión ante personas equivocadas. Los únicos que saben de ello son mis directores dentro de la orden jesuita, pero se los he comentado en secreto de confesión. Pero cuéntame tú. ¿Así que esta residencia es del marqués Cavallerio? ¿Y qué tienes tú que ver con ese hombre? —Fernando se sintió arrinconado, sabía que Jerónimo no era un hombre fácil de engañar, pero también era un hombre que respetaba los secretos ajenos cuando éstos ponían en riesgo a otras personas, así que decidió apelar a la comprensión de su amigo.

—Jerónimo, disculpa si no te menciono todos los detalles, pero tú mismo has aceptado que es peligroso para alguien como nosotros platicar todos los detalles de algunas cosas.

—Disculpa, si es que hay algo que no debas decirme, te entiendo, respeto tu necesidad de discreción.

—No te preocupes, te contaré la parte fácil. La princesa al parecer estaba enamorada de él y pidió a sus padres a cambio de ser discreta con sus sentimientos que la dejaran regalarle al marqués este castillo. El marqués no quiso aceptarlo en un principio, ni siquiera sabía por qué ella hacía eso y no veía la razón para poseer una propiedad que le recordara todo el tiempo un amor que había perdido. Entonces ella le dijo que mientras él fuera el dueño de este lugar ella siempre tendría la esperanza de saber dónde encontrarlo. El marqués no quería aceptar, pero ante las súplicas: ella le decía que si no podía tener un hijo con él al menos quería que él tuviera algo suyo, entonces aceptó.

—¿Entonces, este castillo es un monumento a un romance perdido?

—Sí, creo que podrías llamarlo así —respondió Fernando recordando la carta de Ysabella y otro amor perdido.

—Bueno, ¿y tendré alguna vez la oportunidad de conocer al marqués?

—Sí, algún día lo conocerás, pero créeme, cuando lo conozcas te darás cuenta de que no era lo que te imaginabas.

—Pues ya no sé qué más imaginarme, vaya que se habla de él por aquí y por allá. Se dicen tantas cosas que casi es tan célebre como el mismo Napoleón.

—¿Tanto así?

—Sin duda. Oye, ¿y dónde se encuentra hoy?

—Creo que está en China, o en algún lugar del Lejano Oriente.

—¿O sea que están llegando los intereses de Napoleón hasta China?

—Vamos, Jerónimo, sabes que no puedo hablar de eso. Ahora acompáñame a la torre.

—¿Seguro que puedes caminar? —preguntó Jerónimo.

—Por supuesto. Ya me han herido en batalla antes y mucho peor.

—Mi capitán De Montpellier —dijo Jerónimo—. Vaya que usted es un hombre afortunado. Pocas personas tienen la fortuna de vivir en castillos como usted —cuando Jerónimo le hablaba de usted era una broma que quería demostrar cuánto admiraba su creatividad.

—Bueno, mi presbítero Laroque, enséñeme usted, que todavía es mi maestro de arco, tan bueno como nunca he conocido otro de quien aprender —Fernando le pidió a uno de los criados que estaban en la cima del castillo que le trajeran arcos y flechas. Ambos pasaron la tarde jugando al tiro.

Jerónimo durmió ese día en el castillo, ya era tarde para volver a tierra firme y no había necesidad de navegar de noche, siempre peligroso. Jerónimo abandonó la isla al siguiente día y partió para Roma. Pero la suerte jugaba otra de sus cartas. El mismo día que se fue Jerónimo, llegó por la tarde a la isla un enviado militar de París, y el asunto que venía a tratar con Fernando lo pondría a temblar de ansiedad.

Se trataba de un asunto que había quedado pendiente desde el día de la batalla en la que Fernando casi pierde la vida, la carta donde el Cazador le ordenaba presentarse con urgencia en París. Jean-Baptiste Letrán, capitán del ejército francés, y también legionario de la esfinge, venía a poner al tanto al capitán sobre la operación encubierta ordenada por el general Jean-Marie Savary, conocido como el Cazador, director de los servicios de espionaje del imperio francés. La misión había sido diseñada para ser realizada por el capitán Fernando de Montpellier.

Fernando dijo a Jerónimo y a Marmont que había renunciado a la vida clandestina, a las misiones peligrosas que requerían que Fernando se internara en territorio enemigo, había sido honesto, ésa era su intención. Cuando le avisaron que Jean-Baptiste venía a informarle de su próxima misión, pensó en no aceptar más la responsabilidad de las operaciones clandestinas y que los generales en París necesitarían encontrar a otro hombre. Él ya estaba harto y ninguna cantidad de dinero que le pudieran ofrecer lo haría cambiar de opinión. Pero Fernando nunca se esperó lo que estaba a punto de escuchar. Cuando al capitán De Montpellier le informaron lo que el futuro tenía para él, simplemente, no podía creerlo. Se estremeció hasta sus cimientos. Empezó a creer en Dios, pero no de una buena manera. En pensar si Dios estaba determinado a enfrentarlo con sus demonios más profundos.

A Fernando le costó un esfuerzo enorme poder mantener sus emociones bajo control durante aquella sesión informativa. Cuando ésta terminó y Fernando vio que el capitán Letrán se retiraba de la isla, pudo dar rienda suelta a su ansiedad. No sabía qué pensar ni qué decir. Durante la junta se limitó a responder que sí a todo lo que se le propuso. Fernando escuchó del capitán Letrán el detalle más importante y maldijo el momento en que había accedido a la reunión en aquella cámara enterrada en lo profundo del castillo. El capitán Letrán notó el golpe emocional que sus noticias tuvieron en Fernando, pero cuando le preguntó a Fernando qué le pasaba, éste sólo respondió: «Discúlpame, Jean-Baptiste, es que todavía estoy débil a causa de las heridas».

El capitán Letrán le dio algunos detalles para que se fuera preparando, el resto lo sabría al llegar a París. Fernando agradeció en su pensamiento que la sesión no se alargara tanto y que el resto de los detalles los pudiera saber después, por el momento necesitaba tiempo para asimilar lo que acababa de escuchar. Se preguntaba a sí mismo por qué se había tenido que marchar Jerónimo esa mañana, la persona en cuyo consejo más confiaba y el amigo que mejor lo comprendería, ¿por qué no había podido esperarse Jerónimo en la isla hasta que Fernando hubiese recibido sus órdenes? Era una indisciplina que Fernando le contara a su amigo sus nuevas órdenes, pero en ese momento no importaba, él hubiera querido contarle a Jerónimo lo que había sucedido y pedirle consejo. Lo único que pensó, después de esa sesión, fue en montar a caballo sin importar su débil salud y correr por la isla, correr y correr.

Después de cabalgar por varias horas, Fernando regresó al castillo sudando y jadeante. Se adentró en aquella fortaleza y divagó por sus pasillos, caminó de aquí para allá sin poder decidirse a ir hasta aquella sala donde se encontraba una pintura que durante muchos años lo había perseguido en su pensamiento. Fernando había puesto esa pintura en una sala retirada y escondida del castillo, durante un tiempo pensó en deshacerse de ella, quemándola o lanzándola al mar, pero nunca pudo decidirse a hacerlo, así que la única alternativa fue ubicarla en un ala alejada y oculta del castillo. De esta forma Fernando esperaba que la fuerza de la vida diaria que lo obligaba a concentrarse en otras cosas le ayudara a olvidar poco a poco esa pintura, él puso en práctica de nuevo todo lo aprendido en Egipto: el marino que lucha contra la tormenta de hoy no tiene tiempo de acordarse de la marejada de ayer. Fernando esperaba así olvidarse, poco a poco, de lo que había en ese castillo, en un rincón casi olvidado, un lienzo que le reabría las heridas.

Pero de nuevo el destino jugaba sus cartas. Fernando caminó hasta aquel rincón oscuro y oculto del castillo, abrió la puerta de aquella habitación y entró. Encontró una lámpara de aceite que los sirvientes mantenían siempre lista para cuando él quisiera visitar aquel lugar, la encendió y caminó. En las paredes de esa habitación colgaban docenas de pinturas que compartían su espacio unas con otras, pero en la pared frente a la cual se encontraba, colgaba sólo una, como si Fernando hubiera decidido que ninguna otra pintura merecía compartir su espacio. Miró aquella imagen por un tiempo y entonces, sin poder ni querer evitarlo, se estremeció. Entonces puso la lámpara sobre una mesita, luego se dirigió a otro rincón de esa sala de pinturas, caminó hasta una mesa sobre donde descansaba un violín. Fernando lo tomó, caminó hasta la pintura y empezó a tocar, dejando su mente volar hacia otra época.

Fue irónico que Fernando llegara a pensar que la misión que le estaba preparando el Cazador lo iba a mandar muy lejos y le iba a dar oportunidad para distraerse y dejar de pensar en ella. Nunca pensó Fernando cómo la vida lo llevaría a enfrentar sus demonios internos. Este oficial militar francés que había peleado junto a Napoleón Bonaparte, quien sometió a casi toda Europa, ya sentía tener una vida e ilusiones diferentes que nada tenían que ver con su pasado, pero ahora su pasado y su futuro se tendrían que unir de esa manera. Después de más de quince años, después de haber construido otra vida en otro continente, después de haber conocido cientos de personas diferentes y de haber aprendido tantas lecciones en la vida, le llegaba a Fernando la hora de enfrentar su pasado. El emperador Napoleón Bonaparte, el general mariscal Jean Lannes y el general Jean-Marie Savary, el Cazador, diseñaron un plan para el capitán Fernando de Montpellier: presentarse en París tan pronto se recuperara de sus heridas para ser informado de los detalles de la operación que estaba por serle encomendada. Esta operación tendría lugar en la tierra donde Juan Pedro Fernando Filizola y Serrano de Montpellier lo había perdido todo. Después de tantos años, Fernando regresaría a América, a la Nueva España, a México. A Sofía.

11

El club de oficiales

Tres meses después de aquella sesión en la que se le informaba a Fernando que regresaría a América, éste se encontraba cabalgando por las calles de París. Eran alrededor de las siete de la noche. Al llegar frente al Hotel de Cabris miró esa hermosa construcción con orgullo. Desmontó y se acercó a la entrada donde un cuidador tomó las riendas de su caballo. Fernando sabía lo que sucedería al entrar, lo sabía y lo esperaba con ansias. Entró y de inmediato se convirtió en el punto de convergencia de las miradas de docenas de oficiales del ejército francés que ahí se reunían. Jean-Baptiste Letrán fue el primero en apresurarse a saludarlo. Fernando notó la presencia de un hombre refinado, alto, de cabello rubio y bien vestido.

—¡Fernando: benditos sean los cielos! ¡Ven a darme un abrazo! —dijo Jean-Baptiste y se lanzó a saludarlo. Mientras lo abrazaba le murmuró algo al oído—: Ellos están aquí, ten paciencia.

Fernando se sorprendió bastante al escuchar aquellas palabras, pero sabía cómo reaccionar ante tales sorpresas. Entonces Jean-Baptiste volvió a sus exclamaciones en voz alta para vitorear al capitán que había retornado.

—Desde que escuchamos que habías sido herido en batalla, habíamos estado todos con el alma en un hilo, escuchamos los peores rumores, luego tú agregas misterio desapareciendo durante meses. Pero vaya, he aquí que el capitán De Montpellier es demasiado guerrero para la muerte.

Thierry Montfort y Lamberto Lafontain estaban también junto a Jean-Baptiste en el grupo de amigos que se acercó a Fernando para saludarlo.

—Mi capitán. Mi buen amigo —dijo Lamberto—. Bienvenido de nuevo a esta tu casa, el grupo de los jugadores de póker ya te extrañaba. El hombre al que todos quieren cuando andan cortos de dinero —hubo risas en el grupo—, pero cuéntanos, ¿qué fue lo que pasó?

—Ya sabes, gajes de las batallas —al terminar de decir esto, Thierry le dio un abrazo de bienvenida.

—Capitán de los siete mares. Qué gusto verte de nuevo. ¡Champán para celebrar! —gritó Thierry a uno de los meseros. El mesero a cargo de esa sección del club de oficiales se apresuró a traer una bandeja llena de copas de champán.

—¿Qué crees, Fernando? Me caso —dijo Thierry con una sonrisa en la cara.

A Fernando le daba mucho gusto escuchar las buenas noticias, la buena fortuna de su amigo era sin duda una buena razón para estar contento, pero por alguna extraña razón también lo hacía sentir triste, no porque esperara que el matrimonio de Thierry fuera a ser desagradable, Adelina parecía una muchacha de buena naturaleza, una joven sencilla, suficiente para hacer a un hombre feliz. Era sólo que cada vez que Fernando veía a uno de sus amigos enamorarse y estar dispuesto a pasar el resto de su vida con esa mujer amada, no podía evitar pensar en su propia historia. No podía evitar sentir envidia al ver lo fácil que era para algunos hombres encontrar a esa mujer con quien vivirían el resto de su vida y lo elusivo que parecía ser ese sueño para él. Pero no había tiempo para esos sentimientos, era una ocasión para compartir la buena fortuna de Thierry.

—Hombre, pues qué gusto, ahora soy yo el que te felicita —y fue Fernando quien le dio a su vez un abrazo a Thierry—. Bueno, Thierry, ¿y cuándo será la boda?

—Todavía no tenemos la fecha asegurada. Tú sabes cómo es esto para nosotros los militares, quiero asegurarme de que me quedaré con ella un tiempo antes de que me vuelvan a llamar al servicio.

—Sí, bien pensado —en ese momento Fernando tuvo el pensamiento de que probablemente vería una vez más a Ysabella, ella no faltaría sin duda a la boda de Adelina.

—Fernando, antes de que seas arrastrado por la estampida de tus amigos, permíteme presentarte a un buen amigo mío que ha viajado por todo el mundo, este hombre es Alexander von Humboldt, uno de los científicos más distinguidos que puedes conocer y probablemente el hombre con la colección de conocimiento más amplia sobre la tierra, sus estudios van desde la astronomía hasta la geografía, la física y la zoología —dijo Jean-Baptiste.

—Señor capitán De Montpellier, es un honor conocer a un oficial tan condecorado —dijo el caballero de fino porte.

—Gracias, señor von Humboldt —respondió Fernando.

—Fernando, von Humboldt tiene mucho interés en platicar contigo acerca de tus experiencias en Egipto y muchas otras cosas. Es un estudiante ávido del origen de las cosas. A él también le interesan los temas de estudio que te interesan a ti —dijo Jean-Baptiste.

—Por supuesto, me gustaría mucho sostener una conversación agradable —dijo Fernando mirando al señor von Humboldt.

Pronto se corrió la voz en todo el club de que Fernando había regresado; oficiales esparcidos por todo el edificio, en la sala de juegos, en el bar y en la biblioteca, empezaron a llegar a la recepción y la estampida anunciada por Jean-Baptiste se apoderó de Fernando. Llegó el champán cuando se había hecho un círculo de más de una docena de oficiales en torno a Fernando y entonces iniciaron los brindis.

—Por el capitán Fernando de Montpellier —dijo Jean-Baptiste mientras alzaba su copa.

—¡Qué demonios! —dijo Fernando mientras miraba hacia abajo.

El capitán Román Perignon, un viejo amigo de Fernando, de casi dos metros de altura y con una constitución como la de un toro, se había acomodado por detrás de Fernando, se agachó y colocó su cabeza entre las piernas de Fernando y en un segundo levantó al capitán por los aires. Perignon agitó una botella, le quitó el corcho y bañó a todos los presentes. Luego el Toro Perignon empezó a cantar la Marcha de los Veteranos. Todos se unieron al canto, hasta la banda del club se unió tocando los tambores y las trompetas, todos rellenaron sus vasos y toda la elegancia y la etiqueta de aquella fiesta de bienvenida se volvió un desorden.

La reunión se llevaba a cabo en el Hotel de Cabris, construido por el marqués de Cabris, en 1774, uno de los hombres más adinerados de

Italia y con muchos intereses en Francia. Gracias a él se hizo famoso el arquitecto milanés Giovanni Orello. El lujo era el sello distintivo de aquel hotel, las paredes tenían ornamentas talladas en madera y enchapadas en oro, las puertas de madera no estaban pintadas, más aún, tenían gravadas sobre sí diferentes escenas, en una de ellas estaba la imagen de quemadores de incienso que ardían como para rendir culto a la divina providencia. Otro de los detalles gravados en esas puertas eran hojas de laurel entrelazadas. Toda la decoración de aquel salón estaba diseñada para hacer sentir a los huéspedes que estaban en un recinto de triunfadores. Napoleón lo había pensado astutamente, él mismo era un hombre que se había coronado emperador de los franceses, un título que se consideraba perteneciente a la nobleza, y él no provenía de ninguna familia noble, pero había instituido la consciencia de que en su gobierno los hombres pueden aspirar a títulos de nobleza por los sacrificios que hicieran por Francia. Una de las tradiciones más emblemáticas de esta actitud napoleónica hacia las condecoraciones y títulos de nobleza fue la institución de la Legión de Honor, una distinción con la cual el emperador premiaba a aquellos franceses que se distinguían en diversos campos, como las artes, la historia, las ciencias o el ejército.

Después de la efusiva bienvenida, llegó la hora de la conversación tranquila. Para Fernando era de suma importancia llegar a este punto de la velada, tenía que enterarse de qué era lo que se decía en París con respecto a ciertos personajes de la vida política de Europa para asegurarse de que los planes que estaba preparando no corrían peligro. En la Europa napoleónica corrían muchos rumores y el mejor lugar para enterarse de ellos eran aquellos salones de fiestas, donde la sociedad parisina se entretenía con contarse las novedades de las cortes europeas y los cuarteles generales. Tan estratégicas podían ser estas reuniones que fue ahí donde el embajador Benjamín Franklin tendió la alianza francoestadounidense que convenció a Inglaterra de no intentar reconquistar Norteamérica, temerosa de que Francia se uniera a los Estados Unidos en guerra contra Inglaterra si esta última decidía atacar a la nueva nación americana.

Fernando y sus amigos se reunieron alrededor de una mesa poblada de cigarros, vasos y botellas mientras la conversación fluía hasta las primeras horas de la mañana. Miraba con discreción de vez en cuando el reloj de cadena que llevaba en su chaleco. Los otros no lo sabían, pero él no se encontraba ahí sólo por diversión, había un asunto importante del cual debía ocuparse. Entonces Fernando notó algo: su nuevo conocido, Alexander von Humboldt no se encontraba ahí, se había marchado hacía un rato. ¿Dónde estaba?

Se habló de varios sucesos, de varios preparativos militares para los cuales se necesitaba dinero. Se habló de los grandes negocios que estaba haciendo un grupo de banqueros del sur de Italia. Esto llevó a que algunos mencionaran las recientes transacciones del Banco de Francia, fundado hacía pocos años por Napoleón en 1800 y que permitía a los viajeros utilizar una misma moneda en toda Europa con la confianza de que sería aceptada en todas partes, facilitando así el comercio y los viajes de recreo. Fue entonces que uno de los presentes preguntó si alguien sabía algo acerca de cierto personaje del que se hablaba mucho en algunas provincias de Italia. Jean-Baptiste preguntó si alguien sabía algo acerca del marqués Cavallerio.

—No creo que ese hombre exista —intervino el teniente Rullie—, si no explícame cómo es que nadie en Francia lo ha visto.

—Porque no todos los banqueros son iguales, Rullie —dijo el teniente Andrés, otro oficial que había servido con Fernando en Austria—. El trabajo del marqués no es prestar el dinero de un individuo rico a otro o de varios depositantes bancarios a una empresa, su trabajo es transferir grandes cantidades de dinero de un país a otro. Surca los mares con esas fortunas en sus barcos, una tentación irresistible para los británicos, he ahí la razón del porqué debe ser discreto.

Se discutieron diversas teorías sobre el marqués Cavallerio una y otra vez en aquella sala de *soirée* hasta que el tema se agotó. No tenía sentido hablar de un hombre que nadie había conocido. Después salieron otros temas sobre los cuales conversar: bodas, mujeres y bailes. En ese momento el mesero se aproximó a Jean-Baptiste, quien estaba sentado al lado de Fernando y le dio un pedazo de papel. Poco después Jean-Baptiste se puso de pie y se preparó para marcharse.

—Bien, caballeros, es tarde y tengo una cuenta bastante gorda que pagar, según dice el mesero, y ya que ninguno de ustedes me pagará sus deudas de juego, yo mejor cerraré mi cuenta —Jean-Baptiste se dirigió a Fernando—: Mi buen amigo, antes de irme déjame darte un regalo. Acompáñame a la cava, te dejaré elegir la botella de champán que quieras.

—¿Estás seguro? Para esas cosas soy como la novia de un viejo rico, me deja contento lo más caro, aun cuando no me gusta.

—No te preocupes, ya estoy acostumbrado a que las mujeres me exploten por mi dinero.

Fernando se puso de pie y siguió a Jean-Baptiste hasta la cava, entonces von Humboldt apareció en medio de dos estantes de botellas. Se aproximó a los dos oficiales, llevó su mano adentro de su saco y sacó una llave, la cual puso sobre una mesa junto a una botella de vino.

—Al parecer hay cierta historia relacionada con usted, señor De Montpellier, con la cual me topé por una inesperada coincidencia —dijo von Humboldt y señaló la llave con la inscripción, segundo piso, 2B, el cuarto al final del pasillo.

—¿Cómo hiciste contacto con este hombre? —preguntó Fernando extrañado—. ¿Cómo sabes que podemos confiar en él y en las personas que lo acompañan? —siguió hablando de manera que von Humboldt pudiera escucharlo, quería que él supiera que no iba a confiar en nadie de manera tan fácil.

—Fueron ellos los que nos contactaron a nosotros —respondió Jean-Baptiste señalando a von Humboldt. Fernando no dejaba de dudar, miró a aquel hombre y le preguntó.

—¿Quién es usted y por qué pidió hablar conmigo? Hay muchas personas en Francia que le pueden ayudar con lo que usted pide, ¿por qué pidió verme a mí? ¿Y cómo demonios sabe los orígenes de mi familia? ¿Por qué estaba usted en Nueva España? ¿Qué hacía allá?

Había muchas preguntas que responder, pero el señor von Humboldt ya había pensado en lo increíble que sonaba aquella historia.

—Señor Juan Pedro Fernando Filizola y Serrano de Montpellier —dijo el desconocido—. Sé que hay muchas cosas en todo esto que le pueden hacer sentir desconfianza, pero si tuviera usted la confianza necesaria para ir al cuarto 2B en el segundo piso, usted entendería todo lo que tengo que decirle.

—Fernando, este hombre conoció a una mujer en América, en una de las colonias españolas, una mujer muy especial, ya lo verás, ella te está esperando. Pero antes de que vayas allá, necesito preguntarte algo: ¿quién crees que sabe de ti en América?

—¿Por qué preguntas?

—Porque ella dice que te conoce.

—¿Quién? —Fernando sintió un escalofrío. ¿Quién podría ser? Sólo Ysabella, pero ¿acaso estaba ella en Francia?—. ¿De quién hablas? ¿Ysabella Bárcenas? ¿Una mujer joven, bonita, de pelo negro?

—No —intervino von Humboldt—, su nombre no es Ysabella.

—Señor von Humboldt, ¿a qué se refiere con que ella me conoce? Eso es imposible, nadie en las colonias españolas sabe de mí.

—Ella es una mujer de cabello rubio, y si me permite decirlo, es una mujer muy bella —respondió von Humboldt.

Un pensamiento corrió por la cabeza del capitán, su corazón empezó a palpitar más rápido, ¿podría ser? Mientras más pensaba en ello más lo seducía la idea. A Fernando se le dificultó la respiración. ¿Después de todos estos años, podía ser así de fácil? ¿Tan simple como eso? ¿Sería posible que ella lo estuviera esperando a unos cuantos escalones de distancia?

—Vea por usted mismo —dijo von Humboldt señalando la llave. Fernando tomó la llave y se dirigió caminando a prisa hacia la puerta de la cava. Jean-Baptiste lo jaló del brazo y lo detuvo.

—Cuidado, Fernando, tenemos que ir por la puerta trasera, hemos hecho un gran esfuerzo para contrabandear a estas personas hasta aquí sin ser vistos. El señor von Humboldt y su amiga estaban en España y nosotros logramos ayudarlos a cruzar la frontera con la mayor discreción posible. Puedes imaginarte lo riesgoso que es para ellos hacer esto. Nadie debe enterarse que se han entrevistado con nosotros. Ellos tienen que regresar a España y si alguien allá se entera de esta entrevista, sus vidas estarían en peligro. Después de la entrevista tenemos que regresar al club para que nadie note nuestra ausencia —dijo Jean-Baptiste.

Fernando no respondió, se dirigió a la parte trasera de la cava, encontró la puerta y entró a un corredor casi a oscuras, iluminado sólo por una vela. Al final vio las escaleras que llevaban al segundo piso. Iba caminando, o al menos él creía ir caminando, pero sus piernas iban casi corriendo. Von Humboldt y Jean-Baptiste lo seguían. Fernando empezó a subir las escaleras con cierta inseguridad, sintió que podía resbalarse al dar cualquier paso y arruinarlo todo. Llegó al segundo piso y caminó hasta el final del pasillo. Ahí estaba la puerta 2B. Introdujo la llave y empujó con delicadeza. El cuarto estaba casi a oscuras, iluminado por la débil luz de un par de velas, pero fue suficiente. Él podía ver la silueta de una mujer mirando a través de las ventanas hacia las oscuras calles de París, ella daba su espalda a Fernando, su cabello rubio caía sobre su bella espalda como una cascada de oro. Ella se dio la vuelta. Una lágrima rodó por la mejilla de Fernando.

En menos de una hora, De Montpellier estaba de regreso en el salón de la fiesta, despidiéndose de sus amigos e invitándolos a la fiesta del día siguiente. A la salida del hotel y antes de montar en su caballo, Jean-Baptiste se le acercó.

—Fernando, ¿qué fue lo que sucedió? ¿Qué pasó durante la entrevista? Cualquiera se podía dar cuenta de que estabas muy afectado. ¿Quién es esa mujer?

—Disculpa, Jean, por un momento pensé que iba a encontrarme con otra persona. Conozco a esta mujer, nos conocimos hace muchos años, cuando yo era apenas un adolescente. Ella conoció a mis padres. Nos conocimos en los días en que mi padre era el líder de un círculo político clandestino en la Nueva España. Su familia también estaba involucrada en dicho círculo, ella también era muy joven y nos hicimos buenos amigos. Creo que en esos años ella estaba enamorada de mí, pero ella era bastante joven y yo estaba enamorado de alguien más. Entonces mis padres fueron asesinados, yo tuve que escapar y venir a Francia y ya nunca nos vimos. Ella creyó que yo había muerto, fue lo que todos pensaron. Pero luego hice un esfuerzo por comunicarme de nuevo con la gente del círculo clandestino para averiguar qué había pasado con mi amiga. De esa forma ella se enteró de que yo estaba vivo en Francia. Parece que ahora el círculo clandestino en la Nueva España se ha reactivado desde que estalló la guerra entre España y Francia porque piensan que podemos ayudarlos en su lucha para independizarse de España. Ella sabía que yo soy un oficial en el ejército francés y que fui un conspirador contra el gobierno español en América. Cuando ella planeó este viaje, su primera idea fue venir a Francia y ponerse en contacto conmigo, desde luego, tendría que hacerlo a escondidas y corriendo todo tipo de riesgos.

—¿Entonces, quién es esta mujer?

—Se llama María Ignacia Rodríguez, pero la llaman la Güera Rodríguez. Es una mujer bastante conocida en la colonia de donde proviene, tiene muchos contactos en los altos círculos. Nos será de suma utilidad.

—En otro orden de asuntos, ¿has hablado con el consejero Drexel? —preguntó Fernando.

—Sí, Drexel tiene todo listo. Dijo que fue bastante difícil registrar el banco Credito Commerciale dell'Atlantico en el registro de España, que tuvo que darle mucho dinero a varios empleados de la oficina de comercio en Sevilla, pero sacó el permiso necesario y le aseguraron que el banco está ya inscrito en el registro comercial y listo para hacer negocios en las colonias españolas en América. El banco tiene toda la documentación necesaria para iniciar operaciones financieras sin levantar ninguna sospecha. Todo se hizo a través de nuestra gente en Italia y no hay ninguna conexión con Francia.

—Bien, mañana tengo que informar de esto a mis superiores y es bueno saber que las cosas van de acuerdo a lo planeado.

—Ten cuidado, Fernando, estos banqueros pueden ser indiscretos. Asegúrate de que las identidades de los involucrados permanezcan confidenciales. ¿Por qué no hacemos todo directamente nosotros?

—Porque eso garantiza la legitimidad de la operación. Mientras no haya conexión entre el ejército francés y los fondos transferidos podemos ir de un país a otro sin levantar sospechas. El consejero Drexel y su banco Crédito Mundial de París son muy conocidos en los círculos financieros de Europa, con su aval no habrá problemas en Venecia, ellos proveen la fachada perfecta para cualquiera que pregunte sobre el dinero del marqués Cavallerio. Pero de todas formas tienes razón, necesitamos ser discretos. ¿La gente en Italia ha hablado con alguien más?

—No te preocupes, ellos hablan con Drexel y conmigo, con nadie más, y bueno, ahora hablarán también con el marqués.

—Jean, si acepto esta operación, hay algunas cosas que necesito aclarar. No quiero arriesgar mi vida sin sentido. Ya le había prometido a una persona muy querida que ya no haría más esto, sin embargo, estoy rompiendo esa promesa por lealtad a nuestro país. Quiero saber quién planeó todo esto, ¿quién me está enviado allá? ¿Quién asumirá la responsabilidad?

12

Fiesta en Versalles

En la tarde de aquel sábado, alrededor de los jardines de Versalles se habían instalado varias tribunas para que la sociedad parisina disfrutara de un espectáculo ecuestre que se llevaba a cabo como parte de los festejos del verano. Cientos de tiendas y toldos se habían instalado alrededor de aquel jardín, se adornaron con tapicería oriental, con escudos imperiales y estandartes de casas reales de todo el mundo. En el centro del espectáculo se encontraba una docena de oficiales militares vestidos en uniforme de gala y montados sobre los más hermosos caballos lipizzanos que se podían encontrar en Francia. Los alumnos de la Escuela Especial Militar de Saint-Cyr estaban bajo las órdenes de su instructor, el capitán Fernando de Montpellier, del Octavo Regimiento de Dragones, quien había preparado una demostración de *dressage* clásico y vientos sobre el suelo. Los jinetes y sus caballos se encontraban esperando en aquel jardín. De pronto, una orquesta de más de treinta músicos empezó a entonar «Las cuatro estaciones» de Vivaldi y entonces se rompió la inmovilidad de los jinetes en el centro del escenario. El espectáculo empezó con los ejercicios de *dressage*, también apodado «ballet de los caballos». En esta disciplina los jinetes y sus caballos le demostraban a la concurrencia el arte de la sincronización, los invitados veían cómo los caballos realizaban diversos movimientos al mismo tiempo que sus jinetes les daban las mínimas instrucciones. Al ritmo de la suave música que tocaba en ese momento la orquesta, los caballos se empezaron a mover al mismo compás, caminaban de lado hacia la izquierda y a la derecha, luego hacia atrás y hacia delante. El *dressage* fue un espectáculo artístico, pero fue sólo un entremés. Cuando los jinetes iniciaron las maniobras de Vientos sobre el suelo, fue entonces cuando la concurrencia empezó a aplaudir de verdad y cuando toda su atención fue atrapada por aquellos animales y sus jinetes. Esta presentación era una de las disciplinas favoritas del capitán De Montpellier, ya que el conjunto de maniobras que aprendían los jinetes del ejército era para protegerse durante los combates, y sólo los caballos con más fuerza e inteligencia podían realizarlas con el nivel artístico necesario. Los jinetes desmontaron y se acomodaron al lado de sus caballos, la orquesta empezó a tocar una nueva pieza de Beethoven, y cuando llegaron al segundo compás del violín, entonces el grupo de jinetes ordenó cada uno a su caballo, al mismo tiempo, que se elevara sobre sus dos patas traseras, eso fue *la pesade*. Los caballos regresaron a su posición sobre sus cuatro patas justo a tiempo para el siguiente compás del violín, momento en el que los jinetes se prepararon, montaron a sus caballos y dieron la orden a sus animales de elevarse otra vez, dar pequeños saltos hacia delante y después de tres saltos regresar a su posición sobre el terreno, el público aplaudió al ver tal ejecución de *la courbette*. Por último, los jinetes se prepararon porque sabían que estaban a punto de llegar al clímax del espectáculo, esperaron a que el ritmo de la música de Beethoven llegara al compás adecuado, y cuando lo hizo, todos los jinetes, al mismo tiempo, dieron la orden a sus caballos de ejecutar *la cabriola*. Los caballos de nuevo se levantaron sobre sus patas traseras, juntaron sus patas delanteras hacia su cuerpo y saltaron por los aires, luego en medio del aire lanzaron una patada hacia atrás con sus patas traseras para después caer sobre sus cuatro patas. En ese momento todos los espectadores saltaron de sus asientos y aplaudieron el espectáculo que había llegado a su fin.

Minutos después, la fiesta se trasladó al interior del palacio. Fernando estaba distraído. Esperaba con ansiedad que llegara el momento de enfrentar la verdadera razón por la cual había venido a Versalles. Sin embargo, Fernando no quiso evitar la convivencia con los invitados. Así que tendría que controlar su impaciencia y actuar de la manera más natural posible. En medio de la hermosura del Salón de los Espejos del Palacio de Versalles, Fernando se mezclaba con los invitados, bebía junto a los diversos grupos de amigos reunidos en círculos y bromeaba con las mujeres mientras la orquesta entonaba numerosas melodías. Si existen lugares en el mundo donde se pueden celebrar fiestas inigualables, uno de ellos tendría que ser aquel salón. Con quinientos setenta y ocho espejos que recubren sus paredes a lo largo de sus setenta y tres metros de longitud y con más de cien pinturas de Charles Le Brun, era imposible no maravillarse al entrar por primera vez a ese lugar. Los detalles arquitectónicos y de decoración del salón, así como las anécdotas de las muchas fiestas celebradas en ese recinto durante las viejas cortes de la dinastía de los borbones, le daban a Fernando un tema ideal para entretener a sus amigas. Platicaban acerca de historias de embajadores que se habían jugado a las cartas los fondos de sus gobiernos en noches de fiesta con los reyes, chismes de romances de políticos y artistas que se conocieron en ese lugar, así como intrigas de corte y otro tanto de famosos personajes de la nobleza, que después de atender alguna fiesta en ese salón salían de ahí para encontrarse, en lo oscuro de los jardines, con alguna o algún romance conocido durante el festín. Había de todo, pero hasta en esas conversaciones insustanciales le costaba trabajo concentrarse a Fernando, ese día era un hombre diferente al de otras fiestas. La operación que tenía en puerta y la emoción que esto le causaba le hacían difícil disfrutar de una fiesta en esos momentos.

Los capitanes Jean-Baptiste Letrán y Lamont Berthier se aproximaron al grupo de mujeres con el que platicaba Fernando en esos momentos.

—Buenas tardes, señoritas. Buenas tardes, capitán De Montpellier —dijo Jean-Baptiste.

—Buenas tardes, capitanes. Señoritas, éste de aquí es uno de los más famosos y valientes capitanes del ejército francés, el capitán Jean-Baptiste Letrán, y este otro capitán es uno de los hombres a quienes los soldados franceses debemos tantas victorias, el capitán Lamont Berthier. Y permítanme decir que son también dos de mis mejores amigos —ellas les extendieron sus manos.

Las jóvenes se llamaban Clara Bagot, Noemí Basset y Matilde Devereux. Luego de que terminó de besar aquellas manos, el capitán Jean-Baptiste dijo:

—Mucho gusto en conocerlas. Ya me doy cuenta de que ustedes, señoritas, son vanidosas.

—Pero ¿por qué caballero? —preguntó Clara.

—Porque han acaparado a la figura estelar del espectáculo ecuestre. Somos tantos pobres oficiales militares caminando sin la compañía de una sola mujer en este salón, pero ustedes tres deciden darle su atención al hombre artista de la fiesta.

—Cierto, me doy cuenta de que el peor error en mi carrera militar fue no querer unirme al escuadrón de espectáculo ecuestre. Aquí nuestro amigo De Montpellier goza de la fama de un artista y del honor de un militar —agregó Lamont.

—Pues es de lo poco que gozo como artista y como militar, porque lo que también sufro como artista y como militar es la poca paga y las muchas balas persiguiendo mi alma —contestó Fernando y hubo algunas risas.

—No nos culpe caballero, el capitán nos estaba dando un recorrido de lo más interesante por este salón y capturó nuestra atención. Por ejemplo, ¿sabía usted que esta galería la construyó Luis XIV para glorificarse a sí mismo? Se dice que tanto llegó a sugestionarse con la idea de que él era el Rey Sol, que llenó este salón de espejos porque pensaba que podía ver el reflejo de su propio brillo —dijo Noemí mirando a Jean-Baptiste.

—Vaya, es verdad que el capitán De Montpellier tiene datos interesantes —dijo Jean-Baptiste mirando con gesto de felicitación a Fernando y palmeándolo en el hombro. Lo tomó por el brazo y dijo dirigiéndose a las mujeres: —Bueno, señoritas, hablando de detalles acerca de este salón, voy a tener que robarme al capitán, les prometo que estaremos de regreso en unos minutos.

—¿Me podrías acompañar a observar algo, Fernando? Rara vez tengo la oportunidad de estar en Versalles y no quisiera perder la ocasión de ver el reloj de Passanant —Fernando lo miró y asintió con la cabeza. Se disculpó con sus amigas y se dirigió junto a su compañero de armas a la salida del salón mientras Lamont Berthier se hacía cargo de entretener a las damas.

Mientras iban caminando por los pasillos de Versalles, el capitán De Montpellier expresó algunas inquietudes a su compañero:

—Tengo que decirte, Jean-Baptiste, que he estado fuera del juego por bastante tiempo desde que me hirieron y no he estado en junta del alto mando desde entonces. ¿Hay algo nuevo que deba saber?

—Hay algo, sí —dijo Jean-Baptiste mientras le entregaba un sobre—. Desde los últimos atentados contra la vida del emperador se ha redoblado el cordón de seguridad alrededor de los generales y están revisando a cualquiera que va a una junta del alto mando. Están tratando de ser tan discretos como sea posible con estas juntas —Fernando abrió el sobre y leyó—. Pero no te preocupes, si sabes la fecha y el lugar correcto, te verás con ellos —continuó Jean-Baptiste.

—Bueno, que inicie el juego —dijo De Montpellier y caminaron hasta una habitación vigilada por un guardia parado en posición de firmes.

—Este cuarto está reservado, caballeros —dijo el guardia en la puerta.

—Está bien, oficial. Están esperando a este hombre, él ha venido a *desaparecer* —Jean-Baptiste hizo una pausa y el guardia entendió.

—Ya veo, ¿me permite sus credenciales?

—Soy el relojero —dijo Fernando. Al escuchar esta respuesta, el guardia hizo el saludo militar y se hizo a un lado.

Sólo pasó Fernando, Jean-Baptiste se quedó atrás, se despidió y volvió a la fiesta. Entonces, De Montpellier volvió a leer el papel que tenía en sus manos: «¿El lugar? El monumento más grande a los héroes más grandes. ¿La fecha? El mejor día de mi vida».

Después de leerlo por última vez, Fernando caminó hasta uno de los candelabros que iluminaban aquel lugar y quemó el papel en una vela. La habitación se llamaba *Le petit appartement du roi* o «El pequeño apartamento del rey». Era una sala bellísima, magnífica para realizar una junta de trabajo, sí, pero estaba vacía, no había nadie esperando a Fernando.

Cualquiera pensaría que aquello era una broma o una cancelación de último momento, pero Fernando no estaba sorprendido por la ausencia de gente, en vez de eso se dirigió a un gigantesco reloj de más de dos metros de altura llamado hasta ahora el reloj de Passanant. Una magnífica pieza de maquinaria con un juego de esferas en la cima que representan el sol, la tierra, la luna y el resto de los planetas, y su movimiento se asemeja a la trayectoria real de los verdaderos cuerpos celestes. En la cima del reloj había también una esfera de bronce que representaba a la Tierra y tenía grabados los nombres de muchos países y ciudades con la finalidad de que quien vea el reloj pueda saber cuál es la hora en cualquiera de las principales ciudades del mundo. «Si sabes la fecha y el lugar correcto, te verás con ellos», recordó Fernando en silencio mientras observaba aquel hermoso reloj. Entonces abrió una pequeña puerta ubicada a media altura del reloj y el mecanismo interior de éste quedó expuesto. Fernando ajustó un par de engranes lentamente mientras observaba la esfera en la cima del reloj. Comenzó a ajustar los engranes y la Tierra rotaba. Continuó ajustándolos hasta que uno de los nombres de las ciudades grabados en la esfera alcanzó el indicador de «amanecer», la hora en la que sale el sol.

La ciudad era Viena, capital de Austria. Luego Fernando ajustó las manecillas del reloj hasta que apuntaron las ocho de la mañana y jaló una pequeña palanca dentro del mecanismo. En ese instante una de las paredes, justo al lado del reloj, pareció partirse en dos y pudo ver una pequeña hendidura. Lo que antes parecía una pared perfectamente plana ahora mostraba una pequeña abertura que poco a poco se hizo más grande hasta que se pudo distinguir detrás un pasillo oscuro.

«¿Qué decía el papel? ¿El lugar? El monumento más grande a los héroes más grandes. ¿La fecha? El mejor día de mi vida. ¡Por supuesto!». El Arco del Triunfo había sido construido por Napoleón después de su espectacular victoria en la batalla de Austerlitz, era el más grande monumento a los más grandes héroes de su imperio. En esa batalla Napoleón estaba en inferioridad numérica, tenía menos cañones y no se sentía seguro de la victoria, el futuro de todo aquello por lo que había luchado estaba en juego. Sus tropas no sabían qué esperar. Y aun así, antes de que amaneciera ese día, les dijo a sus tropas: «Hoy es el mejor día de mi vida». La batalla se peleó en Austria y los primeros cañonazos se empezaron a escuchar a las ocho de la mañana. La mayoría de la gente sabe el resultado de la batalla de Austerlitz, aquí el emperador se comportó al máximo, fue tan preciso y tan astuto como ningún otro general, aplastó a sus enemigos y desde ese momento Austerlitz se convirtió para el mundo entero en símbolo del genio militar de Napoleón.

El mecanismo que Fernando activó dentro del reloj había abierto una de las puertas que llevaban a uno de los pasillos secretos del Palacio de Versalles, uno de los muchos pasadizos que fueron construidos para ser usados como rutas de escape en caso de que la vida del rey y su familia estuviera en peligro. Un oficial se encontraba al otro lado.

—¿Capitán De Montpellier? —preguntó el oficial que abrió la puerta.

—A la orden —respondió mientras hacía el saludo militar.

—Pase por favor —dijo el oficial.

Fernando se internó en el pasillo y mientras la puerta se cerraba, un oficial le señaló una dirección. Caminó entre la oscuridad de aquel pasillo imaginándose las historias que la aristocracia de Francia había vivido en esos lugares ocultos, escondiendo tal vez sus amoríos más secretos, amoríos de los cuales se desprendieron herederos de grandes fortunas o tal vez tramando intrigas para hacer caer de su puesto de poder a uno de los favoritos del rey. Pero Fernando tuvo que volver a concentrarse en el lugar y el momento en el que se encontraba porque la luz al fondo del pasillo se empezaba a hacer más grande, y su emoción con ella. El capitán no era de esos hombres que se dejaban deslumbrar por el poder, había visto mucha sangre en el camino para llegar hasta él y se había dado cuenta de lo vano que era derramarla por ese vicio, y por lo mismo ya había dominado ese sentimiento. No era eso lo que lo excitaba en momentos como ése. Lo que lo emocionaba era el sentimiento de constatar una vez más cómo un grupo de hombres que habían salido de los rincones más humildes de Europa, panaderos, carpinteros y sastres, se habían convertido, a través de su valentía en el campo de batalla, en el círculo de hombres que tenía el destino de Europa en sus manos.

Fernando llegó al final del túnel, esperó unos segundos a que pasara el efecto del deslumbramiento que ocasiona la luz en aquellos que salen de la oscuridad y entonces llevó su mirada hacia un grupo de hombres alrededor de una mesa llena de mapas. Había llegado a donde desde hacía días ansiaba estar, a esa reunión en donde se le aclararían los detalles de su partida a las colonias españolas en América. El capitán había entrado al Salón Hércules del Palacio de Versalles y ahora estaba en presencia del alto mando militar francés.

Había un hombre en la puerta del pasillo, el asistente del cuerpo de los generales y encargado de recibir a los recién llegados a aquella junta. Al verlo llegar, el asistente de cámara lo saludó con el saludo militar, le pidió que se detuviera a la entrada, justo al lado de un escritorio donde se encontraba la lista de personas que podían entrar a aquella habitación, confirmó su nombre y después lo anunció a los oficiales reunidos en torno a la mesa.

—Capitán De Montpellier, lo estábamos esperando —dijo Savary.

—Disculpen, de haber sabido que ya estaban reunidos hubiera venido antes —respondió Fernando.

—No se preocupe, capitán, decidimos reunirnos antes para afinar algunos detalles, pero no se ha perdido de nada que no le vaya a ser explicado luego. Acérquese por favor —el general Savary extendió su brazo y con la palma de su mano señaló la mesa. Alrededor estaban también el mariscal Jean Lannes y el mariscal Ney. Fernando notó algo curioso sobre esa mesa, un libro de Dante Alighieri.

—Gracias, general —contestó Fernando y se acercó a la mesa.

—Me imagino que se ha preguntado el porqué es necesario que viaje usted a las colonias españolas en América, ¿no es así? —dijo el general Savary.

—Lo he analizado desde que el capitán Letrán me informó de la operación, pero no logro descifrarlo por completo. Me imagino algunos motivos, pero quisiera saber con certeza la razón estratégica de este movimiento.

—Capitán De Montpellier, usted sabe bien cuáles son algunas de las principales amenazas que todo ejército debe evitar. Usted va a la Nueva España a ayudar a Francia a evitar una de ellas. Observe este mapa —dijo el general Savary señalando el mapa desplegado sobre la mesa.

—Tenemos dos enemigos que son muy poderosos y tienen una ventaja geográfica sobre nosotros, nos tienen rodeados —después de decir esto el general señaló con su dedo el mapa e hizo una pausa para que Fernando pudiera asimilar dicha situación.

—Capitán, usted ya conoce los problemas que hemos tenido con España y hasta ahora no hemos encontrado otra forma de negociar con ellos más que con las armas. Sabemos que buscarán cualquier momento para atacarnos y eso nos limita en la libertad de acción contra otras potencias. España es nuestro oeste y Rusia nuestro este, una gran ventaja para ellos, una gran desventaja para nosotros, ¿comprende?

Después de lo mencionado por el general Savary, todo fue mucho más claro y lógico para Fernando. Pero era necesario un poco de intuición acerca de los planes de los generales para dar con el propósito final de aquellos movimientos estratégicos. Fernando salió de sus reflexiones y tomó la palabra.

—Sí, mi general. Tenemos que evitar la posibilidad de una guerra en dos frentes —cuando dijo esto, Fernando notó las expresiones de gusto en las caras de los generales.

—¿Recuerdas cuál es la máxima victoria, Fernando? —dijo Savary refiriéndose a la lista de los diez principios de oro de Sun Tzu que los legionarios de la esfinge habían tatuado en su mente.

—Someter al enemigo sin luchar es la suprema excelencia —contestó Fernando.

—Así es, capitán, y si usted logra el objetivo de su misión, habremos desarmado a un enemigo, España, y otro estará indeciso, Rusia. Entonces el mariscal Jean Lannes prosiguió con la explicación de la siguiente etapa de las órdenes de Fernando.

—Capitán De Montpellier, es necesario analizar el propósito de sus órdenes en América. Las colonias españolas allá son para España lo que India es para Inglaterra, su fuente más grande de riqueza, es decir, se trata de los metales preciosos, oro y plata, así como especias y muchos otros productos. Son una fuente interminable de recursos. España usa esa riqueza para financiar sus ejércitos rebeldes, las guerrillas que son todavía leales al depuesto rey Fernando VII y que no han aceptado a José Bonaparte como rey de España. Su tarea en la Nueva España es identificar a los líderes que buscan independizar su país de España. Usted debe ayudarlos a organizar un ejército. Deberá trabajar en México y poner toda su astucia para reunir dinero, contrabandear armas y municiones, elaborar mapas militares, construir fortificaciones, entrenar hombres y lo que sea necesario, con la finalidad de ayudar a que los insurgentes se conviertan en una verdadera fuerza militar capaz de dar batalla al ejército español. Esto cortará los envíos de oro y plata de América a Europa. Sin dinero les será casi imposible a los españoles luchar contra nosotros.

Todo estaba claro para Fernando. Cada barco de oro proveniente de puertos del continente americano que no llegara a España significaría menos recursos en manos de los españoles para pelear contra Francia. Vaya si el destino daba vueltas, Fernando, un hombre joven que lo había perdido todo a manos de la corona española, regresaría para convertirse en uno de sus más grandes y poderosos enemigos.

El destino ahora ponía en las manos de Fernando la espada de la venganza.

Mientras se daba la descripción de los detalles de la operación, el general Savary tomó el libro que estaba sobre la mesa de mapas y se lo dio al capitán De Montpellier.

—Tome esto, le será esencial para comunicarse con nosotros, usted sabe: úselo con discreción.

Fernando leyó el título de aquel libro y no pudo creer el sentido del humor que tenían algunos en la oficina central de la Gran Armada Imperial de Francia. Fernando se sonrió y preguntó:

—¿*La divina comedia*? ¿Ahora usaremos éste?

—Así es, ¿recuerda lo que le enseñé?

—Por supuesto, general, «lo más sencillo es lo más complicado».

—Tome este documento, capitán, es una lista, todos los objetivos de su misión vienen especificados aquí.

Fernando tomó el documento, lo abrió y lo observó por un breve instante. Estaba lleno de cifras numéricas, había números por toda la hoja, de izquierda a derecha y de arriba hasta abajo. Cualquier persona hubiera pensado que era un documento sin lógica ni sentido, sin embargo, Fernando sabía que el significado y la relación de ese documento con el libro que acababa de darle el general Savary, *La divina comedia*.

Platicaban los militares cuando el teniente a cargo de recibirlos gritó «¡Firmes!». Todos los hombres reunidos en aquel salón se sorprendieron. Si el oficial de cámara llamaba a «firmes» a todos los presentes en una junta militar, incluyendo generales y mariscales, eso sólo significaba una cosa, el emperador estaba por entrar a la sala.

El emperador Napoleón Bonaparte entró al salón. A pesar de que el grupo de militares conoció al emperador cuando era únicamente un hombre de ejército, un estratega militar muy inteligente, su presencia seguía originando cierta emoción en aquellos que lo rodeaban, sin importar cuánto tiempo llevaran de conocerlo o cuántas batallas hubieran luchado junto a él.

—Caballeros —dijo Napoleón—, disculpen que los sorprenda de esta manera, no pensaba estar presente en esta junta debido a los compromisos con algunos embajadores que vinieron a la fiesta, pero gracias a Dios parece que a éstos les entretiene más el champán de nuestro país que mi persona —a este comentario respondieron los asistentes con risas—. Bueno —dijo el emperador dirigiéndose a un conjunto de sillones cerca de la mesa de mapas—, por favor, tomemos asiento y coméntenme cómo van los preparativos para la operación Grillete, en América. General Savary, ¿qué nuevos detalles tiene para informarme?

—Sire —contestó Savary, refiriéndose al emperador con el título que a él le gustaba—, el capitán De Montpellier ya está muy avanzado en los preparativos.

Mientras el mariscal Lannes y el general Savary repetían al emperador los detalles más importantes discutidos ante el grupo de oficiales, Fernando sintió una sensación extraña. El peso de la historia estaba escribiéndose en ese momento, sólo había algunos pasos de distancia entre él y el emperador, pero sabía que aquella historia lo separaba años luz de distancia de su comandante en jefe. Aun así, Fernando se sentía a gusto de estar en su presencia.

Después de que sus generales le dieron un breve reporte del estado de la operación en el continente americano, el emperador Napoleón Bonaparte empezó a preguntar los detalles más concretos. Bonaparte siempre fue conocido por su atención a los mínimos detalles. Antes de una batalla era común ver al general Bonaparte preguntándoles a sus hombres detalles tan triviales como el número exacto de las balas de cada uno, el peso exacto de sus balas de cañón, la cantidad de soldados con uniformes incompletos, cada detalle que para cualquier otro podría pasar por datos nimios. Esta naturaleza hizo que el emperador fijara su atención en Fernando, su pieza de ajedrez clave en esta misión, y que tuviera un interés por preguntarle acerca de todos los detalles que pudieran tener alguna importancia. Pero al emperador no le gustaba discutir todos los detalles de este tipo de misiones en público, él quería que el agente encargado de llevarla a cabo le confiara algunos de los detalles más importantes en privado. Había una razón para ello.

—Si me disculpan, caballeros, me he tomado algo de tiempo de la política para dedicarlo al ejército, pero ahora es tiempo de devolverle a la política su tiempo prestado, ya ven ustedes que es una mujer celosa. Los embajadores me han de estar extrañando si es que ya se acabó el champán —Bonaparte se puso de pie, seguido de los demás hombres en la habitación, y se dirigió a Fernando—. Capitán De Montpellier,

¿me podría acompañar? No me gusta caminar solo entre estos pasillos secretos, son tan largos que me aburro en lo que llego de una habitación a otra, y según me han comentado, usted cuenta muy buenas historias acerca de este palacio.

—Por supuesto, Sire —respondió Fernando. Luego éste se volteó hacia el general Savary, el mariscal Lannes y el mariscal Ney, hizo el saludo militar y se despidió.

Napoleón hacía esto porque así hacía sentir a sus agentes que su misión era tan importante que el mismísimo emperador tenía un interés especial en ella y que sus agentes tenían línea directa con él. Una vez más, Napoleón jugaba la carta de la manipulación de los sentimientos de lealtad. El mensaje era claro: «Tienes línea directa hasta mí, me reportas a mí, el emperador de los franceses, por eso tu misión es de lo más importante para Francia, y por ello te estimo como a un amigo personal».

Mientras caminaban por aquellos oscuros pasillos, el emperador preguntó a Fernando más detalles de la operación:

—¿Te entregaron el libro? —preguntó el emperador.

—Sí, Sire —respondió Fernando mostrándoselo.

—Bien, ¿te dio el general Savary el documento de los números?

—Por supuesto, Sire —respondió Fernando señalando su pecho para dar a entender que lo tenía en la bolsa interior de su saco.

—Cuídalo bastante, lo redacté yo mismo. Ten mucho cuidado, quémalo todo después de utilizarlo.

—Me honra con sus palabras, confíe en que pondré todo mi cuidado en él.

—Verás, Fernando, podría evitar preguntarte algunos detalles de la operación, confío en ti y en los generales para planear este tipo de misiones, pero la verdad es que tengo curiosidad por saber los detalles de lo que planeas. Tus operaciones siempre tienen ángulos muy interesantes. Dime, ¿cómo piensas introducir a Nueva España todo lo necesario para la operación? Va a ser difícil esconder todo lo que necesitas e introducirlo sin que las autoridades portuarias lo noten.

—No pienso esconder nada, Sire —ante esta respuesta Napoleón se sorprendió pero no preguntó más, confiaba en él.

—¡Hombre! Ya entiendo, una más del maestro de armas —dijo el emperador, quien siempre amó los retos mentales, las ideas y tácticas de los legionarios de la esfinge—. Vaya que era un hombre excepcional, lástima que lo hemos perdido. ¿Sabe, capitán De Montpellier, cuál es mi batalla más dura? La que tengo todos los días conmigo mismo. Por la fuerza del destino he tenido que tomar decisiones que han implicado la muerte de miles de padres, hijos y esposos, muchos de ellos grandes y valiosos hombres y pienso si hubiese sido posible evitarlo. Entonces me pregunto ¿qué hubiera sucedido si no las hubiera tomado? ¿Soy acaso el primer general por cuyas decisiones han muerto otros hombres? ¿Cómo eran las cosas en Francia antes de que nosotros dirigiéramos el gobierno? ¿Hemos hecho algo por lo que haya valido la lucha? —Napoleón se aseguró de hablar en plural, lo cual incluía a Fernando—. ¿Cree usted que es el primer soldado francés que por proteger a sus hombres comete actos de los que se avergüenza después, aun cuando en ese momento los realizó por instinto queriendo salvar a los suyos? No, mi capitán, antes que usted, yo mismo he estado en esa situación ¿Qué hubiera pasado si no actuaba así? Usted quisiera cambiar las cosas, pero hay algo que nadie puede cambiar, la naturaleza de un soldado, capitán —Napoleón vio que Fernando salía de sus reflexiones queriendo decir algo, pero continuó—. No me responda ahora, capitán, todos necesitamos tiempo para pensar, pero hay que respetar también nuestro tiempo para actuar —después de decir esto, Napoleón sabía que debía regresar la conversación a su curso anterior—. Pero bueno, Fernando, continuemos. ¿Y a quién piensas usar ahora? ¿Cuál será el hombre clave esta vez? —Napoleón volvía al trato paternal.

—El marqués Cavallerio —dijo Fernando.

—Vaya, el marqués Cavallerio. Sí que es un hombre interesante el marqués, pero ¿estás seguro de que puedes utilizarlo a él? Se ha vuelto muy famoso a raíz del incidente de la princesa austriaca.

—No es algo peligroso y en cierta forma hasta resulta beneficioso para nuestros planes el que el marqués se haya vuelto un poco famoso. Sería peligroso si se supiera la verdad sobre su origen, pero ayer estuve en el club de oficiales del Hotel de Cabris y nadie en nuestro ejército sabe algo importante, y si los oficiales de nuestro ejército no lo saben, sería muy difícil que alguien más lo supiera.

—Bien. Una cosa más, Fernando. ¿Es necesario que te lleves mi pintura favorita?

Fernando ya esperaba esta pregunta, era natural que el emperador preguntara el porqué de la petición de que la casa imperial le prestara uno de los cuadros favoritos del emperador. Había pensado durante varios días la respuesta que daría ante esta cuestión.

—Sire, el marqués Cavallerio es un banquero que necesita ganarse la confianza, con respeto y prestigio, de aquellos que lo conocerán. Como usted sabe, la manera más tradicional en la que algunos hombres que recién han amasado sus fortunas buscan hacerse de una fama respetable es gastando grandes sumas de dinero en lujos personales, casas, carruajes, prendas de vestir, joyas y obras de arte. Aunque son siempre perseguidos por la falta de prudencia en sus gastos y terminan la mayoría de las veces siendo célebres por su falta de inteligencia para gastar el dinero y su mal gusto. Yo quisiera evitarle al marqués tener que recurrir a esa estrategia, la considero ineficiente y de mal gusto.

Fernando sabía que había dado en el clavo. Si había una razón que impulsara a Napoleón Bonaparte a darle el sí a una propuesta de sus subalternos, era el argumento de la eficiencia en el uso de los recursos. Bonaparte siempre se caracterizó por admirar a aquellos que lograban grandes cosas con pocos recursos, ingenieros que construían excelentes obras públicas con pocos recursos económicos, artistas que creaban obras de arte espectaculares sin necesidad de despilfarro, y por supuesto, generales que con ejércitos pequeños lograban someter a enemigos mucho más numerosos. La batalla de Austerlitz, la más famosa que libró el emperador en su carrera militar, lo había coronado como el genio de la eficiencia militar, derrotando a los ejércitos combinados de Austria y Rusia, superiores en número al suyo, y lo hizo causándoles veinticinco mil bajas, mientras que su propio ejército sólo tuvo siete mil.

—¿Y es necesaria la pintura? —volvió a insistir el emperador.

—Sire, si me permite usted llevar la pintura conmigo y mostrarla en algunas ocasiones ante ciertas personas, cuya admiración debo ganarme, me ayudaría usted a lograr el éxito de mi misión a la vez que me permitiría ahorrar recursos económicos considerables.

Napoleón sonrió, conocía el juego de Fernando; era una estratagema muy acorde a lo que le gustaba, algo que ponía de relieve una de sus máximas: «Cuando no se es el más fuerte, hay que ser el más inteligente».

—Bien, Fernando. Tengo que aceptar que eres convincente, más aún, tienes un excelente gusto. Pero no puedo evitar recordarte el cuidado que debes poner en proteger una obra de arte de Leonardo da Vinci.

—Sire, por defender un tesoro como ése soy capaz de luchar con la misma ferocidad que si defendiera la misma tierra de Francia.

—Lo sé, Fernando. Llévate la pintura.

Los dos hombres llegaron entonces al final del pasillo. Un oficial que observaba en la oscuridad les dio el saludo militar y abrió una puerta secreta. Aquí se despidió Fernando del emperador, quien salió por la puerta escondida para entrar al hermosísimo Salón de Marte.

Fernando se quedó con el oficial que resguardaba la puerta del pasillo secreto, por el cual tendría que seguir caminando para salir por otro rincón del palacio y evitar que se le viera en contacto con Bonaparte. Para un agente secreto era necesario mantenerse en la oscuridad, y para eso era indispensable que sus nexos con los altos gobernantes se mantuvieran en secreto. A los ojos de Francia y del resto del mundo, Fernando de Montpellier era sólo un capitán de caballería, pero en la intriga política de la Europa napoleónica era un agente secreto del gobierno francés y había tenido un momento a solas con el hombre más poderoso del mundo, un hombre que estaba cambiando el rumbo de la historia: Napoleón Bonaparte.

13

El banquero de Venecia

Flavio Rossi, gerente de Rossi e Brantano, istituzione bancaria y una de las máximas figuras financieras de la ciudad de Venecia, no acostumbraba buscar la oscuridad de la noche para llevar a cabo las operaciones de su banco. Todo el asunto le parecía impropio, se le había indicado que sólo debía hablar de ese negocio con los tres empleados gerenciales de más confianza y que debía pedirles que estuvieran preparados un lunes a las dos de la mañana en un muelle cerca de la bóveda del banco para recibir un cargamento proveniente de Francia, pero que no dijera los detalles del asunto hasta el último momento. Además había otra cosa, se le había pedido comunicarse con cierto mensajero, un hombre que se presentaría en el momento adecuado y quien, si lo juzgaba seguro, se comunicaría con su jefe para avisarle que la entrega era segura y que podía presentarse él mismo. Las instrucciones le indicaban que este hombre luego le entregaría la segunda parte de un documento, la primera se le había entregado a él, el señor Rossi, hacía algunos meses. Después intercambiarían algunas preguntas para cerciorarse de que las condiciones del encuentro eran las indicadas.

El asunto no era del agrado del señor Rossi en absoluto y hubiera rechazado el negocio de inmediato de no ser porque involucraba a su cliente más grande, no tuvo alternativa. Meses antes había recibido un comunicado de manos de un importante banquero de París, José Drexel, consejero de una de las casas financieras más importantes de Francia. Durante la estadía de José Drexel en la ciudad flotante, le notificó al señor Rossi que la casa Crédito Mundial de París planeaba trasladar cierta mercancía y documentos hacia Venecia para realizar operaciones con su socio en Italia, el marqués Cavallerio. El señor Rossi sabía del marqués porque era, en apariencia, uno de los gerentes más importantes de una pequeña y discreta casa financiera llamada Credito Commerciale dell'Atlantico, y el señor Rossi se ocupaba de los negocios de esa casa financiera en Italia. El marqués era un cliente muy importante para el señor Rossi, así que tuvo que aceptar la transacción, a pesar de no entrevistarse con el marqués Cavallerio.

La curiosidad del señor Rossi por conocer al hombre para quien manejaba transacciones tan grandes había crecido bastante y creyó conveniente buscar una entrevista con él, pero por una u otra razón nunca había sucedido. Había tantas historias acerca del marqués, algunos decían que era el heredero escondido de la fortuna de la familia Medici, incluso había escuchado rumores en algunos círculos financieros de que semejante personaje sólo existía en papel, el señor Rossi ya no sabía qué creer. Pero mientras el marqués mantuviera sus negocios con el banco del señor Rossi, qué más le daba. Drexel también le entregó varias cartas en donde venían especificadas ciertas instrucciones para preparar el recibimiento de los paquetes. Además, le pidió que inscribiera al marqués en el registro de comercio de España por intermediación del Banco Rossi e Brantano, ya que era imposible hacerlo para una casa financiera francesa por la guerra entre ambos países. Aunque de inmediato, Rossi intuyó cuál era el fondo de la historia, no se pudo negar.

Desde que Napoleón había llegado al poder, ese tipo de operaciones, al parecer sin sentido, se habían multiplicado por todo Europa, incluyendo jugosos negocios para todas aquellas casas financieras que habían apostado por Bonaparte en los primeros años de su carrera creciente. Rossi e Brantano había pasado de ser una pequeña casa de préstamos locales, especializada en préstamos a agricultores y comerciantes italianos, a tener inversiones en minas de oro, astilleros de barcos, compañías mercantes trasatlánticas y fábricas de armas para diversos ejércitos. Todo gracias a que hacía algunos años había decidido financiar a una pequeña y desconocida casa financiera que estaba apenas empezando llamada Credito Commerciale dell'Atlantico y que era manejada por el marqués Cavallerio. ¿Qué garantías le dio esta casa al señor Rossi para obtener su financiamiento? Algo bastante atractivo, diamantes y otras piedras preciosas. Rossi olió enseguida el peligro en aquella operación, pero las joyas eran muy tentadoras y el interés que su cliente estaba dispuesto a pagar era tan alto que aceptó. Pero se puso a investigar quiénes eran sus nuevos clientes y supo que la reciente transacción del Credito Commerciale dell'Atlantico había sido financiar a un grupo de comerciantes árabes que recién acababan de desembarcar en el muelle de Venecia, provenientes de la India y cargados con hermosos tapetes, textiles y joyas preciosas para venderlas en Europa, algunas de las cuales se encontraban ahora en la bóveda del señor Rossi como garantía de pago. Pero Rossi no se creyó esa historia, así que continuó investigando y se enteró de que los comerciantes árabes eran agentes egipcios que habían contrabandeado a Napoleón a través del bloqueo que la flota naval británica había impuesto alrededor de Egipto y que tenía al general Bonaparte atrapado allá; lo habían transportado a través del Mediterráneo y desembarcado en el puerto de Frejus. Las verdaderas razones por las que la casa financiera y el marqués buscaron al señor Rossi fue para reunir el dinero y apoyar la campaña política que Bonaparte estaba planeando lanzar, tan pronto como llegara a París, la cual lo llevaría luego a dar el golpe de Estado del 18 Brumario, aquél que lo convertiría en primer cónsul y en el verdadero hombre detrás del poder. Después de sus averiguaciones, el señor Rossi se dio cuenta de algo: sería mejor para él nunca conocer al marqués Cavallerio, pero eso estaba a punto de cambiar esa noche.

El señor Rossi supo desde el inicio que el marqués Cavallerio no era un banquero común y corriente y que las joyas que le había dejado en custodia como garantía de pago tenían un origen dudoso, también sabía que si un hombre dejaba semejantes joyas como garantía a cambio de dinero en efectivo, era porque sin importar de dónde hubieran obtenido sus recursos podían multiplicar sus inversiones al doble o triple, y algo más, pagarían una alta tasa de interés a sus acreedores a cambio de un cómodo silencio. Pero había algo que lo hacía todo aun más atractivo, él nunca tendría que lidiar de manera directa con el marqués, todo lo harían a través de sus mensajeros.

Cada vez que se iniciaba una nueva transacción con Cavallerio, Rossi temblaba de ansiedad y rogaba a Dios que se acabara pronto. Esta vez, la cita había sido en un callejón oscuro de Venecia. El banquero se hizo acompañar por dos de sus contadores, y fue en el momento de mayor silencio que los tres hombres escucharon el raspar de un fósforo contra una pared y una pequeña antorcha se encendió en la oscuridad, a unos treinta metros de distancia, y un hombre, envuelto en una capa negra, caminó hacia ellos.

—¿Quién es el primero en aproximarse a un general romano cuando entra a Roma en medio de un desfile triunfal? —les preguntó el hombre antes de cualquier saludo.

—El mayordomo de su casa —respondió el señor Rossi.

—¿Y qué le dice?

—Toda gloria es pasajera.

Después de un breve silencio, el hombre volvió a preguntar, ahora sólo dirigiéndose a Rossi.

—¿Cómo se mueve a los hombres?

—Con dos palancas —respondió el banquero.

—¿Cuáles son?

—El miedo y el interés personal.

El hombre de la capa se acercó hasta Rossi, de entre sus ropas sacó un rollo de papel y lo abrió ante sus ojos. A su vez, el señor Rossi sacó de su portafolio otro rollo de papel y lo dio al visitante. El hombre de la antorcha puso lado a lado ambos papeles para asegurarse de que eran correspondientes a las dos mitades de una pintura de un jinete que corría en medio de una batalla en el desierto, blandiendo su espada en el aire y detrás una enorme pirámide adornaba el horizonte. El emisario sonrió, el contacto era seguro. Miró hacia la oscura lejanía, luego levantó la antorcha y la agitó en el aire tres veces. A unos doscientos metros, en otro rincón de la bahía de Venecia, se encendió otra antorcha, que también a su vez se agitó tres veces. Segundos después, en la dirección opuesta, como a cien metros, se encendió otra antorcha y también se agitó en el aire. Por último, en la dirección del Gran Canal, por la salida hacia el mar, se encendió un juego de antorchas que delataban una embarcación. El señor Rossi creyó entender entonces todo aquello, el hombre que se acercó hasta él estaba a cargo de asegurar el lugar de desembarque y de asegurarse que él había recibido las instrucciones adecuadas, las otras dos antorchas eran portadas por otros dos centinelas encargados de asegurarse que no hubiera en las cercanías gente no deseada o maleantes preparando alguna emboscada.

La embarcación se acercó poco a poco, con muy poca vela desplegada, hasta que llegó al muelle. Pudo entonces ver el señor Rossi la escala de la operación. Una treintena de hombres hacían preparativos a bordo para desembarcar varias cajas, más de la mitad estaban armados y acomodados en cubierta, quienes recibían órdenes de uno que evitaba hablar mucho. El porte de aquellos hombres no era el de simples comerciantes marítimos; el corte de pelo, el cuidado de las barbas, las ropas limpias a pesar de haber estado en el mar por varios días, pero sobre todo la obediencia que les mostraban hombres de cuerpo grande y edad madura a otros más débiles y jóvenes hablaban de que a bordo de ese barco existía una autoridad que provenía de algo más que la fuerza bruta o económica. Dentro de todo este grupo había uno que sobresalía, estaba de pie sobre el castillo de proa, envuelto también en una capa negra. Los que dirigían las operaciones a bordo algunas veces se acercaban a él para hablar y por los gestos que éste hacía, por las señales que les daba y por la reacción de los marineros, se intuía que era el jefe de a bordo, era un militar.

Una vez asegurado el barco en el muelle, la tripulación se dispuso a reforzar el lugar y unos hombres armados se apostaron en el área de desembarque. El proceso duró unos quince minutos, después el encargado de hacer el inventario le hizo una señal al jefe y un hombre de buena estatura, delgado y joven hizo una señal de *finito*, a lo que el primero contacto, siempre apostado al lado del señor Rossi, le dijo que todo estaba en orden. Luego los guardias que habían estado resguardando el desembarco hicieron una columna y el hombre de la embarcación, el que mandaba, bajó flanqueado por sus hombres.

—Encantado de conocerlo, señor Rossi, yo soy el marqués Cavallerio.

—Señor marqués, me siento honrado y contento de conocerle. Después de todos estos años es un privilegio para mí por fin conocer a mi socio más distinguido.

—Igualmente, le reitero mi agradecimiento por su confianza, y ahora dígame: ¿quién ha venido este año al carnaval?

—¡Ah!, tenemos de todo, bailarinas, actores y músicos, pero por supuesto también hay políticos, escritores, pintores y muchos otros personajes interesantes. Ojalá que también usted nos pudiera acompañar y lucir a esta ciudad con su presencia, aunque me parece que Venecia le ofrece poca discreción a personas como usted.

—Se equivoca, señor Rossi, Venecia es una de mis ciudades favoritas, sobre todo porque aquí paso desapercibido.

—No esté tan confiado, marqués. Los carnavales también atraen a muchos pillos. Si me lo permite me gustaría recomendarle algunos hoteles seguros para usted y sus hombres en caso de que necesiten quedarse en alguna otra ocasión que nos visiten.

—No se preocupe por mi estancia en Venecia, señor Rossi, estaré en un lugar seguro. Tengo amigos que me pueden prestar una cama, soy un hombre bastante sencillo.

—¿Amigos del marqués en Venecia? Qué bien, ¿gente que yo conozca?

—No lo creo, señor Rossi, usted es uno de los hombres más celebres de esta hermosa ciudad y nosotros somos sólo un grupo de amigos que pertenecimos hace tiempo a la clase trabajadora, venimos de familias que practican oficios comunes y humildes, y en casos como el mío, que hace algunos años logré colocarme en un ventajoso puesto de trabajo en una casa financiera, procuro llevar una existencia discreta.

—Me sorprende su sencillez, marqués, pero permítame tener una opinión diferente, usted tratará de vivir una vida sencilla, pero a donde quiera que voy y escucho su nombre, las personas hablan de usted, de su espectacular estilo de vida —el señor Rossi dudó en decirlo—, hablan de sus lujosas residencias y su fastuosa comitiva.

—Soy un banquero, señor Rossi, al igual que usted, y ya sabe como decía Bonaparte: «Una gran ambición es la pasión de aquellos de gran carácter». Tengo que vivir fastuosamente para atraer a mis clientes, pero todo eso es sólo una herramienta de mi oficio.

—Caballero —abrevió el señor Rossi y cambió de tema—, pasando a otras cosas, le tengo noticias sobre la inscripción del Credito Commerciale dell'Atlantico en el registro de comercio de España, fue exitosa, sólo que tuve que dar numerosos sobornos y me costó una fortuna.

—No se preocupe, le pagaré lo que haya gastado.

—Gracias. Además, me fue muy difícil reunir los fondos que me pidió en un lapso de tiempo tan corto y todavía no logro reunir la cantidad total en el tipo de monedas diferentes que el señor Drexel me indicó.

—No se preocupe por eso tampoco, señor Rossi. Hace unas semanas empecé las preparaciones para el intercambio de monedas, y si todo sale como está planeado, esta mañana, antes de que su banco abra, ya estarán representantes de varios bancos de la región esperando complementar lo que falta.

El señor Rossi se sorprendió, era un hombre acostumbrado a controlar todos los aspectos de transacciones financieras tan cuantiosas como la que se estaba realizando y no le gustaba verse sorprendido.

—Pero ¿cómo, marqués? ¿Quiere usted decir que ya los otros bancos están trabajando en su parte de la transacción? Discúlpeme, pero no creo apropiado que no se me hubiera avisado.

—Entiendo su manera de pensar, señor Rossi, y le ofrezco una disculpa a nombre de los directores de mi institución financiera. Créame que intentamos avisarle lo que estaba sucediendo, pero tuvimos que abstenernos de ello porque descubrimos que en Venecia hay alguien en los círculos financieros pasando información de nuestras transacciones a un gobierno con el cuál mi casa financiera no tiene buena relación —Rossi se sorprendió al escuchar esto y preguntó:

—¿Sería muy peligroso que me comentara cuál gobierno?

Ante esta pregunta el marqués hizo un silencio, lo miró a los ojos y contestó con voz seria, pero calmada:

—Sí, sería muy peligroso. ¿Le parece si caminamos hasta su banco?

El señor Rossi y el marqués Cavallerio empezaron a caminar en silencio por las calles de Venecia siguiendo al grupo de hombres armados que custodiaban la fortuna que transportaban. La oscuridad de la madrugada pronto desaparecería ante la claridad del sol, y el marqués junto con ella.

—¿Es cierto que es usted el heredero secreto de la familia Medici? —preguntó el señor Rossi a su cliente mientras bebían una taza de té.

El marqués sonrió y se quedó en silencio mirando hacia la bahía de Venecia a través de los ventanales de la oficina del señor Rossi ubicada en el segundo piso de un edificio.

—No crea todo lo que escucha, amigo Rossi —respondió el marqués—. El último gran duque de Toscana, Gian Gastone de Medici, murió en 1737, para ese año mi abuelo apenas era un bebé de pecho.

Cuando dieron las nueve de la mañana, un empleado de Rossi tocó la puerta de la oficina, era un contador que llevaba el reporte de la transacción realizada.

—Todo está listo, señor. El dinero ha sido depositado en francos, como usted lo indicó —le dijo al marqués.

—¿Hicieron los depósitos como les dije?

—Sí, señor, la cantidad total la dividimos en cantidades más pequeñas al azar, todas en diferentes denominaciones, y depositamos una pequeña cantidad a nombre de cada uno de los ciento cincuenta nombres de depositantes que venían en la lista que nos dio. Todos los depósitos suman tres millones de francos. Después intercambiamos las monedas extranjeras que nos pidió y le asignamos a Credito Commerciale dell'Atlantico un crédito equivalente en liras italianas, doblones españoles, dólares americanos y lingotes de oro venecianos. Además, los lingotes en oro, con el sello francés, se cambiaron por lingotes con el sello veneciano, tal como lo pidió, señor marqués.

—¿Y las cuentas especiales? —preguntó el marqués.

—También nos hemos encargado de eso. Hemos asignado un depósito de doscientos mil francos a cada una de esas cuentas. Una a nombre de Ali Mohammed Kazum con nuestros representantes en El Cairo, una a nombre de Gregor Morgan en el Banco de Nueva York, y otra a ese mismo nombre con nuestros representantes en Tokio.

—Perfecto —dijo el marqués.

—Gracias, Benetto. Te pido que reúnas toda la papelería a nombre de Credito Commerciale dell'Atlantico que nos llegó de España, el señor marqués se llevará esa papelería con él —dijo el señor Rossi.

—Sí, señor, en unos minutos la tendré lista —dijo Benetto y se retiró.

—Tal como usted lo dispuso, señor marqués, la operación únicamente figura entre Rossi e Brantano y Credito Commerciale dell'Atlantico, sin ninguna huella de Crédito Mundial de París. La única conexión con Francia de esta operación son los lingotes de oro por el sello impreso que los distingue, los cuales se quedarán en la bóveda de mi banco y nadie sabrá de su existencia. ¿Alguna indicación extra?

—Algo sencillo, pero se lo diré al salir, y por supuesto, la misma discreción de siempre —el marqués y el gerente se levantaron de sus asientos, bajaron las escaleras hasta la planta baja y se dirigieron a la salida del banco, donde el marqués le pidió a Rossi—: Usted es un hombre muy bien enterado de todo lo que sucede en los círculos financieros. He escuchado que Natanael Rothschild, alemán de nacimiento, que opera desde Ámsterdam, está indagando mucho de mí. Le quiero pedir que se informe quién es y que me prepare un reporte. Uno de mis mensajeros pasará a recoger la información.

—No tenga cuidado, investigaré a detalle. ¿Algo más?

—Eso es todo, gracias. Y ahora, con su permiso, me despido.

—¿No gusta que mi carruaje lo lleve hasta el muelle? ¿Se va sin escolta? Mire que no son calles muy seguras las de estos tiempos.

—Mi seguridad depende no de cuántos hombres me protejan, señor Rossi, sino de cuántos hombres saben de mi existencia, no se puede atacar a quien no se sabe que existe, y yo en Venecia soy un fantasma —el marqués se quitó el sombrero, se metió la mano dentro del abrigo y sacó una máscara de carnaval veneciano, se cubrió la cara con ella y se inclinó para despedirse—: Hasta pronto, señor Rossi.

14

El genio y el mago

Rocco había empezado a trabajar con las fuerzas francesas durante la expedición a Egipto, en 1798. Él era apenas un muchachito cuando se enteró por uno de sus profesores en el Instituto de Francia, un grupo de académicos de gran renombre, de que los franceses estaban montando una gran expedición hacia un lugar desconocido y de que el general Bonaparte, líder de la expedición, estaba buscando un grupo de científicos y estudiantes para acompañar la expedición militar como ingenieros de campo. El destino de toda la operación era secreto. Toda la atmósfera de misterio que envolvía aquella empresa, en vez de desalentar a los posibles participantes, los hacía anhelar estar a bordo de ella. Rocco buscó por todos los medios posibles asegurarse un lugar en la expedición y lo consiguió.

Ese día, Rocco tenía su pensamiento perdido en una nueva solución química en la que estaba trabajando. Inclinado sobre el escritorio lleno de envases de cristal y a la luz de un pequeño agujero en el techo de su laboratorio, dejaba correr su creatividad para el nuevo encargo del marqués. Algo que se pudiera guardar en un recipiente de cristal, que al romperse y al tener contacto con el aire generara mucho humo; ésa era la tarea encomendada esta vez. Rocco no tenía claro para qué quería el marqués tal cosa, pues solía pedir cosas diferentes y raras que sólo podía entender su uso una vez terminadas y cuando el marqués las ponía a prueba, pero en esta ocasión, con un poco de intuición, se podía imaginar el uso que le daría. Él sabía que el marqués era un hombre con una necesidad constante de desaparecer sin dejar rastro.

Aquel trabajo podía ser peligroso para Rocco, pero el marqués pagaba muy bien, financiaba todas las necesidades de su laboratorio.

Rocco era un amante de su trabajo. En el enorme estudio que le había proporcionado el marqués, creaba infinidad de artefactos ingeniosos. Este sitio estaba ubicado justo debajo de la casona en donde se hospedaba el marqués, era el lugar ideal para inspirarse y trabajar. Era un estudio espacioso, silencioso, que daba al científico una sensación de estar haciendo algo secreto a los ojos del público, lo cual excitaba más su sentimiento de audacia y sus ganas de trabajar en aquellos proyectos de ingeniería propuestos por el marqués.

La llegada del marqués sacó a Rocco de su concentración, venía a ver cómo iba con el nuevo experimento. El joven científico interrumpió su trabajo y le dio la bienvenida.

—¡Qué tal, Rocco!, llegué esta mañana. ¿Cómo va todo en el laboratorio? —Rocco hizo gesto de decepción y se talló la cara.

—Tendrá que disculparme, marqués. Es un poco pronto, me tomará varios días dar con la combinación adecuada para generar el humo suficiente, tal vez si logro combinar algo de plomo…

—No te preocupes, no es por eso que he venido. Vine a preguntarte por el mago, ¿lo has visto?

—Me tomó tiempo dar con él, se anda escondiendo porque algo salió mal en su última operación.

—¿Qué fue? ¿No pudo con el reto?

—No, no fue eso, Dareau no falla, nunca ha fallado, al menos eso dice él. Creo que se topó con alguien que lo reconoció de sus días en las calles de París, lo denunció y lo arrestaron, pero él encontró la manera de salir del aprieto. De todos modos tuvo que esconderse por un tiempo hasta que se enfriaran las cosas. Sin embargo, esa situación funcionó de manera perfecta para nuestros planes, cuando le comenté acerca de la idea de dejar estas tierras no cabía de gusto.

—Excelente. ¿Entonces contamos con el mago Dareau?

—Si por él fuera, quisiera zarpar hoy mismo.

—Bien, pronto sabrán la fecha de partida. También vine porque ha surgido algo inesperado, una oportunidad. Me enteré que un alto funcionario de cierto gobierno dará, dentro de poco tiempo, una fiesta por su cumpleaños y ésa es justo la oportunidad que estaba buscando. Ya sabes que para mí es importante hacerme conocer por funcionarios de alto nivel y por quienes los rodean, y no hay mejor ocasión que una fiesta de cumpleaños. Pero no necesito que me conozca, necesito que recuerde mi persona, que la frase «El marqués Cavallerio» salga de sus labios tantas veces que todos los presentes se interesen en tener contacto conmigo. ¿Entiendes a lo que me refiero?

—Creo que sí. El señor marqués quiere despertar el interés de aquellos que por su alta condición social y grandes medios económicos son difíciles de impresionar, ¿no es así?

—Qué bueno que me entiendes —dijo el marqués con una sonrisa—. ¿Qué se te ocurre?

—Señor marqués, ya lo hemos logrado antes y no veo por qué esta persona tenga que ser un reto insuperable.

Rocco se llevó la mano a la barbilla y empezó a mirar hacia arriba, hacia el hoyo de luz que nutría aquel estudio de visibilidad mientras que el marqués caminaba observando los diferentes artefactos en los que trabajaba el científico. El marqués sabía que necesitaba distraerse con algo mientras su joven e ingenioso solucionador de problemas pensaba en algo, sabía que eso podía tomar unos minutos, quizá horas o días, hasta que Rocco se sintiera satisfecho con alguna idea. Esta vez no tomó tanto, después de unos segundos lanzó una palabra al aire, como quien ya tiene un proyecto en mente desde hace algún tiempo y espera la oportunidad de ponerlo en práctica. Miró al marqués y dijo.

—Da Vinci.

—¿El artista italiano del Renacimiento?

—No sólo artista, señor marqués, sino todo un genio en mecánica, ingeniería y construcción. Estudiar a Leonardo es una de mis pasiones, y mientras revisaba la enorme pila de documentos que se encontraba en la bóveda de su familia, en Florencia, encontré bastantes documentos relacionados con él, algunos originales, otros copias de documentos que pueden haber sido utilizados por el maestro Leonardo —dijo Rocco, se dirigió a una pila de documentos y empezó a hojearlos buscando uno en especial—, y si de asombrar reyes se trata nadie como él. Le contaré una historia que sucedió en 1515: Da Vinci se tomó la tarea de preparar un regalo para honrar a uno de sus mecenas más prominentes, Francisco I, rey de Francia. Muchos de los cronistas de aquella fiesta narraron el suceso de manera muy detallada, como se hace con cualquier fiesta de cumpleaños de un monarca. Se trataba de un artefacto presentado por Leonardo al rey Francisco —después de decir esto, Rocco se emocionó muchísimo, pareció encontrar el documento que quería, lo tomó y lo puso en la mesa.

La reacción inicial del marqués cuando vio aquellos bocetos, que según Rocco eran copias de los originales hechos por Leonardo da Vinci, fue de rechazo. Rocco ya esperaba esta reacción del marqués, era natural, lo que le estaba mostrando era algo muy radical para entenderlo. Sin embargo, a Rocco le encantaba explicar el ingenio del maestro Da Vinci y el funcionamiento de sus máquinas. Después de algunos minutos, el marqués no pudo evitar sentirse sorprendido.

Cuando Rocco le explicó aquellos bocetos, el marqués sonrió y los dos se imaginaron la conmoción que ocasionarían entre los invitados a la fiesta de cumpleaños cuando vieran aquel artefacto en funcionamiento.

—Rocco, o eres un loco o eres el genio más grande que he conocido —le dijo el marqués, impresionado.

—Gracias, marqués. Pero el verdadero genio aquí es el maestro Da Vinci, yo sólo me esforzaré por emular sus creaciones.

—Genio eres no por idear tú mismo un artefacto así o copiarlo, sino por dar justo en el clavo de lo que necesito. Estoy seguro de que aquellos que verán esto, nunca han imaginado algo semejante, y después no hablarán de otra cosa.

15

El circo

CASI TODOS LOS ESPECTADORES ESTABAN PARADOS EN SUS BUTACAS, gritaban a voz en cuello y hacían señas desesperadas hacia el escenario. Parecían estar atrapados por la angustia y trataban de hacerle entender algo al hombre encargado de jalar la palanca de la guillotina, pero éste no entendía y continuaba con el procedimiento. Sobre la cama de la guillotina, con la cabeza y las manos atrapadas entre los agujeros de aquella máquina, un hombre trataba de zafarse con desesperación. El verdugo siguió con su trabajo, jaló la palanca y la gran navaja calló con fuerza, cortando la cabeza y las dos manos del cuerpo.

La multitud enmudeció y al parecer sólo un murmullo se escuchó en primera fila. «Qué buena muerte», dijo el marqués Cavallerio, que una hora antes había entrado a la gigantesca carpa de El Gran Circo Ronchelli. Era noche de fiesta, y entre los visitantes que habían llegado para el carnaval y los habitantes venecianos que habían salido esa noche a disfrutar del circo era imposible contabilizar a tanta gente en aquella carpa. El marqués caminó entre los pasillos que llevaban a los espectadores hasta sus asientos para encontrar un lugar vacío en la zona media del auditorio.

La función llevaba poco tiempo de comenzada. Uno de los atractivos principales de El Gran Circo Ronchelli eran sus gimnastas rumanos. En lo alto de los dos postes interiores, utilizados para mantener la carpa en pie, se habían montado unas plataformas de dos metros cuadrados cada una y que servían para que desde ahí los gimnastas se lanzaran al vacío sostenidos de un columpio que sujetaban con sus manos. No había red, lo cual significaba que en caso de fallar el golpe en el suelo sería tremendo o fatal. Era un gran riesgo para cualquier cirquero mostrar un espectáculo de gimnastas sin una red de protección, pero era también ese riesgo el que atraía a las multitudes y las hacía pagar más por disfrutar del espectáculo. Bartaccio y Momolo eran los gimnastas principales y estaban a punto de iniciar su espectáculo mientras todo el público los observaba desde las tribunas sin pronunciar palabra.

Cada uno estaba parado en una de las dos plataformas montadas en lo alto de los postes de sostén de la carpa y estaban separados por una distancia de alrededor de treinta metros. Bartaccio tomó el columpio con su brazo derecho, después hizo un movimiento artístico con su brazo izquierdo para saludar al público y se lanzó al vacío. Bartaccio volaba por los aires mientras la multitud observaba con el alma en un hilo y en completo silencio. Se balanceó haciendo movimientos de péndulo, dos veces colgado del columpio que sostenía con sus manos, mientras, desde la otra plataforma de la carpa, Momolo también hacía movimientos de péndulo en su columpio, sosteniéndose con las piernas y con la cabeza hacia abajo. Ambos gimnastas se sincronizaron de tal forma que sus columpios iban y venían haciendo movimientos de péndulo y se encontraban en el centro de la carpa, apenas se tocaban y volvían a su posición inicial. Una vez que la coordinación fue perfecta Bartaccio se preparó para sorprender al público haciendo la primera pirueta de la noche. Cuando ambos gimnastas se encontraron en el centro, a menos de dos metros de distancia el uno del otro, Bartaccio soltó su columpio y voló por los aires mientras que la multitud guardaba un completo silencio, sobrecogida por la emoción; Bartaccio dio entonces una pirueta en el aire y llegó al encuentro de Momolo, quien lo encontró en el aire justo a mitad de camino, ambos gimnastas se tomaron de los brazos y empezaron a equilibrarse en las alturas por encima de la multitud, mientras que ésta tomaba un pequeño respiro de alivio.

Al terminar el primer número, Bartaccio saludó al público desde su plataforma y la multitud rompió en aplausos. Luego ambos tomaron sus columpios y continuaron haciendo piruetas en el aire, cada vez más complicadas para reservar lo mejor para el final. Los dos se pusieron de pie en la misma plataforma, tomaron el mismo columpio, saludaron al público y se lanzaron al vacío. Desde la plataforma opuesta un ayudante sostenía el otro columpio y lo soltó, en el momento oportuno, para que Bartaccio y Momolo pudieran atraparlo en el aire justo después de hacer sus piruetas. Al repetir la operación a la inversa, un segundo de distracción del ayudante que les aventaba el columpio significó el final trágico del espectáculo. Bartaccio y Momolo no lograron alcanzar el otro columpio. A pesar de que extendieron los brazos tanto como pudieron, Bartaccio dio un par de patadas en el aire y Momolo soltó un grito para tratar de llegar al columpio que se alejaba sin que lo pudieran alcanzar y ambos cayeron hasta chocar contra el suelo. Pero eso no sucedió. Bartaccio y Momolo en vez de estrellase contra el suelo, salieron disparados nuevamente hacia los aires al tocar la superficie.

Si por algo se distinguen los cirqueros es por su ingenio y El Gran Circo Ronchelli llevaba muchos años perfeccionando sus espectáculos por medio de un gran ingenio. Filipo Ronchelli, dueño de aquel espectáculo, junto con Bartaccio y Momolo, habían diseñado un colchón con resortes de caucho y lo habían colocado justo en el área en la que caerían los gimnastas. Hundido en el suelo y cubierto con paja y arena, el colchón había logrado la ilusión óptica esperada. Ante la sorpresa, la multitud enloqueció en aplausos, y aunque el marqués disfrutó del espectáculo, no era esto lo que había venido a ver.

Después de que los gimnastas se despidieron del público, el presentador, el señor Filipo Ronchelli, anunció el siguiente número, el asombroso Bartunek, domador de fieras y amo de la naturaleza. La banda de circo empezó entonces a entonar una canción con un claro ritmo que mezclaba el retumbar de los tambores de las tribus africanas, dueñas de los secretos del dominio de los animales salvajes, con el grave silbar de las flautas de las tribus del Medio Oriente árabe, encantadores de serpientes y adoradores de los espíritus del viento. Se levantó la cortina de la entrada de los artistas al escenario y entonces los espectadores empezaron a vislumbrar varias siluetas colosales que entraban caminando a la pista. Los animales más grandes que conocía Europa, los elefantes africanos, entraban ataviados al escenario con una vistosa vestimenta, adornados con textiles persas y joyería de la India. Su vestimenta exaltaba aún más su figura, la cual era imponente sin necesidad de adornos. Los elefantes habían sido el equivalente de los tanques modernos para las fuerzas militares de Aníbal, ese mítico general de la provincia africana de Cartago que puso en jaque al Imperio romano y amenazó con destruirlo. «El elefante es un animal que puede pesar más de diez toneladas y medir más de cuatro metros desde el suelo hasta el hombro. El caballo ha sido, sin duda, el animal de guerra por excelencia debido a su velocidad, pero el elefante se volvió el más mítico por su fuerza y poder inigualables», escucharon decir al señor Roinchelli a modo de presentación.

Ahora Bartunek, el domador de fieras y el amo de la naturaleza de El Gran Circo Ronchelli, los hacía desfilar ante la multitud que había acudido al circo ese día. Bartunek estaba de pie montado sobre el primero de los elefantes de la fila y se paseaba alrededor del escenario, mientras que otros tres elefantes lo seguían en fila, cada uno con las patas delanteras montadas sobre las caderas del elefante de enfrente. Después de la entrada triunfal y de pasearse frente al público, Bartunek se bajó de su elefante y dio una orden a sus cuatro animales para que se acomodaran en fila. Una vez que los elefantes estaban formados, Bartunek dio entonces una orden a sus animales y éstos se doblaron de rodillas al mismo tiempo, entonces cuatro jovencitas vestidas con un atuendo hindú treparon cada una a un elefante y se montaron sobre sus cuellos. La multitud observaba con admiración y silencio.

Luego dos ayudantes de Bartunek pusieron cuatro pedestales sobre el escenario; mientras la banda entonaba una melodía parecida a las que usaban los encantadores de serpientes de Egipto y Arabia, en ese momento los elefantes se acercaron y cada uno puso un pie encima de cada pedestal y la otra en el aire, como señal de saludo, y la multitud aplaudió mientras las cuatro jovencitas montadas sobre los elefantes se arqueaban también para saludar. Después de la bienvenida y de rotar sobre el pedestal hasta dar una vuelta completa, Bartunek retiró a tres de sus elefantes de la pista y dejó a uno al centro, en donde un ayudante colocó cuatro pedestales formando un cuadrado, y fue el momento en el que Bartunek ordenó a Shazam que montara sobre ellos y se alzara de manos, y antes de que bajara sus dos patas traseras, el animal empezó a levantar su pata izquierda delantera y se quedó entonces durante unos segundos parado en una sola pata delantera.

El público se enamoró de Shazam, el Inteligente, como lo llamaba su entrenador, y lo despidió con un gran aplauso. El marqués

Cavallerio también aplaudía aquel espectáculo y en su rostro se dibujaba una sonrisa que indicaba un pensamiento ingenioso, pero tampoco era esta atracción lo que le interesaba.

Pero eso no sería todo el espectáculo que daría Bartunek. Después de retirar a sus elefantes, regresó con tigres de Bengala y de Siberia que hicieron suertes con aros y fuego. El clímax llegó cuando uno de los tigres subió a una rampa de madera de diez metros de altura, y a una orden de su domador saltó hasta cruzar un aro en llamas. La función de circo siguió durante una hora más. Se presentó el espectáculo del lanza-cuchillos y las gimnastas Tatiana y Fania, las mujeres de goma, al contorsionarse y pasar por objetos diminutos, como tubos y cajas de madera. Caminaban como arañas, con la espalda hacia abajo y un hombre sostenía a las dos en el aire mientras hacían piruetas. No podía faltar el equilibrista Balbo. Unida de un poste de soporte de la carpa a otro y a casi diez metros de altura había una cuerda sobre la cual caminó Balbo cargando sobre sus hombros a una de las mujeres gimnastas mientras que ésta se paraba sobre sus hombros y saludaba al público arqueándose de diversas formas.

El mejor acto se reservó hasta el final, el mago Zarukhan, un ilusionista hindú que por fin captó la atención del marqués Cavallerio. Los actos de Zarukhan eran costosos de elaborar, pero al Circo le gustaba financiarlos sin importar cuánto invirtiera en ellos. El público esperaba con ansia y el mago lo sabía, estaba consciente de ser el gran número de la noche. Después de desaparecer a una mujer dentro de una bolsa de terciopelo rojo, de la misma que sacó conejos y canarios, el mago hindú hizo instalar en el centro del escenario una guillotina. Este espectáculo no se presentaba en Francia, pues podría parecer de mal gusto, ya que los franceses todavía luchaban para olvidar los horrores de la época de Robespierre. Pero estaban en Venecia, la guillotina ahí no evocaba malos recuerdos y los italianos eran mucho más bromistas, capaces de reírse hasta de la misma muerte si ésta les llegaba con gracia, y gracias a eso el mago pudo hacer uso de su truco más celebre.

Mientras la banda ensalzaba el momento con música tenebrosa el mago se dirigió paso a paso hasta la guillotina, se detuvo unos segundos ante ella mostrando en su rostro una frialdad inquebrantable, una falta total de temor o de cualquier otra emoción ante la aterradora máquina, y después de un momento de angustia del público, el mago se colocó sobre la cama de la guillotina y acomodó su cabeza y sus manos en los orificios hechos en la tabla de madera sobre la cual caería la cuchilla para cortarlos. Al lado de la guillotina, un hombre vestido de verdugo haría jalar la palanca para que cayera la cuchilla en el momento indicado. Entonces la banda apresuró el ritmo de la música que tocaba para acelerar el corazón de los espectadores, algunos de los asistentes se llevaron las manos a la boca y algunas de las madres les taparon los ojos a sus hijos.

Mientras Zarukhan, preso en aquella máquina, hacía bruscos movimientos escapar o para indicar que algo no andaba bien, el verdugo lo ignoraba y tampoco hacía caso del público que gritaba para salvarlo. Nada parecía impedir la tragedia que le esperaba al mago y cuando la banda llegó al clímax de la música el verdugo accionó la palanca y la cuchilla cayó. «Qué buena muerte», dijo el marqués Cavallerio en primera fila.

Un instante después y ante el silencio de la banda que había callado de pronto, el cuerpo del mago y la guillotina desaparecían hundiéndose en el escenario. Luego vino una explosión, un sonido generado por fuegos artificiales, se abrió la cortina que tapaba la puerta por la cual salían los artistas al escenario y apareció un hombre montado sobre un trono decorado con figuras de la India y envuelto en una ráfaga de chispas generadas por fuegos artificiales. La multitud llevó sus ojos al trono y ahí apareció Zarukhan, entero.

Zarukhan no podía despedirse de su público como cualquier otro artista, así que también tenía un número para esto. Después de dar las gracias, hizo un movimiento con su vara mágica y en ese momento empezó a salir del suelo humo blanco alrededor de él hasta cubrirlo por completo. La banda incrementaba la expectación del público tocando la música adecuada, y cuando el humo se disipó ya no estaba Zarukhan en escena. La gente saldría de ese circo preguntándose mil veces cómo le hacía el mago para lograr aquellas ilusiones, incluso habría quienes se atreverían a decir que Zarukhan era tan bueno porque era un mago de verdad, y no faltaría quien ratificara esta teoría diciendo que era cierta porque lo habían visto convertir un gato en un tigre o desaparecer un barco en alta mar, o porque algún hechicero de algún pueblo de la región le comentó que Zarukhan había ido a pedirle una poción sagrada que le diera poderes sobre naturales. El caso era que se lograba el objetivo, los espectadores salían del circo contentos por haber visto acrobacias y trucos impresionantes.

Con Zarukhan llegó al final la función, y entonces el señor Filipo Ronchelli salió al centro del escenario acompañado de todos los artistas de su circo para dar gracias a los asistentes mientras la banda entonaba música de victoria y celebración. Filipo Ronchelli pidió nunca dejar de soñar porque con ingenio todo es posible. El cirquero no imaginaba que dentro de aquella multitud había un viejo amigo suyo que había venido a visitarlo y que se tomaba sus palabras con mucha seriedad. El marqués Cavallerio esperó a que se retirara la multitud y él se dirigió al interior del circo.

Filipo Ronchelli se encontraba en su camerino haciendo cuentas con el encargado de la taquilla cuando escuchó algunos golpes en su puerta, salió de su concentración algo disgustado, pero cuando vio de quién se trataba se olvidó de su enojo. Cuando el marqués Cavallerio se presentaba ante Filipo Ronchelli era con buenas propuestas de negocios, años antes el marqués se había presentado ante él con la propuesta de volverse socios, él pondría el dinero para ensamblar nuevas atracciones y buscar talento nuevo mientras que el señor Ronchelli administraría el circo. La propuesta resultó un éxito: con los fondos que aportó el marqués, el señor Ronchelli pudo recorrer Europa para buscar nuevo talento y convencer a nuevos artistas de unirse a su espectáculo. El marqués pidió a Filipo Ronchelli absoluta discreción, pues no le gustaba que la gente supiera de sus negocios, de esa forma decía el marqués que podía ir de un lugar a otro de Europa sin llamar mucho la atención. El señor Ronchelli estuvo más que de acuerdo con el trato, pues obtendría bastante dinero y seguiría siendo el único nombre en el título de aquel circo, El Gran Circo Ronchelli.

Hubo también otra condición que impuso el marqués al momento de asociarse. Quería que de vez en cuando le prestara a algunos de los artistas del circo, pero eso no significaba una pérdida económica para el espectáculo porque el marqués reembolsaba a la caja del circo los salarios que cobraban los artistas por presentación. El señor Ronchelli estaba satisfecho con el trato, pero sentía curiosidad por saber para qué cosas utilizaba el marqués a los artistas. Cuando el señor Ronchelli le preguntaba al marqués, las respuestas de éste eran casi siempre las mismas: «Voy a hacer una fiesta y me gustaría entretener a mis invitados con el espectáculo de algunos de nuestros artistas». Pero Filipo Ronchelli intuía que había algo más. Los artistas estaban muy contentos de trabajar para el marqués, pues regresaban al espectáculo con bastante dinero extra y con una actitud de discreción. Cuando Ronchelli les preguntaba qué habían hecho al lado del marqués, a donde habían ido o ante quién se habían presentado, los artistas siempre respondían con frases evasivas.

—Amigo Cavallerio, qué sorpresa que ande usted por aquí. ¡Bienvenido sea!

—Gracias, amigo Ronchelli.

—Vaya que me ha sorprendido, marqués, no esperaba su visita —el señor Ronchelli le pidió a su asistente de taquilla que lo dejara solos—. ¿Gusta algo de tomar, marqués?

—Me encantaría probar un buen vino tinto, pero ¿qué le parece si lo tomamos en alguno de esos magníficos restaurantes de la plaza de San Marcos? De esa forma le podré platicar importantes novedades, mientras disfrutamos observando los festejos del carnaval.

—Excelente idea. Conozco el lugar ideal.

Ambos caminaron hasta la plaza de San Marcos y se sentaron en el interior del famoso Caffè Florian. Después de que les sirvieron una generosa copa de vino y de que hubieron brindado por el encuentro, Ronchelli le preguntó:

—¿De dónde viene, marqués? ¿Regresando de algún viaje?

—En efecto, he andado por varias partes de África, la India y China —al escuchar esto el señor Ronchelli se llevó una mano a la frente.

—¿Hasta China? Vaya, marqués, usted sí que anda buscando, lo que sea que anda buscando, hasta el fin del mundo.

—Sí, amigo Ronchelli, he andado por todas las rutas marinas conocidas y créame que he visto cosas impresionantes.

—Pues, marqués, lo envidio, ojalá y tuviera yo el tiempo libre para dedicarme a conocer el mundo, pero bien sabe usted que el negocio del circo requiere de nuestra atención noche y día.

—¿Con qué le gustaría a usted viajar, Ronchelli?

Después de decir esto, el marqués dio un trago largo a su copa, con la intención de darle tiempo al señor Ronchelli para que digiriera esa pregunta. El señor Ronchelli ya sabía que había que cuidarse del marqués cuando hacía una pregunta así porque según había escuchado de algunas personas que conocían, o al menos decían conocer al marqués, podía terminar comprometiéndose a ir a un safari al África, o a comprar seda y telas exóticas en el Japón, o a una isla lejana donde se rumoraba que había un tesoro enterrado; cualquier aventura más exótica y loca que excitante. Quién sabe si lo que se decía de los excéntricos viajes del marqués fueran verdad, pero lo que era un hecho es que daba la impresión de que podía ser cierto. La experiencia misma que tenía el señor Ronchelli del marqués hablaba de un hombre fuera de lo común.

El marqués se había aproximado al cirquero hacía algunos años con la propuesta de invertir en su circo, después de verlo durante ocho días seguidos, noches en las que el marqués no sólo disfrutó del espectáculo, también advirtió que un circo podría moverse de país en país sin muchos problemas de aduanas y líneas fronterizas. La lógica que seguían los agentes de aduanas para evitar el tráfico ilegal de mercancías y personas era buscar detalles raros en los viajeros, pero ¿quién podría decir qué era lo raro en una caravana llena de rarezas?, ¿quién lograría notar qué era lo que no encajaba en un grupo de hombres en los que nada encajaba? Aunque nunca nadie pudo comprobar que el marqués usara el circo como medio de movilizar personas y objetos de un país a otro. Era evidente que algo había de eso en el interés del marqués por el circo, y con el tiempo el señor Ronchelli tuvo que preguntarle si alguna de las razones de su interés tenía que ver con algo más peligroso. El marqués le dijo que sí, lo cual sorprendió al señor Ronchelli, pero el marqués lo tranquilizó diciéndole que lo que trasladaba de algún lugar a otro con tanta discreción era a sí mismo, le dijo que para que un banquero de su talla pudiera desplazarse por Europa, sin la amenaza de ser robado o secuestrado por ladrones, era necesario que pasara lo más desapercibido posible, y que una de sus estrategias para lograr esto era mezclarse con la caravana de un circo. La respuesta tenía lógica, pero el señor Ronchelli no estaba del todo convencido. Entonces el marqués también le aseguró que no tenía nada de qué preocuparse, y prueba de ello era que durante todo el tiempo trabajando como socios nunca se había presentado ningún inconveniente, lo cual era verdad. Por último, cuando el marqués vio que el señor Ronchelli todavía tenía dudas, éste le aseguró que si alguna vez enfrentaban alguna situación complicada, él lo compensaría económicamente. Con tantas garantías de por medio y con la perspectiva de perder a un socio tan rentable, el señor Ronchelli decidió continuar en sociedad con el marqués Cavallerio.

En ese día parecía que la sociedad del marqués Cavallerio y el señor Ronchelli los llevaría a tierras lejanas, al menos eso era lo que intuía el cirquero, quien se tomó un tiempo de silencio para intentar adivinar las intenciones del marqués, luego dijo.

—¿Quiere usted decir viajar con el circo a otro continente?

—Pues mi pregunta era en un inicio para usted, pero la verdad es que sí tengo la intención de proponerle viajar con toda la caravana.

—Mire, marqués, es cierto que en nuestras pasadas expediciones hemos tenido buenos resultados, y cuando no lo hemos tenido, usted ha sido leal a su promesa y ha cubierto todos los costos, pero la verdad es que no puedo evitar ponerme a pensar que cada iniciativa que usted nos propone tiene algo de incierta.

—Por supuesto, pero es en la incertidumbre donde se hacen los mejores negocios, Ronchelli. Si usted hubiera decidido quedarse en el mismo lugar cuando nos conocimos y hubiese preferido evitar el riesgo que significaba asociarse conmigo, no se hubiera usted embarcado en esta jugosa empresa.

—Es verdad lo que usted dice, pero creo estar llegando a ese punto en la vida de cada hombre en el que estoy dispuesto a perder oportunidades de hacer negocios a cambio de la tranquilidad y la seguridad.

—Tiene usted razón, Ronchelli, y no lo presionaré para que tome una decisión, pero sólo escuche la propuesta que le tengo con oídos atentos y después decida.

—Bien, pues usted dirá —contestó Ronchelli acariciando su barba con actitud reflexiva.

—¿Qué le parecería conocer el Nuevo Mundo?

Filipo Ronchelli se sorprendió, pues viajar al Nuevo Mundo era el viaje más osado en aquella época, pero por otro lado ya esperaba una propuesta exótica del marqués, así que controló su sorpresa.

—¿América, marqués?

—Así es, mi amigo Ronchelli.

—¿Y por qué América?

—Yo como banquero tengo negocios por hacer allá y ésa será mi primordial ocupación, pero eso no está peleado en ninguna forma con que llevemos nuestro espectáculo a esas tierras, es más, pienso que me serviría bastante que nuestra caravana de artistas me acompañe por diversas razones. Usted sabe que nosotros los banqueros construimos nuestros negocios dependiendo de cuánta gente conozcamos: comerciantes, terratenientes, funcionarios del gobierno y sé por experiencia que una de las formas más efectivas para mí es ofrecer fiestas con grandes espectáculos, y qué mejor espectáculo que el de nuestros artistas —el señor Ronchelli escuchaba con tranquilidad porque tenía bastante lógica lo que el marqués decía y se sentía tentado a aceptar la propuesta, pero esperaría hasta el final de la conversación con el marqués—. Además, Ronchelli, no me negará que se le abre una oportunidad de negocios. Aquí en Venecia o en Italia, o en cualquier parte de Europa ya hay bastantes circos y otros espectáculos, la competencia es mayor. Si vamos un tiempo al continente americano, se abre la posibilidad de explotar nuevos mercados, nuevas ciudades en las que nunca se ha visto un espectáculo como el nuestro. En América seríamos no el mejor, sino tal vez el único espectáculo de su género.

El marqués era sin duda un gran vendedor, Ronchelli lo sabía y por eso no quería dejarse convencer tan rápido, pero las palabras del marqués lo estaban seduciendo. El circo ha sido en toda época y cultura un espectáculo viajero, los artistas que en él trabajan son gente de espíritu aventurero, gente siempre ansiosa de novedades, que se excita ante la oportunidad de conocer nuevos horizontes. En la sangre de Filipo Ronchelli, un cirquero de corazón, estaba muy arraigada esa característica. El cirquero daba vueltas en su mente a la propuesta una y otra vez, queriendo decir sí pero sin estar seguro.

—Amigo Cavallerio, la verdad es que su propuesta se me hace interesante, pero tengo que confesarle que hay un aspecto que nunca me deja estar tranquilo ante sus propuestas y le diré cuál es: ¿por qué tanta discreción de su parte? ¿Por qué no podemos ir de un país a otro sin escondernos?

—Confíe en mí Ronchelli cuando le digo que lo comprendo. La respuesta que le puedo dar es que gracias a mi discreción he logrado cumplir la mayoría de los proyectos que me he propuesto y es por eso que la valoro tanto. Pero le tengo una sorpresa que sin duda lo tranquilizará y lo hará ver este proyecto que hoy le propongo con mayor confianza.

—Pues bueno, vaya que me interesa escuchar su sorpresa —dijo Filipo arqueando las cejas.

—Esta vez, amigo Ronchelli, no habrá discreción. Esta vez entraremos por la puerta grande. Esta vez todo el mundo sabrá que el marqués Cavallerio está a punto de llegar. Nadie sabrá al principio quién es el marqués Cavallerio, pero yo me encargaré de que estén intrigados por saberlo. Anunciaré mi llegada con pompa y gloria, más aún, con sucesos que usted ni se imagina, y si hay alguien en nuestro punto de destino que no haya escuchado mi nombre yo mismo me aseguraré de que lo haga.

—Vaya que es una sorpresa, marqués, la verdad es que estoy muy motivado, pero hay muchas cosas que debo hacer antes de decidirme. Tengo que comentarles a los muchachos el plan, saldar mis cuentas con mis deudores en Venecia, cerrar mi casa...

—Lo entiendo Ronchelli, lo entiendo, no se preocupe, tendrá usted el tiempo necesario para arreglar lo que tenga que arreglar, yo mismo tengo varios preparativos que hacer antes de partir. Como ya le dije, esto no es algo forzoso y sé que usted tiene que pensarlo, pero para asegurarme de que usted tenga la motivación suficiente, permítame mostrarle algo —en ese momento el marqués sacó de su saco un sobre y se lo entregó a Ronchelli, quien preguntó.

—¿Qué es esto?

—El título de una cuenta de banco en Rossi e Brantano. En esa cuenta hay cien mil francos de los cuales usted puede disponer en cuanto haga el anuncio de que El Gran Circo Ronchelli ha decidido zarpar para América. Con eso tendrá usted lo suficiente para saldar las deudas que tenga pendientes en Venecia y demás ciudades, y será también una garantía de que, como siempre, cubriré los costos de cualquier pérdida.

El señor Ronchelli no salía de su asombro. Se llevaba la mano a la frente y se tallaba las sienes para pensar. Era mucho dinero que sin esperarlo, de la nada, estaba ahora en sus manos. El marqués sabía que unos cuantos billetes siempre ablandan al indeciso, y en ese sobre estaba la llave para acceder a más de cien mil francos.

—Bueno, marqués, le prometo que lo pensaré.

El señor Ronchelli terminó diciendo algo natural, una vieja táctica para no tener que comprometerse de inmediato con alguien, pero el marqués ya sabía la verdadera respuesta.

—Lo sé, amigo Ronchelli, sé que lo pensará.

—¿Entonces, marqués, me quiere usted decir que esta vez no habrá discreciones que cuidar? ¿Ni habrá personajes desconocidos en la caravana?

—Bueno, ahora que lo menciona, la verdad es que sí, algo hay de eso. Es otra sorpresa que le quería dar —mientras el marqués hablaba, el cirquero frunció el ceño en señal de preocupación.

—¿Y ahora qué extravagancia o estrambótico personaje se agregará a nuestro grupo?

—Calma, Ronchelli, sí, algunas personas se agregarán a la caravana, pero no debe usted preocuparse, todo lo contrario, debería usted estar feliz.

—Marqués, se lo ruego, dígame que no viajará con nosotros ningún mago de la pólvora, como usted lo suele llamar. Todavía no puedo olvidar la vez que ese mago chino me quemó el pelo, y no sólo eso, el fuego de sus cohetes se extendió por todo el camerino y casi quema la tienda del circo —dijo Ronchelli jalándose los pelos.

—No, no. Calma, mi amigo, sólo escúcheme. ¿Recuerda usted a Marco el Titiritero?

—¿Que si lo recuerdo? Todos los días estoy forzado a pensar en él. El espectáculo de ese hombre es la mayor competencia que he enfrentado en años. Esos títeres gigantes que tiene y la forma en que los hace moverse atraen multitudes de todos los rincones de Europa. Apenas llegan los visitantes al carnaval de Venecia y empiezan a preguntar por el espectáculo de Marco el Titiritero. Analicé mis ingresos y resulta que desde que él montó su carpa mis ganancias han bajado treinta por ciento. ¡Vaya que pienso en él! Quisiera olvidarme de ese titiritero por un día.

—Pues la sorpresa es que el titiritero de gigantes ha aceptado unirse a nuestro espectáculo.

—Pero ¡cómo! ¡El titiritero en nuestro espectáculo! ¿Lo dice en serio, marqués?

—No es juego en absoluto, le hice la propuesta, la aceptó y se comprometió a partir con nosotros tan pronto termine el carnaval.

—¡Bendito sea Dios!

El cirquero continuó lanzando expresiones de sorpresa al aire por un rato. Fingía estar indeciso todavía, pero la verdad era que ya estaba decidido a irse a donde fuera que lo llevara el marqués. Aun así, faltaba algo que Ronchelli necesitaba saber.

—Una última pregunta, marqués. ¿A qué parte de América nos dirigimos? Sé que es un continente muy grande.

—Por supuesto, tiene usted toda la razón. Prepárese, amigo Ronchelli, porque si se decide a venir conmigo va usted a conocer la cuna de una de las civilizaciones más misteriosas del nuevo continente, de constructores de enormes pirámides y conquistadores de todo un imperio en la época anterior a la llegada de los europeos a esas tierras. Prepárese para conocer la Nueva España.

16

Inimaginable

El Palacio Virreinal de la ciudad de México estaba de fiesta. La corte del virrey Francisco Javier Venegas celebraba una fiesta de cumpleaños. Era difícil celebrar algo en aquellos días en que la madre patria estaba en guerra con Francia, y aunque el virrey Venegas era un hombre de pocas celebraciones, no podía evitar conceder alguna fiesta, pues tenía que mantener la actitud de que en su gobierno todo estaba en orden y sin problemas.

Uno de los momentos más esperados de la fiesta estaba por llegar: la presentación de los regalos. Sin embargo, los asistentes estaban a punto de ver uno inimaginable, algunos dirían que el mismo diablo lo había enviado. Después del baile y la cena, el secretario del virrey, el señor Tomás Barroso y Golla, quien vestía, a pesar de la guerra, un traje estilo francés, interrumpió la música de la banda para hacer el anuncio de los regalos. Los invitados dejaron sus asientos y se dirigieron al salón contiguo. El secretario desenrolló un pergamino en donde estaba escrita la lista de personalidades que le habían enviado presentes al virrey, y con toda pompa empezó a recitar los rimbombantes nombres que en ella había. Al mencionar un nombre, un lacayo del autor del regalo pasaba hacia el centro del salón, justo en frente a la silla donde estaba sentado el virrey, lo presentaba ante él y lo mostraba a la concurrencia mientras recitaba las diversas características del objeto. Después de haber hecho la presentación del regalo, el lacayo se acercaba al virrey, lo saludaba haciendo una ligera inclinación, sin confundir ésta con las genuflexiones totales que se hacían ante el rey en España, y ponía el objeto presentado en una mesa, al otro extremo del salón, donde se iban acumulando los regalos presentados. Hubo una infinidad de presentes durante la ceremonia, pero hubo tres que captararon la atención de todos.

El primero de ellos fue el del conde de Monterrey, Sancho Sánchez de Ulloa. Dos lacayos de su señoría pasaron al centro del salón mientras el conde, sentado entre los invitados, se elevaba la solapa de su vestimenta y veía con gusto como él estaba a punto de llamar la atención de todos con su regalo. Los lacayos avanzaron cargando una enorme caja de madera que pusieron en el piso, y con una llave, uno de los dos lacayos abrió una puerta, dejando ver en su interior la pintura que mostraba al virrey Francisco Javier Venegas montando un caballo levantando sus patas delanteras como si estuviera a punto de entrar en batalla, detrás del virrey había todo un ejército listo que corría hacia la batalla con sus mosquetes y bayonetas empuñadas. Los invitados aplaudieron sorprendidos no tanto por la pintura, la cual era, después de todo, otra pintura más que exageraba las dotes físicas y militares de un funcionario de la corona, sino por su marco, enchapado en oro y con talla en sus orillas de diversas figuras de personajes de la nobleza española, pero aún más impresionante eran las estatuillas de plata enclavadas en las cuatro esquinas del marco del cuadro y en la parte central de los marcos, seis en total. De estas seis estatuillas la del centro en el marco superior representaba al rey Fernando VII, las dos colocadas en las esquinas superiores del cuadro representaban a los reyes católicos Isabel y Fernando.

La estatuilla de la esquina inferior izquierda representaba a Cristóbal Colón, noble personaje conocido como el descubridor de América, la estatuilla de la esquina inferior derecha representaba a Américo Vespucio, primero en trazar la cartografía del nuevo continente, y la figura central del marco inferior representaba al actual virrey de la Nueva España, Francisco Javier Venegas. Era un detalle sutil, pero importante para aquél que tuviera un ojo observador, el que al virrey Venegas no se le incluyera en la parte superior del marco, lugar donde sólo había estatuas de personajes reales, sino abajo, junto a los comunes, sin embargo, eran estos hombres comunes los que habían hecho la verdadera tarea de convertir a España en la dueña de un mundo nuevo y veinte veces más grande en territorio que la misma península europea. Mas como todo detalle de fiesta de aristocracia en aquellos tiempos, esto sería comentado en pláticas de chismes y salones de tertulia, pero no en la fiesta misma. La gente aplaudió mientras el conde de Monterrey se ponía de pie para agradecer los aplausos, luego el lacayo, después de hacer su ligera reverencia ante el virrey, llevó el regalo a la mesa de regalos y desapareció de la vista de los invitados.

Tocó el turno al señor marqués de Cerralvo, Rodrigo Pacheco Osorio. El marqués dio la orden a sus sirvientes de pasar al centro del salón para presentar una caja de madera cubierta con sedas y textiles provenientes de Filipinas. Al abrir la caja, los lacayos sacaron de su interior un cilindro de papel montado sobre una base de madera sobre la cual se hacía girar, una antorcha en su interior encendía una lámpara de aceite que iluminaba las paredes del cilindro, las cuales estaban decoradas con dibujos de hombres usando llamativos disfraces, animales típicos de Asia y raras construcciones hechas con un diseño arquitectónico tan diferente a los estilos de Europa o América, imágenes que se proyectaban en las paredes del salón.

Todos pensaron que no habría regalo mejor que el ofrecido por el marqués de Cerralvo, hasta que tocó el turno al señor conde de Oaxaca, don Martín Saavedra Cortés. El lacayo del conde pasó al centro del salón junto con otros dos ayudantes que venían cargando un bulto recubierto de seda. Los lacayos lo empezaron a desenvolver y descubrieron un mueble de madera enchapado en oro y plata, con varios cajones que, al abrirlos, sacaron los siguientes presentes: una botella de brandy envuelta en una funda de plata, la cual permitía mantener el licor con la frescura de las bebidas recién elaboradas. De los otros tres cajones, los lacayos sacaron una copa de oro grabada con venados, águilas, tigres y osos. Del siguiente cajón sacaron una bolsa hecha con textiles exóticos traídos de oriente. De su interior sacaron pequeñas esferas de oro que mostraron a la concurrencia y que tenían grabadas las iniciales FJV. Estas esferas no sólo servirían de adorno en la casa del virrey, del último cajón, los lacayos sacaron un gran rollo de papel, lo desenvolvieron, y entonces apareció ante los ojos de todos los invitados una de las joyas más hermosas que pudieran haber visto: una escopeta española envuelta en un mapa de la Nueva España, el arma tenía el cañón de plata y el gatillo de oro. El cuerpo de madera provenía de los bosques de Barcelona y había sido tallada en Galicia por el taller de Canuto y Gaviera, famoso por ser el proveedor oficial de muebles tallados en madera para el Palacio Real de Madrid.

De esta manera, don Martín Saavedra Cortés dejaba claro que el virrey podía salir de cacería con su nueva escopeta con balas de oro por todo el basto territorio de sus dominios, y todo buen cazador celebraba sus éxitos de caza con una buena botella del mejor vino. Así el virrey brindaría por sus cacerías, con su copa adornada con todos los tipos de bestias que se podían cazar en el continente. El regalo del conde fue espectacular y esperaba quitarles al marqués de Cerralvo y al conde de Monterrey la distinción de haber sido el hombre con el presente más costoso e ingenioso. No era de extrañar que don Martín Saavedra Cortés hiciera ese tipo de regalos hechos de oro y plata, había recibido de la corona española la encomienda de administrar una de las minas más ricas de la provincia de Zacatecas y continuamente mostraba su agradecimiento a la corona española enviando al rey de España, así como al virrey, cuantiosos regalos elaborados por los mejores artesanos de la Nueva España.

Con la muestra del regalo del conde de Oaxaca todos los asistentes creyeron que la presentación de regalos había llegado a su fin, justo cuando el secretario del virrey se estaba preparando para dar las gracias a todos aquellos que habían tenido la amabilidad de enviarle a su señoría un presente en el día de su cumpleaños, uno de sus ayudantes se acercó y le dijo que había alguien en la puerta que había llegado tarde a la fiesta, pero que traía un regalo para el virrey y que era de suma importancia que se lo entregara porque era enviado desde Italia. El hombre que llevaba el regalo era un representante de su patrón, quien llegaría semanas más tarde a la Nueva España. Este hombre era alto y venía en compañía de una gran comitiva. Sin duda alguna, eran africanos. Cuando este grupo de hombres se presentó a las puertas del palacio del virrey, la guardia les impidió el paso y quisieron revisar el cargamento que llevaban, pero contrario a lo que los guardias españoles esperaban, ellos se resistieron y se entabló una pelea que terminó con algunos de los guardias heridos por el filo de las espadas del grupo.

Fue hasta que uno de los ayudantes del secretario, Tomás Barroso y Goya, se acercó a la puerta para investigar lo que pasaba, que los visitantes pudieron dialogar con alguno de los oficiales a cargo del evento. Katum, fue el hombre que habló, le mostró un documento expedido por la banca Credito Commerciale dell'Atlantico, sellado por las autoridades españolas en La Coruña, en donde se extendía una petición al virrey Francisco Javier Venegas para que se le diera a la comitiva un trato justo correspondiente al de hombres libres, más aún, al de emisarios de una de las casas financieras más importantes de Europa y correspondiente al de representantes de un alto funcionario bancario europeo que pronto se presentaría en tierras americanas y que deseaba hacerle un presente de cumpleaños al virrey.

Los hombres, quienes iban vestidos con trajes típicos del norte de África, entraron a cambio de dejar sus espadas en la entrada del palacio. El secretario hizo la seña a la banda para que tocara y continuara la fiesta. Pero Barroso estaba intranquilo y el virrey lo notó, por lo que mandó llamarlo, momento que aprovechó Katum para entregarle un sobre lacrado que estaba dirigido al virrey.

—Su señoría, estos hombres están aquí enviados por un grupo de banqueros europeos que desean hacer negocios con la Nueva España. El señor Katum me ha entregado este documento sellado que dice que contiene todas las presentaciones debidas a su excelentísima persona y que en él encontrará una amplia explicación del porqué de su visita.

El virrey abrió el sobre, leyó y se quedó pensativo y luego, ante la sorpresa de su secretario, les permitió quedarse como si los conociera de toda la vida. Entonces Katum hizo un gesto de agradecimiento al virrey, quien lo observaba desde la distancia. Después, junto con sus compañeros, se dirigió al centro del salón cargando una caja de madera más grande que todas las cajas anteriores y dijo en un perfecto español.

—El marqués Cavallerio, representante de la casa financiera Credito Commerciale dell'Atlantico, quiere presentar ante su excelentísima señoría, el virrey de la Nueva España, don Francisco Javier Venegas, un presente que corresponde a su buena voluntad y a la magnífica persona del virrey.

El grupo de hombres quitó las cerraduras a la caja de madera y entonces los asistentes a la fiesta del virrey pudieron ver lo que era el regalo del marqués: una majestuosa figura de un león brillaba con un fulgor plateado. Medía un metro ochenta centímetros de alto y tres metros de largo, había sido tallada en madera y después enchapada en plata. La figura era bastante bella y la concurrencia aplaudió como lo hizo cuando fueron presentados los otros regalos, pero en definitiva no era un regalo tan impresionante como los ya presentados, o al menos eso creían los invitados. Los asistentes le dieron un vistazo al león de madera, aplaudieron y se dispusieron a continuar con su plática pensando que era todo lo que ese artefacto era, una estatua tallada en madera. Pero justo cuando los invitados iban a quitarle su atención al presente del marqués, Katum se acercó a la estatua, metió su mano por la boca del animal de madera y se escuchó un sonido como aquel que se escucha cuando se jala una palanca, Katum sacó su mano y entonces sucedió algo inimaginable.

Era el león de Leonardo da Vinci que Rocco había construido según los planos que tenía en su poder. La pieza que había cautivado al rey Francisco I de Francia, en 1515, ahora, en la Nueva España, volvía a causar sensación cuando la alta sociedad novohispana lo vio caminar, llegar hasta el virrey, inclinarse ante él, abrir su pecho y ofrecerle un ramo de flores de lis.

Los condes de Monterrey y Oaxaca, así como el marqués de Cerralvo, reconocieron que no se llevarían el reconocimiento del mejor regalo, cosa que les causaba una amarga desilusión, pero también ellos estaban cautivados por aquella máquina. Katum entregó entonces al virrey las flores que habían salido del pecho del animal, la guardia ni siquiera reaccionó para evitar la cercanía de Katum, pues estaban sorprendidos y no sabían qué pensar de esos hombres y su máquina. Después Katum abrió la máquina en presencia de todos para que pudieran ver cuál era el misterio, ni un hombrecillo dentro de la máquina, ni un león de verdad, ni fuerzas extrañas movían las palancas que la dotaban de movimiento, simplemente un mecanismo de engranes y cuerdas, muy parecido al que tenían los relojes de torre, el cual consistía en mantener el movimiento de sus péndulos.

Entonces hubo otra pregunta que resonó en la mente de los invitados aquella noche, ¿quién es el marqués Cavallerio? Entre los distinguidos invitados había también una mujer de cabellos dorados que se preguntaba lo mismo. Sofía Ibargüengoitia pensó que el león era una máquina interesante, ella y varios invitados más caminaron con cara de asombro y curiosidad hasta el animal mecánico que brillaba con su fulgor plateado para verlo más de cerca. Katum notó el interés de la mujer y le pidió que la tocara.

Mientras los invitados a la fiesta del virrey disfrutaban de un espectáculo sorprendente, a miles de kilómetros de distancia, sobre las olas del océano Atlántico, un convoy de naves europeas navegaba con destino al Nuevo Mundo. A bordo de este convoy viajaban todo tipo de personajes: domadores de bestias, atletas con sorprendentes habilidades físicas, brillantes ingenieros e inventores. Era la combinación más extraña de personajes que se podía encontrar. Media docena de barcos transportaba a aquellos hombres y sus pertenencias, las cuales eran también inusuales: animales exóticos, aparatos mecánicos sin una función clara, maletas de ropa que guardaban los atuendos más extraños, un verdadero festín para quienes gustaban de la vida aventurera y sin esquemas definidos de lo que debía ser un grupo de personas.

Aquella caravana guardaba muchos secretos y entre ellos, además de la riqueza que transportaba, iba un misterioso pasajero que descansaba en uno de los camarotes de mayor lujo, era el capitán Fernando de Montpellier que, al no poder conciliar el sueño, salió a cubierta y se enfrentó al negro horizonte que lo envolvía, miró al cielo estrellado y sintió como si siempre hubiera estado navegando hacia la oscuridad, luego recordó el propósito de su viaje, las recomendaciones del emperador Napoleón Bonaparte y la ultima sonrisa de Sofía, entonces se dijo a sí mismo: «Volver, volver a verte».

17

Fuego en el mar

EL ESTRUENDO DE UNA EXPLOSIÓN CIMBRÓ AL APACIBLE PUERTO de Veracruz. Apenas amanecía y todo hubiera quedado en un mero trueno sino fuera porque, segundos después, se escuchó otro, luego otro más. La gente salió de sus casas, del mercado, de la parroquia, se miraban y se preguntaban qué estaba pasando. «Es un combate en alta mar», dijo alguien que pasó corriendo hacia los muelles del puerto. La gente lo siguió en tropel, querían ser testigos de ese acontecimiento; hombres, mujeres y niños empezaron a escuchar un sonido nutrido de balazos y explosiones que se fue haciendo cada vez más fuerte.

Cuando la multitud se empezaba a reunir alrededor del muelle, vieron a lo lejos a un grupo de barcos enfrascados en lo que parecía una batalla naval. Vieron entonces los fuegos de las detonaciones de cañones que iluminaban el todavía oscuro cielo de aquella mañana. La neblina y las nubes negras que anunciaban lluvia se amontonaban sobre las aguas cercanas a la costa. Esta oscuridad, aún sin amanecer, hacía más visible la luz de las detonaciones de los cañones, las nubes que envolvían aquel combate reflejaban el fuego y desplazaban el estruendo a mayor velocidad y distancia, lo cual aumentaba la majestuosidad de aquella batalla.

Algunos de los mirones fueron por catalejos y lo primero que pudieron ver fueron seis barcos, divididos en bandos de tres cada uno que iluminaban el horizonte con fuego de cañones. Las balas hacían saltar grandes chorros de agua alrededor de los barcos, y conforme se acercaban las naves entre sí, se alcanzaba a distinguir cómo saltaban pedazos de madera. «¡Le han dado a uno! ¡Le han dado a uno!», gritaba la gente. Hasta que los barcos estuvieron tan cerca que los marinos de uno pudieron saltar a la cuerda del barco enemigo, los que veían a través de catalejos alcanzaron a distinguir el brillo de las espadas y la punta de las bayonetas.

El murmullo de la gente crecía y la aglomeración en el puerto era total. Algunos intentaron quitar el catalejo a quien no quería compartirlo y más de una gresca empezó entre la gente. El clímax llegó cuando uno de los barcos pareció hundirse. Fue en este punto que el éxtasis de la gente que observaba llegó a su punto más alto. El combate y las detonaciones continuaron durante algunos minutos y después vino el silencio que sólo era interrumpido por algunos disparos aislados. Entonces, los habitantes del puerto pasaron del éxtasis a la curiosidad. ¿Quién había ganado el combate? ¿Quiénes eran los combatientes?

Cuando los ganadores del combate izaron sus velas para retomar su navegación y dirigirse hacia tierra, la gente corrió despavorida, temían que fueran piratas que tomarían la ciudad. Muchos salieron corriendo hacia sus casas para tomar sus pertenencias y huir hacia la selva. Entonces se hizo el pánico y centenares de personas preparaban maletas que echaron en carruajes junto con sus muebles y objetos más preciados. Los pescadores regresaron al puerto y el gobierno organizó a un grupo de hombres y los apostaron armados en distintos puntos de la ciudad. Sólo los agentes de aduanas y unos pocos efectivos de la guardia militar que tenía a su cuidado la protección del puerto no perdieron la cabeza. Cuando las naves se encontraban a menor distancia, el capitán del puerto pudo observar que se acercaban cinco barcos hacia el puerto, dos barcos tenían una bandera negra en sus mástiles y los otros tres barcos portaban una bandera tricolor.

El capitán del puerto vio con alivio que las embarcaciones portaban una bandera de tres colores, verde, blanco y rojo, símbolo de lo que en aquellos años se llamaba la República Cisalpina, lo que significaba que aquellos barcos provenían de algún lugar de la península italiana. Había sido una lucha de seis barcos, de éstos, tres habían sido barcos piratas, uno de esos tres se había hundido en el combate y habían luchado contra tres barcos mercantes provenientes de Europa. Para tranquilidad de los habitantes del puerto, el capitán se acababa de asegurar de que los ganadores habían sido los barcos mercantes italianos.

La autoridad del puerto tuvo que mandar a varios de sus soldados a dar las buenas noticias a los pobladores, tocando en cada casa. Cuando los soldados andaban de casa en casa, se dieron cuenta de que el pánico había sido tal que algunos ya habían dejado el pueblo. El pánico y el desorden con el que había iniciado ese día poco a poco volvió a la normalidad. Sin embargo, la gente esperaba impaciente la llegada de los marinos, un verdadero desfile de mercancías, animales y personajes exóticos. Las naves arribarían al puerto a las seis de la tarde. Llegada la hora, el puerto se atiborró de nuevo de curiosos, quienes vieron a las cinco embarcaciones rodear un pequeño islote que estaba a la entrada de la bahía hasta quedar a plena vista del puerto. «Un elefante», gritaron al verlo moverse en la cubierta del barco. «Leones, esos barcos traen leones», gritaron otros y señalaban con el dedo.

Hombres africanos, vestidos con turbantes que enmarcaban su piel oscura, hicieron su aparición en cubierta, así como otros hombres que usaban los tradicionales sombreros europeos y pieles de diversos animales. La segunda embarcación traía a bordo animales más comunes, perros y caballos, hermosos ejemplares árabes que nunca nadie había visto en la Nueva España. Esas bestias estaban sobre cubierta, sin montura ni jinete, pero no corrían libres por el barco, eso era impensable, eran controlados por un grupo de hombres uniformados que con un bozal impedían que los corceles se volvieran bestias salvajes. Pero los corceles veían la tierra firme y se inquietaban. Los caballos relinchaban, se agitaban y bramaban, todo ello acrecentaba la expectativa por ver a la caravana pisar tierra firme.

Sobre la cubierta de la tercera embarcación, un grupo de hombres y mujeres vestidos con vistosos trajes cantaban y bailaban al son de varios instrumentos musicales mientras saludaban a la población. Los niños fueron primeros en contestar el saludo a El Gran Circo Ronchelli. Los artistas a bordo del barco lanzaban confeti al aire, ondeaban banderas multicolores y bailaban al ritmo de la música gitana y de fiesta italiana que tocaba la banda del circo. En lo alto de los mástiles del barco, los trapecistas Bartaccio y Momolo utilizaban las cuerdas del buque como columpios para saltar de un mástil a otro y hacer sus piruetas en el aire, a lo cual respondían los espectadores del puerto con aplausos y grandes gritos de júbilo. Sobre la punta del mástil principal, a más de treinta metros de altura y sostenido con un pie, el equilibrista Balbo hacía malabares con banderas y artefactos multicolores mientras sus dos gimnastas, Tatiana y Fania, daban maromas sobre uno de los palos que sostenían las velas mayores.

Las cuatro ayudantes de Bartunek, encargadas de hacer suertes de gimnasia sobre los elefantes, se habían vestido con sus trajes más llamativos y saludaban a la multitud que veía desde el muelle. Con la entrada de las embarcaciones, el capitán del puerto les avisaba que los mercaderes europeos que habían sometido a los piratas y los barcos que llegaban al puerto eran amigables, sin embargo, no era posible evitar que la población sintiera todavía curiosidad y angustia al ver aproximarse los dos últimos barcos del grupo con una bandera negra y una calavera blanca en su centro amarrada en sus mástiles.

Cuando estos buques se acercaron lo suficiente fue entonces posible distinguir lo que sucedía sobre la cubierta de esos aterradores navíos. Entonces cientos de voces gritaban con miedo. «No se preocupen, los piratas están prisioneros, los soldados de la marina mercante italiana los han vencido», exclamaba el capitán del puerto. Después de decir esto se escuchó una gran ovación de triunfo y la calma volvió a aquellos que ya estaban listos para correr.

Era difícil controlar el entusiasmo de los corceles que en ese momento se veían liberados de la prisión que significaba la reducida área de la cubierta y los pisos inferiores del barco. Los caballos sentían la tierra firme bajo sus patas, veían el ancho paisaje y querían salir corriendo. Uno de los animales incluso cayó al mar, pero no le pasó nada, su jinete se lanzó al agua tras él y juntos, jinete montado sobre caballo, nadaron hasta las escaleras de piedra del puerto, estas escaleras estaban construidas al lado del muelle y descendían desde la banqueta del malecón hasta las aguas del mar, y tenían la finalidad de permitir a los que caían al agua salir de ésta caminando sin grandes esfuerzos. Cuando el caballo salió del agua, subiendo las escaleras y con su jinete montado encima, hubo una gran ovación. Después de unas carreras cortas, los hombres de uniforme hicieron que los caballos realizaran algunos saltos y suertes artísticas, los caballos se pararon en sus patas traseras, saltaron algunas bancas y bailaron al son de los aplausos de la multitud que veía todo.

El desembarco se convirtió en un espectáculo para los porteños. Ronchelli hacía su entrada triunfal. Cuando bajaron del barco las ayudantes de Bartunek, lo hicieron moviendo sus coloridos vestidos al son de la música que desde la cubierta del barco tocaba la banda del circo, una vibrante canción de carnaval veneciano. Los equilibristas caminaban entre la gente sobre zancos, payasos con monos pequeños sobre sus hombros, trapecistas que habían saltado de un barco a otro, gimnastas que doblaban sus cuerpos de maneras increíbles, magos vestidos como reyes, entrenadores de perros y de aves. Los payasos fueron los más asediados por los niños, éstos hacían que los pequeños monos sobre sus hombros les hicieran cosquillas y los magos les daban mariposas y otros animales que sacaban de sus ropas y sombreros. El día habría terminado como un gran carnaval, pero todavía quedaba un asunto por atender: las dos embarcaciones piratas que habían sido capturadas por los marinos mercantes y en donde éstos mantenían prisioneros a los temidos piratas.

El capitán del puerto de Veracruz pensó dirigirse a Bartunek, líder del primer barco, para preguntarle acerca del encuentro con los piratas, pero prefirió esperar a que atracara el barco de los caballos majestuosos, aquel que transportaba hombres uniformados, hombres con una ocupación y una personalidad menos exótica que la del domador de fieras. Cuando atracó el barco de los oficiales de la marina mercante, el capitán del puerto se acercó para entablar diálogo y estrechar la mano de un hombre rubio de unos veinticinco años.

—Capitán Javier Esparza, a sus órdenes. ¿A quién tenemos el gusto de recibir en el puerto de Veracruz, de la Nueva España?

—Capitán Andrea Vitrioli, República Cisalpina de la península italiana —respondió el marino italiano hablando en un buen español con acento ibérico.

—Permítame decirle que a todo el puerto le da gusto recibirlos, capitán. Nos han librado ustedes de la peor pesadilla de cualquier población costera, los piratas.

—Hombre, capitán Esparza, ni siquiera lo mencione. La verdad es que ya hacía tiempo que estábamos recibiendo reportes de ataques de las tres embarcaciones que acabamos de enfrentar y ya ansiábamos el día de encontrarnos con ellos. A nuestra república le han costado muchos barcos.

—Me alegra saber que ya han terminado con esa amenaza.

—Pues no crea que hemos terminado del todo. Tomamos como prisioneros a los piratas a bordo de las dos embarcaciones que están a punto de atracar, a otros de una tercera los vencimos en una batalla en alta mar y recogimos a bastantes de los náufragos.

—Sí, desde aquí pudimos ver el combate, qué suerte que ustedes vencieron. Pero entonces, ¿no se han deshecho de los piratas?

—Créame cuando le digo que yo mismo me he hecho esa pregunta, ¿por qué rescatar a esos criminales de la muerte?, pero mi jefe decidió que debíamos entregarlos a las autoridades de esta nación y dejarlos a ustedes decidir qué hacer con ellos.

—Pues vaya problema que me pone usted en las manos capitán.

—No crea que es muy grande el problema, capitán Esparza. Mi jefe se ha comprometido a ayudarle a mantenerlos prisioneros hasta que usted reciba órdenes de sus superiores.

—¿Y quién es su jefe, dónde está?

—Mi jefe es el marqués Cavallerio, también ciudadano de la República Cisalpina, y se encuentra a bordo de uno de los dos buques piratas que hemos capturado. Pronto atracará con su carga de prisioneros, y si gusta, él mismo le dirá todos los detalles.

Después de un momento de silencio, el capitán Javier Esparza concluyó para sí mismo que si ese marqués había tenido la fuerza necesaria para someter a tres barcos piratas y había tenido la gentileza de no ejecutarlos para respetar el derecho de la Nueva España a decidir el destino de aquellos bandidos, era sin duda porque contaba con la suficiente fuerza para no sentirse amenazado por esos criminales.

El capitán tuvo que esperar algún tiempo para conocer al líder de la expedición que acababa de arribar a su puerto. Después del desembarque de los marinos mercantes, siguió el desembarque del buque que transportaba El Gran Circo Ronchelli. Después de algunas horas finalmente atracaron los buques piratas. A bordo había varias docenas de hombres vestidos con harapos, acostados boca abajo en la cubierta del barco, con las manos atadas detrás de la espalda. Eran dominados por un grupo de hombres en uniforme. De entre los piratas, había uno que sobresalía por las prendas raras que vestía, un collar de colmillos de animal alrededor del cuello y tatuajes de monstruos devorando otras criaturas y de representaciones de dioses de la muerte. Los brujos del puerto de inmediato reconocieron lo que ese hombre era y sintieron escalofríos. Si los marinos italianos no hubieran estado ahí para darle seguridad a la población de aquel pequeño poblado y si los pobladores hubieran tomado las cosas en sus propias manos, lo primero que hubieran hecho habría sido quemar a ese hombre.

No había motivo para temer, pues los piratas estaban bajo control, pero aun así, la vista de estos hombres causaba temor y nerviosismo entre los guardias portuarios que se acercaron a los dos buques piratas con sus fusiles en mano. Un hombre que se encontraba de pie sobre la proa de uno de los buques piratas gritó: «¡Los amigos de la marina mercante de la República Cisalpina de Italia y la casa financiera Credito Commerciale dell'Atlantico saludan a sus amigos de la Nueva España!».

El marqués Cavallerio esperaba un saludo por parte de la multitud que observaba el desembarco, pero era obvio que el nerviosismo no permitía muestras de alegría en ese momento, así que fuera de algunos aplausos aislados no hubo mucho más. El marqués Cavallerio entonces bajó de un salto de la embarcación que acababa de llegar al muelle y gritó a voz en cuello:

—Amigos míos, yo, el marqués Cavallerio, natural de la ciudad de Venecia, les pido confíen en la marina mercante de la República Cisalpina de Italia. Estos piratas han sido capturados por nosotros y estamos seguros de que no significan ningún peligro para ustedes porque nuestras fuerzas los mantendrán bajo custodia. La razón por la que no hemos querido ejecutarlos o dejarlos ahogarse en el mar es porque estos nobles jóvenes marinos de tan excelso uniforme que ven ustedes aquí —el marqués señaló hacia sus marinos— piensan que la voluntad del Dios «que está en los cielos» es que todo preso reciba un juicio digno por parte de un juez justo y tenga la oportunidad de confesarse por sus pecados ante un piadoso sacerdote antes de enfrentar la muerte.

El marqués Cavallerio era elocuente pata hablar y se empezaba a ganar algunos corazones de quienes lo escuchaban, pero sabía que debía ofrecer más. Entonces llevó su mirada hacia uno de los marinos uniformados que se encontraban sobre la cubierta del barco desde donde se habían bajado los jinetes con los hermosos caballos y le hizo un ademán con el brazo derecho, el joven le aventó una botella de champán y el marqués la destapó ante la vista de todos y lanzó chorros de aquel vino en señal de brindis. En ese momento, varios de sus ayudantes bajaron del barco con varias cajas de botellas de champán y vino, y las empezaron a repartir entre la multitud, que ya empezaba a gustar más de la visita del marqués a sus tierras. Entonces volvió a gritar.

—Ahora les pido que brindemos por el gusto que nos da estar finalmente sobre tierra firme después de tres meses de navegar por el Atlántico, y nosotros brindaremos por ustedes, generosos habitantes de la Nueva España que nos reciben hoy en su tierra. Además los invito a que mañana vayamos todos a ver la primera función que El Gran Circo Ronchelli realizará en tierras americanas. El espectáculo se montará en la plaza municipal y la entrada será gratuita —cuando el señor Ronchelli escuchó estas palabras le lanzó al marqués una mirada de angustia—. Yo pagaré el costo de las entradas —concluyó el marqués.

Después de escuchar estas palabras, la multitud aplaudió y vitoreó al marqués varias veces, y por su parte el señor Ronchelli sonrió aliviado. Cavallerio se había ganado a los veracruzanos y, como sucedía, su nombre empezaría a correr de boca en boca y llegaría antes que el mismo marqués a las ciudades que él visitaría.

El capitán Esparza se acercó al marqués, a quien ya lo rodeaban algunos niños que le pedían regalos y él con la mano derecha les regalaba dulces y algunas monedas que sacaba de sus bolsillos mientras que con la izquierda sostenía la botella de champán.

—Señor marqués Cavallerio, permítame presentarme, capitán Javier Esparza, comandante a cargo de la guarnición militar del puerto de Veracruz y de la aduana del mismo.

—Gusto en conocerlo, señor capitán Esparza.

—Disculpe que interrumpa su celebración, marqués, yo sé que su intención es buena, usted quiere calmar a los habitantes y asegurarles que no hay peligro con estos bandidos que trae usted a bordo, pero es mi deber preguntarle cuanto antes qué pasó en alta mar para poder llenar un reporte que enviaré a mis superiores en la ciudad de México, además necesito también someter toda la mercancía desembarcada a una inspección, me haré de la vista gorda ante las cajas de licor porque esta gente necesita de un trago para olvidar el mal rato que vivieron esta mañana, pero sí quisiera que antes de desembarcar más cosas me ayude usted a mantener el orden.

—Por supuesto, capitán Esparza, es su deber y hace usted un excelente trabajo en exigirme cumplir con las reglas que cualquier aduana debe imponer a sus visitantes. Sin embargo, antes de ocuparnos de esos asuntos necesito hacerle saber algo muy importante, pero es algo con lo que necesito que sea discreto.

—¿De qué se trata marqués?

—Le había mencionado que había decidido mantener a los piratas con vida de manera que ustedes pudieran aplicarles su ley, sin embargo, hay un prisionero a quien no puedo darme el lujo de dejar vivo, es una amenaza constante y una fuente de conflicto muy peligrosa.

—¿De quién habla?

—Me refiero al Calavera, lo hemos encerrado en las galeras, él es el líder de la banda de los piratas y a cualquier provocación suya los prisioneros nos darán problemas. Así que si usted no tiene ninguna objeción lo vamos a ejecutar mañana por la noche. Lo haríamos ahora mismo pero no quiero que esta gente lo vea. Mañana en la noche no habrá espectadores en las cercanías y podremos fusilarlo sobre la cubierta de su propio barco. Luego lanzaremos su cuerpo al mar y nadie lo sabrá. Mis hombres lo harán, de esa forma yo tomaré la responsabilidad y usted estará libre de cualquier reclamo que sus oficiales superiores pudieran hacerle, pero necesito que usted y sus guardias vengan y observen para que puedan testificar que hicimos todo de acuerdo a la ley marítima y al procedimiento legal.

—Amigo marqués, realmente aprecio el respeto que muestra usted hacia nuestra jurisdicción, pero si yo fuera usted, habría ejecutado a ese hombre tan pronto como acabó la batalla, mientras ustedes se encontraban en mar abierto. De esa forma me hubiera ahorrado cualquier responsabilidad y yo me hubiera hecho de la vista gorda sin ningún problema. De todas formas no se preocupe, lo haremos como usted dice.

—Se lo agradezco.

—¿Y ahora qué le parece si continuamos con nuestros asuntos?

—Perfecto, pero, dígame, ¿hay por aquí algún mesón en el que podamos sentarnos a comer y tomar una copa? Durante meses he comido sólo carne seca y pescado.

La personalidad jovial del marqués y su generosidad para con la población le habían ganado bastante terreno y habían hecho más fácil para el capitán Esparza controlar la situación, por lo cual se sintió en libertad de quebrantar alguna que otra ley con los recién llegados. Se decidió por llevar al marqués a comer a la fonda de doña María la Leona, famosa por sus salvajes guisos de carne de res y sus feroces vinos hechos a base de uva de selva.

Mientras el capitán Javier Esparza, máxima autoridad del puerto, comía con el marqués, los ayudantes de Cavallerio daban algunas monedas a los agentes de aduanas para que dejaran pasar una que otra caja sin ser inspeccionadas. Además, el conjunto de músicos gitanos que viajaban con la caravana pronto se puso a tocar con sus guitarras melodías españolas, gitanas, italianas y cuantas otras se supieran para atraer la atención de los agentes aduanales.

Al siguiente día, cuando llegó la noche y no hubo espectadores en las cercanías, se llevó a cabo la ejecución del Calavera. El capitán Javier Esparza y algunos de sus hombres estuvieron presentes para atestiguarlo. Al condenado se le leyó su sentencia, se le vendaron los ojos, se le aseguró la pierna a un grillete unido con una cadena a una gran bala de cañón y los hombres del marqués Cavallerio lo fusilaron y lo lanzaron por la borda.

—Esperemos que el muerto no tenga más amigos que clamen venganza —dijo el marqués.

—No se preocupe, marqués, estaremos pendientes —afirmó Javier Esparza.

18

Oro pirata

La noche en el puerto de Veracruz estaba tranquila, el mar estaba en calma y no había indicios de tormenta en el cielo. La tormenta más grande ya se había ido del pueblo. El marqués Cavallerio y su comitiva de artistas de circo, marinos mercantes y animales exóticos habían abandonado la comunidad el día anterior y la tradicional calma había regresado. Sin embargo, algo se había quedado en el pueblo que tenía a la población intranquila: los piratas.

Los piratas estaban en prisión en San Juan de Ulúa, una fortaleza oscura y lúgubre construida con la finalidad de proteger el puerto, punto de inicio de la ruta marítima que unía a América con la madre patria. Los galeones españoles zarpaban de Veracruz cargados con oro y piedras preciosas con dirección a España y no faltaban bandidos y mercenarios al servicio de otras naciones, como Inglaterra, que ansiaban tomar el puerto, así que no era sorpresa que la base militar a cargo de la seguridad fuera tan impresionante.

No había forma de que los más de cien piratas encarcelados ahí pudieran escapar, sin embargo, los habitantes se sentían incómodos cuando al levantarse en las mañanas miraban hacia afuera de sus ventanas y miraban la silueta del fuerte en el horizonte. Esperaban que un regimiento de la ciudad de México fuera por ellos. Mientras, había alrededor de treinta hombres cuidando el fuerte, muchos menos que los prisioneros, pero los guardias estaban armados hasta los dientes y no dudarían en disparar sobre cualquier prisionero que diera problemas. Los guardias estaban intranquilos, presentían algo esa noche. Sólo dos patrullaban a los prisioneros, haciendo rondas por los pasillos de las celdas. Media docena de guardias resguardaba las murallas y las torres de vigilancia, otros tantos dormían y unos más jugaban a las cartas.

—Si de mí dependiera, yo les hubiera puesto una bala en la cabeza, para qué complicarse —dijo el sargento Carmelo Herrera mientras tomaba las cartas que le daba el repartidor.

—Carmelo, no podemos hacer eso sin una orden expresa del virrey —dijo el cabo Emilio Sánchez, quien estaba sentado justo a su lado y miraba sus propias cartas.

—Sí, pero ¿y qué si se escapan mientras esperamos? ¿O qué sucederá si tienen amigos que vengan a tratar de rescatarlos, Emilio?

—Esta fortaleza es impenetrable, Carmelo, nadie nos podría atacar y salir vivo. Y si alguien lo intentara, mataríamos a sus amigos en las celdas antes de que llegaran por ellos.

—Pero ¿entonces cuál es el propósito de mantenerlos vivos? Van a morir de todos modos, y mientras más pronto mejor.

—No hables a la ligera, Carmelo, ya sabes lo que dicen de aquel que mata a sangre fría —dijo el cabo Emilio.

—No, no lo sé, ¿qué dicen?

—El que a hierro mata a hierro muere.

—Yo me voy a morir a hierro, Emilio, eso que ni qué.

—Pues será lo que sea, pero yo también ya quiero deshacerme de ellos, aunque no me animaría tan rápido a ejecutarlos. El más extraño de todos, el brujo, me da mala espina, ya saben ustedes lo que dicen acerca de los brujos. Matas a uno sin un juicio justo o sin darle oportunidad de confesarse y te lanzan una maldición —dijo el soldado raso Nacho mientras repartía las cartas.

—No digas tonterías, Nacho, esos hombres van derechito al infierno y no hay nada que pueda cambiarlo, ni con un juicio ni con confesión. Ninguno ha solicitado a un sacerdote y el juicio sólo es un trámite, con o sin juicio los vamos a ahorcar tan pronto llegue la confirmación de la ciudad de México —dijo el sargento Herrera.

Desde donde estaban sentados jugando cartas los guardias podían ver algunas de las celdas. Por un momento el soldado Nacho dejó de repartirlas y se volvió para mirar hacia una de ellas.

—Ese hombre me asusta —dijo el guardia señalando al brujo.

También el cabo Sánchez miró hacia la celda. A través de la débil luz de las velas y las antorchas pudo distinguir al prisionero, sentado en el suelo, en medio de la oscuridad. También los estaba mirando. Les sonrió. Sánchez no era un hombre que se asustara con facilidad, había sido guardia por mucho tiempo y estaba acostumbrado a lidiar con gente peligrosa, pero por tantas historias de brujos y magia negra que había escuchado durante los últimos días, sintió un escalofrío recorrer su espalda.

—¿Qué con él, Nacho?

—Ese hombre hace y dice cosas raras.

—¿Como qué?

—Esta tarde mató una rata en su celda, la abrió y utilizó para pintar algo raro en la pared, el cuerpo de un hombre con la cabeza de una cabra y con pies como de gallo, con grandes cuernos y una cola larga. Cuando le pregunté qué estaba haciendo me dijo que su amigo vendría esta noche y que mejor estuviéramos preparados.

—Se refería al diablo. ¿Ese hombre dijo que el diablo vendría esta noche? —dijo el sargento Herrera.

—Cuando le pregunté a quién se refería, señaló la imagen en la pared.

—¿Será que eso que pintó en la pared es el diablo? —preguntó el sargento Herrera de nuevo.

—No sé a qué se refería, eso fue lo único que me dijo.

—Pero ¿qué más puede ser semejante imagen? Todos sabemos que de esa forma es como pintan al diablo —preguntó Herrera más alterado.

—Luego dibujó un barco —continuó Nacho—, cuando le pregunté qué significaba, me contestó que se iba a escapar en ese barco.

—¿A escapar? Bueno, Nacho, eso lo explica todo y no hay razón para asustarse. El hombre está loco, no hay forma de que nadie escape de esta prisión. O si no está loco entonces está tratando de jugar con tu mente. Él sabe que lo van a ahorcar y está tratando cosas desesperadas. No dejes que sus trucos se metan a tu mente —dijo el cabo Sánchez.

El soldado raso Nacho ya esperaba semejante respuesta de parte del grupo, risas y burlas, pero había algo más que requería explicación. Él sabía que lo que estaba a punto de decir causaría tensión entre aquellos hombres, pero estaba algo intimidado por la conversación que había tenido con el brujo ese día y necesitaba comentarlo con alguien.

—Luego me preguntó si quería oro —Nacho ya tenía la atención de todos, pero ese último comentario hizo que todos dejaran de jugar a las cartas y se enfocaran en él.

—¡Qué! —exclamaron Herrera y Sánchez.

Los otros dos hombres que no estaban jugando cartas, un soldado raso y un cabo, al escuchar esto, tomaron una silla y se sentaron también junto a la mesa de juego a escucharlo.

—Me preguntó si quería oro. Yo pensé que su pregunta era ridícula. ¿Acaso me iba a hacer rico? Pero el hecho de pensar en oro me puso inquieto, ¿a qué se podía estar refiriendo? Así que no contesté, me quedé callado, pero él siguió hablando.

—¿Qué más dijo? —preguntó uno de los otros dos guardias que se acababan de integrar a la mesa.

—Dijo que si yo quería oro, él podía conseguírmelo, que podía hacerme rico. Dijo que había bastante oro a bordo de uno de los barcos de los piratas —Nacho miró las caras de los hombres alrededor de él y pudo constatar la creciente emoción en sus rostros.

—Y si tiene tanto oro ¿por qué no ha tratado de comprar su libertad? —dijo el cabo Sánchez—. ¿Por qué no ha tratado de sobornar al capitán? Si en verdad tuviera tanto dinero, puedes apostar que el capitán ya le hubiera dado la libertad condicional.

—Yo le pregunté lo mismo, pero me contestó que no lo necesitaba y señaló el barco pintado en la pared. Sólo me dijo: «Un día vendrás a buscarme y no estaré aquí».

Por un instante todos se quedaron callados, sin duda todos estaban pensando en aquella historia. Entonces el cabo Sánchez se rio en un tono burlón y le habló a Nacho con bastante energía.

—Nacho, escúchame bien. Ese hombre quiere hacerte dudar, ¿con qué propósito? Quiere ganarse tu confianza para luego usarte como medio de escape. Como ya te lo dije, está jugando con tu mente, te contará historias de oro, luego te dirá que te llevará a donde está, que él y tú deberán caminar hasta donde está escondido. Luego, una vez que tú y él estén en campo abierto tratará de golpearte y sacarte de combate, tal vez hasta matarte, entonces escapará. Pero Nacho, son puras tonterías. Si ese hombre tuviera oro en cualquier lugar, lo probaría de inmediato.

Por un momento pareció que Nacho iba a decir algo importante, pero luego se quedó callado mirando la mesa de juego. Estaba indeciso, como si tratara de decidir si decirlo o no. El cabo Sánchez lo notó y preguntó.

—¿Qué, Nacho? ¿Cuál es la cosa?

Nacho se decidió, metió su mano dentro de su pantalón y sacó algo que sabía que iba a asombrar a todos los presentes.

—La cosa es que sí me dio oro —y mientras decía esto, Nacho puso un doblón español sobre la mesa.

—¡Por todos los cielos! —dijo el cabo Sánchez.

—¡Qué demonios! ¿De dónde sacaste eso? —preguntí el sargento Herrera.

—Me dijo que fuera al cementerio del pueblo y que buscara debajo de uno de los floreros de una tumba.

Entonces todos quisieron interrogar al brujo. ¿Por qué Nacho no les había comentado nada antes? Les dijo que por miedo, pero había también otra razón, al principio Nacho no quería compartir el secreto del tesoro con nadie más, luego se dio cuenta de que estaba muy asustado como para intentar encontrarlo él solo. Los guardias se dirigieron a la celda del brujo, lo sacaron, le quitaron las cadenas de los pies y las manos y lo sentaron junto a la mesa de juego. Pero una vez que el brujo estaba ahí les llevó algo de tiempo a los guardias hablar. Todos estaban callados, ¿qué era lo que iban a preguntarle? ¿Dónde estaba el oro? Fue el mismo prisionero el que inició el diálogo.

—Sé lo que quieren y se los puedo dar.

—¿Y qué queremos? —preguntó Herrera, mirándolo fijamente.

—Oro.

—En primer lugar, ¿cómo te llamas? —preguntó Sánchez.

—Maclovio.

—¿Y por qué razón nos darías oro así como así? Tú mismo le dijiste a Nacho que no necesitas que te ponga en libertad. Según nos platicó, según tú, vas a desaparecer de esta prisión y vas a navegar muy lejos en el barco que pintaste en la pared —dijo Sánchez.

El brujo se quedó en silencio por unos segundos, luego sonrió, mostrando unos dientes pequeños, como dientes de ratón.

—¿Por qué te ríes? Si todo es un juego, te voy a poner contra la pared y te voy a disparar en la cabeza, y cuando me pregunte mi comandante en la mañana qué sucedió le voy a decir que trataste de escapar. No me va a creer pero a nadie le va a importar, ¿me escuchaste bien? Así que dime, ¿qué estás tramando? ¿Dónde encontraste el oro que le diste a Nacho? —preguntó Herrera.

—Sonrío porque mi amigo vendrá esta noche y me llevará con él.

Se hizo el silencio en aquel cuarto. La verdad es que todos tenían miedo de preguntarle a quién se refería. Al final, el cabo Sánchez preguntó:

—¿Qué amigo? ¿El hombre pintado en la pared? —pero el prisionero no contestó y Sánchez empezó a impacientarse.

—Ya escuchaste al sargento Herrera, si no hablas te pondremos contra la pared.

—¿Quieren oro? Les puedo conseguir oro ahorita mismo.

—Déjame adivinar, nos pedirás que te dejemos en libertad por un par de horas para ir a buscarlo y nos dirás que necesitas ir solo. No somos imbéciles.

—No, todo lo que tienen que hacer es traerme la bolsa que me quitaron cuando me encerraron.

—¿Así de fácil? ¿Eso era todo?

Discutieron si debían traerle la bolsa al prisionero, algunos se opusieron, pero al final decidieron traérsela. Antes la revisaron y no encontraron nada que pudiera servir como un arma.

—Aquí la tienes, ten cuidado con lo que haces —dijo Nacho poniendo la bolsa sobre la mesa de las cartas.

—Enciendan esto y pónganlo en medio de la calle —dijo Maclovio sacando de la bolsa una lámpara de aceite.

Todos se miraron con rostros de interrogación, pero mientras fuera algo tan simple no había razón para oponerse.

—¿Qué sucederá? —preguntó Sánchez.

—Si te lo digo, no me creerás —respondió el brujo sonriendo.

—Dime —dijo Sánchez con cara de no estar para juegos. Maclovio se encogió de hombros e hizo un gesto de «te lo dije».

—El oro caerá del cielo.

Hubo confusión entre los hombres pero nadie objetó. El cabo Sánchez y el soldado raso Nacho tomaron la lámpara y salieron de la prisión. Uno de los guardias en una de las torres los vio.

—¿Quién anda ahí? —dijo una voz fuerte rompiendo el silencio de la noche y sorprendiendo a ambos guardias.

—Soy el cabo Sánchez —contestó mientras trataba de recuperar el aliento después del susto.

—¡Contraseña! —gritó de nuevo el guardia desde lo alto de la muralla.

—Pedro, cinco, ocho —contestó Nacho en voz alta.

—Adelante —respondió al final el hombre sobre la muralla.

El capitán del puerto emitía una contraseña nueva cada día y la anunciaba a sus guardias, ese día les había dado la clave: «Pedro, cinco, ocho», la mayoría de los guardias no estaban familiarizados con pasajes bíblicos, pero éste en particular decía: «Tengan cuidado y estén alerta porque su enemigo, el diablo, como león rugiente ronda buscando a quién devorar».

Encendieron la lámpara y esperaron. Una flama extraña, con una combinación de diferentes colores emanaba de ella, por lo demás, no notaron nada extraño. Pasaron unos minutos y los guardias empezaron a pensar que no sucedería nada.

—Vamos adentro, Nacho, este tipo nos mintió —dijo Sánchez.

—Mira —contestó Nacho y apuntó al oscuro cielo de la noche.

Nada podía verse en medio de la oscuridad, pero había un poco de luz de luna y pudieron notar que algo, como un pájaro, volaba encima de ellos. De pronto el halcón voló justo por encima de sus cabezas y lanzó al suelo una pequeña bolsa. Ambos guardias corrieron hasta lo que había caído. El cabo Sánchez la abrió y sacó dos doblones. Los dos guardias se miraron boquiabiertos. Cuando regresaron al interior de la prisión ambos fijaron su mirada en Maclovio, ¿quién era este hombre? Luego les explicaron a los demás lo que había sucedido y una sensación de miedo y asombro se apoderó de aquel lugar. ¿Qué clase de poderes tenía este hombre? ¿Acaso podía invocar fuerzas sobrenaturales? Y si así fuera, ¿qué significaba eso que decía acerca de su amigo? La prudencia les hubiera aconsejado a todos analizar las cosas con sobriedad y buscar explicaciones razonables, pero ahora había algo más que se estaba apoderando de aquel grupo de hombres: la ambición.

—Pongamos las cartas sobre la mesa y vayamos al fondo de esto, ¿por qué nos das oro así como así, Maclovio? —dijo el sargento Herrera.

Cada vez que Maclovio estaba a punto de hablar se mantenía en silencio por unos segundos, luego cerraba sus ojos y murmuraba algo en un lenguaje imposible de entender. Todo aquello parecía como un rito.

—El viaje que estoy a punto de emprender pasa por un bosque sumido en la oscuridad, en ese bosque oscuro vagan muchos de mis enemigos y hay muchos caminos que llevan a lugares terribles —los guardias se miraban incrédulos unos a otros, mientras que Maclovio seguía hablando—. Si no quiero perderme en el bosque de la oscuridad y si no quiero que mis enemigos me alcancen en mi camino, debo hacer algo bueno por alguien que hace algo bueno con su vida. Si así lo hago, alguien en el bosque me guiará. Le di la moneda a Nacho porque es un guardia, un hombre de justicia, y luego les di a ustedes otras dos monedas para que creyeran en su historia. Ahora me pueden llevar de regreso a mi celda, ya estoy limpio, listo para partir.

Estas últimas palabras de Maclovio crearon una tensión mucho más grande entre los guardias que el oro mismo, acababan de encontrar una fuente de oro ¿y ahora qué? No lo dejarían irse así de fácil. Ahora la ambición estaba entrando en juego. El sargento Herrera fue el que hizo la pregunta que todos querían hacer.

—¿De dónde proviene este oro? ¿Es verdad que hay un tesoro a bordo de uno de los barcos piratas atracados en el muelle? ¿Qué debemos hacer para que nos digas dónde está el tesoro?

Maclovio había vuelto a su ritual de cerrar los ojos y murmurar cosas. Después de unos segundos se quedó en silencio y abrió los ojos. Al principio mantuvo su mirada fija en el suelo, pero luego elevó su mirada hasta encontrar el rostro del sargento Herrera.

—Usted no querrá hacer eso, sargento ¿sabe usted lo que significa el oro pirata? Es el fruto del robo y la violencia, del asesinato y el ultraje. Si su ambición lo lleva a cometer tonterías, usted caerá en sus manos, él lo llevará por el camino de la perdición y usted no regresará.

—¿En las manos de quién?

—¿Quién es el padre de todo mal, sargento? —Maclovio miró en silencio a todos los hombres reunidos en aquella habitación, todos estaban afectados por sus últimas palabras, era claro que habían captado el mensaje, y luego les sonrió. Y esta vez agregó una pequeña risa de desprecio—. Usted sabe bien de quién hablo y quiero prevenirlo para que nunca haga tratos con él, pero es su voluntad la que debe elegir, no la mía. Si quiere que lo llame, lo haré y él me revelará la ubicación del tesoro, un tesoro tan grande que todos ustedes serán inmensamente ricos. Yo les diré dónde está y ustedes no tendrán que hacer otra cosa más que ir por él y recogerlo. Pero debo advertirle algo, ese tesoro tiene un dueño, mi capitán Calavera, y si usted toma el oro de mi capitán, él no estará contento.

—Tu capitán está muerto, Maclovio —dijo Sánchez con una voz fuerte pensando que sus palabras lo intimidarían, tal vez le metería algo de miedo al prisionero—. En caso de que no lo sepas, los hombres del marqués Cavallerio fusilaron al capitán Calavera y lanzaron su cuerpo al mar.

Maclovio escuchó al cabo Sánchez con calma, pero la sonrisa en su rostro no se iba, de hecho parecía que había crecido. Entonces con un tono sarcástico y burlón agregó:

—No estoy seguro de que eso fue lo que usted vio, cabo.

Luego Maclovio tomó su bolsa, sacó una botella de vidrio negra y la puso sobre la mesa. La botella era toda una obra de arte, estaba cubierta con una especie de funda metálica cubierta con imágenes de símbolos raros y en la parte superior, donde el corcho tapaba la botella, había grabado el símbolo de un ave, algo parecido a un murciélago, lo cual le daba un aire lúgubre al objeto.

—¿Me está diciendo mentiroso?

—Si quieren que lo llame, deben beber en su nombre. Deben brindar por él, él me revelará la ubicación del tesoro y yo les diré dónde está; si no brindan en su nombre, él no vendrá a mí —dijo el brujo.

Todos rechazaron la invitación de Maclovio. No se necesitaba ser un genio para saber que podía haber una trampa. Dentro de aquella botella podía haber veneno.

—¿Crees que somos estúpidos, Maclovio? Pero adivina qué, esta noche te voy a dejar que bebas tanto como quieras. Puedes acabarte la botella entera tú solo. Considéralo un gesto de agradecimiento por los dos doblones —dijo Herrera con una voz de enojo—. Bebe. Bebe, maldito brujo. Bebe o te disparo ahora mismo.

Mientras decía esto, el sargento apuntaba con su pistola a la cabeza de Maclovio y la tensión subió. El sargento pensó que había descubierto el juego de Maclovio y que había evitado su intento por envenenarlos. Pero para sorpresa de Herrera, Maclovio no parecía afectado en lo más mínimo, sino calmado. Miró al sargento con una gran sonrisa, de nuevo esa extraña sonrisa, tomó la botella y bebió un poco. Luego volvió a beber. Maclovio parecía disfrutar lo que estaba bebiendo, sonreía y movía sus quijadas como si estuviera degustando el líquido en su boca.

Cuando Maclovio estaba por tomar su tercer trago, el sargento Herrera lo detuvo, le quitó la botella y la puso sobre la mesa. Fue por unos vasos y los llenó de licor, uno para cada uno de sus cinco compañeros.

—A la salud de tu amigo —dijo Herrera mirando a Maclovio y elevando su vaso. Les hizo señas a sus colegas de que hicieran lo mismo, pero los demás estaban un poco reacios—. Él mismo bebió de la botella, nadie se envenena a sí mismo —dijo el sargento, sin embargo, todos continuaban renuentes. Entonces el sargento agregó—: Si no brindamos, no hay oro.

Todos bebieron, algunos de un trago, otros poco a poco, pero todos bebieron por completo su licor, que era bastante bueno, lo cual los hacía sentir más seguros pues no podía haber veneno en algo tan delicioso, pensaron. El sargento puso su vaso sobre la mesa y volvió sobre el negocio.

—¿Y ahora qué?

Maclovio volvió a meter la mano a su bolsa. Sacó una flauta y una vela que encendió con el fuego de una antorcha y cerró los ojos. Comenzó a murmurar y el viento, venido de no sabían dónde, empezó a ventear la flama de la vela hacia el brujo. Los guardias observaban todo aquello con cierta inquietud, sin saber si estaban mirando una farsa o algo real. Después de un minuto de ritual Maclovio empezó a hablar con sus ojos cerrados.

—Vayan al barco en el muelle, el más grande de los dos barcos piratas. Encontrarán un cofre lleno de monedas de oro sobre el castillo de proa.

Tan pronto como escucharon esto, el grupo de guardias empezó a prepararse para el corto viaje a la bahía. Estaban a punto de apoderarse de una gran fortuna.

—Traigan las armas, por lo que se ofrezca —ordenó Herrera.

—Hay algo más que debo decirle, sargento. Antes de ir al barco usted debe prevenir a los hombres que vigilan las murallas del fuerte que están en peligro.

—¿De qué estás hablando? ¿Peligro de qué?

—Cuando alguien trata con cosas con las que ustedes están a punto de entrar en contacto, puede ser que despierten algún mal augurio.

—¿A qué te refieres? —preguntó Sánchez.

—Hay otros piratas rondando el mar que han hecho un pacto con el ángel de la venganza. Algunos de esos piratas son amigos de nuestro capitán Calavera.

—Eran amigos. Nadie puede ser amigo de un muerto —dijo Herrera.

—Sí, eran amigos del capitán Calavera, y el pacto establece que si uno de ellos es asesinado, los otros vengarán su muerte. Mi amigo me acaba de decir que hay que tener cuidado —respondió Maclovio sonriendo.

—¿Estás diciendo que estamos en peligro de ser atacados?

—Tal vez, yo no conozco el futuro, pero lo que sí sé es que usted debe prevenir a aquellos que están en peligro. Yo hice algo bueno por ustedes, ahora ustedes deben hacer algo bueno por alguien más y mi amigo dice que si ustedes no previenen a sus colegas del peligro y mueren, la culpa recaerá sobre ustedes y mi amigo no podrá ser generoso con gente que deja a otros morir a su suerte.

—¿Y qué les diremos a los guardias que cuidan las murallas? No creerás que les diremos que el diablo nos atacará.

—Sólo díganles a los guardias que uno de los prisioneros dijo que existía la amenaza de un ataque pirata y tal vez sucedería esta noche, pero que ustedes no saben a través de quién o cómo se enteró. Que todos estén alerta.

Los guardias discutieron qué hacer durante unos minutos. Llegaron a la conclusión de que debían hacer lo que el brujo les decía porque si no sucedía nada y no había ningún ataque ellos no perderían nada, pero si algo sucedía y no avisaban, podrían estar en graves problemas. Así que Sánchez salió de la prisión, subió las escaleras hasta lo alto de las murallas y tuvo una breve conversación con los guardias en turno. No les dijo qué prisionero ni ningún otro detalle porque sabía que lo tratarían como a un idiota. Luego regresó a la prisión y se reunió con su grupo, quienes a punto de partir escucharon de nuevo a Maclovio.

—Un último consejo. A mi amigo algunas veces le gusta caminar por las calles en medio de la noche. Si se encuentran con él no tengan miedo, él tiene los modales de todo un caballero, pero ante todo no sean irrespetuosos.

Pusieron a Maclovio de vuelta en su celda y se alistaron para ir al muelle. Pero antes de partir surgió un problema, ¿quién se quedaría vigilando a los prisioneros? Nadie quería quedarse atrás, nadie quería correr el riesgo de que los demás se quedaran con su parte del tesoro, pero alguien debía quedarse y no podía ser sólo uno, sino dos.

—Yo me quedo, ya tengo suficiente con mi doblón y no quiero tentar al destino. No sé qué intenta hacer este hombre o a dónde nos está llevando, pero yo no hago tratos con cosas que no entiendo —dijo Nacho.

Nadie discutió su decisión. Luego pusieron cuatro pequeñas piedras dentro de la bolsa donde habían encontrado los dos doblones, marcaron una de ellas con un punto negro e hicieron una lotería. Uno de los soldados rasos sacó la piedra con el punto negro y le tocó quedarse atrás con Nacho. Momentos después el sargento Herrera, el cabo Sánchez y el otro soldado raso dejaban el fuerte. Cuando cruzaban la puerta uno de los guardias en las torres de vigilancia preguntó en voz alta la contraseña, ellos respondieron y momentos después, mientras caminaban dirigiéndose al muelle, trataban de conversar para calmar los nervios.

—Bueno, desde aquí no se ve ninguna luz sobre la cubierta del barco. Sea quien sea la persona de quien Maclovio estaba hablando ha de estar dormido y roncando como un caballo —dijo Sánchez.

—Yo estoy preocupado por los prisioneros. Esos dos que dejamos cuidándolos están aterrados, si los prisioneros intentan algo, los guardias tendrán miedo de actuar —dijo el sargento Herrera.

—No te preocupes, Carmelo. Aun cuando nosotros no estemos en el área de las celdas hay toda una guarnición vigilando el fuerte, no hay manera de que puedan escapar —contestó Sánchez.

Continuaron caminando por las calles vacías, nadie lo decía, pero todos pensaban en lo mismo, las últimas palabras de Maclovio: «A mi amigo algunas veces le gusta caminar por las calles en medio de la noche». Sus latidos eran agitados y batallaban para mantener la calma. Observaban con cuidado antes de cruzar las calles y apuntaban sus pistolas a cualquier cosa que se pareciera a la sombra de un hombre. Las calles estaban desiertas a esas horas de la noche. Un pájaro les voló por encima y Herrera casi le dispara. Luego el viento movió las ramas de un árbol y esta vez fue Sánchez quien estuvo a punto de jalar el gatillo. El temor les estaba jugando trucos y ellos lo sabían, pero aun así no podían controlarlo. Después de unos minutos llegaron al muelle y fue el sargento Herrera el primero que empezó a andar sobre el camino de madera. Sus colegas lo seguían de cerca. La brisa era suave y la noche estaba tranquila, no había ningún sonido en el aire que delatara la presencia de alguien más, lo único que los guardias podían escuchar eran el ruido de las olas estrellándose contra las rocas y el rechinar de la madera bajo sus pies a cada paso.

Llevaban una antorcha y con la luz de la luna podían ver un poco a sus alrededores, aunque era difícil distinguir la silueta de los objetos a más de diez metros de distancia. Sin embargo, la idea de estar tan cerca de un tesoro los impulsaba a continuar. Llegaron a la rampa por la que se subía al Calavera, nombre del barco y también apodo de su capitán. Cuando llegaron, todos se detuvieron una vez más y de nuevo fue el sargento Herrera quien dio el primer paso. Mientras lo hacía, tomó su arma con una mano y la antorcha con la otra. Sus dos compañeros lo siguieron de cerca. La rampa tenía tres metros de largo pero les parecieron cincuenta. Cuando estuvieron a bordo el sargento Herrera se paró en el centro de la cubierta y miró en todas direcciones, no había nadie más ahí.

—Bien. Nos dijo que encontraríamos un cofre encima del castillo de popa del capitán —dijo Sánchez.

Los tres hombres empezaron a caminar hacia la parte trasera del barco, un poco más calmados, pero aún con miedo. El castillo de popa era donde se encontraban las habitaciones del capitán, por eso es que los barcos solían tener ventanas en la parte trasera. Sobre las habitaciones también se encontraba el timón, en un piso más arriba de la cubierta principal, desde donde se comandaba el rumbo del navío, así que los tres hombres tendrían que subir las escaleras. Herrera lideró al grupo, y al llegar a la cima del castillo de popa, no encontraron ningún cofre.

—Maldición —dijo Herrera y escucharon una voz en medio de la oscuridad.

—Caballeros —esa voz los dejó inmóviles, apuntaron sus armas y la antorcha hacia donde venía: un montón de barriles.

—¿Quién demonios eres? Muéstrate antes de que empiece a disparar —gritó el sargento Herrera.

—Sí. Tenemos muchas armas. Muéstrate o abrimos fuego —dijo Sánchez uniéndose a su colega.

Los tres hombres estaban ansiosos por disparar, el único problema era que no sabían en qué dirección y apuntaban hacia todos lados. Entonces la madera del piso empezó a rechinar anunciando los pasos de alguien que se acercaba. Los tres hombres apuntaron sus armas en la dirección de donde se escuchaban los pasos y de atrás de los barriles aparecía la figura de un hombre envuelto en un abrigo negro.

—¿Quién eres? —preguntó de nuevo Herrera.

—¿Qué haces aquí!? —dijo Sánchez a punto de disparar.

—Calma, caballeros, calma —dijo la voz que caminaba sobre la cubierta hacia ellos—. Disculpen mi interrupción.

La figura envuelta en telas negras tenía una pipa en los labios, usaba un sombrero negro de ala ancha y su mano izquierda estaba dentro de sus bolsillos.

—¿Quién es usted y qué hace aquí? ¡Sáquese la otra mano del bolsillo! —ordenó Herrera.

—Caballeros, veo que les he causado un gran susto —dijo el hombre y levantó su mano izquierda—, les repito que me disculpen —el hombre fumó de su pipa y caminó hacia algo que parecía un banquillo ubicado a unos diez metros de los guardias y se sentó—. ¿Que quién soy? Alguien que tiene un asunto pendiente. Pero no se preocupen, mi asunto no interferirá con el suyo.

—De una vez por todas dinos quién eres —dijo el sargento Herrera apuntándole con el arma.

—Amigo mío, si me dispara, ¿cómo va a encontrar el tesoro?

Al escuchar aquellas palabras los tres hombres se dieron cuenta de que quien sea que fuera ese hombre era parte de la historia que se estaba desarrollando en ese momento.

—¿Cómo sabe usted del tesoro? —preguntó Herrera.

El hombre tomó una gran bocanada de humo de su pipa y la exhaló lentamente. Luego jaló una especie de manta que estaba tendida al lado de él y un cofre apareció ante los ojos de los guardias. Luego el hombre abrió la tapa del cofre y la débil luz de la antorcha se reflejó en la brillante superficie de cientos de monedas del más precioso de los metales.

—Yo estoy aquí para darles aquello que buscan.

Todos se quedaron en silencio por unos segundos. El hombre al lado del cofre continuaba disfrutando de su pipa y los tres guardias pudieron distinguir una pequeña sonrisa en los labios de aquel extraño.

—¿Por qué está haciendo esto? ¿Por qué razón un extraño reparte oro de la nada? Nadie regala oro así como así —dijo Sánchez.

—Tiene usted razón, nadie regala oro gratis. Existe una razón por la cual se los voy a dar y si piensan un poco, podrán adivinar cuál es.

Los hombres se quedaron en silencio tratando de pensar en qué podía ser aquello a lo que se refería el extraño. Todos pensaban lo mismo: «¿Acaso quiere mi alma?», pero el significado de aquella frase sonaba tan irreal y tan peligroso al mismo tiempo que nadie se atrevió a decirla. El hombre sentado los miró y sonrió.

—Si no quiere que le hagamos un agujero en el pecho, díganos, ¿por qué nos está dando ese oro? —preguntó Herrera.

—Para mí ya ni el oro ni ninguna otra riqueza de este mundo significan nada, amigos míos. Necesito dar mi oro a alguien porque me está atando a una existencia que yo ya dejé atrás. Lo único que pido a cualquier persona que me pide algo es algo simple, una muestra de cortesía —dijo apuntando a las brillantes monedas.

Los tres guardias no sabían qué hacer. Trataban una y otra vez de ver debajo del sombrero que cubría la parte superior del rostro del hombre frente a ellos pero la luz de la antorcha era muy débil y el extraño parecía ser muy hábil para esconder su cara.

—¿Qué es lo que quiere? —preguntó Herrera.

El hombre abrió otro cofre más pequeño y de éste sacó unos vasos y una botella de licor, idéntica a la de Maclovio.

—Un brindis en mi honor y una plegaria por mí —dijo mientras vaciaba su licor en cada vaso.

Los guardias pensaron que debía contener el mismo licor que la otra botella, sin embargo, aun así no se animaban a tomar los vasos. Pero el sargento Herrera ya sabía cómo poner a prueba aquella invitación.

—Usted beba primero —dijo Herrera.

—Por el bienestar de mi memoria —dijo el extraño y bebió el contenido en un trago.

Nadie entendió lo que aquello quería decir, pero todos estaban ansiosos por terminar con aquel episodio, así que elevaron sus vasos para brindar.

—Por el bienestar de su memoria, mi amigo —dijo Sánchez. Herrera y el otro guardia dijeron algo similar y bebieron de su vaso.

El licor seguía siendo bueno, no tan bueno como el de la botella de Maclovio, pero agradable. Después de que terminaron de beber, el del sombrero caminó alrededor de la cubierta; mientras lo veían alejarse un poco, Sánchez creyó notar que algo le colgaba de la espalda y llegaba hasta el suelo. «¿Es eso una cola?», pensó Sánchez, luego lo oyó decir.

—El oro es suyo.

Al escuchar aquellas palabras los guardias se lanzaron sobre el cofre abierto y hundieron sus manos en las monedas. Mientras hacían esto todos empezaron a sentir un raro adormecimiento y en medio de aquella borrasca Sánchez preguntó:

—¿Por qué quiere nuestras plegarias?

—¿Qué?, olvídate de eso, Emilio, terminemos y vayámonos de aquí —dijo Herrera.

—¿Por qué necesita nuestras oraciones? —volvió a insistir Sánchez.

—¿En verdad quiere saber? —dijo el extraño que estaba de pie apoyado contra los barriles.

Sánchez, sintiéndose un poco temeroso de la respuesta, continuaba tratando de ver debajo del sombrero. ¿Quién es el hombre que necesita que oren por él? ¿Cuál es el hombre que ya no necesita las riquezas de este mundo? En ese momento los otros dos hombres también fijaron su mirada en el extraño, su voz se había tornado más fuerte y había cambiado de tono.

—Piensen, piensen, ¿quién creen que soy? —el extraño fumó su pipa una última vez y agregó —Emilio Sánchez y Carmelo Herrera.

Cuando los dos guardias escucharon sus nombres pronunciados por aquel desconocido sintieron como si un rayo los hubiera alcanzado. Dejaron de meter monedas de oro en sus bolsillos, sacaron aprisa sus pistolas y las apuntaron al hombre.

—¿Quién demonios eres? —gritó Herrera, esta vez decidido a jalar el gatillo.

El extraño se llevó la mano al sombrero y empezó a quitárselo lentamente. Cuando los guardias pudieron ver su rostro, el terror se apoderó de ellos. Era el capitán Calavera, el mismo hombre a quien habían visto fusilar y lanzar al mar. Empezaron a dispararle. En ese momento Sánchez y Herrera se dieron cuenta de que no se sentían bien porque trataban de apuntar sus pistolas, pero algo tan sencillo como eso se les hacía difícil. Aun así el hombre estaba muy cerca y lograron atinarle al menos un par veces, pero el hombre no pareció moverse. Luego, ante sus ojos, pareció elevarse en el aire. De alguna manera su abrigo se abrió como si fueran alas. Le dispararon varias veces pero no parecía importar. En segundos la figura negra se elevó hasta lo alto del mástil principal. Entonces Sánchez, aterrado, empezó a correr hacia el fuerte. Sus dos compañeros no dudaron en seguirlo. Pero no llegaron muy lejos, habían avanzado un par de cuadras cuando cayeron al suelo.

En el fuerte, los guardias escucharon los disparos a la distancia, pero no podían dejar sus puestos. Luego escucharon una fuerte explosión y un gran incendio comenzó en el puerto, uno de los barcos ardía. Entonces sucedió lo más predecible, todos los hombres que vigilaban aquella noche recordaron la advertencia que el cabo Sánchez les acababa de comunicar momentos antes: «Existe la amenaza de un ataque pirata esta noche». Éste era un problema grave. Los hombres que vigilaban desde las torres del fuerte corrieron hasta las habitaciones del capitán Javier Esparza.

—¡Malditos piratas! —dijo al tiempo que saltaba de su cama, y mientras se vestía empezó a lanzar órdenes—. Suenen la alarma. Despierten a toda la guarnición.

—¿Quiere que llamemos también a los hombres de la fortaleza? —preguntó el asistente del capitán.

—No. Déjenlos cuidando a los prisioneros.

Los mensajeros corrieron a las barracas y sonaron la alarma. En un instante toda la guarnición estaba en pie de guerra. La treintena de guardias disponibles en el fuerte de San Juan de Ulúa se estaba preparando para ir al muelle, vistiéndose y cargando sus armas, cuando uno de los guardias en las torres vio la silueta de un hombre corriendo hacia la entrada del fuerte.

—¿Quién vive? —gritó.

—¿Cabo Emilio Sánchez? —fue la respuesta. El guardia en la torre trataba de distinguir quién era el hombre que se acercaba al fuerte pero no pudo ver su cara en la oscuridad de la noche. Podía distinguir el uniforme del hombre acercándose, pertenecía a la guarnición.

—¿Contraseña?

—¿Pedro, cinco, ocho? —respondió la voz y lo dejaron pasar.

Pero el cabo Sánchez volvió sobre sus pasos gritando que un ataque pirata se estaba apoderando del muelle y los barcos. Después, los hombres de la torre lo vieron correr, alejarse del fuerte, al parecer hacia el barco en llamas.

Momentos después, el capitán Javier Esparza montaba su caballo y corría a todo galope en compañía de sus hombres por las calles del puerto. La gente se había despertado con el sonido de los disparos y la explosión. Abrieron puertas y ventanas para ver qué estaba sucediendo.

—Métanse a sus casas —gritaban las tropas que pasaban galopando por las calles, la mayoría obedecía y se encerraba con candado y cadenas. Algunos habitantes más aventureros aparentaron cerrar sus puertas y meterse a sus casas, pero tan pronto como se alejaron las tropas, salieron de nuevo a las calles y trataron de seguir a los soldados a la distancia. Las tropas estaban llegando al muelle cuando otra explosión se escuchó por los aires y el pelotón se detuvo. Los hombres se dispersaron buscando dónde cubrirse. Reagrupados, poco a poco empezaron a avanzar hacia el barco en llamas. Dispararon varias veces, pero lo hacían por instinto porque no podían ver a nadie a bordo. Entonces alguien apuntó hacia el cielo.

—Allá. En lo alto, capitán —dijo uno de los hombres de Esparza.

—¡Santa madre de Dios! —contestó el capitán cuando miró.

La figura de algo que parecía un ser humano con alas se balanceaba en lo alto del barco, como si estuviera volando. Además, parecía estar ardiendo en llamas.

—¡Abran fuego! —dijo el capitán apuntando hacia la figura voladora.

Una tormenta de balas fue disparada hacia lo alto del barco. Entonces la figura voladora que parecía estar ardiendo en llamas se lanzó hacia el agua y desapareció.

—¡Qué demonios! —fueron las palabras del capitán y las de muchos de sus hombres—. Vamos, busquen en el agua. Quién sea o lo que sea tiene que salir para respirar. Tan pronto emerja le disparan. Pero nadie emergía.

Las tropas se quedaron en el muelle hasta que el incendio casi se apagó y los restos del barco se hundieron. El capitán ordenó una investigación de los restos del barco que se pudieran rescatar, una tarea que no se completaría hasta la siguiente mañana. Esparza se sentía abrumado, había muchas preguntas, pero nadie que las contestara. Mientras tanto, algo también muy importante, pero más discreto, estaba sucediendo en el fuerte. Nacho estaba profundamente dormido y cuando despertó Maclovio había desaparecido de su celda, el candado estaba en su lugar, pero el brujo se había esfumado. Luego, aún somnoliento, no pudo evitar mirar hacia la pared, la imagen del barco también había desaparecido.

En medio de la jungla que rodeaba el puerto de Veracruz, sobre una colina alejada, Fernando de Montpellier observaba a través de su catalejo cómo sucedían las acciones en el muelle.

—Misión cumplida, capitán y sin violencia —dijo Mowembe, uno de los africanos que acompañaba a Fernando y que había fingido ser Maclovio.

—Estupendo, Mowembe, como siempre, una gran actuación.

Cuando Fernando decidió aceptar la nueva operación que el alto mando en París le estaba encomendando, se enfrentó a un nuevo y gran reto. Fernando le había prometido al padre Escataglia que nunca mataría por venganza, odio o a sangre fría, pero ¿cómo podía entonces un espía escabullirse en territorio enemigo sin realizar esas acciones? Las circunstancias siempre lo obligaban a hacer uso de la violencia para lograr sus objetivos, entonces recordó las palabras del general Bonaparte: «Cuando no eres el más fuerte, tienes que ser el más inteligente». Ahora, sin el recurso de la violencia, sus opciones eran más limitadas, así que tendría que ser bastante creativo.

«¿Qué es lo que necesitas para desviar la atención de tu enemigo?», se dijo a sí mismo. «Dos cosas, una distracción enorme y un infiltrado en el campo enemigo que certifique la legitimidad de la distracción», se respondió. Cuando Napoleón se enfrentó a los austriacos en la batalla del puente de Lodi, sus enemigos tenían todos los beneficios que el campo de batalla les podía brindar, lo único que tenían que hacer era evitar que los franceses tomaran el puente y vencerían. Dirigieron toda su artillería a ese objetivo y concentraron todo su fuego en el puente, sería un suicidio para cualquier enemigo tratar de cruzarlo.

Pero Napoleón también sabía esto, así que sus aparentes ataques sobre el puente eran una distracción para ganar tiempo y permitirle a su caballería cabalgar río arriba hasta encontrar un lugar por dónde cruzar. Una vez que estaban del otro lado, llegaron atacando por sorpresa a la artillería austriaca. Cuando estuvieron fuera de combate, los tres generales clave de Napoleón: Lannes, Massena y Berthier, lideraron el ataque de la infantería contra el puente. En esta batalla, los austriacos perdieron dos mil hombres, los franceses sólo doscientos. Con esta victoria Napoleón entró triunfante a Milán. Fernando de Montpellier estuvo ahí y nunca olvidó la estrategia.

Así que cuando el capitán De Montpellier se enfrentó al reto de contrabandear a su equipo de más de trescientos hombres a través de las aduanas de la Nueva España pensó en algo similar. Disfrazaría a sus hombres de piratas, los metería a la cárcel y luego los sacaría, con la gran distracción del barco en llamas. ¿Cómo lograría que los guardias creyeran que la explosión y el incendio eran reales? Necesitaba alguien que perteneciera a la guarnición y que les dijera a sus compañeros que había la amenaza de un ataque pirata esa noche, y ésa fue la razón de la farsa montada por Katum, el brujo Maclovio, ante el sargento Herrera, el cabo Sánchez, Nacho y los otros dos guardias. ¿Cómo logró hacerlos caer en la farsa? Tentándolos con el cuento del tesoro pirata.

Sólo faltaba un elemento más para crear toda la farsa, la botella de vino envenenado. La cual tenía un doble fondo que se accionaba presionando un botón oculto bajo el símbolo del murciélago, un pequeño y simple mecanismo que abría una válvula que dejaba pasar un segundo líquido, un poderoso sedante alojado en la segunda cámara del fondo. Esta botella era uno más de los ingeniosos inventos de Rocco.

Otra soberbia actuación de El Gran Circo Ronchelli. Los trapecistas Bartaccio y Momolo utilizaron sus dotes de equilibristas para interpretar al capitán Calavera, primero para fingir su muerte lanzándolo al mar y después para hacerlo volar por los aires, ayudado por arneses y una soga que el cabo Sánchez vio como una cola de diablo. Todo estuvo meticulosamente preparado. De Montpellier, con su amplia experiencia en *cuirass*, le pidió a Rocco que hiciera chalecos de acero que pudieran resistir las balas, el doble fondo en las botellas de vino y una cámara con oxígeno que pudiera estar sumergida en el mar para que ahí pudieran meterse el capitán Calavera y otros hombres que pudieran caer de los barcos. Un número digno del mejor mago del escape: Zarukhan.

También los animales habían jugado un papel importante en esta actuación. Para hacer caer los doblones del cielo, Fernando de Montpellier utilizó el mismo halcón que lanzó rosas sobre el bote de Jerónimo Laroque y sus caballos, educados en la alta escuela, hicieron su aparición cuando fue necesario. Y para el acto final, después de que Maclovio, con su botella de vino, había dormido a Nacho y al otro guardia, cinco hombres De Montpellier entraron a la fortaleza de San Juan de Ulúa, le quitaron las llaves a los que estaban sedados y abrieron los candados de las celdas, dejando escapar no sólo a Maclovio o el africano Katum, sino también a todos los supuestos piratas que en realidad eran soldados del imperio francés bajo las órdenes del capitán Fernando de Montpellier. Sólo así, el espía de Napoleón había contrabandeado cientos de hombres y armas dentro de la Nueva España sin necesidad de matar a nadie. Le había costado una fortuna, pero había cumplido la promesa que le había hecho al padre Escataglia.

19

Una taza de chocolate al calor de la chimenea

No sólo el maestro de armas de Fernando de Montpellier le había enseñado a ser un legionario del imperio, a manejar la espada y las armas de fuego, como espía de Napoleón, también le había ayudado a utilizar el disfraz y la caracterización, que De Montpellier había perfeccionado en El Gran Circo Ronchelli. Artes que pronto pondría de nuevo en práctica al dejar el puerto de Veracruz y trasladarse a la capital de la Nueva España. Pero antes de llegar, pasó por Tlalpan, un pueblo al sur de la ciudad, en el que las mejores familias del virreinato tenían casas de campo y haciendas para pasar largas temporadas.

Hasta este pueblo llegó el capitán De Montpellier buscando a Ysabella Bárcenas. Ella estaba hospedada en casa de su tía Marisela. Desde ahí manejaba las relaciones comerciales de la editorial de su padre, hermano de la señora Marisela, ésta le había asegurado a su sobrina que su casa en Tlalpan podía ser también la morada de ella durante los fines de semana y podía disfrutarla como si fuera de su propiedad. Para Ysabella, una mujer con un gran aprecio por la naturaleza y con una gran inclinación literaria y poética, esta oferta era una bendición.

Ysabella disfrutaba de la jardinería, tenía la huerta de la casa convertida en un auténtico jardín de cuento de hadas. Desde hacía casi un año que llegó, Ysabella había plantado todo tipo de árboles y flores, las había sembrado siguiendo un patrón que había visto en uno de los jardines de Versalles durante su pasado viaje a Europa. Ysabella estaba combinando en su jardín la belleza de las flores naturales de América con los diseños artísticos de los maestros jardineros europeos. Cerca de ahí pasaba un arroyo, el cual utilizó Ysabella para crear un estanque de flores acuáticas multicolores. Además había un árbol enorme que hizo recordar a Ysabella los jardines de un castillo medieval de Italia. Mandó limpiar la base del árbol y cortar sus ramas más bajas para crear el efecto de una inmensa sombrilla, bajo de la cual ella se sentaba a leer y escribir sus versos.

Durante un día que Ysabella trabajaba en su jardín notó que una gran ave sobrevolaba en círculos muy cerca del gran árbol. Ysabella tuvo miedo, pensó que el ave la atacaría, sobre todo cuando descubrió que era un halcón y que traía algo entre sus garras. Antes de que pudiera hacer algo, el ave se dirigió hacia el jardín y soltó un ramo con tres rosas antes de seguir su vuelo. Ysabella tomó las flores, percibió su aroma y de inmediato supo de quién se trataba. Por fortuna el misterio no duró mucho, desde donde se encontraba, a lo lejos alcanzó a distinguir la figura de un caballero montado en un hermoso corcel negro. «Pronto llegará», se dijo y corrió a la casa a cambiarse de vestido.

La tía Marisela, que se encontraba en la cocina, miró a Ysabella pasar corriendo por los pasillos de la casa y se extrañó. Después escuchó que alguien tocaba a la puerta. Cuando fue a abrir, un caballero de apuesta figura se presentó.

—Buenas tardes, señora, mi nombre es Fernando de Montpellier. ¿Vive aquí la dama Ysabella Bárcenas?

—Antes de contestarle su pregunta, ¿quién es usted? —dijo la tía.

—Soy un amigo de Ysabella. Nos conocimos en Europa mientras ella viajaba por el viejo continente el año pasado.

—¡Oh! Sí, ahora recuerdo. Usted debe ser uno de los amigos de mi sobrina. Perdone mi rudeza, discúlpeme, para serle honesta, caballero su personalidad es poco común a lo que se encuentra uno por estos lugares, imagínese usted lo que resalta un europeo en estas tierras, por eso me extrañé bastante al verlo, pero créame que ha sido una grata sorpresa. Ahora le llamo a mi sobrina.

Marisela Salamán lo invitó a pasar y fue a decirle a Ysabella que tenía una visita. Fernando se sentó en aquella sala y experimentó entonces esa sensación de ser bien recibido, de estar a gusto y cómodo después de un largo viajes. Después de algunos minutos volvió a aparecer la tía Marisela en la sala con dos tazas de chocolate y unos pastelillos.

—Ojalá y a usted le gusten mis pasteles, joven. Le traje un chocolate y unos dulces para que coma algo mientras esperamos juntos a mi sobrina. Ya fui a avisarle que usted llegó y en un momento baja.

La tía Marisela ocupó otro sillón y empezó a preguntar a Fernando. ¿De dónde provenía? ¿A qué se dedicaba? ¿Cómo había conocido a Ysabella? Y por supuesto no podían faltar las tradicionales preguntas que en ese tiempo se le hubieran hecho a un visitante que llegaba a la Nueva España proveniente de Europa. ¿Qué personajes de Europa había conocido? ¿Si había estado en España? ¿Si había conocido al rey? ¿De qué país y de que ciudad de Europa provenía? ¿Cómo había aprendido Fernando a hablar el español de manera tan perfecta? ¿En Italia había escuelas de idiomas? ¿Qué otros países de Europa había visitado? ¿Qué otras ciudades? Tantas preguntas que Fernando respondía de buen humor.

La situación era perfecta, Fernando tomaba una taza de chocolate junto a la chimenea en compañía de una dama educada, el ligero frío de la noche lo invitaba a relajarse, la luz del fuego y de las velas hacía de aquella sala un lugar bastante acogedor, y pronto Fernando se encontraría con Ysabella.

Minutos después se escucharon unos pasos en la escalera y Fernando sintió un ligero cosquilleo en el estómago, una sensación que hacía mucho tiempo que no sentía. Ysabella estaba bellísima, con un vestido blanco y su cabello discretamente recogido, su olor a jazmín inundó de frescura el salón.

—¡Fernando! ¡Lo veo y no lo creo! ¡Qué gusto me da verte! —fueron las palabras de Ysabella mientras estrechaba a Fernando en un abrazo. —Mi gusto de verte es mucho mayor, te lo aseguro —respondió Fernando mientras abrazaba la delgada espalda de ella. Después de mantenerse así unos segundos, que les parecieron una eternidad, Ysabella lo invitó a tomar asiento.

—Tía, él es Fernando de Montpellier, uno de mis mejores amigos. Nos conocimos en Francia y fue todo un caballero, gracias a él y a sus amigos pasé unos días increíbles y conocí todo París.

—Sí, este muchacho ya me había contado algo de tu viaje por Europa. No lo he dejado descansar, desde que llegó le he estado haciendo preguntas de todo tipo —dijo la tía y se volvió hacia Fernando—. Usted me disculpará, caballero, pero es difícil escuchar de vez en cuando noticias de Europa de boca de alguien que haya estado hace poco tiempo allá. ¿Cuánto tiempo tiene usted de haber llegado?

—Llegué hace unos días y mi primer pensamiento fue visitar a mi querida amiga Ysabella.

—Qué gusto verte, Fernando, ¿vas a quedarte en Tlalpan algunos días o vas a volver pronto a la ciudad? —dijo Ysabella.

—No voy a estar mucho tiempo por aquí, pienso ir pronto a la ciudad de México, pero tampoco quiero llamar mucho la atención allá hasta que haya terminado de hacer unos preparativos.

—¿Y qué tipo de trabajo viene usted a realizar, Fernando? —preguntó la tía.

—Vengo con un grupo de banqueros que vienen a instalar una oficina sucursal de un banco europeo llamado Credito Commerciale dell'Atlantico en la ciudad de México.

—Qué interesante, caballero —dijo la tía Marisela, pero Ysabella hizo cara de sorpresa y observó a Fernando con gesto de curiosidad.

—¿Vienes con un grupo de banqueros, Fernando? No sabía que trabajaras en eso.

—Es algo complicado, después te platico los detalles, pero por el momento hablemos sobre otras cosas menos tediosas que mi trabajo. ¿Cómo te ha ido con tu poesía? —preguntó Fernando.

—¿Usted también conoce los dones de poeta de esta niña? —preguntó la tía.

—Por supuesto, y vaya que son dones bastante desarrollados, tiene usted a toda una artista por sobrina. Ysabella nos sorprendió a todos en Francia con sus conocimientos sobre literatura y poesía, es una mujer bastante talentosa.

—Muy amable, caballero. Sí, todos en la familia compartimos esa opinión —dijo la tía.

Mientras hablaban, Ysabella moría de curiosidad, ¿qué estaría haciendo Fernando en la Nueva España? Siendo un militar francés en tiempos de guerra, seguramente alguna misión importante estaba llevando a cabo. Recordó entonces el peligro que significaba para él utilizar su antiguo nombre: Juan Pedro Fernando Filizola y Serrano de Montpellier, en el virreinato de la Nueva España. Esos temas no eran propios para hablarlos frente a su tía, por lo que quiso llevar la plática hacia otra dirección, los amigos en común que habían tenido en Europa, las flores del jardín y su peculiar manera de presentarse, a través de un halcón.

—¿De qué pájaro hablas, niña? ¿Cómo que un pájaro te entregó un ramo de flores? —dijo la tía Marisela.

Ysabella rio y empezó a platicarle lo que había sucedido esa tarde justo antes de que llegara Fernando. La tía Marisela no salía del asombro al escuchar que Fernando traía consigo un halcón entrenado con el que hacía ese tipo de bromas a sus amigos. Después de reír algunas veces, Fernando se disculpó. La tarde transcurrió entre risas y anécdotas, entre chocolate y pastel. Llegada la noche, la tía Marisela invitó a Fernando a quedarse a cenar y fue hasta después de la cena que por fin Ysabella y Fernando pudieron quedarse solos. Entonces ella lo invitó a pasar al jardín interior de la casa, ese que ella había decorado con tanta pasión. Fernando sabía que Ysabella tenía preguntas que hacerle y entre aquellas flores y velas que semejaban un paraíso, guardaba silencio para darle la oportunidad de hacerlas.

—Ven, quiero enseñarte algo —dijo Ysabella y lo llevó al centro del jardín, al lugar donde estaba el gran árbol—. Es mi lugar favorito.

Fernando observaba el árbol con curiosidad, era bonito aquel conjunto de flores, pero sabía que tenía que haber algo más en todo eso para que fuera el lugar favorito de Ysabella. Ella notó en la cara de Fernando que él buscaba algo más, entonces ella jaló con su mano unas ramas hacia un lado y Fernando se encontró con otra obra de arte.

—¡Vaya, hermoso! ¡Verdaderamente hermoso! La verdad es que me sorprendes, envidio tu creatividad, Ysabella —dijo Fernando.

Hacia el interior de la cueva había veladoras encendidas, colocadas por los criados de la casa, y los acompañaba esa tarde un jarro de agua con hojas de eucalipto, así que además de ser un deleite para los ojos ese día era también un disfrute de aromas.

—Me agrada que te guste. Yo he puesto en este jardín mucho trabajo, pero es un trabajo que disfruto muchísimo, por eso no me cuesta cuidar de él.

—Pues has hecho un gran trabajo. No te enojes conmigo si te digo algo —dijo Fernando con algo de humor, pero a la vez también de precaución, mientras observaba aquellas veladoras iluminando la cueva.

Ysabella hizo gesto de curiosidad.

—¿Por qué habría de enojarme? ¿Qué me vas a decir?

—Éste es el jardín de una mujer enamorada —Fernando hizo una pausa y sonrió—. No me mal interpretes. Perdóname si te he disgustado, sé de tu dolor y no quiero nunca hacerte sentir incómoda, pero al parecer tienes mucha inspiración, mucho gusto por la vida, y eso me hace pensar que tal vez ya has aprendido a llevar mejor tu pena. ¿Cómo sigue ese corazón? —Fernando buscó los ojos de Ysabella, quien los había bajado llevando su mirada a la luz de las veladoras.

—¿Mi corazón? Honestamente no sé, creo que mejor, pero aún me cuesta trabajo dejar atrás el pasado. Desde que hablé contigo se me ha quitado un peso de encima. Desde que me aclaraste las cosas siento que la herida duele menos. No sabes cómo sufrí todos esos años imaginando a mi marido amando a otra mujer, pero gracias a ti me he desecho de esos sentimientos, y ahora me siento feliz al pensar en su memoria. Pero mejor háblame de ti, ¿qué me cuentas de Europa? —preguntó ella.

—Me ha ido bastante bien. Recuerdo que me decías que yo debía de tener un ángel muy grande en el cielo, pues creo que tenías razón.

—¿Por qué lo dices?

—Porque me hirieron en batalla y sobreviví.

—¡Dios mío! ¿Cómo fue? —dijo Ysabella llena de angustia.

—En dos partes, fueron dos heridas. No te angusties, mujer, recuerda que dicen: «Hierba mala nunca muere» —dijo Fernando mientras reía—. Te prometo evitar el combate tanto como pueda.

—Fernando, deberías de ir pensando en dejar el ejército, eres un hombre muy talentoso y puedes dedicarte a otra cosa. Además… —Se detuvo Ysabella, se dio cuenta de que estaba actuando con demasiada pasión.

La angustiaba pensar en poder perder a su amigo, pero había algo más en su angustia. ¿Sería posible? No podía ser, no se lo podía permitir, ¿cómo podía fallarle a la memoria de su difunto esposo? Hubo un silencio, ella necesitaba un momento para reflexionar sobre lo que estaba pensando. Muchos sentimientos se apilaban en su corazón y quería encontrarle explicación a todo, pero antes de que pudiera pensar Fernando, continuó hablando.

—Ysabella, te repito, prometo evitar el combate la mayor cantidad de veces que pueda. Ahora déjame contarte cómo pasó.

Mientras Fernando revivía aquellos días de batallas, la boda de Felipe y las bendiciones de su amigo Jerónimo, Ysabella ya había recuperado su compostura y ponía atención al relato de Fernando, aunque en el fondo quería encontrar las palabras para preguntarle, ahora que él se encontraba en la Nueva España, si volvería a buscar a esa mujer. ¿Por qué tenía ella que pelear con esos sentimientos esa noche? ¿Por qué no pudo haber sido en otro momento? ¿Por qué ahora tenía un interés aun mayor en conocer cuáles eran los sentimientos de Fernando con respecto a esa mujer? Durante largo rato pensó cómo hilar sus palabras para preguntarle, pero esa noche, entre la confusión de darse cuenta por primera vez de lo que crecía en su corazón por el hombre que tenía enfrente y entre su impaciencia por saber cuáles eran los sentimientos de él por su amor de juventud, Ysabella preguntó con las primeras palabras que se le vinieron a la mente:

—Fernando, ¿supongo que recibiste mi carta?

—Sí, recibí tu carta —dijo Fernando mientras suspiraba.

Ysabella no sabía si continuar preguntando acerca del tema fuera lo mejor, pero ahora su impaciencia por conocer el corazón de Fernando también afectaba sus decisiones, y esta impaciencia le decía que siguiera preguntando.

—Fernando, yo sé que eres un hombre bueno y que tienes la fortaleza para enfrentar la vida como es, ¿te puedo hacer una pregunta?

—Por supuesto. Créeme cuando te digo que no sólo te permito que me hagas preguntas, me gusta que lo hagas, y sobre todo que te intereses en mí.

—Fernando, en la carta te comenté que me he vuelto buena amiga de Sofía Ibargüengoitia, ¿qué harás si te encuentras con ella?

Fernando clavó su mirada en la luz de las veladoras buscando una respuesta. Después de algunos segundos en silencio miró a Ysabella y tomó la palabra.

—No sé, honestamente no lo sé. Creo ser fuerte de carácter para mantenerme discreto y no dejar que me ganen los sentimientos, pero tengo que aceptar que no sé cómo reaccionaré.

—¿Y si ella te ve y te reconoce? ¿Puedes estar seguro de que no correrás peligro con tus antiguos enemigos?

—Aquí es donde tengo que platicarte de algunos detalles que es muy importante para mí que se mantengan en secreto.

—¿Y cuáles son esos secretos?

—Por los motivos que tú ya sabes, he tenido que venir a la Nueva España disfrazando mi verdadera ocupación y ocultando mi verdadera identidad. A nadie, Ysabella, a nadie puedes contarle quién soy ni que soy un militar francés. En cuanto a que Sofía me reconozca lo creo muy remoto, han pasado muchos años, en ese entonces tenía el rostro de un adolescente, hoy soy ya un adulto. Además, yo ya no me llamo como me llamaba cuando viví aquí.

—¿Quieres decir que aquí en la Nueva España no te harás llamar Fernando de Montpellier, capitán de caballería del ejército francés?

—Exacto, Fernando de Montpellier no existe en la Nueva España.

—Te gusta el teatro, ¿no es así?

—Claro. ¿A qué viene eso?

—Si te gusta el teatro entonces debes haber escuchado algo muy sabio: «Detrás del trono hay algo más grande que el rey mismo».

—Sí, por supuesto. *Hamlet*, de Shakespeare.

—Pues bien, hay muchas cosas sucediendo detrás del escenario político internacional, cosas que el ciudadano común no puede ver y que es mejor que no vea, pero es ahí donde yo tengo que trabajar. Por tu propia seguridad no es bueno que te comente muchas cosas, ya con saber mi verdadero nombre estás en una posición algo arriesgada, tú misma lo sabes.

Ysabella hizo gesto de contrariedad, ahora estaba aún más confundida y tenía aún más curiosidad por saber cuál era el propósito de Fernando en la Nueva España.

—Entonces, ¿quién eres y qué haces aquí?

—Aquí soy un banquero y mi nombre es Cavallerio, el marqués Cavallerio.

20

El juego de la anticipación

APENAS SE ABRIERON LAS PUERTAS DE LAS OFICINAS DE REDACCIÓN del periódico *Nuevo Horizonte* cuando un hombre de edad avanzada, algo regordete y vestido pulcramente, entró a la sala de recepción de la empresa y se dirigió hacia un joven sentado en un escritorio cercano a la puerta que se encargaba de recibir y enviar la correspondencia que llegaba y salía de la oficina. El viejo pidió hablar con el señor Samuel Aranda, dueño del periódico.

—El señor Aranda se encuentra ocupado en una junta con su periodista de asuntos de comercio, pero no tardará en salir, si gusta, tome asiento por favor.

—Joven, si está con su periodista de asuntos de comercio, entonces le sugiero que me anuncie en este mismo instante, pues casi estoy seguro de que ellos están hablando de mí.

—Perdón, ¿dice usted que están hablando de usted? —dijo el joven lleno de curiosidad.

—Casi se lo puedo garantizar —el muchacho parecía tener ganas de darle gusto al visitante, pero estaba contrariado.

—Pero a mi jefe no le gusta que lo interrumpa cuando está hablando con sus periodistas.

—Es más, ¿qué le parece si hacemos una apuesta? Yo le daré esta moneda —el visitante hizo una pausa para sacar de su pantalón una moneda y continuó— si al avisarle usted a su jefe que yo estoy aquí, él le dice que me pase a su oficina de inmediato.

Los ojos del joven adolescente se llenaron de curiosidad, ¿quién era ese hombre?

—Disculpe, ¿ha estado usted antes en esta oficina? No recuerdo haberlo visto, ¿por qué razón estarían hablando de usted el señor Aranda y el señor Carmona?

—Sería algo largo de explicar, lo cual haría con gusto, pero le sugiero que mejor nos demos prisa para darle al señor Samuel Aranda las buenas noticias de que su mejor inversión está aquí.

«¿Su mejor inversión? ¿Quién es este hombre?», ésos eran los pensamientos de Joaquín, por lo que decidió que lo mejor sería ir a la oficina del señor Aranda a decirle que tenía una visita y dejar que su jefe se encargara del desconocido. No esperaba que hubiera muchas posibilidades de quedarse con la moneda, pero si tenía que interrumpir a su jefe alguna vez, qué mejor que fuera cuando había la posibilidad de ganar algo.

—Bien, en un instante regreso, señor —y justo en ese momento Joaquín se dio cuenta de que hasta entonces no le había preguntado al visitante su nombre—, perdón, ¿cuál es su nombre?

—Ricardo Lanfranco.

«Vaya viejo, ¿me dará realmente la moneda?», pensaba Joaquín mientras subía las escaleras que lo llevaban a la oficina del segundo piso donde se encontraba el señor Samuel Aranda, editor y dueño del periódico *Nuevo Horizonte*. Tocó con cuidado, ya sabía que a su jefe no le gustaba que lo interrumpieran, pero la moneda brillaba bastante como para no correr el riesgo.

—¿Qué quieres, Joaco?

Joaquín abrió la puerta y metió la cabeza.

—Perdóneme, señor Aranda.

—Joaco, estoy en medio de una junta, ya sabes que no me gustan las interrupciones.

—Lo sé, señor, discúlpeme, pero es que allá abajo está un viejo bastante raro que dice que es su mejor inversión.

—¿Mi qué?

—Su mejor inversión, y dijo también que casi estaba seguro que ahora mismo estaba usted hablando de él con el señor Carmona.

El periodista Carmona, sentado al otro lado del escritorio del señor Aranda, levantó la vista para ver a Joaquín y luego llevó su mirada hacia el rostro de Samuel Aranda, quien también lo miraba con curiosidad como preguntándose el uno al otro: «¿será el hombre de la carta?».

—Samuel, si está aquí tiene que ser cierto —dijo Carmona.

Samuel Aranda miraba la carta que tenía en sus manos una y otra vez, luego dijo:

— ¿Crees tú que debamos verlo, Pablo?

—Pues hasta ahora ha probado ser una buena inversión.

—¿De modo que sí estaban hablando de él? —preguntó Joaquín, aún más intrigado.

—¿Cómo sabes que estábamos hablando de él?

—Él me dijo que estaba seguro de que así era.

Samuel y Pablo se volvieron a mirar el uno al otro extrañados, luego Samuel le preguntó a Joaquín:

—¿El hombre que se encuentra abajo en la recepción se llama Ricardo Lanfranco?

—Sí. ¿Cómo lo supo? —respondió Joaquín y dio un paso dentro de la oficina.

Aranda y Carmona se volvieron a mirar reflexionando, y entonces Joaquín, viendo muy cerca de su bolsillo la moneda, se dispuso a preguntar algo, pero su jefe lo interrumpió.

—Joaquín, haz pasar al señor Ricardo Lanfranco de inmediato.

En la recepción, Joaquín le indicó al señor Ricardo por dónde llegar a la oficina de don Samuel, y Lanfranco, al pasar a su lado, lanzó la moneda al aire para que el muchacho la atrapara.

—Es tuya, hijo, te la has ganado.

El hombre subió a la oficina de Samuel Aranda, tocó a la puerta y entró al mundo de las noticias financieras y comerciales de la Nueva España.

—Amigo Aranda, amigo Carmona —con estas palabras se presentó el comerciante y financiero Ricardo Lanfranco mientras extendía su mano a los dos hombres que se encontraban en la oficina del editor del periódico *Nuevo Horizonte*. Después de los saludos y las presentaciones, Lanfranco fue al grano—: Señor Aranda, ¿le fue de utilidad la información que le envié?

—Sí, bastante. Al principio no creía que fuera auténtica, quién creería que pudiera serlo, pero también temía tener una buena oportunidad de negocios a la mano y perderla, así que envié al señor Carmona, aquí presente, a verificarlo.

—Bien, me da gusto.

—¿Le parece si ahora le pregunto yo?

—Por favor, hágalo.

—Pues lo primero que tengo que preguntarle es, ¿por qué nosotros? Ricardo Lanfranco ya esperaba aquella pregunta y tenía una respuesta preparada, pero de todos modos se esforzó en responder como si su respuesta fuera natural.

—Pues, señor Aranda, lo único que me viene a la mente es decirle que quiero hacer negocios y ustedes parecen ser personas en las que puedo confiar.

—Pero ¿por qué dice que puede confiar en nosotros? Si ni siquiera nos conocemos.

—Yo soy comerciante, señor Aranda, y aunque es cierto que nada hay mejor que el tiempo para ganarse la confianza, yo no tengo tiempo en abundancia para ganarme la confianza de mis socios, así que en vez de esperar años para solidificar una relación de negocios, prefiero mostrarle a mis socios potenciales que junto a mí pueden ganar buen rendimiento con sus inversiones. Ése es el motivo de que le haya enviado el documento que usted tiene en su escritorio.

—¿Y cómo quiere usted hacer negocios con nosotros, señor Lanfranco? —ésta era la pregunta difícil, la que Ricardo tenía que describir a detalle y con cuidado.

—Mi propuesta es en realidad muy fácil, quiero comprar el cincuenta por ciento de su periódico.

El señor Samuel Aranda primero hizo un silencio largo, después vio a Ricardo Lanfranco y a su periodista Pablo Carmona, como buscando una explicación, por último empezó a reír.

—Señor Lanfranco, ¿qué le hace a usted pensar que tengo interés en vender parte de mi editorial?

—Su periódico publica precios, tasas de cotización de deuda, tasas de impuestos a productos importados, entre otros asuntos de interés; quien quiera que lea su publicación se dará cuenta de que usted es un periodista y también de que es usted un hombre de negocios. Yo soy también un hombre de negocios y sé que para nosotros no hay nada malo en recibir ofertas, lo peor que puede suceder es que no nos gusten y tengamos que rechazarlas, pero lo mejor que nos puede suceder es que nos ofrezcan cantidades que nunca imaginamos que podrían valer aquellas posesiones que tenemos —terminó diciendo Lanfranco y notó cómo crecía la curiosidad de Samuel Aranda.

—¿Entonces quiere usted decir que ya tiene una oferta para mí?

—Así es —Aranda se quedó pensativo algunos momentos y luego se dirigió a Pablo.

—Pablo, déjanos al señor Lanfranco y a mí por unos momentos.

Pablo Carmona se sorprendió cuando escuchó esas palabras de su jefe, pero no era para menos. Se puso de pie, se despidió y salió de la oficina.

—Bueno, señor Lanfranco, estamos solos, ya puede usted hablar con más confianza. ¿Qué oferta tiene para mí?

—¿Qué le parecen veinte mil pesos en oro por la mitad de la propiedad de su periódico?

Samuel Aranda arqueó las cejas de tal forma que él mismo se dio cuenta de que debía de componer su rostro. No era para menos, Samuel Aranda había batallado durante años para reunir algunos socios que quisieran invertir con él en una publicación de noticias, había trabajado durante años para reunir menos de diez mil pesos y ahora de la nada llegaba un hombre que le ofrecía dos veces esa cantidad por la mitad de su periódico. La primera reacción de Samuel Aranda fue de cautela.

—Señor Lanfranco, seré bastante franco, ¿por qué pagaría usted semejante cantidad por la mitad de la propiedad de mi publicación? Aunque es muy fuerte la tentación, pareciera que usted es un tonto con mucho dinero que quiere jugar al periodista y se quiere divertir malgastando su dinero, no sería bueno de mi parte pensar que usted lo es y que me puedo aprovechar de su falta de conocimiento sobre lo poco que vale mi negocio en comparación con esa suma. Ningún tonto tiene en sus manos los detalles de los precios del oro, la plata y cuanto artículo valioso se comercializa entre España y sus colonias con la anticipación con la que usted los tiene. Usted sabe bastante bien que la mitad de mi periódico no vale eso, ¿por qué querría usted pagar una suma tan alta por eso?

—Bueno, siendo que usted es bastante franco, creo que mi obligación es serlo también. Verá, cualquier persona que analice los ingresos de su periódico y sus utilidades pensaría que no vale esa cantidad de dinero, y tendría razón, pero ingresos y utilidades no son lo único que a mí me interesa. Mi interés es lo que los lectores verán impreso en sus páginas, ¿comprende? Yo tengo los recursos para enterarme de ciertos sucesos antes que todos los demás. Yo le daré las noticias y usted será el primero en publicarlas antes que cualquier otro periódico.

—Pero ¿cómo puedo estar seguro de que usted me dará información auténtica?

—Usted no tendrá que imprimir ninguna noticia falsa. Todo lo que usted publicará en su periódico serán sucesos reales. Yo le daré de vez en cuando algún encabezado que usted imprimirá, el cual siempre será auténtico y comprobable.

—¿Y cómo piensa enterarse del futuro antes que los demás?

—Una vez escuché decir a un amigo que un hombre que sabe cómo funciona el juego de la anticipación posee una gran sabiduría y un gran poder. El hombre que sabe cómo jugar con el impulso de los demás, esa ansiedad que los lleva a anticiparse para ganar, ese hombre posee un arma muy poderosa. Anticipación es el nombre del juego, y yo tengo las armas necesarias para jugar.

—Si yo imprimo los encabezados que usted me pide, ¿se compromete usted a que dichos encabezados sean auténticos? Mire que no me gustaría mentir a mis lectores.

—Cualquier encabezado que yo le envíe, sus lectores lo podrán comprobar ellos mismos, no tendrá usted de qué disculparse. Pero no le voy a mentir, las noticias que le enviaré para que usted las publique podrán ser interpretadas por muchas personas de diferentes formas —el señor Lanfranco notó que Samuel Aranda hacía un gesto de no estar seguro de lo que escuchaba y se preparaba para objetar, pero antes de que pudiera hacerlo, Lanfranco le volvió a dar seguridad—. Sin embargo, usted puede estar tranquilo. Lo que usted imprimirá será verdad y lo que sus lectores hagan por ambición con esa información será responsabilidad de ellos, ¿qué le parece?

Samuel Aranda pensó en silencio mirando su escritorio, recordó que todos los editores de periódicos del mundo están de acuerdo con que el periódico debe comprometerse a imprimir la verdad, pero el lector no debe olvidar su responsabilidad al leer lo que ve impreso. Después de un momento en silencio le extendió su mano a Ricardo Lanfranco.

—Señor Lanfranco, pues si esa es la forma en la que trabajaremos, no veo por qué tendría que oponerme a nuestra sociedad.

Horas después de aquel encuentro, el viejo se sentó frente al espejo de su habitación, jaló las barbas blancas hasta desprenderlas de su rostro, luego desprendió la peluca blanca y ante el espejo quedó el hombre detrás del disfraz, el marqués Cavallerio.

21

Algo extraño en la ventana

Sofía Ibargüengoitia era conocida en la capital de la Nueva España por su gran gusto por el teatro, por organizar reuniones de amigos con actores y dramaturgos, entre ellos, Ricardo Arizpe, quien era a su vez un gran amigo de Ysabella Bárcenas. En su casa se improvisaban obras de teatro, siendo las cómicas y las románticas las de su preferencia. Entre ese grupo de amigos bohemios también había cómicos y músicos que acompañaban las veladas con sus instrumentos.

Gracias a su amigo Ricardo, Ysabella se había mantenido en constante contacto con Sofía Ibargüengoitia. Ahora que Ysabella se había instalado en la ciudad de México, Ricardo la invitaba con mayor frecuencia a esas reuniones en casa de Sofía. Ysabella había optado en un principio por no asistir muy seguido a estas invitaciones porque no quería cometer alguna indiscreción y revelar ante Sofía algún detalle acerca de lo que había sucedido con Juan Pedro Fernando Filizola y Serrano de Montpellier, pero poco a poco fue siendo seducida por las ganas de querer saber más acerca del misterio de Sofía y del hombre que por azares del destino ella, Ysabella, había tenido la suerte de conocer en Europa.

Ella buscaba acercarse a Sofía durante esas reuniones y preguntarle acerca de su pasado, intentaba platicar con ella acerca de historias dramáticas de amor escritas en obras de literatura, o acerca de canciones románticas o de cualquier otro detalle que encendiera en Sofía alguna chispa pequeña de nostalgia que la hiciera mencionar algún detalle de su juventud, de ese tiempo en el que vivió un amor que casi termina ante el altar, pero que fue interrumpido por la tragedia. Pero Sofía, aunque compartía el gusto por platicar acerca de esos temas con Ysabella, no mencionaba nada acerca de un amor de juventud perdido. Ysabella pensó que tal vez si Sofía conociera su propia historia de dolor, lograría que Sofía confiara más en ella. Entonces le platicó la forma dramática en la que ella había perdido a su marido, a un hombre a quien había amado tanto. Sofía, al conocer esta historia, se había sentido atraída a conversar cosas más íntimas, pero en el último instante se retraía y cambiaba de tema.

Ysabella ansiaba no estar atada a la obligación de cuidar el secreto de Fernando de Montpellier para poder contarle a su amiga la increíble coincidencia que la había llevado a enterarse de lo que había sucedido con Juan Pedro Fernando Filizola y Serrano de Montpellier, aquel joven de quien Sofía estuvo enamorada en sus años de adolescencia y de quien nunca más volvió a saber. Sin embargo, Ysabella comprendía el peligro de vida o muerte que significaba para Fernando que alguien en la Nueva España se enterara de ese secreto, así que se resignaba y vencía la ansiedad de violar el secreto de su amigo.

Sofía invitó de nuevo a Ysabella a una reunión de amigos del teatro en su casa, y ella había aceptado con mucho interés, pues la llegada de Fernando a la Nueva España la había inquietado y quería saber si se sabía algo en casa de Sofía con respecto a un personaje recién llegado de Europa, el marqués Cavallerio. Sin embargo, había algo más en su motivación para ver a Sofía, ahora había surgido una situación nueva que hacía las cosas más difíciles para Ysabella, que reflexionaba mientras caminaba a la casa de Sofía. Algunas cosas importantes habían cambiado desde la última vez que la había visto y ya no era tan fácil continuar comportándose de manera natural ante ella. Ysabella conocía un misterio que sin duda Sofía Ibargüengoitia no podría imaginarse y se sentía culpable al tener que ocultárselo, pero también se sentía obligada a proteger la identidad de Fernando de Montpellier, o como se hacía llamar en la Nueva España, el marqués Cavallerio.

Ysabella entró al patio de la casa de Sofía, se anunció con uno de los sirvientes y éste le abrió la puerta para después guiarla hasta el salón donde Sofía estaba con sus amigos. Cuando llegó a aquel salón, los actores amigos de Sofía, Ricardo Arizpe entre ellos, hacían una improvisada recreación teatral cómica acerca de un grupo de soldados del puerto de Veracruz que con mucho orgullo habían atrapado a unos piratas, pero dichos soldados después de tener encarcelados a los piratas tuvieron que enfrentar la burla pública por haber dejado escapar a los temerosos bandidos durante la noche porque uno de ellos se disfrazó de chamuco y asustó a todos hasta desmayarlos de miedo. Entonces el pirata disfrazado tuvo la oportunidad de liberar a sus cómplices. Dicho episodio era el chisme del día en todos los círculos de la ciudad de México, y los actores no podían dejar pasar semejante disparate sin sacarle provecho, incluso algunos empresarios teatrales hablaban de realizar una puesta en escena basada en el famoso episodio.

—Hola, Ysabella. ¡Qué gusto verte! —fueron las palabras de bienvenida de Sofía.

Cuando Sofía la saludó con un abrazo, Ysabella pudo relajarse un poco, se había puesto nerviosa pensando en cómo actuaría ella ante Sofía ahora que Fernando de Montpellier estaba en la Nueva España, pero la calidez de Sofía hacía siempre que sus amigos se sintieran bienvenidos y eso ayudó a Ysabella a despreocuparse un poco, «después de todo, somos buenas amigas», pensaba ella.

—Hola, Sofía, también me da mucho gusto verte —dijo Ysabella.

—Pasa, siéntate —dijo Sofía llevándola hasta un sillón— Andrés Felipe y Mariela, saluden a tía Ysabella—. Los niños la saludaron y experimentó un sentimiento de ternura al ver a los pequeños. A Ysabella también le dio gusto que Sofía se refiriera a ella como «la tía Ysabella».

—¿Y ahora con qué obra se están riendo? ¿De quién se están burlando estos irrespetuosos? —preguntó Ysabella.

—Pues ya conoces a Ricardo y a estos sinvergüenzas. No paran de hacer bromas acerca de esos pobres soldados, los del puerto de Veracruz, ¿has escuchado lo que se comenta que sucedió en el puerto?

—Pues he escuchado algunas cosas, pero mejor platícame tú, o mejor aún, veamos la puesta en escena —dijo Ysabella dirigiéndose a Ricardo, que portaba un sombrero negro de capitán pirata, un parche sobre su ojo izquierdo y un cuchillo en su mano que se suponía era una espada—. Sin duda alguna que con tus chistes irreverentes me quedará muy claro todo lo sucedido.

El resto de la tarde pasó entre las actuaciones cómicas de los actores y sus bromas, y tanto la representación teatral como las bromas fueron acompañadas de la música de un violín y una trompeta que eran tocados por un par de músicos pertenecientes a la orquesta del teatro de la ciudad. Los hijos de Sofía también hicieron lo suyo, a petición de todos los adultos ahí presentes los dos pequeños mostraron sus dotes, Andrés Felipe les enseñó las nuevas canciones que había aprendido a tocar en el piano, y Mariela, de apenas cinco años y por lo mismo todavía muy chica para tocar algún instrumento, les recitó una poesía. Después de ello se despidió de su público con una gran reverencia y ambos niños se fueron a dormir.

—No sé por qué se burlan tanto de un grupo de soldados que se asustaron. A cualquiera le puede suceder —dijo Sofía al grupo de actores.

—Por Dios, Sofía, ¿cómo vas tú a decir eso? Mira que no me extraña que otros piensen de ese modo, ¿pero tú? —dijo Ricardo entre risas.

—¿Me vas a decir entonces, Ricardo, que tú nunca has estado asustado? —preguntó Ysabella.

—Sí, no te voy a negar que en ciertas ocasiones a cualquiera nos puede ganar el miedo, pero yo cuando he tenido miedo he estado solo y desarmado, y en este caso estamos hablando de todo un grupo de militares, más de veinte hombres armados. Imagínate nada más, si un grupo de soldados armados le tiene miedo a un pirata disfrazado, ¿entonces que será cuando enfrenten a un enemigo de verdad? ¿A quién pueden proteger si se llenan de miedo tan fácil?

—Pues yo diría que no deberías subestimar ciertas emociones, Ricardo, no sabemos cómo reaccionaremos cuando nos encontremos con algo tenebroso hasta que nos sucede, te lo digo por experiencia. Incluso cosas tan tontas hacen que te sugestiones y te llenes de temor. Yo me creía una mujer muy valiente, pero ya van un par de ocasiones en esta semana que me he asustado por tonterías —dijo Sofía.

—¿En serio? Pues cuéntanos, no hay mejor antídoto para el miedo que la risa, quizá podamos representar algo chusco de eso.

—Pues no fue gran cosa. En la última semana vi la silueta de un hombre de negro que me dejó intrigada. Era un hombre bastante misterioso porque usaba un gran sombrero que le tapaba la cara. La primera vez lo vi en el prado a donde voy a pasear los sábados con mis amigas y los niños —al escuchar estas palabras Ysabella se puso nerviosa, ¿sería ese hombre quien ella se imaginaba? Sofía continuó con su relato—. La segunda vez lo vi montado sobre un caballo negro rondando las calles cercanas a esta casa.

—¿No alcanzaste a distinguir quién era? —preguntó Ysabella un poco nerviosa, y los demás lo notaron.

—Vamos, Ysabella, ¿no me digas que te ha dado miedo? Vaya que tengo amigas miedosas —dijo Ricardo sonriendo. Ysabella se dio cuenta de que debía controlar sus emociones o terminaría siendo indiscreta.

—No te burles Ricardo, las mujeres de manera natural tendemos a preocuparnos más que ustedes los hombres —dijo Sofía.

—Pero ¿pudiste distinguir algún detalle? —volvió a preguntar Ysabella.

—Ya les he dicho que no, el hombre usaba un gran sombrero que le tapaba los ojos, además con las solapas de su abrigo se tapaba la parte baja de la cara, por lo cual era muy difícil distinguir su boca, entonces como se imaginarán no pude ver nada.

—Pero bueno, ¿por qué te dio miedo? ¿Te siguió hacia algún lado? ¿Dónde sucedió eso? —preguntó Ricardo. Ysabella, aunque no preguntaba, estaba aún más llena de impaciencia y curiosidad.

—No, no me siguió a ninguna parte. La primera vez estábamos en el prado junto al río, donde siempre vamos los sábados, pues estaba yo ahí con algunas amigas y de pronto vimos una silueta negra que apenas se distinguía a lo lejos entre los árboles. Esa silueta nos observó un buen rato, hasta pensamos que llegaría un momento en que se acercaría a nosotros, pero no lo hizo. Estaba lejos y se tapaba la cara como ya les dije, por eso no podíamos distinguir su rostro y eso nos hizo tener algo de curiosidad por saber quién era. Lo más extraño fue que una de mis amigas que estaba conmigo ese día, Úrsula, envió a uno de los criados que nos acompañaban a preguntarle si se le ofrecía algo, pero cuando él vio que el criado se le acercaba se dio la media vuelta y desapareció entre los árboles. En ese momento no me dio miedo porque era de día y estaba en compañía de mis amigas, pero sí sentí curiosidad por saber quién era.

—Vaya, Sofía, ¿y si es un enamorado del más allá? —dijo Ricardo.

Ysabella no pudo evitar pensar en lo irónico de las palabras de su amigo Ricardo. Si ese hombre misterioso era quien ella se imaginaba, entonces casi se podría decir que, en efecto, un viejo enamorado de

Sofía había regresado de la muerte, no una muerte física, pero una muerte a la que fue condenado por el olvido. Entonces Ysabella tampoco pudo evitar sentir algo de tristeza, ella no lo sabía todavía, o quizás se rehusaba a aceptarlo, pero tal vez esa tristeza eran celos.

—No juegues, Ricardo, mira que me asustas —respondió Sofía mientras Ysabella salía del silencio de sus reflexiones.

—¿Y cómo fue el segundo encuentro? —preguntó Ysabella.

—Pues no fue un encuentro, yo estaba en casa, leyendo frente a la chimenea mientras Mariela y Andrés Felipe hacían sus deberes de la escuela. Era casi de noche y yo estaba a punto de meter a mis hijos a la cama, entonces, de pronto vi algo extraño en la ventana, era la misma figura, ese hombre cabalgaba cerca de mi casa, por las calles que dan a mi ventana. Aunque oscurecía, pude distinguir su figura. Mi reacción natural al verlo a través de la ventana fue la de asustarme, ustedes ya se imaginarán, entonces le grité a Jacinta y a Alfonso, los sirvientes a cargo del patio frontal de la casa, y ellos vinieron hasta mí a hacerme compañía. Entonces les pedí a Jacinta y Alfonso que avisaran al resto de los sirvientes para que fueran a ver quién era el hombre que andaba rondando cerca de la casa, pero no encontraron a nadie.

—¡Hombre! Sofía, debes avisar a tu esposo, mira que si ese hombre, quien quiera que sea, anda rondando tu casa en la oscuridad, no puede ser con buenas intenciones. Tal vez quiera hacerles daño a ti o a tu esposo, él es un alto funcionario del gobierno y tú eres muy conocida, amiga del virrey y de gente muy distinguida —dijo Ricardo exaltado y con algo de preocupación.

—¿Por qué dices que te asustaste por tonterías, Sofía? Eso no es ninguna tontería, a cualquiera le puede dar miedo algo así porque puede ser algo peligroso. Nadie puede estar seguro de nada hasta que alguien sepa quién es ese hombre —dijo Pablo, uno de los músicos.

—No, no es algo tan peligroso como eso, déjenme terminar de platicarles y ya verán porque digo que son tonterías. Gracias a Dios se me pasó el susto inicial cuando al día siguiente Jacinta y Alfonso preguntaron en las cercanías de la casa si alguien había visto a un hombre vestido de negro y montado a caballo. Resultó entonces que en una casa cercana a la nuestra, apenas un par de calles al oeste, una familia dijo haber recibido a un hombre con esas características, vestido de negro y montando un precioso caballo del mismo color. Resulta que el hombre era al parecer un empresario muy rico que acababa de llegar a la ciudad de México y preguntaba por la dirección de la casa del conde de Santángelo, ministro de comercio, o sea mi marido, porque necesitaba hablar con él acerca de unos permisos gubernamentales que necesitaba. La familia que vivía en esa casa le dijo cuál era nuestra dirección y por eso es que el hombre anduvo en las cercanías, ¿ya ven por qué les digo que eran tonterías? Ese hombre buscaba direcciones y yo lo tomé por algo peligroso. Lo mismo les ha de haber pasado a los soldados, se llenaron de miedo por algo insignificante y no supieron qué hacer, así es la mente, nos juega trucos.

—Pero Sofía, yo no creo que la cosa sea tan sencilla, si no tenía ninguna otra intención más que preguntar por tu esposo, ¿por qué se alejó la primera vez que lo vieron tú y tus amigas en el parque? ¿Por qué quiso ocultarse? —dijo Ricardo.

—Tienes razón, a mí también se me hace sospechoso que haya actuado así la primera vez en el prado —respondió Sofía.

—¿Y se ha vuelto a presentar? Ya sabe dónde vive tu esposo, ¿se ha presentado aquí? —preguntó Ysabella con impaciencia.

—No, yo esperaba que se presentara aquí al siguiente día, pero no lo hizo. Entonces pensé lo peor, que era un bandido y que se estaba informando de donde vivía mi marido para intentar algo contra él. Pero hay varias razones por las que pienso que ese hombre desconocido no es un criminal, ¿para qué se iba a arriesgar dejando huellas de su presencia? ¿Para qué se iba a arriesgar presentándose en las casas vecinas? Si fuera un criminal, buscaría pasar desapercibido. La dirección de nuestra casa la hubiera podido obtener sin necesidad de dejar huellas de su presencia. Además, la familia que lo recibió y le dio nuestra dirección, dice que ese hombre era todo un caballero, muy distinguido y educado, una descripción muy alejada de lo que es un criminal, ¿no creen? Al final, nuestra casa cuenta con muchos sirvientes y guardias que cuidan a mi marido, sería tonto intentar robar algo o intentar hacer daño justo aquí. No sé, pero no creo que sea un bandido, yo pienso más bien que fui víctima del miedo y pensé tonterías, van a ver que ese hombre no tarda en presentarse en la casa y el asunto quedará aclarado.

El grupo de amigos continuó platicando hasta avanzada la noche, unos insistían en que el hombre misterioso era un bandido, otros en que era un hombre rico. La discusión concluyó con todos los amigos de Sofía insistiéndole en que le comunicara a su esposo lo ocurrido y solicitara a los agentes de policía del virrey que investigaran el asunto, y ella, con tal de tranquilizar a sus amigos, les dijo que haría todo lo prudente. La pequeña fiesta tuvo que llegar a su fin y los amigos se marcharon cuando el esposo de Sofía, el señor Gonzalo Fernández de Córdova, conde de Santángelo, llegó a casa. El conde había estado largas horas en el palacio del virrey alistando informes que tendría que presentar ante la Junta Suprema Central en Sevilla cuando visitara España en su siguiente viaje. El grupo de amigos se despidió del conde y de Sofía, la última en irse fue Ysabella.

—Bueno, querida, prométeme que vendrás a la siguiente puesta en escena de nuestra sociedad de teatro —dijo Sofía.

—Sofía, tú sabes que me encantaría, pero estoy de luto —le respondió Ysabella.

—Ysabella, créeme que te respeto y no quiero ofenderte, pero ya es tiempo de que creas que eres libre. Has cumplido ya con el luto necesario, vamos, piénsalo.

—Te prometo que lo pensaré —respondió Ysabella, que apreciaba bastante los esfuerzos de Sofía por animarla.

Mientras que Ysabella se alejaba de la casa de los condes de Santángelo, una silueta negra montada sobre su caballo observaba desde un callejón, era Fernando de Montpellier, bajo el amparo de la oscuridad.

22

La torre y el paisaje

DESPUÉS DE LA MISA DE LAS SIETE DE LA MAÑANA, EL PADRE JUAN
Martín Ochoa se dedicó a atender al marqués Cavallerio, quien
le había hecho al padre Juan Martín una sencilla petición, que les
permitiera subir al campanario de la iglesia a él y a dos de sus amigos
para estudiar la arquitectura de la región. El padre no pudo negarse,
menos después del regalo que recibió para su parroquia, una figura de
la Virgen del Pilar tallada en madera por artesanos venecianos muy
hábiles. El padre Juan Martín había estudiado en Roma parte de su
educación sacerdotal y le agradaba tener la oportunidad de saludar a
visitantes italianos de vez en cuando.

El padre Juan Martín notó que aquellos hombres eran bastante
fuera de lo común, el marqués Cavallerio tenía un claro tinte europeo,
pero el otro que lo acompañaba tenía una piel oscura diferente a los
negros de África, Zarukhan era de la India. Al marqués y al hindú los
acompañaba Rocco, también de porte europeo. El padre Juan Martín
preguntó a sus visitantes bajo qué circunstancias habían tenido la oportunidad de conocerse semejantes personajes de tan distintos orígenes
y las respuestas que obtuvo del grupo fueron bastante entretenidas.
Todas esas respuestas estaban enmascaradas, el marqués no diría los
verdaderos detalles de su comitiva, pero aun así eran muy buenas. El
marqués era socio de El Gran Circo Ronchelli y Zarukhan era el mejor
ilusionista de Europa, a quien le gustaba estudiar íconos religiosos. El
Circo había decidido venir al continente americano a probar suerte
justo en el momento en que uno de sus socios, el marqués Cavallerio,

partía hacia ese continente para pro-mover nuevas inversiones de su casa financiera en la Nueva España, así que los cirqueros y el marqués no dudaron en viajar juntos. El joven Rocco se había unido a la comitiva que viajaba desde Europa junto con el marqués y los cirqueros, su trabajo era como ingeniero y arquitecto para cualquier proyecto minero o de construcción que financiara la casa bancaria del marqués.

—Pues vaya, marqués, que tiene usted amigos de todo el mundo —dijo el padre Juan Martín— y más me gustaría tener, padre. ¿De dónde es originario usted?

—De la más hermosa tierra en América, de Guadalajara, marqués. Yo insisto en que la historia está equivocada, yo estoy seguro de que nuestra santísima madre María de Guadalupe no se apareció al indio Juan Diego en el cerro del Tepeyac, ella se apareció en el cerro de La Reina. Pero bueno, todo sea porque nuestra señora de Guadalupe nos ayude a hacer de estos mexicanos cristianos más devotos, ella sabía que en Guadalajara tenemos fe de sobra, así que dejó que se corriera el rumor de que había sido en el Tepeyac donde se apareció. Pero los jaliscienses no nos sentimos menos, nosotros tenemos a nuestra señora de Zapopan y le garantizo que concede más milagros que la de Guadalupe, no porque nuestra madre haga distinciones entre sus hijos del Valle de México y de Occidente, sino porque allá le pedimos con más devoción.

—Pues vaya, padre, que mientras la competencia sea de devoción es buena competencia.

—Y hablando de devociones, hijo, ¿por qué no habéis comulgado? Al único que vi de ustedes recibir el sagrado sacramento fue a este muchacho, y el padre Juan Martín puso su mano sobre el hombro de Rocco.

El marqués se quedó en silencio un instante, mirando hacia el suelo. Luego hizo una seña a sus compañeros de que se adelantaran y empezaran a subir la escalera que llevaba a la torre del campanario. Cuando estuvo a solas con el padre Juan Martín se sintió a gusto para hablar de esos temas difíciles para un soldado.

—Qué le puedo decir, padre. Creo yo que no soy digno de semejante honor —dijo el marqués.

—Pero ¿por qué dices eso, hijo mío? No hay pecado que la gracia de nuestro señor Jesucristo no pueda aliviar.

—Si usted conociera mi pasado, padre, se sentiría como yo.

—Hijo no sé qué hay en tu pasado, me imagino que cosas no muy buenas, pero ¿qué no recuerdas que nuestro señor no vino a llamar a los justos sino a los pecadores?

—Le prometo meditar sus palabras, padre, y cuando me sienta lo suficientemente honorable para poder compartir su devoción, entonces vendré a usted con un corazón contrito. Tengo que confesarle que desde hace mucho tiempo me falla la fe, pero el ejemplo de hombres como usted, con esa devoción y convencimiento, me hace recuperar la esperanza, porque aunque no comparta yo su fuerza para creer en Dios, sí comparto su admiración por aquellos que entregan su vida por luchar por sus ideales. El ejemplo de su valor, eso que lo lleva a usted a entregar su vida por aquello que ama, me hace saber que sus ideales son honorables, y si creo saber algo del cristianismo, es que una característica que compartieron todos los santos es que fueron hombres de honor. Discúlpeme si por el momento no tengo la fuerza para entregarme a la fe, pero si un día me siento digno del santísimo sacramento y necesito de un sacerdote amigo que me ayude a comulgar y a recuperar la esperanza, le prometo venir a visitarlo.

—Te lo agradezco. Hijo, yo sé bastante bien que la conversión de un alma lleva tiempo porque quieres luchar por ser digno de acercarte a Dios, pero no olvides esto, no serán tus logros los que te hagan digno de él, sino la humildad para reconocerte como su criatura y reconocer que él es el único que tiene el poder de perdonarte. El dolor está en renunciar a nuestros criterios y en aceptar los de él como lo correcto. Pero se ve que eres un alma buena y confío en verte por aquí de nuevo.

El marqués subió junto con el padre Juan Martín a la torre del campanario y entonces el presbítero les dio a los europeos una amplia descripción de las edificaciones más llamativas que se veían en el paisaje desde lo alto de la torre.

—Conoce usted muy bien la ciudad, padre —dijo Rocco.

—Después de veinte años de vivir aquí sería un pecado no conocerla. Bueno, muchachos, siéntanse libres de usar esta torre, pero ¿cuánto tiempo se piensan quedar a disfrutar el paisaje?

—Lo suficiente para que nuestro buen Rocco haga unos dibujos de este hermoso paisaje, padre —respondió el marqués.

—Bueno, tómense todo el tiempo que quieran, discúlpenme que

los deje solos, yo tengo que volver a mis labores. Las fiestas patronales están cerca y, como se imaginarán, tengo mucho trabajo, ¿puedo esperar verlos por aquí para celebrar las fiestas?

—No tenga duda, padre, que si para algo somos buenos, es para celebrar —dijo Rocco.

Rocco y el marqués besaron la mano del viejo presbítero mientras éste les daba la bendición y se despedía. Zarukhan no besó su mano, pero le hizo la reverencia que se hace en India a los sacerdotes de los templos budistas en señal de respeto. Una vez solos, los hombres pusieron manos a la obra. Rocco sacó de su portafolio unos rollos de papel bastante grandes y unos lápices mientras que el marqués y Zarukhan observaban el horizonte con ojos escrutadores.

—¿Ves el palacio? Ese edificio grande de dos pisos —le preguntó el marqués a Zarukhan mientras que con el dedo le señalaba el palacio del virrey.

—Sí —respondió el hindú.

—Ése será uno de los puntos clave —dijo el marqués.

—Será algo complicado porque es un edificio de piedra, lo que quiere decir que sus paredes deben tener cimientos muy profundos. No será difícil, pero requerirá mucho trabajo. También nos favorece que todas las calles que lo rodean estén empedradas, eso ayudará a ocultar la ruta de escape —dijo Zarukhan.

—Anótalo, Rocco, y traza el mapa de las casas alrededor del palacio, tenemos que saber quién es dueño de cada casa y la distancia a la que se encuentran del palacio. ¿Qué tan lejos crees que debemos poner la primera puerta? —dijo el marqués volviendo su mirada a Zarukhan, mientras Rocco ya hacía sus trazos sobre el papel.

—Las puertas en la calle deben estar algo lejos del palacio y sobre calles que no den hacia él, tenemos que ubicarlas de manera que quien salga del palacio por la puerta principal o las laterales te pierda de vista un instante, es decir, que tenemos que ubicarlas sobre las calles al doblar la esquina. Así, si alguien te persigue, sabrás que debes doblar en la esquina para que te pierdan de vista un instante y cuando ellos lleguen se llevaran una gran sorpresa.

—Bien, Zarukhan. Rocco, asegúrate de incluir en el mapa las calles que rodean al palacio, piensa en el palacio y en las ocho cuadras de alrededor, las de enfrente y atrás, las de los lados y las de las cuatro esquinas, inclúyelas todas en el mapa y toma nota de las calles que rodean todo ese conjunto de edificaciones. Luego haz lo mismo en otro mapa, pero incluye todas las edificaciones en un radio de dos manzanas desde el palacio.

—Sí, marqués —contestó Rocco mientras dibujaba líneas y diagramas en sus rollos de papel. Luego el marqués dirigió su dedo hacia otra dirección y le habló a Zarukhan.

—¿Ves el cuartel militar?

—Marqués, entiendo lo que usted quiere hacer y le ayudaré en todo lo que me ordene, pero es mi deber aclararle que soy un ilusionista, no un mago. Puedo engañar a sus perseguidores, pero hasta cierto punto. El engaño se complica mientras haya más personas por engañar y el escape se complica mientras más perseguidores haya que dejar atrás. Intentar cualquier cosa contra un cuartel militar lleno de soldados armados es una apuesta bastante riesgosa.

—No te preocupes, Zarukhan, nunca intentaría nada tan temerario de manera deliberada, pero siendo ése el cuartel militar que resguarda esta ciudad, algo me dice que tengo que tener cartas bajo mi manga cercanas a esa construcción.

Zarukhan asintió con la cabeza reflexionando en silencio. El marqués tenía razón, mejor tener las armas a la mano y no necesitarlas, que necesitarlas y no tenerlas. Pero siempre que el marqués le encomendaba algún plan de escape a Zarukhan resultaba que éste casi siempre había sido utilizado. Zarukhan recordaba cómo en varias ocasiones sus planes habían rescatado al marqués justo al filo de ser atrapado.

—Bien, en ese caso también debemos hacer lo mismo alrededor de esa edificación, pero aquí creo que debemos agregar algo. ¿Le gustaría tener a su disposición un ejército de cañoneros para aterrorizar a sus enemigos? —el marqués lo miró con curiosidad, trataba de imaginarse el plan de Zarukhan, pero estaba teniendo algo de problemas para dar con la idea la propuesta—. Usted sabe, algún túnel por aquí, otro por allá, un poco de dinamita bajo las calles —dijo Zarukhan ante el silencio del marqués.

—¡Eres un genio, mi buen mago! Por supuesto, tienes razón —después el marqués se volvió hacia Rocco—: ¿Escuchaste, Rocco?

—Sí, marqués, ya lo estoy anotando. Además de los túneles podemos agregar brea para iniciar incendios, mezclas químicas de humo para dificultar la visibilidad, ¿se acuerda de aquella poción que me encargó, marqués? Pues ya la tengo lista y es muy efectiva —agregó Rocco.

—Perfecto —dijo el marqués conteniendo la emoción, Rocco y Zarukhan eran dinamita juntos.

Un agente encubierto siempre sabía que mientras más rutas de escape tuviera y más tiempo de alerta para reaccionar, más eran las posibilidades de salir con vida en caso de enfrentarse a algo inesperado, así que estudiaba el horizonte buscando otros puntos clave en los que debía tener recursos a la mano.

El grupo de hombres se pasó la mañana analizando muchos otros lugares de riesgo para las operaciones de Fernando de Montpellier, agente encubierto del imperio francés. Después de anotar una docena de edificios, el marqués sintió que ya había terminado, si necesitaba escapar alguna vez, le sería muy difícil a sus perseguidores atraparlo, siempre era bastante difícil atrapar a alguien cuando no se sabe dónde está. Pero entonces el siempre alerta Zarukhan hizo otra sugerencia.

—¿Me permite sugerir otro lugar, marqués?

—Por supuesto.

—El panteón —dijo Zarukhan.

23

Volver a verte

Entrada la noche, las calles estaban desiertas. A pesar de que ese barrio de la ciudad era de grandes y lujosas mansiones, había una dama que estaba despierta. Como no podía dormir, encendió una vela, tomó un libro y empezó a leer. Su nombre era Úrsula. Pero cuando apenas acababa de terminar la primera página escuchó el sonido de un carruaje en la calle. Al adivinar cuál sería el destino al que podía dirigirse, la curiosidad se apoderó de ella. Lanzó el libro a un lado, saltó afuera de la cama y se puso una bata. Apagó la vela, entreabrió un poco las cortinas y se dedicó a su pasatiempo favorito: espiar la casa de enfrente. Ella disfrutaba de cualquier chisme, pero los que salían de la casa de su vecina eran, en especial, suculentos. La mujer que vivía en frente de su casa era rica, bella y viuda. Era famosa por haber viajado en toda América y Europa y por tener todo tipo de «amigos». «¿Quién sería su visitante esa noche?», se preguntaba Úrsula.

Úrsula miró el carruaje aproximarse, luego se detuvo, justo en frente de la casa. El visitante tendría que ser un hombre acaudalado porque los caballos que jalaban aquel transporte eran magníficos, la luz de las antorchas a la entrada de la casa era débil, pero aun así alcanzaban a iluminar la escena justo lo suficiente como para distinguir la finura de los animales. Entonces se abrió la puerta del carruaje, para suerte de Úrsula el pasajero se bajó por la puerta que daba a la casa de ella y tuvo la oportunidad de verle el rostro. «Veamos, ¿quién eres? ¿Quién eres?», se dijo en susurros pues el hombre hacía lo posible por ocultar su cara.

—Ésta es la dirección, marqués —dijo Katum, quien dirigía el carruaje y estaba sentado en el asiento del conductor.

—Aquí espérame —le dijo Fernando de Montpellier y entró por la puerta que estaba entornada— Buenas noches, Güera —fueron sus primeras palabras hacia la mujer rubia que lo recibió.

—Buenas noches, Juan Pedro, bienvenido a mi casa —Fernando se sorprendía siempre un poco al escuchar aquel saludo, nadie lo había llamado así en un largo tiempo.

—Llegué justo a tiempo.

—Se supone que un oficial militar es siempre puntual. Ven conmigo.

Ella lo llevo a la biblioteca de la casa, una sala con paneles de madera en las paredes, con una gran chimenea y varios sillones. Bien, pensó él, la noche estaba algo fría. Fernando se quitó su capa y se sentó cerca de la chimenea. Era extraño estar ahí, en presencia de alguien que lo había conocido durante sus años de adolescente, alguien que había conocido a sus padres.

—Bonito vecindario —dijo el capitán francés disfrutando del fuego.

Pero su meditación fue corta. Ella apareció frente a él con una copa de brandy que puso sobre una mesita al lado de su sillón y con una hoja de papel que le entregó a Fernando.

—¿Los conoces? —preguntó él.

—No, el hombre que me dio esa lista dijo que eran gente leal, pero no los conozco. Ten mucho cuidado.

—Siempre lo tengo —respondió Fernando.

—Hablo en serio. Nunca sabes. Puede haber un traidor entre ellos. Fernando recordó que ella no estaba familiarizada con su currículo, ella sólo sabía que él era alguien enviado por Bonaparte, y en realidad no lo conocía. La miró a los ojos con la actitud de alguien casi enojado.

—Créeme, Güera, siempre tengo cuidado.

—¿Cómo te les acercarás sin exponerte, sin descubrirte? —dijo ella con tono más calmo.

—Déjame eso a mí. Ahora, en vez de preocuparte por mí, deberías preocuparte por ti misma. ¿Estás segura de que nadie sospecha que los visitantes de esta casa pudieran ser conspiradores contra el rey de España, Fernando VII?

—No, Fernando, en lo más mínimo. Podrán sospechar otras cosas, pero no eso.

—¿Otras cosas? ¿Qué cosas?

—Bueno, por ejemplo, existe esta mujer que vive justo enfrente de mi casa. Se la pasa espiándome. Según dicen, se queja mucho de mí, pero soy su mejor entretenimiento. No es que me importe, pero habla de mí todo el tiempo. Es posible que te haya visto llegar. Fernando se preocupó un poco al escuchar esto. ¿Por qué habría de importarle lo que una mujer amante del chisme dijera sobre él?

—Mientras no sepa quién soy yo no me interesa en lo más mínimo —cuando Fernando dijo esto, la Güera pensó en un pequeño detalle que convertía las palabras de Fernando en algo irónico.

—Fernando, cuando te vi en París hace un año, en el hotel del club de oficiales, ¿a quién esperabas ver?

Fernando sabía que no podía mentir, ella conocía su historia con Sofía. Cuando entró a esa habitación de hotel, él esperaba ver a Sofía, él nunca lo dijo, pero ella podía presentirlo. Fernando, como acostumbraba a hacerlo cuando no sabía cómo reaccionar, se mantuvo en silencio y mirando a otro lado, al fuego en la chimenea.

—Tenías lágrimas en los ojos, es claro que no encontraste a quien estabas buscando, y yo creo saber quién es —Fernando trató de responderle a la Güera, pero ella lo interrumpió con la delicadeza de una mujer diestra en manipular los sentimientos íntimos de los hombres—. No, por favor, no hay necesidad de explicaciones, y te pido que me perdones si me he metido en donde no me llaman. Quería recordarte que ella es ahora una mujer casada, así que cualquier cosa que hagas, ten mucho cuidado —Fernando, sin reaccionar, siguió mirando los troncos arder en el fuego—. Por cierto —agregó la mujer rubia—, esa mujer que vive en frente de mi casa es amiga de Sofía.

Fernando trató de moderar su sorpresa y logró mantener su rostro duro como una piedra sin mostrar ninguna emoción, pero María Ignacia Rodríguez, o la Güera Rodríguez, como la llamaban en la ciudad de México, notó una emoción en él. Ella conocía la trágica historia de amor y sabía lo mucho que él quería saber de la vida de Sofía, pero ¿qué de bueno podía resultar de ello?

—¿Y dices que pudo haberme visto entrar aquí?

—No lo sé, es algo tarde, lo más probable es que ya esté acostada, pero no me sorprendería si te vio.

—¿Y qué crees tú que ella pensará que soy?

—Lo más probable es que piense que eres mi amante —dijo y le dio un trago a su copa de vino.

Esta vez la reacción negativa fue visible en el rostro de Fernando. Él no quería que Sofía pensara eso en absoluto y luego recordó a alguien más, a Ysabella, quien se molestaría bastante al escuchar esos rumores. Fernando se sintió bastante incómodo.

—¡Dios! —dijo Fernando en un suspiro mientras cerraba sus ojos y ponía la mano sobre su frente. Luego tomó un fuerte trago de su vaso de brandy también.

María Ignacia Rodríguez, o la Güera Rodríguez, fue una de las mujeres más bellas y ricas de México. Se volvió famosa después de la guerra de independencia por haber estado involucrada con los libertadores, la facción rebelde, pero también se hizo famosa por sus muchos amantes. ¿Que alguien los viera a ella y Fernando juntos esa noche? La mesa estaba servida para los cazadores hambrientos de chismes de aquella ciudad.

Sofía y un grupo de amigas llevaban a sus hijos de día de campo. Era sábado por la mañana y la pradera se encontraba en medio de dos pequeños montes, por donde pasaba un río. El viento impregnaba de rocío, el rostro de Sofía por lo que el lugar era fresco y especial, con olores a flores, tierra mojada y hojas de eucalipto. A pesar de todo, aquel momento le provocaba una ligera punzada de tristeza, pero a la vez ella ansiaba que regresara, era una memoria nostálgica que, aunque traía consigo algo de dolor, la conservaba porque le recordaba tiempos de felicidad.

Las risas de los amigos y los juegos de los niños ayudaban a Sofía a concentrarse en lo que estaba pasando a su alrededor. El menor de sus hijos varones, Andrés Felipe, jugaba con los hijos varones de sus amigas, lanzando cosas al río y, para desagrado de sus madres, los audaces niños siempre jugaban también a balancearse sobre los postes del pequeño muelle en el cual se ataban algunas embarcaciones.

Su hija Mariela jugaba con las otras niñas y se divertían con todo tipo de muñecas, desde las más sencillas hechas de trapo por sus mamás, hasta las más lujosas compradas en las tiendas de la ciudad de

México o traídas desde Europa. Gonzalo, el hijo mayor de Sofía no estaba presente, se encontraba internado en la academia militar.

Mientras los niños hacían de las suyas, sus madres disfrutaban sentadas sobre los diversos manteles que habían traído para el día de campo, comiendo pastelillos y platicando de los diversos chismes que corrían en la sociedad de la ciudad de México y en el resto del virreinato. Úrsula de Sandoval era ya de por sí una mujer con muchos temas de conversación, pero ese día en especial había un tema del cual no podía parar de hablar.

—¿Alguien de ustedes lo ha conocido en persona? —preguntó y la respuesta fue un «no» unánime—. Pues yo tampoco, pero la curiosidad me está matando. En principio mi inquietud por conocerlo era poca, pensé que sería un comerciante más que proviene de Europa queriendo hacer negocios en América y que buscaba impresionar al virrey para ganarse sus influencias, y la verdad es que vaya que lo impresionó. Primero en la fiesta de cumpleaños del virrey envía una máquina que yo hubiera jurado que estaba endemoniada, todavía no entiendo cómo se movía por sí sola esa cosa, y eso antes de llegar a nuestro país. Luego llega al puerto de Veracruz armando un escándalo. Todavía ni siquiera lo ha visto nadie y ya su nombre es sinónimo de problemas.

—Yo creo que es injusto que pienses que lo de Veracruz fue culpa suya. A mí me parece que fue todo lo contrario, los veracruzanos hubieran sufrido un ataque pirata de no ser porque ese hombre se les enfrentó en alta mar; los derrotó y los capturó. Luego les perdonó la vida para darle a nuestro virrey el derecho de disponer de los bandidos conforme a su legítimo derecho. Yo pienso que el hombre es respetable —respondió Claudia a Úrsula.

—Pues si tan siquiera los hubiera mantenido capturados, pero se le escapan después de que los deja en la cárcel del puerto —dijo Úrsula.

—Eso fue culpa de la guardia del puerto, no suya. Él ya había abandonado el puerto y se dirigía a la ciudad de México —dijo Claudia.

—Claudia, la situación es la misma. Ahora hay un centenar de piratas rondando nuestros bosques. Ya nadie puede ir a Veracruz seguro y tranquilo. Y yo creo que esos piratas nunca se hubieran acercado a costas mexicanas si la caravana de ese hombre no se hubiera acercado a nuestras tierras. Ese hombre trae consigo la mala suerte.

—¿Segura, Úrsula? Pues a mí me comentó mi esposo todo lo contrario, me dijo que el marqués es todo un banquero italiano, relacionado con las casas bancarias más grandes de Europa y que trae bastante dinero para invertir en la Nueva España. Yo creo que eso no es mala suerte. Además, trae consigo a todo un grupo de marinos mercantes de lo más educados y bien portados, yo creo que es una buena oportunidad para que algunas de nuestras hijas o sobrinas conozcan jóvenes Europeos —fueron las palabras de Mayra.

—Pues ustedes saben que yo temo mucho a los augurios y el hecho de que haya sido recibido a cañonazos por piratas no augura nada bueno. Además, si es un hombre de tan buena reputación y si trae buenos proyectos a esta tierra, entonces ¿por qué no ha hecho su presentación en sociedad? —retó Úrsula.

Sofía observaba a sus hijos jugar a la vez que se mantenía interesada en la conversación. Se preocupaba algunas veces cuando veía a Andrés Felipe y a los demás niños subir a un pequeño bote atado al muelle y jugar a mecerse sobre él para ver quién se caía, pero por suerte todo quedaba en juegos. Mientras tanto, cuando Sofía oyó las razones que daba Úrsula para que un hombre evitara presentarse ante la sociedad, sintió que debía expresar su opinión.

—Yo no creo, Úrsula, que ese tal hombre tenga que presentarse en sociedad para demostrar su buena voluntad. Es más, tal vez lo mejor para él es ser discreto, pues si como dicen tantas personas que es un hombre muy rico, lo mejor para él es que no muchas personas sepan quién es o dónde vive. Yo creo que él es un hombre reservado —antes de continuar con su reflexión, llegó su amiga Ángela con sus hijos y las interrumpió.

—Ya pensábamos que nos ibas a dejar solas esta mañana, ¿qué fue lo que te detuvo? —dijo Claudia.

—La historia que les traigo no podía esperar, es sobre nuestro recién llegado, el visitante italiano.

—No digas que tú también te has pasado la mañana hablando de él —dijo Mayra.

Mientras las mujeres continuaban platicando en medio de la pradera sobre la historia de un amor perdido, la silueta de un hombre montado a caballo se paseaba por entre los árboles cercanos. Un hombre envuelto en una capa negra y montando un caballo de igual color cabalgaba entre la naturaleza del bosquecillo con cierto aire de nostalgia en el rostro. Ese día nadie había notado su presencia, y ahora, una vez más, el mismo jinete venía a la pradera, pero esta vez había buscado refugio en una parte más lejana a la ubicación de Sofía y sus hijos. Tal vez ni él mismo se daba cuenta, pero ver a Sofía jugar con sus dos hijos más pequeños era un dulce dolor, que aunque hacía sufrir su alma también lo hacía enamorarse aún más de aquella esbelta figura femenina de cabellos dorados, esa misma que ahora no era sólo una mujer bella, era una mujer que había dado vida a otros seres por igual hermosos, era una mujer con hijos que cuidaba del fruto de sus entrañas, era toda una esposa y madre.

Esa mañana él también había acudido a esa pradera buscando encontrarse con sus recuerdos y tener la oportunidad de ver otra vez, aunque fuera a lo lejos, a esa mujer. Pero esta vez comprendía que ahora había una barrera más alta que brincar para llegar a ella, una barrera que no podría saltar ni siquiera con el mejor caballo de su establo, ni con el mejor del mundo. Después de las dos primeras veces de observar a Sofía desde la soledad silenciosa de ese bosque, se había prometido a sí mismo no volver a esas contemplaciones, pero hoy de nuevo lo había traicionado la tentación y había vuelto. «¿Y si llego y me presento con otro nombre y contando otra historia? ¿Y si me presento tal cual ella me conoció? ¿Y si me doy la vuelta, me subo al barco que dejé en Veracruz y vuelvo a Europa para no volver jamás? ¿Y si tan sólo...?». Muchas preguntas venían a su mente. Él reflexionaba una y otra vez sobre qué podía hacer, y llegaba una y otra vez a la misma conclusión, que lo mejor era seguir el plan original con el que había llegado a América. Fernando vio una última vez a Sofía y se alejó de aquella pradera cabalgando.

En medio de la interesantísima plática las mujeres no notaron que los niños ahora estaban invitando a las niñas a sus juegos. Los niños habían estado jugando ya durante algún rato dentro del pequeño bote. Habían empezado jugando a acercarse al muelle, luego habían llegado hasta el embarcadero y se habían subido al bote. Más aún, ahora estaban retando a sus hermanas y primas a seguirlos. Las niñeras estaban atendiendo a una niña que se había lastimado al caer sobre una piedra y no estaban poniendo mucha atención a lo que sucedía en el muelle.

—¿Y tú, Sofía, qué crees? Te has puesto muy pensativa —preguntó Úrsula.

Sofía había sido transportada a los recuerdos de su propio amor interrumpido hacía tantos años y miraba al suelo con un poco de nostalgia, después de unos segundos en silencio tomó la palabra.

—Pues, no sé. ¿Creo que es posible que a dos personas las separen? Sí. Pero si el marqués es un hombre de una fortuna tan impresionante y de un título legítimo, entonces ¿por qué decidió dejar Europa? ¿Por qué no se quedó a luchar por la mujer que quería si tenía los recursos para ello? —Sofía hilaba sus palabras sin imaginar que algún día se haría esas mismas preguntas para tomar una decisión fundamental en su vida.

—Pues ya lo mencioné, Sofía. Andrea dio su mano en matrimonio a cambio de la vida del hombre que amaba, y cuando una mujer se une a un hombre en matrimonio no es fácil deshacer esa unión —respondió Ángela.

Mientras las mujeres estaban absortas en el tema del romance imposible entre la princesa austriaca y el marqués italiano, sus hijos estaban incrementando la peligrosidad de sus juegos. Los varones habían retado a las niñas, y ellas, en su afán de no dejarse vencer por ellos, los habían seguido al muelle. Los niños habían terminado por vencer poco a poco el miedo que les impedía subirse al bote, ya estaban a bordo de la pequeña embarcación y jugaban a balancearse sobre el bote cada vez con más fuerza. El reto era ver a quién le daba miedo primero y pedía bajarse del bote. Las niñas también estaban en la pequeña embarcación, en total, ocho niños. El juego se estaba volviendo peligroso con los niños meciéndose de un lado a otro, hasta que sucedió el desastre. Raulito, uno de los más chicos, se había que-dado sobre el muelle y los demás se burlaban de él porque no había querido subir al bote. Entonces, trató de soltar la cuerda que ataba el bote al muelle. Tanto se afanó en zafar el nudo con sus pequeñas manos que logró hacerlo, y antes de poder soltar la cuerda y ver cómo al bote se lo llevaba la corriente, la fuerza de las aguas lo arrastraron hasta la orilla del muelle y justo a punto de caer al agua, pudo soltar la cuerda y ver a sus hermanos y amigos navegar a la deriva.

Raulito se echó a llorar, fue entonces cuando los otros niños, que nunca creyeron que Raulito pudiera desatar la cuerda, se vieron a mitad del río, alejándose cada vez más del muelle, y la corriente los arrastraba cada vez más rápido. Los gritos de terror y los llantos no se hicieron esperar, sobre todo al ver que metros más adelante el afluente crecía y las aguas pasaban por en medio de afiladas rocas, los niños gritaron a sus madres, quienes se levantaron de la pradera y corrieron hasta la orilla del río. Ninguna de ellas sabía andar, además, ¿qué hacer con sus largos vestidos, el corsé y tantas enaguas? Si se metían, sin duda alguna se hundirían en pocos segundos. Sofía estaba desesperada, aun con el peligro que el peso de su ropa representaba y sin tener tiempo de desatar el apretado corsé, Sofía se zambulló en el agua y trató de avanzar contracorriente, pero no pudo avanzar muchos metros antes de que el agua le llegara al cuello y sintiera las corrientes arremolinarse bajo sus piernas.

Fue el destino que los puso a prueba. Una rápida decisión de Fernando de Montpellier le salvó la vida a Sofía y evitó una tragedia aún mayor. De entre los árboles, las demás mujeres vieron salir a un hombre montado a caballo a todo galope, bestia y hombre se tiraban al agua hasta el punto donde se encontraba Sofía. Él la cogió de la cintura y antes de voltear a ver al hombre que la había rescatado, las fuerzas la abandonaron y se desmayó. Momento que aprovechó Fernando para llevarla a la orilla y dejarla con sus amigas. Luego, volvió al río para rescatar a los niños.

Jinete y caballo parecían una misma persona, las mujeres lo vieron meterse a las aguas y avanzar poco a poco contracorriente, sólo la cabeza de Fernando y la de su montura, sobresalían del agua. Con la rapidez del viento y con la destreza en el manejo de la rienda, pronto llegaron hasta el bote que había quedado encallado por unos momentos. Sin perder tiempo y viendo las caras de miedo de los ocho niños, Fernando tomó la cuerda del bote, la estiró hasta darle varias vueltas a la cabeza de su silla y le ordenó al caballo, dar la vuelta y nadar hacia la orilla jalando ese enorme peso.

—Manténganse en el centro de la lancha —les dijo para evitar que todos los niños se amontonaran en uno de los lados del bote y evitar el riesgo de que voltearan la embarcación.

El caballo hacía un gran esfuerzo para llegar a la orilla, remolcando la lancha. Sus fuertes patas y el arduo entrenamiento al que Fernando lo había sometido durante toda su vida lo ayudaban a cumplir su objetivo. De Montpellier acariciaba su cuello y le hablaba en francés, palabras que sólo ellos entendían. Jinete y caballo eran más que cómplices, en esos momentos era un solo ser con un mismo objetivo: salvar a esos niños. Pero las corrientes son traicioneras y sin saber en qué momento, la barca dio un fuerte giro y Fernando tuvo que apretar más las piernas a su caballo para que no aflojara el paso y no se dejara llevar por el agua. El potro encontró la fuerza necesaria hasta llegar a la orilla.

Sin esperar más, los niños saltaron del bote y corrieron a los brazos de sus madres, que ya los estaban esperando. Sólo Sofía seguía inconsciente. Cada mamá tomaba a sus hijos en brazos y los examinaban para asegurarse de que estuvieran bien, les quitaban las ropas mojadas y los secaban con sus vestidos y con los manteles que habían traído para el día de campo. Cuando despertó, Sofía estaba rodeada por sus hijos, que la abrazaban con tanto cariño. «Dios me los ha devuelto sanos y salvos», sollozaba. Tan entretenidas estaban las mujeres en arropar a sus hijos que no se percataron del jinete y al momento que lo buscaron con la mirada, lo vieron alejarse de ellas. Nunca, ninguna de las ahí presentes podrían olvidar la espalda de ese hombre y su recio corcel negro.

Fernando de Montpellier por fin había visto a Sofía de cerca, había podido tenerla entre sus brazos. Pero sólo había sido para abrir de nuevo la vieja herida. Durante años había pensado en ella, había añorado durante toda su juventud cruzar el océano, correr hasta su casa en la ciudad de México y estrecharla en sus brazos. Se había engañado pensando que el único obstáculo que le negaba la posibilidad de abrazarla era la enorme distancia que los separaba. Pero ese día la había tenido entre sus brazos, tan cerca de su pecho y no había podido besarla. Ella vivía en otro mundo y Fernando de Montpellier, aunque estuviera a una distancia de un paso de ella, no vivía en ese mundo. Ya lo sabía, ella era una mujer casada con otro hombre y con hijos nacidos de esa unión, pero hasta ese momento sintió que se clavaba en su corazón con más fuerza la espina de esa realidad. Esa mañana en el campo se levantaba entre ellos una muralla más difícil de franquear que cualquier distancia, había amores en el corazón de Sofía que se anteponían a cualquier sentimiento que alguna vez hubiera existido entre su alma y la de ella.

Las mujeres se siguieron preguntando quién era ese hombre, de dónde había salido. Nadie sabía nada. Fue entonces cuando Sofía se dio cuenta de lo poco corteses que habían sido, ese hombre le había devuelto a sus hijos, le había salvado la vida y ella ni siquiera se había dado cuenta de su presencia. Se empezó a sentir apenada por no haber ni siquiera dado las gracias al caballero del corcel negro, enfocó su vista sobre la figura del jinete que a paso lento se alejaba en la llanura y supo que no sería la última vez que lo vería. Sólo por su porte al montar, intuyó que lo conocía. En su mente se empezaron a amontonar pequeñas piezas de imágenes del pasado que se unían para formar poco a poco un rompecabezas de recuerdos. Su corazón empezó a llenarse de una extraña esperanza. «¿Será posible, será posible?», se repetía sin querer pronunciar su nombre. Momentos después, todas escucharon decir a Mayra. «Miren, no se llevó su capa». Todas corrieron hasta la orilla y la levantaron del lodo en el que estaba. Al extenderla pudieron ver el escudo del marqués Cavallerio.

24

Creo que me confunde

SOFÍA DECIDIÓ ACOMPAÑAR ESA MAÑANA A SU MARIDO, EL CONDE de Santángelo, a la oficina del virrey. Su esposo era el ministro de comercio del virreinato de la Nueva España y con frecuencia se reunía con el virrey por asuntos de trabajo. Esta vez Sofía quería aprovechar la oportunidad para hacerle ciertas preguntas al virrey, él tendría más información acerca del tema que en ese momento inquietaba a Sofía.

Cuando el matrimonio Fernández Ibargüengoitia llegó al palacio de gobierno del virrey, fueron recibidos por el secretario Barroso, quien los llevó a su despacho, donde les dijo que el virrey no tardaba en llegar. En pocos minutos, Barroso anunció la llegada del virrey, y tanto Sofía como Gonzalo hicieron una gran reverencia al tener enfrente a su señoría Francisco Javier Venegas, virrey de la Nueva España.

—Sofía, qué gusto verte —dijo el virrey.

—El gusto es mío, su señoría —respondió ella.

—Por favor, tomen asiento —les dijo el virrey Venegas a sus visitantes mientras él se sentaba en la lujosa silla de cedro detrás de su escritorio. Luego se dirigió al ministro de comercio—: Ya me llegó el calendario de su fecha de partida, Gonzalo.

—Bien, ¿alguna novedad? —preguntó el conde ante la mirada expectante de Sofía que como toda esposa devota sentía pena por ver a su marido partir en un viaje tan largo.

—Pues sí, sí la hay. La buena noticia es que tendrá que quedarse un tiempo más aquí hasta que la junta de regencia en la ciudad de Aranjuez llegue a algún acuerdo con las fuerzas francesas. Esta invasión lo ha puesto todo de cabeza. Ese que se dice nuestro rey, el tal José Bonaparte, está ahora exigiendo la entrega de las colonias americanas de España.

—¿Qué? Pero ¿quién demonios se cree que es? Si no fuera por su hermano en París, ese hombre sería un don nadie. Y ahora se atreve a ponernos más y más condiciones —exclamó el conde con enojo mientras en su desesperación se ponía de pie y caminaba alrededor de la oficina. Trató de controlarse por un momento, sabía que las siguientes palabras crearían un problema con su esposa— es por esto que necesito partir para España cuanto antes, y mi hijo necesita venir conmigo para empezar su entrenamiento militar lo más pronto posible.

—¿Cómo? —dijo Sofía bastante afectada. Luchó por controlarse porque ella y su esposo ya lo habían discutido muchas veces antes, pero aun así su reacción fue muy clara ante el virrey, quien se sintió bastante incómodo en medio de aquella discusión—. Su excelencia, por favor, ayúdeme a hacer que mi marido entre en razón. ¿Por qué tiene mi hijo que sufrir todo esto? Él es sólo un niño. Mi hijo no merece estar involucrado en ninguna guerra —dijo Sofía con cara de ansiedad.

—No es un muchacho pobre, Sofía, no estará cerca de las batallas. Él es el hijo de Gonzalo Fernández de Córdova, conde de Santángelo. Me aseguraré de que permanezca en el cuartel general con los oficiales, pero necesita entrar al ejército y hacer respetar su nombre. La familia Fernández de Córdova necesita estar presente en la lucha que España pelea por sobrevivir, yo necesito estar ahí y también mi hijo —dijo el conde.

—No. El lugar de mi hijo es junto a su madre. Por el amor de Dios, excelencia. Dígale a mi esposo que olvide esos planes. Ayúdeme a mantener a mi familia unida —contestó Sofía dirigiéndose a su esposo con una auténtica desesperación en su rostro.

—La situación en España es difícil, señora, debemos ponerle un alto a Bonaparte —dijo el virrey.

—A mí qué me importa Bonaparte. A mí lo único que me importa es mi hijo. ¿Por qué tengo yo que sufrir por las acciones de ese hombre? —la animosidad de la escena estaba creciendo y el virrey sintió que debía calmar a sus visitantes.

—Gonzalo, por favor, tome asiento —luego se dirigió también a Sofía, quien se veía desesperada—. Sofía, por favor, cálmese, necesito decirles algo a los dos.

Después de esto la pareja se calmó. Se sentaron, se tomaron de las manos y Sofía hasta le dio un beso en la mejilla a su esposo. Fueran cuales fueran las acciones de Bonaparte, éste nunca rompería ese matrimonio.

—Gonzalo, usted es mi ministro de comercio, usted sabe cuánto oro y cuánta plata enviamos a España, en qué barcos, etcétera. ¿Se puede imaginar qué sucedería si los franceses lo capturan en mar abierto mientras viaja a Europa? Es demasiado peligroso, por lo que he pensado en enviarlo de incógnito, encubierto, nadie debe enterarse de su partida y usted debe evitar cualquier riesgo de ser identificado. Por lo que es imposible que su hijo viaje con usted.

—¿Tan mal están las cosas en Europa, su señoría? —preguntó Sofía.

—Tanto que no sabemos qué va a pasar. El último reporte que me ha llegado de Europa no es nada prometedor. José Bonaparte actúa siguiendo las órdenes de su hermano, Napoleón, y éste cada vez se vuelve más poderoso, por lo cual José impone su ley cada vez con más fuerza en nuestra desolada patria. La última novedad es que Napoleón Bonaparte derrotó a las fuerzas españolas en varias ciudades, en Espinoza de los Monteros, en Somosierra, en Tudela, en Uclés y muchos otros sitios. Las pérdidas han sido tales que la Junta Suprema Central ha tenido que abandonar Aranjuez y refugiarse en Sevilla. Napoleón entró en Madrid el 4 de diciembre del año pasado. El último apoyo internacional que teníamos en España eran las fuerzas inglesas del general sir John Moore, pero Napoleón las derrotó, los persiguió hasta el norte de la península y los forzó a evacuar en La Coruña el 16 de enero. El mismo general Moore murió durante la operación de evacuación bajo el fuego francés. Napoleón Bonaparte es hoy dueño de Europa. Su majestad Fernando VII no tiene ya aliados, está secuestrado en el castillo de Valençay por las fuerzas francesas; está a merced de lo que diga Napoleón Bonaparte, quien se empeña en no restituirle su legítima corona y en mantener a su hermano como rey de nuestra patria. La única esperanza es la aparente declaración de guerra por parte de Austria a los franceses, pero Napoleón ya los ha derrotado tantas veces que no sabemos hasta qué grado tener fe en ellos; desde la batalla de Austerlitz, Napoleón es considerado un estratega militar invencible.

Ante la respuesta dramática del virrey, Sofía quiso cambiar el estado de tensión que había en la habitación:

—Bueno, su señoría, debe usted estar contento entonces por su buena fortuna —fueron sus palabras.

—¿Cómo dice? —el virrey reaccionó con confusión. ¿Cómo podía estar contento con esa situación? Ante el rostro extrañado del virrey, Sofía se apresuró a aclarar sus comentarios.

—Al menos puede estar usted contento y nosotros podemos estar contentos junto con usted por estar a miles de kilómetros de ese demonio de Napoleón Bonaparte y su montón de usurpadores, ¿no lo cree? —Sofía acompañó estas palabras con una sonrisa.

El virrey rio. La verdad es que las palabras de Sofía eran bastante acertadas, ella misma no sabía cuánto. Los oficiales representantes de la corona española con más suerte en ese momento eran los que se encontraban a cargo del gobierno de las colonias, alejados miles de kilómetros de Europa. La situación en España era bastante complicada; desde la entrada de José Bonaparte al trono, los funcionarios españoles derrocados habían huido a Aranjuez y habían organizado ahí un gobierno provisional llamado Junta Suprema Central que era leal al rey, quien había sido tomado prisionero por los franceses y enviado a Valençay, un poblado en el interior de Francia, en calidad de huésped político, pero la realidad era que estaba secuestrado por Napoleón Bonaparte. El gobierno español no existía en España en ese momento, era el gobierno francés encabezado por José Bonaparte en Madrid el que tenía la fuerza y el control de la mayoría del país.

Al virrey de la Nueva España no le afectaba en nada la invasión francesa, él se mantenía lejos de la violencia y continuaba siendo el amo y señor de sus dominios. El único capaz de darle órdenes era el rey Fernando VII, pero no podía, estaba secuestrado. Después de reflexionar unos segundos, el virrey retomó la conversación.

—Señora condesa, tiene usted toda la razón. ¿Qué les parece si brindamos por nuestra buena suerte? Al virrey parecieron hacerle muy buen efecto las palabras de Sofía. Tomó una botella de brandy que estaba sobre su escritorio y sirvió tres copas con el licor. Después del brindis, la conversación regresó ahora sobre el tema inicial, el calendario de viajes del conde de Santángelo.

—Tiene usted razón, señora condesa, somos afortunados, Bonaparte y su montón de usurpadores están demasiado lejos de nosotros como para que se merezcan nuestras consideraciones —entonces el virrey volvió a llenar las copas y levanto otra vez su brazo—. ¡Salud! —dijo y los demás hicieron lo mismo.

—Qué buen licor, su señoría, ¿dónde lo ha conseguido? —preguntó el conde de Santángelo.

—Qué coincidencia que lo pregunte, señor conde respondió —sorprendido el virrey—. Hace unos días estuve con don Martín de Velasco y la señora Ángela, su esposa, me platicó la historia de los niños en el río. Supongo que debe de haber sido terrible, señora condesa.

—¡Oh! Si supiera usted, su señoría. Todavía sueño algunas veces con todo el episodio, fue algo terrible.

—Yo aún no conozco al señor marqués, su señoría, pero estoy en deuda eterna con ese hombre. Le debo la vida de Mariela, el tesoro de mis ojos —dijo el conde de Santángelo.

—Por eso es la coincidencia, el marqués Cavallerio me lo trajo esta mañana como presente de su buena voluntad.

Al momento en que el virrey mencionó el nombre del marqués Cavallerio la mente de Sofía salió de esa habitación, voló hasta el prado y estaba intentando reconstruir la escena.

—Fue terrible, señoría —volvió a decir.

—No se preocupe por platicarme los detalles, me imagino que recordar todo el asunto debe ser todavía difícil. Por ese episodio, este marqués se ha vuelto más celebre que cualquier artista de teatro. Desde mi fiesta de cumpleaños todos me preguntan qué era lo que sabía de él, pero la verdad es que hasta esta mañana tuve la oportunidad de conocerlo. Había recibido unos avisos provenientes de la oficina de comercio de España en los que me anunciaban el próximo establecimiento en nuestra ciudad de una oficina bancaria del marqués Cavallerio, pero no le puse mucha atención hasta la presentación de su regalo en mi fiesta. Después no supe más de él hasta que escuché del incidente del río.

—¿El marqués estuvo aquí? —preguntó Sofía con ansiedad.

—Acabo de estar con él en una junta. Vino esta mañana a presentarse conmigo y a exponerme los motivos de su visita, a explicarme sus planes de montar una oficina del banco Credito Commerciale dell'Atlantico y a mostrarme los documentos de permiso expedidos en España. Entre los asuntos que hablamos, le pregunté sobre el incidente del río y me comentó que se sentía incómodo hablando sobre sí mismo, me dijo que todos los rumores habían exagerado su participación en el rescate más de lo que en realidad había sucedido y me pidió que le preguntara mejor a las mamás de los niños acerca de la peligrosa aventura. Así que pienso que es de hecho una coincidencia que esté usted aquí, señora condesa, y que me pueda platicar de eso.

—La verdad es que fuimos todas bastante groseras con él. Estábamos todas tan ocupadas de asegurarnos de que los niños estuvieran a salvo que cuando lo buscamos para darle las gracias ya se había marchado.

—¿De manera que no lo conoce? ¿Ni usted, conde? —Sofía se quedó muda, recordando ese día y la imagen que vio, o creyó ver. El conde de Santángelo respondió:

—No, su señoría, no hemos tenido oportunidad de conocerlo porque, por lo que se dice, él mismo ha procurado ser muy discreto y no darse a conocer hasta ahora.

—Pues qué suerte entonces que hayan venido hoy —el virrey hizo un movimiento con la mano para llamar a su secretario—. Señor Barroso, vaya a mi sala privada e invite a venir a mi despacho al marqués Cavallerio.

Sofía nunca esperó esa sorpresa. ¿Ahí, en el palacio del virrey? ¿En ese momento? Pero no, era imposible creer que fuera el mismo hombre. ¿Podría ser posible que fuera la misma persona cuya desaparición se había estado intentado explicar en vano durante tantos años? Fuera lo que fuera, el misterio quedaría aclarado en un momento. Entonces su corazón empezó a galopar contra su pecho como fuego de artillería mientras esperaba al hombre que le había arrebatado el aliento en la pradera. Sofía vio a Barroso abrir la puerta y entrar a la habitación de al lado. Lo escuchó murmurar algo con alguna otra persona y al cabo de unos breves instantes volvió.

—Disculpe, su señoría, pero el secretario Gaitán, quien estuvo acompañando al marqués en su ausencia, me ha comentado que el señor marqués tuvo que marcharse. ¿Quiere usted que vaya a buscarlo? Se acaba de ir hace unos momentos.

Sofía sentía que su corazón se contraía, no sabía cuál era la mejor forma de reaccionar. Se puso de pie. Vio a su marido y al virrey con un gesto de confusión y sorpresa en su rostro, pero no podía controlar su ansiedad. Titubeó un instante sin saber qué hacer después, pensó en decir: «discúlpenme», pero las palabras no salieron de la boca. Sofía se dirigió de prisa hacia la puerta, la abrió y se dirigió hacia la salida del palacio mientras su esposo y el virrey se quedaban sentados viéndose el uno al otro preguntándose qué estaba pasando. Sofía no se dio cuenta, pero por momentos empezaba a correr. Pasaba de prisa por los pasillos llenos de personas que trabajaban en la administración del virreinato, quienes se preguntaban quién era esa bella mujer. Sofía no les ponía atención, ella sólo buscaba una figura entre la gente. Entonces, desde el balcón del segundo piso vio a un grupo de hombres que bajaban por la gran escalera al primer piso con dirección a la salida del palacio; entre ellos distinguió una figura de pelo castaño, vestido con un traje negro y envuelto en una capa negra. El hombre conversaba con los otros que lo acompañaban. Sofía lo observó algunos segundos. «Sí, es el hombre del río», se dijo a sí misma y llevada por un impulso de su corazón, gritó su nombre: «¡Juan Pedro!», retumbó su voz en todo el ámbito de palacio.

El marqués Cavallerio detuvo su paso y volteó a ver quién lo llamaba con ese nombre que estaba casi sepultado en su conciencia. Llevó su mirada al segundo piso, al balcón del patio interior que desembocaba en las escaleras y la vio. Los hombres que lo acompañaban también la vieron con algo de curiosidad. Después de algunos segundos de silencio, el ruido en el salón volvió a su normalidad, los empleados de la oficina reactivaron sus labores, y los guardias volvieron a su posición de guardia.

Juan Pedro Filizola era el nombre que Fernando de Montpellier o el marqués Cavallerio, había enterrado hacía varios años, aun así, una mezcla de emociones se apilaron en su alma. Él sabía que tenía que dominar su corazón, se lo había prometido a sí mismo, sin embargo, volvía a emocionarse al escuchar su nombre pronunciado por esa mujer, por esos labios que había ansiado durante tantos años volver a besar. Ella estaba ahí, en el segundo piso, al pie de la escalera, y había gritado su nombre.

¿Acaso no era él un desconocido para ella o un recuerdo de juventud? ¿Acaso aún lo amaba?

Sofía empezó a bajar la escalera para acercarse al marqués. Caminaba hacia él en silencio mientras buscaba en su rostro los rasgos de alguien a quien había dejado de ver hacía mucho tiempo. El marqués la veía también en silencio y esos instantes que pasaron fueron suficientes para que Fernando pudiera controlar sus emociones, él sabía que tenía una misión, y para cumplirla, Juan Pedro Filizola debía continuar enterrado. Cuando Sofía estuvo a un metro del marqués ella se dispuso a hablar, pero en ese momento él volteó hacia el grupo de hombres que lo acompañaban y les pidió que se adelantaran. Los cuatro hombres se quitaron el sombrero para despedirse ante la condesa y continuaron caminando hacia la salida. Después el marqués volteó hacia Sofía. Por unos segundos ambos se observaron en silencio, como si no creyeran que era verdad que se estaban mirando, como buscando en el rostro del otro la confirmación de que ese momento no era un sueño. El marqués rompió la tensión del momento dibujando una pequeña sonrisa. Sofía reaccionó igual, quiso romper el silencio, pero el marqués se adelantó a hablar.

—¿Cómo se encuentra su hija? —le preguntó el marqués.

—Bien, muchas gracias, ella se encuentra muy bien.

—¿Y su otro hijo? —volvió a atacar el marqués, sin darle tiempo a Sofía de reaccionar.

—¿Se refiere a Andrés Felipe? —dijo ella un poco contrariada.

El marqués había practicado decenas de veces esta conversación a partir del día de la aventura de los niños en el río, él era un hombre italiano llamado Alessandro Martinelli, más conocido por el título otorgado en Italia: el marqués Cavallerio, y tenía que convencer de ello a Sofía Ibargüengoitia de Fernández, condesa de Santángelo, tenía que situar a Sofía en el presente.

—¿Le pasa algo, señora condesa? —preguntó el marqués, pero viéndola a los ojos todo el tiempo.

Sofía se dio cuenta de que debía controlar sus emociones. Ese hombre que tenía enfrente la había hecho soñar con el pasado, pero si ese hombre hubiera sido Juan Pedro Filizola, él nunca la hubiera olvidado y lo primero que Juan Pedro hubiera hecho, se imaginaba Sofía, era abrazarla emocionado al reencontrarse con ella. No, ese hombre no podía ser Juan Pedro, pero ¿por qué su alma le gritaba que sí era?

—Perdón, estaba distraída pensando en alguien que usted me recuerda, perdóneme, caballero —dijo ella recomponiendo la conversación.

—Creo que me confunde con alguien más, pero no tiene por qué disculparse, condesa, lamento haberle causado alguna confusión —le respondió el marqués y volvió a preguntar.

—¿Cómo se encuentran sus hijos?

Sofía entendió que la primera vez que el marqués le había preguntado por sus hijos ella no había contestado con la coherencia debida, así que se calmó e intentó contestarle con más tranquilidad.

—Marqués, permítame disculparme con usted. Ese día en el río quién sabe qué hubiera sucedido si usted no hubiera estado presente, pero estaba yo tan preocupada por mis hijos que no pude reaccionar. Usted se merece todo mi agradecimiento.

—No se preocupe, señora condesa, usted actuó de la manera más natural, como cualquier madre lo hubiera hecho —el marqués tragó saliva para decir lo siguiente—. A cualquier madre el amor hacia los hijos la lleva a olvidarse de cualquier otra persona. Los hijos son su amor más grande.

—Tiene usted razón, los hijos se vuelven nuestro mayor amor. Permítame expresarle mi agradecimiento porque por usted dos de mis amores están sanos y salvos.

—Por favor, señora condesa, no me haga sentir vanidoso. Saber que entregué sanos y salvos a ese par de tesoros a su madre es más que cualquier recompensa. Sus hijos son hermosos, no sabe cuánto hubiera deseado… —Fernando se detuvo antes de seguir. Hubiera sido impropio y tonto decir algo así.

—Disculpe, ¿iba usted a decir algo? —preguntó Sofía cuando notó que el marqués enmudeció de pronto.

—Nada, por favor, hablemos de otra cosa, me pone nervioso que usted me halague con esas palabras. Pero créame, sus hijos valen el esfuerzo de cualquier hombre y estoy seguro que cualquier otra persona hubiera hecho lo mismo.

Ambos se miraron sonriendo. En ambas sonrisas había algo de nostalgia, en la de Sofía esa nostalgia provenía de no haber encontrado al hombre que buscaba, aunque su alma le había gritado que lo tenía enfrente después de tanto tiempo, y en la del marqués de recordar que ahora había algo más grande en la vida de Sofía que él.

—¿Y los demás niños? ¿Cómo están? —preguntó el marqués.

—Bien, bien, para los demás niños fue un susto. La única que se enfermó un poco fue mi Mariela, el agua la resfrió, pero ya se imaginará usted lo rápido que se recuperan los niños y en unos pocos días ya estaba otra vez jugando y brincando con sus hermanos.

—Cierto, tiene varios hermanos. Son tres sus hijos, ¿no es así?

—¿Cómo sabe usted eso, señor marqués? —preguntó Sofía sorprendida.

Por un instante, el marqués no supo qué responder, luego volvió a su papel de hombre de negocios italianos y dijo.

—Después del día de la aventura en el río me di a la tarea de informarme sobre quiénes eran esos niños y sus familias, y no era difícil enterarse de quién era alguien tan célebre como usted y su familia, señora Sofía Ibargüengoitia de Fernández, condesa de Santángelo.

—Gracias. Pues sí, yo y mi esposo tenemos tres hijos. El mayor se llama Gonzalo, como él, el segundo de mis hijos es Andrés Felipe y por último Mariela. A los dos menores usted los conoció ese día.

El marqués se quedó pensando por un segundo, tal vez imaginándose que esos hijos podían haber sido suyos.

—Vaya, qué bonita familia —dijo con una ligera sonrisa en sus labios.

La sonrisa de él provocó la sonrisa de ella, eran dos sonrisas pequeñas pero auténticas, eran una mezcla de gusto inocente y nostalgia, eran una mezcla de algo que duele y a la vez agrada. Después volvió la mirada hacia la salida buscando al grupo de hombres que habían llegado con él.

—Señora condesa, ha sido un gusto conocerla. Ahora, si me disculpa, tengo que marcharme —dijo el marqués, se quitó el sombrero y se inclinó ante ella.

—Encantada de conocerlo, señor marqués —dijo Sofía mientras extendía su mano para que él la besara.

Fernando sintió que eso era como un regalo del cielo. El marqués sintió el calor de la mano de Sofía entre las suyas, la ternura de su piel y ella se dejó levar por el candor de esos labios sobre su dorso. En su interior él agradecía al destino aquella oportunidad. Tantos años, tanto extrañar, tanto desear volver a verla para tenerla en sus brazos y besarla, pero solamente eso le era permitido, sin embargo, se sintió agradecido con Dios por ello. Después de soltarle la mano, el marqués la volvió a ver a los ojos una vez más, pero para evitar que una lágrima le ganara la batalla, ambos se inclinaron uno ante el otro y el marqués se dio la media vuelta y se dirigió a la salida. El marqués se sintió aliviado mientras caminaba hacia la salida. Pero antes de cruzar la puerta, Sofía lo llamó una vez más.

—¡Juan Pe… perdón, marqués Cavallerio!

—¿Dígame, señora condesa?

—Permítame hacerle una pregunta. El día que sucedió el accidente de los niños, ¿qué hacía usted en ese prado?

Era una pregunta que ya se había imaginado el marqués que Sofía le podría hacer cuando la volviera a ver, por lo cual ya había preparado una respuesta, pero en ese momento otra respuesta le vino a la mente.

—Estaba buscando algo que había perdido hace muchos años, pero ya no está ahí —después de decir esto se levantó el sombrero, hizo una ligera reverencia y se despidió—. Con su permiso, señora condesa.

Sofía miró al marqués alejarse una vez más hasta que lo perdió de vista. Se quedó pensando en las últimas palabras del marqués, hasta que llegó su esposo y la sacó de su ensimismamiento.

—¿Qué pasó, Sofía? —le preguntaba su esposo.

—Salí a alcanzar al marqués.

—Pero ¿no crees que fue bastante impropio dejarnos a mí y al virrey de esa manera? ¿Por qué saliste corriendo de esa forma?

—Discúlpame, sólo quería conocer al hombre que salvó a mis niños —respondió Sofía dándose cuenta que su esposo decía la verdad.

—Tienes razón, estamos en deuda con él. Deberé invitarlo pronto a nuestra casa.

25

El diablo negro

FERNANDO LEÍA EN SU OFICINA EL DOCUMENTO DE LOS NÚMEROS que Napoleón Bonaparte le había entregado cuando caminaron por los pasillos secretos del Palacio de Versalles. Sobre su escritorio también estaba *La divina comedia* y unas hojas con dibujos raros que se asemejaban a un laberinto. El documento que le había entregado Bonaparte era una serie de números, siete párrafos, cada uno de dos o tres líneas de caracteres. Fernando analizaba esas claves ayudado por el dibujo del laberinto. Tomó la hoja y se fijó en el inicio del laberinto, luego analizó el primer párrafo del documento de los números y anotó un juego de seis cifras de una de las líneas, después tomó *La divina comedia* y pasó varias páginas con agilidad hasta detenerse en una, leyó el texto e hizo anotaciones en una hoja en blanco. Hizo lo mismo con todas las cifras hasta que entre sus manos tuvo un texto en perfecto francés. Fernando lo leyó tantas veces como pudo hasta memorizarlo, después lo quemó.

La neblina y el cielo nublado de esa noche no dejaban ver la luna, tampoco las estrellas. No había paseantes nocturnos y el silencio sólo lo rompía el murmullo de los búhos, el chillar de los grillos y el débil sonido de los pasos de algún paje o doncella que andaba por ahí. Los pasillos externos del Palacio Virreinal apenas eran iluminados por la luz de las antorchas y por la de las lámparas de aceite que los guardias del utilizaban para iluminar su camino mientras hacían sus patrullajes nocturnos. El ligero frío de la noche aunado a todo esto contribuía a crear una extraña atmósfera.

En uno de los puestos de vigilancia había dos guardias que para pasar el tiempo se entretenían platicando en voz baja acerca de una noticia que había aparecido esa mañana en el periódico *Nuevo Horizonte*. Noticia que había recorrido las calles de la ciudad como reguero de pólvora. El encabezado decía: «Criptas abiertas en el panteón La Rumorosa». En la nota, varios vecinos atestiguaban haber visto salir del panteón a un hombre vestido de negro, con sombrero de ala ancha que le cubría el rostro. Un hombre misterioso que al parecer no caminaba, sino que flotaba a unos centímetros del suelo, entre una nube de humo, la nota del periódico no aseguraba pero tampoco negaba que pudiera tratarse de un fantasma.

Lo declarado por los vecinos también coincidía con las declaraciones del cuidador del panteón, quien aseguraba haber visto la misma figura masculina desvanecerse en medio de una nube de humo y haber encontrado, en el lugar preciso de esa aparición, un amenazante papel que decía: «Aquellos que cuidan el silencio de la noche, cuídense de mi ira».

Así terminaba la nota del periódico que los guardias de palacio tenían en sus manos. Luego comenzaron a especular entre ellos, a mirarse extraño unos a otros, hasta que uno recordó lo que una noche antes le había dicho otro compañero, le dijo que había distinguido a lo lejos una luz que se movía por encima de las casas del vecindario cercanas al palacio. Todos se santiguaron y uno de ellos, el más bajo y gordo, se dispuso a preparar chocolate. «Dicen que es bueno para el susto», suspiró y fue unos metros más allá de donde se encontraba para poner a calentar agua. Mientras prendía el fuego del comal y buscaba más carbones para la estufa, otro de sus compañeros lo jaló del brazo y le señaló el horizonte. A unos doscientos metros de distancia del Palacio Virreinal, por encima de las casas, se distinguía un juego de luces que flotaba en el aire. Cuando los guardias pudieron enfocar mejor lo que veían pudieron notar que esa débil luz era como una antorcha pequeña que un hombre llevaba en su mano y ese hombre flotaba en el aire. El terror se apoderó de ellos y salieron huyendo cuando vieron que no sólo era uno sino tres hombres que flotaban.

El Gran Circo Ronchelli de nuevo hacía uno de sus grandes números. Balbo, Bartaccio y Momolo hacían sus suertes de equilibrismo, antorcha en mano, y caminaban sobre una cuerda. Hacía algunos días, los cirqueros habían instalado varias torres de madera en los techos de ciertas casas cercanas al Palacio Virreinal, estas casas habían sido compradas por la compañía Inmobiliaria Baeza, operada por don Guillermo Baeza, quien había recibido una propuesta de negocios de Ricardo Lanfranco, una propuesta similar a la recibida por don Samuel Aranda, dueño del periódico *Nuevo Horizonte*. Las torres eran armables, como todo el equipo de un circo, y eran capaces de ser ensambladas en menos de una hora, lo cual les permitía a los cirqueros mantener sus estructuras ocultas durante el día y estar listos para armarlas y utilizarlas en cuanto se les diera la orden para montar lo que ellos llamaban *Luces sobre la ciudad*.

Con tal espectáculo, el resultado secundario fue que toda la guardia estaba distraída y eso era justo lo que se necesitaba para que por debajo del suelo del Palacio Virreinal otros seres nada fantasmales y muy astutos pudieran terminar su obra sin ser descubiertos. Un grupo de franceses estaba a punto de terminar de cavar un túnel que los llevaría hasta el interior del palacio. El marqués Cavallerio y una decena de sus mejores hombres se habían instalado hacía algunos días en una casa cercana. Esta casa también había sido adquirida por la Inmobiliaria Baeza. Para disimular con los vecinos la excavación del túnel, el marqués Cavallerio mandó sacar la tierra en grandes barricas de brandy, así disimularía muy bien y distraería a todos hasta engañarlos. Después de varios días de estar cavando sin interrupción, los hombres del marqués lograron cavar más de ciento veinte metros de un túnel de un metro de ancho, por uno y medio metros de alto. Bajo la dirección de Rocco, el ingeniero y genio en jefe de esas obras, los excavadores lograron cavar en la dirección exacta para llegar hasta el Palacio Virreinal. Cuando le avisaron al marqués que la obra estaba a punto de concluirse y que sólo faltaba cavar hacia arriba para adentrarse en las oficinas de palacio, el marqués puso en marcha la segunda etapa de su plan: distraer y atemorizar.

—¿Esa piedra es el piso del palacio? —preguntó el marqués con la cara toda tapizada de tierra.

—Tiene que ser, según los planos dibujados por Rocco estamos justo debajo de las oficinas de archivos —le contestó el teniente Louis Lemier.

—Bueno, pues a abrirnos paso —dijo el marqués haciéndose a un lado en el pequeño espacio del túnel para que pasara uno de sus hombres que cargaba un pico de excavación.

—¿Seguro que el ruido que haremos no alertara a los guardias? —le preguntó.

—Nuestro vigía encargado de vigilar a los guardias del palacio dice que están muy entretenidos con el espectáculo de los trapecistas. Ojalá que les guste bastante para distraerlos lo suficiente y que a nadie se le ocurra poner atención a nuestros ligeros ruidos, pero en caso de cualquier dificultad tengan todo listo para defenderse —el marqués puso su mano sobre la pistola que llevaba en el cinturón y sus hombres entendieron el movimiento.

—Adelante —ordenó el marqués—, recuerda que tienes que romper la piedra en los lugares adecuados, en las uniones de argamasa para que no se quiebre porque después de que salgamos tiene que estar en buen estado para ponerla de vuelta y nadie note que hemos entrado.

—Descuide, marqués, conozco muy bien cómo lograr el corte perfecto —después el excavador dio un golpe seco contra la piedra.

Al cabo de varios intentos la unión cedió y pudieron acceder al despacho de los archivos. En medio de la oscuridad, el marqués supo que todo saldría como lo había planeado. En ese lugar había suficiente información para crear fortunas, ejércitos y revoluciones. Les pidió a sus hombres que fueran cautos, que no hicieran ruido ni levantaran mucho sus velas.

—Cúbranlas con sus capas si es necesario —les ordenó—. Bouchanette, Lemier, busquen los archivos de los embarques en las oficinas de registro de comercio con España, deben estar en la oficina de transporte de mercancías y aduanas. Julien, tú los acompañas para ayudarles a abrir los cerrojos —los tres hombres encendieron una pequeña vela y se dirigieron a los estantes de documentos. Luego el marqués le dijo a su otro cerrajero, el mago Dareau—: para esto has venido a América, sígueme —y ambos fueron hasta una puerta de madera asegurada con un gran candado—. ¿Todavía sigues creyendo que no hay imposibles? —le preguntó el marqués a Dareau indicando el pesado candado con su dedo índice.

—Mientras más grande es el candado, más lugar tengo para golpearlo —respondió Dareau.

Al poco tiempo, el mago logró hacer que el candado se rindiera.

El marqués y Dareau abrieron la pesada puerta y se encontraron en una oficina aún de mayor importancia para el gobierno de la Nueva España, la oficina de administración del ejército.

—Bueno, Dareau, ya sabes lo que estoy buscando —dijo el marqués y fueron hacia los estantes.

Toda la operación hubiera pasado sin incidentes y en absoluta tranquilidad si no fuera porque a uno de los hombres que acompañaban a Bouchanette puso su vela sobre una mesa, mientras examinaba unos documentos. Uno de los guardias distrajo su mirada de los trapecistas y vio una débil luz en aquella ventana. No esperó ni dos segundos, les avisó a su compañeros y cinco de ellos fueron a averiguar.

—Marqués, mire —exclamó Dareau cuando los vio bajar por la escalera.

—¡Maldición! —dijo Cavallerio—. Ve a avisarles a Bouchanette y a los demás —tomó la pistola de su cintura y se dispuso a cargarla.

Dareau corrió hasta la oficina contigua y puso en alerta a sus compañeros, quienes apagaron sus velas, sacaron también sus armas y se dispusieron al combate. Bouchanette y los demás ya tenían sus dedos sobre los gatillos y los demás militares franceses ya tenían también sus espadas desenfundadas listas para atacar, y justo cuando los guardias se acercaban a la puerta de la oficina, entró el marqués.

—¡Alto! Si empezamos un combate toda esta operación se va a la basura —les dijo en voz baja.

—¿Qué hacemos entonces? —preguntó Bouchanette.

—Ustedes sigan sacando los documentos para copiarlos, yo me encargo de distraerlos —les dijo el marqués y se dirigió a otra de las puertas que daban a esa oficina, la que había visto que usó el virrey para pasar de una habitación a otra—. Cuando vean que los guardias me persiguen y se alejan de aquí, continúen sacando los documentos, al terminar cierren los estantes con candado, luego salen por el túnel y vuelven a poner la piedra para ocultar la entrada. Los veo en la imprenta.

Después el marqués les hizo el saludo militar, el cual le regresaron sus hombres y desapareció. Todo parecía indicar que el combate sería inevitable, Bouchanette y sus hombres veían que los guardias seguían acercándose, pero el marqués estaba por actuar. Abrió uno de los frascos preparados por Rocco y un gran fuego inició en el centro del patio. También los guardias de palacio se sorprendieron, momento que aprovechó el marqués para caracterizarse como fantasma, envuelto en su capa negra, se rodeó de una nube de humo y desapareció en el acto. Los guardias corrieron asustados hasta donde estaban sus demás compañeros y entre todos empezaron la búsqueda de ese fantasma, aparición o lo que fuera.

Salieron a la calle, se separaron en grupos y venciendo el miedo continuaron con la búsqueda. Mientras tanto, Bouchanette y los franceses se dedicaron a terminar de sacar cuantos documentos podían, luego cerraron los estantes con candado, salieron por el túnel y taparon el hueco en el suelo con la piedra original que habían quitado.

En las calles aledañas al Palacio Virreinal se desarrollaba otra historia. Varias docenas de guardias del palacio patrullaban las calles buscando rastros del personaje que acababan de ver. Una de las patrullas alcanzó a distinguir en la oscuridad una figura humana que se escondía en medio de un pequeñísimo callejón. «Allá, a la derecha», gritó el sargento a cargo del escuadrón, y mientras unos empezaron a correr hacia el lugar, otros, en medio de la confusión y la oscuridad de la noche, comenzaron a disparar hacia el mismo lugar. Los disparos incrementaron la confusión y la formación de soldados se descontroló, entonces cada uno corrió buscando algún lugar para cubrirse. El fantasma aprovechó la confusión y salió corriendo de su escondite, tenía muy claro hacia dónde tenía que correr y llegar, pero corría en medio de una confusión de balazos.

Cavallerio tuvo que hacer uso de toda su astucia para poder burlarlos. Al doblar una esquina se encontró con un guardia que ya había amartillado su fusil y estaba listo para disparar. Rápidamente el marqués uso otra de las cápsulas de Rocco y en medio del humo, volvió a desaparecer. El guardia, al ver eso, se desmayó y el marqués Cavallerio entró sin problema a otra de sus casas que estaba al lado del Palacio Virreinal. Desde la ventana, pudo ver cómo el escuadrón de guardias pasaba de largo sin tener idea de a dónde había escapado su presa. El marqués, jadeante y excitado después de la persecución, daba gracias a quien fuera que desde los cielos lo había sacado de aquel apuro, salvándolo una vez más de la muerte estando a pocos centímetros de ella. El marqués en su interior no paraba tampoco de agradecer a Rocco, cuyo infinito ingenio había producido las soluciones químicas que le habían salvado.

El marqués tampoco dejaba de agradecer a Zarukhan, otro genio que había diseñado los túneles y las puertas de escape debajo de las calles ubicadas a dos cuadras del Palacio Virreinal. Luego de estrellar contra el piso los dos frascos de líquidos que produjeron la cortina de humo a dos calles del palacio, pasó entre la nube de humo, viró a la derecha, se acercó a la pared de la primera casa, metió su mano entre unas macetas que estaban colocadas junto a una ventana, encontró la palanca escondida que buscaba y la jaló, entonces se abrió una compuerta oculta en la banqueta, el marqués se lanzó dentro de ella y al caer sobre el suelo de aquel agujero jaló otra palanca para cerrar la compuerta y quedar oculto ante los ojos de los guardias. El material que cubría la puerta del túnel de escape era igual al resto del material del que estaba hecha la banqueta: piedra, un camuflaje perfecto que nadie descubriría. Una vez dentro del reducido túnel, el marqués caminó unos cuantos pasos en la oscuridad para llegar hasta el subsuelo de la casa. Después de avanzar en la oscuridad del túnel y de ir tentando poco a poco el techo, encontró una puerta sobre su cabeza, la abrió y se encontró en la seguridad de una de las recámaras de la casa. Todo aquel esfuerzo, los túneles, las compuertas, la compra de propiedades, era la enseñanza de aquel general de quien tanto había aprendido en Egipto: «Nunca vayas a la batalla sin tener una ruta de escape».

Después de recuperar el aliento y de ver a través de la ventana que los guardias se alejaban de la casa en la que se ocultaba, el marqués se volvió a meter al túnel, cerró la puerta y encendió una vela, entonces empezó a caminar, pero esta vez caminó en dirección opuesta a aquella por donde había llegado. El túnel no sólo unía la puerta secreta de la banqueta con la casa, era una vía de comunicación integrada a una red oculta de túneles excavada por los agentes franceses y utilizada por ellos para desplazarse por debajo de la ciudad. Con la luz de la vela ya era más fácil caminar en aquellos túneles, a diferencia de la corta distancia que el marqués tuvo que caminar en el túnel para pasar del subsuelo de la calle al subsuelo de la casa, la distancia que el marqués recorría ahora era mucho más grande, por lo cual necesitó sacar el mapa que le había dibujado Zarukhan para poderse orientar en esa maraña de túneles. Minutos después llegó a su destino, se encontró una puerta de madera encima de él, la tocó dos veces y la puerta se abrió, el capitán De Montpellier vio la cara de Bouchanette y le extendió la mano para que lo ayudara a salir.

Entró a una habitación sin ventanas, donde había una decena de hombres que a la luz de varias lámparas de aceite y velas copiaban tan rápido como podían un montón de papeles que tenían sobre varios escritorios. Era una habitación preparada para tal maniobra, a la que llamaban *la imprenta*.

—¿Han encontrado lo que les pedí? —preguntó el marqués a Bouchanette.

—Sí, nos tardamos bastante para dar con los datos de los embarques a España, pero ya dimos con ellos y los estamos copiando ahora mismo.

—¿Y los informes militares? —volvió a preguntar el marqués.

—Esos los encontramos, pero como se imagina, marqués, es bastante información y nos estamos tardando en copiarla.

—¿Crees que terminaremos antes del amanecer?

—Sí, sin duda.

—Bien, bien, siempre y cuando terminemos antes del amanecer, la misión estará cumplida.

—Una pregunta, marqués, ¿piensa usted arriesgarse de nuevo?

—Sin duda, Bouchanette, tenemos que regresar los documentos a su sitio antes de que mañana alguien se dé cuenta de que no están. Estos documentos son muy importantes, si faltan, las autoridades del virrey empezaran a investigar, buscarán en toda la oficina y no tardarán en dar con el túnel, eso los traerá hasta esta casa, los llevará hasta Inmobiliaria Baeza y no tardarán en dar conmigo. Toda la operación se arruinaría.

—Mi capitán, usted ordena y yo lo sigo a donde me diga, pero estoy preocupado, acaba usted de escapar por segundos de la muerte, ¿quiere arriesgarse otra vez?

Fernando de Montpellier miró a Bouchanette con una sonrisa, le daba gusto saber que tenía amigos que tanto se preocupaban por él.

—No te preocupes, Bouchanette, ¿recuerdas los diez principios?

—Imposible olvidarlos, capitán.

—¿Recuerdas que uno de ellos es conocer a tu enemigo?

—Sí.

—Pues si algo conozco acerca de estos guardias es que sólo necesitan de una distracción, yo me encargaré de eso mientras ustedes devuelven los documentos a la oficina. Pongan atención a la plaza del vecindario, cuando vean que sucede algo raro, ésa es la señal, entren al palacio y regresen todo a su lugar. Y una cosa más antes de irme, ¿todos tienen aceite para lámparas?

—Tenemos bastante aceite para las lámparas —dijo Bouchanette señalando varios frascos de cristal.

—Bien, me llevaré lo que pueda —dijo el marqués a Bouchanette tomando varios frascos, luego se dirigió a otro de los hombres en la habitación.

—Julien, ayúdame a cargar el aceite.

Bouchanette no entendía lo que planeaba el marqués, pero pronto lo entendería. De Montpellier se metió una vez más al túnel, seguido de Julien. Bouchanette salió de la imprenta para subir al techo de la casa y ver lo que sucedería en el vecindario. Más tarde, Bouchanette vio que una casa estaba prendida en llamas, sin duda ésa era la señal, la distracción. Los ya alarmados guardias del palacio dejaron pocos vigilantes en sus puestos y acudieron a prestar ayuda, momento que Bouchanette y los demás agentes franceses aprovecharon para regresar los documentos a sus estantes.

A la mañana siguiente, el m
arqués desayunaba mientras leía los documentos, revisaba minuciosamente hasta que encontró una cifra que le reveló una palabra clave: «oro». El primer párrafo de cifras que contenía el documento de los números estaba resuelto, lo sacó de entre sus ropas y tachó ese primer objetivo. Momentos después llegó Bouchanette con el periódico.

—¿Por qué las operaciones secretas siempre terminan siendo noticias en los periódicos? —le dijo al marqués y leyó el encabezado en primera plana—. «Siembra miedo en la ciudad el Diablo Negro».

Noche de estreno

EL TEATRO ESTABA A REVENTAR DE GENTE, COMERCIANTES, INDUS-triales, nobles y funcionarios del gobierno estaban presentes, así como jóvenes casaderas que iban a ver posibles buenos partidos para sus próximos matrimonios. Llegaban en hermosos carruajes, jalados por caballos también ataviados con gran ostentación. La gala de esa noche, un evento esperado por todos, quienes lucían sus mejores ropas y joyas, estaba presidida por los condes de Santángelo, Sofía y Gonzalo. Siendo ellos miembros del consejo de la institución teatral, daban la bienvenida a todo el auditorio en el vestíbulo del teatro. Sofía, de manera inconsciente, esperaba ver al marqués Cavallerio, pero no llegaba; sin embargo, estaban con ella Úrsula, Claudia y Ángela, y sus respectivos maridos. También estaba Irene, otra amiga de Sofía que no las había podido acompañar al paseo en la pradera. Entre todas las distracciones y pláticas de ese momento, había una pregunta que rondaba la cabeza de Sofía, hasta que por fin la hizo.

—Oigan, ¿y no han escuchado nada de nuestro amigo italiano?

—A propósito, había olvidado comentarles algo acerca de ese señor marqués, no van a creer lo que me contó mi esposo —dijo Claudia.

—¿Qué te contó de ese hombre misterio? —preguntó Ángela mientras Sofía disimulaba su curiosidad.

—¿Saben en dónde está viviendo? —dijo Claudia.

—¿Dónde? —preguntaron las amigas en coro.

—Pues ya ven que mi marido compra y vende propiedades, así que de casualidad escuchó que el señor Baeza, el dueño de Inmobiliaria

Baeza, ya logró vender ese colosal montón de ruinas que perteneció a los Almeida, la familia de mineros, ¿adivinen a quién?

—¿Al marqués? —preguntó Ángela adelantándosele a Sofía, que sintió un golpe en el pecho.

—A él mismo. A mi marido le sorprendió tanto la noticia que pasó frente a esa casa y dice que no pudo creer lo que veían sus ojos, la casa está siendo remodelada de pies a cabeza y casi pudo constatar que ese hombre no está reparando en gastos para dejarla como todo un palacio. Bueno, como se darán cuenta, al menos algo es cierto, nuestro amigo italiano es bastante rico —dijo Claudia.

—Pues vaya sorpresa, me imaginé que el hombre tenía sus recursos, hay que tenerlos para hacerle esos regalos al virrey y para ser un banquero, pero no me imaginé que a tal grado —dijo Ángela.

—Pues ni más ni menos, amigas —dijo Claudia.

Mientras sus amigas hablaban de la novedad del momento, Sofía luchaba por poner su mejor cara, pues en su interior su corazón palpitaba sin freno. «El marqués vive en la antigua casa de Juan Pedro», se repetía. En eso estaba cuando Irene le preguntó.

—¿De quién estamos hablando? Estos meses fuera de la ciudad me han atrasado de noticias —se quejó Irene; sus amigas pronto la pusieron al corriente—. Siendo la cosa así habrá que apurarse a conocer al famoso marqués, es un buen partido llegado de Europa.

—Pues sí, tienes razón, habrá que informarnos mejor del tal marqués —dijo Úrsula.

—¿Pues no decías que te parecía que ese hombre era un mal augurio, Úrsula? —preguntó Sofía.

—Pues qué te puedo decir, Sofía, tal vez el hombre llegó a la Nueva España en medio de un desorden, pero al parecer eso lo está compensando con otras virtudes que pueden beneficiar a nuestras niñas —dijo Úrsula, y luego acompañó sus siguientes palabras con un guiño de ojo y una sonrisa—. ¿O no creen que el ser una marquesa sea una virtud ventajosa? Y a todo esto, ¿dónde están las niñas?

—Ahí —dijo Ángela señalando a un grupo de adolescentes, sus hijas mayores que también disfrutarían de la función de teatro.

—Bueno, y pasando a otra cosa, ¿ya saludaste a tu amiga Ysabella? —dijo Irene volviendo su vista hacia Sofía.

—¿Ysabella está aquí? No me avisó que vendría. ¿Dónde está?

—La vi en el ensayo general, cuando vine a traerles unos presentes a los actores.

—Ah, sí, ella es muy amiga de algunos de los actores.

—Pues venía muy bien acompañada de un hombre muy caballeroso y bien vestido, nunca lo había visto antes, pero tú sabes que no conozco a ninguno de sus amigos, apenas la conozco a ella y eso porque tú me la presentaste. Tampoco tuve oportunidad de preguntarle a Ysabella quién era su acompañante, apenas la pude saludar porque los actores me entretuvieron todo el tiempo. Ella y su acompañante conversaban mientras tanto con Marco Felipe de Vivar.

—¿Con el administrador del teatro?

—Sí, con él, y estaban tan activos en su conversación que llegué a pensar que Marco, Ysabella y ese hombre se conocían ya de tiempo, y por lo mismo pensé que tú sabrías quién era el hombre en cuestión.

—Pues conozco a Ysabella hace poco y sé que es amiga de Ricardo Arizpe, pero no sabía que conocía al señor de Vivar —Sofía hablaba con gesto de curiosidad—, y en cuanto al amigo que mencionas la verdad es que estoy tan en la ignorancia como tú, yo tampoco conozco mucho a los amigos de Ysabella. ¿Dices que era todo un caballero?

—Sí, bastante —respondió Irene.

—Pues qué bueno. Ysabella es una gran mujer, ¿te sabes su historia?

—No —dijo Irene.

—Es viuda, tenía veinticinco años cuando perdió a su marido. Es una mujer que ha sufrido mucho. Estaba muy enamorada de su esposo.

—Pues qué mujer con tanta suerte, mira que su acompañante se ve que es de dinero, muy educado y guapo.

—Me da gusto por ella, qué bueno que la suerte le sonría.

—Pero ¿no decías que estaba muy enamorada de su difunto marido? —preguntó Irene.

—Pues sí, pero qué bueno que Dios le haya enviado a otro hombre a sanar su herida, ¿no crees?

—Tienes razón, querida, qué bueno que Dios fue generoso con ella, aunque hay algo que se me hace curioso, ¿cómo un caballero de esa estirpe podría fijarse en una viuda? —dijo Irene, y aunque las amigas le reprocharon el comentario, ella agregó—: Vamos, amigas, saben que digo la verdad, Ysabella es una mujer muy linda, sin duda alguna, pero es una viuda y ya no es una jovencita.

—Pero si al hombre le gusta, ¿qué más da? —agregó Sofía.

—Es que eso es lo que me intriga, entiendo que le guste, es muy linda, como ya dije, pero ustedes bien saben que a los hombres de dinero les gustan las mujeres de dinero y jovencitas, ¿o digo alguna mentira? —dijo Irene y las demás guardaron silencio—. Pues bien, ese hombre se veía de dinero, y me llama la atención que se haya fijado en una mujer viuda, de clase media, sin fortuna y sin nombre de familia de abolengo, porque ustedes dirán lo que quieran, pero Ysabella, aunque es una mujer educada y agradable, no es mujer de familia.

Antes de que Irene continuara con su intriga, todos los presentes en el vestíbulo escucharon la última llamada y pasaron a ocupar sus asientos. Pero ninguna de ellas vería completa la obra, sino que se pasarían la mayor parte del tiempo, con el catalejo en la mano, viendo desde sus balcones a todo el auditorio. Ése era el mejor espectáculo, ver quién estaba con quién, cuál de los hombres que ocupaban los palcos era el primero en dormirse, quién no había llegado. Sofía fue una de las primeras en tomar su catalejo y buscar a Ysabella entre la concurrencia, la curiosidad por ver a su misterioso amigo la tenía intranquila. La buscó con detenimiento pero no la encontró, entonces se imaginó que estaría en la concurrencia del piso de abajo. Ysabella no era una mujer que tuviera una posición tan desahogada como para darse el lujo de comprar un boleto para palco. Buscar a su amiga en los asientos del piso del teatro sería más difícil porque las caras de todos estaban hacia el escenario. Sofía buscó y buscó pero no la vio.

Al abrirse el telón, en vez de comenzar la obra, el auditorio vio la figura rechoncha del administrador del teatro, el señor Marco Felipe de Vivar, quien les dio la bienvenida e hizo un agradecimiento a un caballero que ocupaba un asiento en primera fila.

—Buenas noches damas y caballeros, permítanme hacer este paréntesis para comunicarles que nuestro teatro por fin será el mejor de toda la Nueva España, gracias al apoyo económico del caballero aquí presente para construir un lugar para montar obras teatrales, literarias e históricas, al aire libre. Un anfiteatro lo bastante grande para poder atraer a aquellos pobres habitantes de nuestra ciudad para quienes les es bastante oneroso pagar un boleto de teatro y en el cual también llevemos a cabo espectáculos circenses, festivales de baile, carnavales festivos y mucho más. Nuestro amable benefactor también nos financiará obras de Shakespeare: *Romeo y Julieta, El mercader de Venecia, Hamlet* y tantas otras. A todos los presentes les pido un aplauso para el marqués Cavallerio, aquí presente —al terminar de mencionarlo, Fernando de Montpellier se levantó de su asiento y agradeció los aplausos con una elegante reverencia.

—¿El marqués Cavallerio? ¿Es ése el hombre del que hablaban ustedes? —preguntó Irene a sus amigas.

—¿Es el hombre del río que viste en el palacio del virrey? —preguntó Gonzalo a Sofía, que estaba atónita mirando con su catalejo.

Por un instante pasó por la mente del esposo de Sofía que tal vez había algo más en el interés que su esposa mostraba por ese hombre. Por un momento el conde de Santángelo sintió que algo le oprimía el pecho, una sensación desagradable, un dolor pequeño, pero punzante, «¿serán celos?», pensó el conde. «Qué tontería», se respondió y deshizo esos pensamientos locos de su cabeza. Era natural que Sofía sintiera tanto agradecimiento, ese hombre había salvado a sus hijos de morir ahogados en el río.

—¿Sofía, que te pasa, mi amor? —dijo el conde mientras miraba a su esposa que se había puesto una mano en el pecho.

—Nada, no pasa nada, no sé qué me pasó, discúlpame —entonces Sofía dejó su catalejo sobre su regazo y apoyó su cabeza sobre el hombro de su marido.

—No, discúlpame tú a mí, no tenía razón para hablarte así —dijo sintiendo un poco de culpa por sus absurdos pensamientos, luego la besó en la mejilla.

Mientras los aplausos seguían y habiendo muchas personas que no alcanzaban a ver la cara del marqués, Marco Felipe de Vivar lo invitó a subir al escenario, entonces Fernando de Montpellier, personificando a Alessandro Martinelli, marqués Cavallerio, oriundo de la República Cisalpina de Italia, se puso de pie y se volteó hacia el auditorio para agradecer a la multitud que le brindaba un aplauso. Levantó su brazo y con una mayor reverencia correspondió al aplauso de los asistentes. En este momento las mujeres y sus maridos en el palco de Sofía pudieron estar seguras de lo que veían. Sí, era el hombre de la aventura en el río. Con esta magna presentación ante la alta sociedad de la capital, el marqués Cavallerio empezó el plan de darse a conocer en la Nueva España. Pero todavía quedaba una sorpresa reservada para el grupo de matrimonios sentados en el palco de Sofía y su marido.

—¡Sofía! ¿Es esa mujer tu amiga? —exclamó Irene.

Y así era, sentada al lado de De Montpellier estaba Ysabella. Al verla, Sofía se llevó la mano al pecho y a su esposo le volvió esa punzada de celos.

—Y yo que lo quería para mi hija —exclamó Irene compungida.

—Vamos, mujer, nuestra hija apenas tiene quince años, no me la andes presionando para casarse —dijo don Ambrosio Salaverria, esposo de Irene.

—Y mira la butaca al otro lado: la Güera Rodríguez —exclamó Ángela.

La sorpresa continuó en el palco de Sofía y sus amigas. Pasaron varios minutos cuchicheando y el marqués estaba más que feliz, su plan había salido como él lo esperaba. En un receso de la función, Fernando se llevó la mano al interior de su casaca, sacó un lápiz, un pedazo de papel lleno de números y tachó el segundo párrafo en el documento, el cual decía una de sus máximas de su general Bonaparte: «Captura su curiosidad, seduce su interés».

27

El castillo abandonado

AL DÍA SIGUIENTE DE LA FUNCIÓN, YSABELLA SE ENCONTRÓ CON una sorpresa inesperada, las cuatro amigas de Sofía: Claudia, Mayra, Úrsula y Ángela, estaban en la puerta de su casa para que las llevara con el marqués Cavallerio pues querían agradecerle todo lo que había hecho por ellas y por sus hijos en el accidente del río. Le explicaron que habían querido saludarlo y darle las gracias la noche anterior en el teatro, pero no lo vieron salir, esperaron varios minutos en el vestíbulo del teatro y ni él ni Ysabella salieron.

—¿Pues cuántas puertas tiene el teatro, Ysabella? —preguntó Claudia.

—Salimos por esa misma puerta, pero más tarde, porque el marqués y yo nos entretuvimos con el empresario del teatro, hablando sobre las nuevas funciones y las nuevas puestas en escena —respondió Ysabella.

Eran las seis de la tarde cuando subieron al carruaje de Mayra y se dirigieron a la casa del marqués Cavallerio. Las cinco mujeres iban más que animadas, con tantas expectativas sobre el caballero que iban a visitar y que no dejaban de hablar de su gallardía y su «don de gentes», dijo Mayra. Ysabella sólo las escuchaba, trataba de participar de la conversación pero algo la tenía inquieta. No fue difícil adivinar qué era eso que la hacía sentirse distante de las demás mujeres y, a veces, casi al borde del llanto: Fernando había buscado a Sofía. Según las circunstancias que las demás señoras le habían contado al detallarle el accidente del río, pudo haber sido una casualidad, pero ella sabía que no era así, su corazón le decía que Fernando había planeado el encuentro y el accidente del río le había llegado como un pretexto ideal para acercarse a ella y al fin verla.

Al llegar a la casa del marqués, Ysabella recordó la recomendación que le había hecho Fernando: «Cuando no vengas sola pregunta primero por Katum y dile la frase clave: «¿Has tenido noticias de Mambasi?», y él te responderá: «Mi dulce hogar, cuánto desearía estar ahí, pero el buen marqués algún día me dará un año de vacaciones y volveré». Él sabrá qué hacer». Ysabella así lo hizo y el africano entendió el mensaje.

Katum y De Montpellier se conocieron cuando la campaña de Egipto emprendida por Napoleón Bonaparte, Katum fue el guía que llevó a la división de soldados franceses bajo el mando del general Desaix para perseguir a Murad Bey en el sur de Egipto. Después de esa campaña, Katum se ganó la confianza de los franceses. El marqués había organizado este sistema de alertas pensando en que tal vez algún día alguno de sus agentes o colaboradores secretos esparcidos por la ciudad tuviera que avisarle que alguna tropa de soldados se dirigía a su casa, o que algún funcionario u otra persona sospechosa quería visitarlo. El marqués consideraba a Ysabella una mujer fiel a la promesa de cuidar su secreto, más aún, dispuesta a correr riesgos por protegerlo, así que le comunicó este sistema de alertas.

Ysabella llegó a bordo del elegante carruaje acompañada de las otras cuatro mujeres y pidió hablar con Katum. El africano hizo pasar a las damas a la imponente casa que, a pesar de estar en remodelación, se notaba la magnificencia de sus acabados, sus amplios pasillos y sus grandes jardines. Por todos lados por donde iban, se encontraban con marinos italianos que al preguntarle a Katum quiénes eran, el africano respondió que se trataba de la guardia personal del marqués. Después de eso llegaron a la biblioteca, donde se maravillaron de tantos libros empastados en piel, finamente acomodados en libreros de lujosas maderas. Al hablar de la casa y su decoración, las mujeres resaltaron los gustos arquitectónicos de sus antiguos dueños, pero no hablaban de los dueños originales, los Filizola y Serrano de Montpellier. Ese era un nombre que desde su adolescencia sus padres les obligaron a no mencionar, era peligroso. La costumbre se quedó en la mayoría de la aristocracia de la Nueva España, no hablaban de esa familia que desapareció. La verdad era que estaban cautivadas por el misterio de la casa, esa mansión donde se decía que había habido un asesinato, siempre habían querido visitarla y saber por qué la gente le llamaba *el castillo abandonado*. Ahora la casa volvía a tener vida y rebosaba con una decoración de gran gusto europeo, tenía un nuevo dueño, al menos eso pensaban entusiasmadas las mujeres. En realidad, la casa volvía a su dueño original, más peligroso que antes.

En la pared principal de la biblioteca había una chimenea, la cual ya estaba encendida cuando las mujeres entraron, lo que hacía más acogedor el momento. Cada una ocupó un lugar en los tres sofás largos que tenía la sala y también se quedaron deslumbradas por tantos mapas que vieron sobre la mesa de trabajo, así como un globo terráqueo, maquetas de monumentos antiguos, como el coliseo romano, las pirámides de Egipto, y una gran esfinge. También había un telescopio, compases de navegación y muchos objetos más que ellas no conocían. Pero lo que más les llamó la atención fue un caballete con una sábana encima, debajo de la cual, pensaron todas, había una valiosa pintura. Sin duda aquella habitación hablaba de un hombre con un gran interés en la historia, el arte y la literatura.

Mientras Katum las dejaba solas para ir a avisarle al marqués, ellas aprovecharon para, por fin, preguntarle a Ysabella dónde lo había conocido y en qué circunstancias. Ysabella se puso un poco nerviosa ante estas preguntas, ya había platicado con Fernando cuál sería la historia que ella diría a quienes preguntaran, pero a Ysabella se le dificultaba mentir, sin embargo, les contó la historia.

—Nos conocimos en Europa el año pasado.

—Cierto, ya nos había comentado Sofía que habías estado en Europa —dijo Claudia.

—Y ¿en dónde conociste al marqués? —preguntó Ángela.

—En Venecia.

—¿En Venecia? Qué suerte tienes, me han dicho que es una ciudad increíble, que es una maravilla, ¿es cierto? —preguntó Claudia.

—Sí, es toda una maravilla. Una ciudad literalmente en el agua, no hay calles sino canales, y en vez de dirigirse en carruaje de un lugar a otro las personas toman pequeñas embarcaciones impulsadas por remeros.

Ysabella alargaba lo más posible sus respuestas para evitar que le preguntaran cómo había conocido al marqués. Cómo explicarles que había sido gracias a una coincidencia del destino en la cual estaba relacionado su difunto esposo, un hombre que había trabajado con las fuerzas de independencia que se empezaban a gestar en el país. Cómo olvidar ese día, Fernando estaba vestido con su uniforme de gala del ejército francés, un país con el cual España estaba en guerra. Todo ello la ponía nerviosa al pensar que pudiera revelar algún secreto. Pero la curiosidad de las mujeres las llevaba a preguntar más detalles sobre su relación con el marqués.

—¿Entonces vive en Venecia? —preguntó Úrsula.

—Me parece que vive en un castillo en una isla cercana a Venecia, donde lleva a cabo su trabajo de banquero —respondió Ysabella.

—¡Un castillo! ¡Vaya! ¿Y has estado en su casa? —preguntó Ángela.

—Ella nunca ha visitado mi casa, aunque varias veces la he invitado a visitarme y ahora también extiendo esa invitación a ustedes, si es que algún día visitan mi país —las mujeres voltearon hacia la puerta donde estaba el marqués con un libro en la mano—. Mucho gusto, soy el marqués Alessandro Martinelli, marqués Cavallerio.

—Marqués, nos ha sorprendido a todas al llegar, nadie de nosotras notó su presencia hasta que entró en la habitación —dijo Ysabella.

—Pues al fin tenemos la fortuna de conocernos. Me da mucho gusto que estén ustedes aquí, Ysabella es mi única amiga en México, así que recibo con mucho gusto a quienes visitan esta casa. Y de nuevo tengo que agradecerte a ti que me presentes a más amistades, ¿me imagino que has sido tú quien ha tenido la gentileza de invitar a estas damas a mi casa?

Ysabella sonrió, se ruborizaba un poco cuando el marqués la trataba con tanta amabilidad frente a otras personas, pero junto con la sonrisa había enojo por una razón que pronto saldría a la plática.

—La verdad es que ellas han venido por su propia iniciativa a agradecerle lo que usted hizo por sus hijos ¿recuerda aquel día en el río? Por ella me enteré, usted no me había dicho nada, señor marqués.

Fernando se vio sorprendido de que Ysabella supiera de ese incidente y el tono de ella lo sintió un poco a regaño.

—Discúlpame por ser discreto, pero no fue nada, no me gusta exagerar ciertos acontecimientos, lo que hice sé que lo hubiera hecho cualquier otro hombre —respondió el marqués.

—Pero ¿cómo dice eso, marqués? Vamos, no peque de humilde,

mire que pudo haber muchos hombres ese día en el río, pero que manejaran tan bien su caballo como usted y que usaran sus destrezas como jinete para ayudar a nuestros chiquillos, no muchos —dijo Ángela.

—Pues acepto sus halagos siempre y cuando se refieran a la calidad de mis caballos. En eso sí estaré de acuerdo con usted, señora, mire que me desvivo por tratar a esos animales con el mayor cariño que puedo porque la experiencia me ha demostrado que esos animales, tratados como se debe, pueden hacer maravillas. El final feliz de la aventura del río se la debemos a mi potro Aquiles —dijo el marqués.

—Pues aquí todas estamos muy agradecidas con Aquiles también —dijo Claudia y hubo algunas risas.

—Marqués, por favor acepte nuestro sincero agradecimiento. Si no, sería muy descortés de su parte no aceptarlo, porque si usted se arriesga así por cualquier cosa que no amerite agradecimiento, significa que no estima la vida de nuestros niños tanto como nosotros —dijo Claudia.

—Pues siendo así, acepto sus muestras de gratitud con la mayor humildad, señoras, confíen en que me siento muy halagado por ellas —y el marqués hizo una pequeña inclinación para acompañar su comentario—. Ahora soy yo el que les pido un favor, cuéntenme de ustedes cómo están esos niños, ¿no los habrán castigado, me imagino? —dijo el marqués con una ligera sonrisa.

—Deberíamos, pero fue tal la angustia que en ese momento decidimos no hacer nada, aunque yo a los míos sí los castigué, una semana sin pasteles ni golosinas —dijo Ángela.

—Yo también castigué a mi niño, marqués, se ha vuelto un pequeño diablillo —dijo Claudia.

Mientras las mujeres hablaban, fijó su atención en Ysabella, y sin poder evitarlo le vino al pensamiento la imagen de ella con un bebé en sus brazos y cuidando de otro que corría por la sala alrededor de las mesas. Entonces el marqués llevó su mirada a las delgadas manos de Ysabella, que las mantenía cruzadas sobre su regazo y en ese momento descubrió que tal vez sería agradable tomar esas manos entre las suyas.

—Sí, marqués, es necesario castigar a esos niños de vez en cuando. Sofía casi se muere de la angustia cuando vio a su niñita en las aguas —Úrsula había empezado a hablar, pero se detuvo cuando se dio cuenta de que estaba hablando acerca de alguien que no estaba en ese lugar—.

¡Ah! Se nos olvidaba, Sofía no ha podido venir, pero nos ha pedido mucho que le digamos que está agradecida con usted y que espera con impaciencia venir a agradecerle lo que hizo por los niños —Ysabella se fijó en el rostro del marqués cuando el nombre de Sofía se pronunció en aquella biblioteca, hubo una ligera reacción por parte de él, casi imperceptible, pero ella la notó y sintió una punzada en su corazón.

—Díganle que siempre será bienvenida cuando guste venir —dijo el marqués.

—Pasando a otras cosas, marqués, hay algo que le queremos comentar, es una invitación que le queremos hacer —dijo Mayra.

—¿Apenas nos conocemos y ya me están invitando a alguna parte? ¡Qué bien! Me agrada la Nueva España —dijo el marqués entre las sonrisas de las mujeres.

—Queremos invitarlo a una pequeña fiesta que queremos darle como bienvenida a nuestra ciudad de México —dijo Claudia.

—Me sorprenden, señoras, me siento muy halagado —dijo el marqués—. Sin embargo, voy a tener que negarme. —Pero ¿por qué, señor marqués? —preguntaron en coro.

—Disculpen mis palabras, no quise decir que me niego del todo a que se haga una fiesta en mi honor, el problema es que ya hay todo un equipo de personas organizando una fiesta para celebrar mi bienvenida —la sorpresa de las mujeres fue aún mayor.

—¿Y quién la organiza, señor marqués? —preguntaron ellas.

—Yo mismo la estoy organizando —respondió él—. Ya sé que no tiene sentido que un europeo recién llegado y sin amigos en la región organice una fiesta, pero déjenme explicarles, no es una fiesta personal, sino una fiesta para celebrar el inicio de operaciones de la casa financiera que represento: Credito Commerciale dell'Atlantico —después de estas palabras el marqués habló un poco de su ocupación como banquero y del grupo de inversionistas europeos que él representaba, luego volvió con el tema de la fiesta—. Así es que como se podrán imaginar, siempre es de suma importancia para un banquero presentarse ante la sociedad de un lugar y dar muestras de su respetabilidad y de su credibilidad.

—Bueno, si es así, entonces nosotras tendremos que esperar para organizarle una fiesta, pero no se negará a asistir, ¿verdad, marqués? —dijo Claudia.

—De ninguna manera, una vez que ya haya hecho mi presentación ante la gente de esta ciudad y mi nombre deje de ser material para inventar cuentos, entonces ustedes pueden estar seguras de que me encantará asistir a cualquier fiesta que se me invite —dijo, y agregó—, además, me imagino que puedo contar con la presencia de ustedes y la de sus esposos en la fiesta que daré en unos cuantos días, ¿no es así?

—Por supuesto, marqués —dijo Ángela.

—No faltaríamos por nada del mundo —dijo Úrsula.

—Mi esposo es un poco reacio para venir a fiestas, pero le diré que usted es un banquero, y tratándose de negocios, ya verá como no falla —dijo Claudia.

—Pues entonces no se diga más, cuento con ustedes para la fiesta —dijo él.

—Bueno, marqués —dijo Úrsula poniéndose de pie—, ha sido una tarde encantadora, pero es tarde y debemos regresar a nuestras casas —después se dirigió a las mujeres—. ¿No creen, amigas?

—Antes de irme quería preguntarle algo, marqués —dijo Claudia.

—Dígame, señora.

—Tiene usted en esta biblioteca una cantidad enorme de objetos y obras de arte encantadores, pero también la tiene llena de misterios. ¿Qué es esa pintura que tiene usted cubierta?

—¿Esa pintura? —dijo el marqués sonriendo.

—Sí, tengo que confesar que me tiene intrigada —dijo Claudia.

—¿Por qué se ríe, marqués? Mire que nos llena más de curiosidad al hacerlo —dijo Mayra.

—Sí, marqués, ¿qué sorpresa nos tiene? —dijo también Ángela.

—Este hombre tiene misterios para todos, no me pregunten a mí —dijo Ysabella sonriendo.

—Distinguidas damas, esa pintura es una sorpresa que revelaré el día de la fiesta y ustedes serán las encargadas de develarla frente a toda la concurrencia, ya verán que será divertido —concluyó el marqués y le pidió a Katum que las acompañara a la puerta.

28

Personas que nunca olvidaremos

LA TARDE QUE YSABELLA REVISABA Y LEÍA LOS LIBROS QUE SU PADRE le había enviado de Guanajuato para que ella aprobara su comercialización en la ciudad de México, Sofía se presentó en su casa, intuía a lo que iba. Dejó el sillón en el que estaba, se miró al espejo, se arregló el cabello y salió a recibir a su amiga. Ambas se sentaron en un gran sillón de la sala y después del saludo de cortesía Ysabella por fin preguntó:

—¿A qué debo el gusto de tu visita?

Sofía salió de sus distracciones para mirar a Ysabella, pero seguía sin estar segura de lo que quería decir. Ysabella intuyó que había algo en el corazón de Sofía, una inquietud especial que la había llevado esa tarde a visitar a su amiga, quien dedujo cuál era esa inquietud. Ysabella se puso un poco nerviosa al pensar que Sofía le preguntaría acerca del marqués, pero se controló y actuó con bastante naturalidad. Mientras Sofía prefirió no seguir actuando como si nada pasara, además sentía que Ysabella era alguien en quien podía confiar. Entonces pensó que lo mejor era hablar con la verdad, abrirse con Ysabella y decirle sus inquietudes. Pero ¿acaso no sería tonto hablarle a Ysabella de alguien que había desaparecido de su vida hace muchos años? ¿Cómo iba Ysabella a estar relacionada con esa persona? Sofía se frotó las manos, respiró profundo y poco a poco empezó a hablar del tema.

—Ysabella, ¿puedo confiar en ti?

—Claro, ¿de qué se trata?

—Mira, hace mucho tiempo yo —Sofía se mordió los labios, estaba batallando para empezar a hablar del tema e Ysabella lo notó.

—Sofía, calma —dijo tomándole las manos—, sea lo que sea puedes contármelo, ¿recuerdas con quién hablas? Si algo me dejó el dolor de la experiencia que viví al perder a mi marido, fue una gran fuerza para entender el dolor de los demás. Tranquila, sea lo que sea verás que no es tan malo.

—Discúlpame, no sé ni por dónde empezar —dijo Sofía e hizo una pausa. Ysabella la miró con ojos comprensivos.

—Pues haz lo que yo cuando quiero escribir algún poema y no sé cómo empezar, di lo que sea y lo demás fluirá.

—Nunca he hablado de esto con nadie, es algo que sucedió hace tanto tiempo —Sofía perdió un momento su mirada viendo hacia el fuego de la chimenea, estaba recordando—. Cuando yo tenía apenas dieciocho años, sucedió algo que me marcó durante mucho tiempo. Yo estuve enamorada de un joven y fuimos novios durante algún tiempo, su nombre era Juan Pedro Fernando Filizola y Serrano de Montpellier —al escuchar ese nombre, Ysabella sintió un golpe en su pecho, pero dejó que Sofía continuara—. Él tenía veintidós años, y como todo par de jóvenes, pensábamos que el uno era todo el mundo para el otro —Sofía hizo otra pausa mientras perdía su mirada en el vacío—. Sin embargo, yo no quise hablar en un principio con mis padres acerca de esa relación por varios motivos. Mis padres y los suyos no tenían una buena relación, mi papá decía que esa familia andaba metida en cosas peligrosas, aunque nunca me dijo qué cosas, y que no era bueno estar relacionados con ellos aunque tuvieran mucho dinero. Yo estaba muy sorprendida de que mi padre no quisiera tener nada que ver con ellos porque no sólo la familia de Juan Pedro era rica, su padre era un noble español, un duque, y se decía que su madre era familiar cercana del rey de Francia, Luis XVI. Pero mi padre insistía que no quería tener nada que ver con ellos. Años después, me enteré de que el padre de Juan Pedro había estado involucrado en el financiamiento de la guerra de revolución de las colonias británicas en América, él era banquero y había tenido negocios con un hombre llamado George Washington —Sofía se detuvo para tomar un respiro—. Bueno, mejor no me desvío mucho de la historia, que ya de por sí es complicada. Tal vez después te platique de eso. El caso es que mi padre no quería tener nada que ver con ellos. Además mi papá y mi mamá aspiraban a enviarme a España para que allá conociera a alguien cercano a la corona española y me casara con un español peninsular, pues mis padres estaban bien relacionados con la corte. Por eso y algunos otros motivos no quise en un principio decirles a mis padres acerca de mi noviazgo con Juan Pedro; si se hubieran enterado me hubieran mandado a España de inmediato. Juan Pedro, por su parte tampoco quería provocar que mis padres me enviaran lejos, así que decidimos mantener nuestra relación en secreto y esperar a que la situación con mis padres mejorara. Él sí les contó a sus padres acerca de nuestra relación y quedaron encantados, algo contrariados, sí, porque no tenían buena relación con mis padres, pero aun así encantados, él decía que yo les gustaba mucho como nuera. Conforme pasó el tiempo, él se fue impacientando, ya quería formalizar nuestra relación, y entonces un día me llevó de día de campo; sin que yo me lo esperara, sacó de su bolsillo esta crucifijo —Sofía sacó de su bolso la cruz de oro que Ysabella había visto por primera vez hacía casi un año, durante la primera vez que acompañó a Sofía y a sus amigos artistas a un día de campo. Esa cruz era la confirmación de que Sofía Ibargüengoitia había estado comprometida durante su juventud con un joven del que nunca se supo su identidad. Sofía puso el crucifijo en la mano de Ysabella y continuó—. Cuando me la dio, me dijo que era la muestra de sus intenciones de casarse conmigo. Me dijo que había pertenecido a su madre y a su abuela. Yo me sentí enormemente emocionada. Empezamos a hacer planes de todo, hasta empezamos a arreglar una casita para vivir ahí cuando nos casáramos, una que queda cerca del prado a donde vamos a veces, ¿lo recuerdas?

—Claro, el prado junto al río, donde los niños hicieron su travesura.

—Sí. Imagínate qué tonterías de niña, empezando a arreglar la casa donde íbamos a vivir. La llenamos de flores, de cuadros que yo y él pintamos, la llenábamos de pájaros, de todo nuestro amor. Yo era una joven inocente, que creía que todo en la vida era hermoso, estaba enamorada, como lo estamos a esa edad, y el hombre que amaba me acababa de pedir matrimonio. El sueño era ideal. Todo era perfecto y yo estaba en las nubes. Pero seguía habiendo un problema: mis padres —Sofía cambió el semblante y continuó con voz más grave—. ¿Cómo decirles acerca de la propuesta de matrimonio que me acababa de hacer

Juan Pedro. Entonces decidimos esperar un mes más y justo en ese mes sucedió algo terrible, algo que me cuesta mucho recordar —de nuevo hizo una pausa para tomar fuerzas y continuó—: Juan Pedro y yo nos despedimos un día y acordamos vernos el día siguiente en el prado, pero él nunca llegó. Supuse que había tenido alguna dificultad, que no había nada de que preocuparse, que lo vería al siguiente día, pero al siguiente día sucedió lo mismo. Al tercer día fui a buscarlo a su casa y la encontré llena de soldados, lo cual me sorprendió muchísimo, intenté preguntar al oficial que estaba a cargo qué era lo que pasaba, qué había sucedido, pero no me contestó nada, me dijo que cualquier pregunta que quisiera hacer, la hiciera en las oficinas de la guardia virreinal. Ya te imaginarás lo angustiada que yo estaba, no podía hacer nada, sólo me quedaba esperar. Pasados unos días, por fin le pedí a papá que me ayudara y él me prometió investigar, pero no hizo nada. Hasta que un día le reclamé y él me dijo que la familia de Juan Pedro había abandonado la ciudad de México y que nadie sabía dónde estaban, que al parecer Juan Pedro y sus padres habían sido secuestrados por dinero y nadie sabía dónde encontrarlos. Yo me puse como loca, no sabía dónde estaba Juan Pedro, ni nadie de su familia, no había rastro de ellos. Mi padre era un hombre muy importante y de seguro sabía lo que había pasado con ellos, pero se oponía a ayudarme o a explicarme qué pasaba y se oponía a que anduviera preguntando por esa familia, yo no sabía qué hacer. No me quedó más remedio que decirle a mi papá y mi mamá que estaba comprometida para casarme con Juan Pedro. Ellos reaccionaron como locos, me encerraron en mi habitación. Como pude, ayudada por las mujeres del servicio, me informé con los conocidos de mi familia, gente que trabajaba con el virrey. Hasta que un amigo de los Filizola y Serrano de Montpellier me ayudó, nadie más quiso correr el riesgo, pero me pidió que no le dijera a nadie que él me había ayudado. Disculpa que no te diga su nombre, pero por su propia seguridad me pidió jurarle que nunca mencionaría que había sido él quien me informó del asunto.

—Entiendo, no te preocupes —dijo Ysabella más que sorprendida.

—Este hombre me dijo que los Filizola y Serrano de Montpellier habían sido descubiertos en un complot que buscaba declarar la independencia de nuestro virreinato, que querían independizarse del control español y elegir un presidente, como lo hacen ahora en las excolonias inglesas, lo que ahora llaman Estados Unidos de América. Me dijo que esas acusaciones eran muy graves, que la familia de Juan Pedro había sido arrestada durante la noche hacía varios días y que todo se había manejado en secreto porque la familia era muy poderosa y el gobierno no quería escándalos. Este hombre me dijo que lo que yo andaba haciendo era muy peligroso, que no preguntara más por ellos porque era muy peligroso que me relacionaran con esa familia.

Sofía tenía abundantes lágrimas en sus ojos al relatar esto, pero no quería detenerse. Después de un momento de silencio, Sofía observó las lágrimas de Ysabella.

—Qué terrible historia, Sofía, me has dejado perpleja. ¿Qué hiciste después de todo eso?

—Gracias por llorar conmigo, amiga. Como te imaginarás estuve tan triste tanto tiempo que casi muero, literalmente, los doctores estaban preocupados por mí porque no comía y había perdido mucho peso. Mi sueño perfecto se había destrozado. No salía de mi cuarto. Mis padres ya no sabían qué hacer para ayudarme a calmar mi dolor. Entonces un día recibí una sorpresa increíble, algo que había esperado con todas mis fuerzas, pero luego... —Sofía dejó de hablar por un instante.

—¿Qué sucedió?

—Mi padre me dijo que el virrey le había informado que Juan Pedro y su familia habían escapado. Me dijo que las autoridades habían investigado y se habían enterado de que habían escapado en barco a Europa.

—Magnífico —dijo Ysabella—, qué gran noticia, ¿no?

—No, Ysabella, cuando mi padre me dijo eso, pronto empecé a recuperarme. Mi único propósito era encontrar a Juan Pedro, así que hice todo lo que estuvo en mis manos para convencer a mis padres de enviarme a España, desde ahí podría buscarlo. Para mi gran sorpresa, mi padre accedió a mi petición, incluso aceptó ir conmigo. Yo estaba tan feliz que no pude darme cuenta de que había algo raro en su actitud.

—¿A qué te refieres? ¿Qué era lo raro?

—¿Por qué había accedido mi padre a enviarme a Europa, donde podía yo buscar a Juan Pedro?

—Bueno, él quería que fueras feliz.

—Obtuvimos nuestro pasaje en el siguiente barco que salió para España. Mi madre y mi padre viajaron conmigo. Todo parecía ir muy bien. Tan pronto como llegamos a España, empecé a hacer planes para ir a Francia en busca de Juan Pedro, pero cuando llegué, al día siguiente de que desembarcamos, mi padre me dijo la verdad. Me había mentido. Se había preocupado tanto por mí que sintió la necesidad de hacer algo para distraerme y alejarme de la ciudad de México. Me puse furiosa, casi me vuelvo loca de la histeria. Me había separado de la posibilidad de volver a ver a Juan Pedro alguna vez. Mi odio hacia mi padre se volvió casi una locura. Pero luego me dijo por qué lo había hecho y pasé de la ira a la depresión. Mi padre me dijo que Juan Pedro había sido asesinado.

—¡Dios mío! —exclamó Ysabella y pensó lo cerca que estaba Sofía de conocer la verdad.

—Después entendí a mi padre. Cuando él vio lo mal que me puse cuando Juan Pedro desapareció, tuvo miedo de decirme que se había confirmado su muerte. Así que hizo lo que pudo para suavizar el impacto de la noticia, primero me llevó lejos de todo lo que me recordara de él, me hizo empezar una nueva vida.

—¿Y qué hiciste en España? —preguntó Ysabella con más dudas que certezas sobre los padres de Sofía.

—Cuando recibí esas noticias recaí por varias semanas. Nada de Europa me importaba y me llevó varios años recuperarme, llegué a pensar que nunca lograría vencer ese sentimiento de desesperación, pero poco a poco salí de ese estado. Mi familia es originaria de España, así que tenía muchos primos allá, ellos me ayudaron durante esos tiempos difíciles. Mis primos y los amigos de mi familia querían sacarme de la casa, pero yo siempre me negaba. Cuando lo lograron, me empezaron a llevar a nuevos lugares. Y por supuesto, empezaron a presentarme a muchos jóvenes. Pero yo aún no quería saber nada del amor. Sin embargo, pasaron los años y me vi forzada a aceptar la realidad, había amado tanto a Juan Pedro, pero él estaba muerto. Nunca lo volvería a ver. Yo no podía vivir con tanto dolor ni mirando el sufrimiento de mi madre, así que decidí pelear por vivir. Una vez que entendí eso, empecé a mejorar poco a poco. En ese momento dejé de pedirle a Dios respuestas y que me permitiera algún día ver a Juan Pedro en el cielo.

—¡Santo cielo, Sofía! —dijo Ysabella y continuó escuchando.

—Después de un tiempo el dolor continuaba, pero al menos ya podía disfrutar de otras cosas, me seguía doliendo pensar en él, pero ahora yo misma sabía que tenía que dejar de hacerlo. Fue en España donde conocí a mi marido, Gonzalo, el conde de Santángelo, es un gran hombre, muy bueno, con su amor pude sobreponerme. Yo sé que no es algo agradable decir que me enamoré de otro hombre después de haber sufrido tanto la pérdida de mi prometido, pero agradecí a Dios por encontrar a Gonzalo y sentir que podía amar de nuevo. Después de cortejarme por varios años, me propuso matrimonio. Les escribí a mis padres dándoles la noticia y estaban felices de verme recuperada y con ganas de vivir. Nos casamos en Madrid y nuestros planes eran seguir en España, pero a mi marido el rey Carlos IV lo envió a la Nueva España. Yo tenía miedo de volver y encontrarme con tantas cosas que me recordaban a Juan Pedro, pero la compañía de mi esposo me ha ayudado a sobreponerme a todo.

—Me alegro por ti, amiga —le dijo Ysabella tomándole de nuevo las manos.

—Gracias —le contestó ella—, Gonzalo ha sido un hombre muy bueno, me ha dado tres hijos y es un gran padre.

Después de unos instantes de silencio que las mujeres utilizaron para limpiarse las lágrimas y retomar su compostura, ambas continuaron conversando más tranquilas.

—Pues no sé qué decirte, Sofía, lo que viviste es muy dramático, pero te has repuesto a las dificultades de la vida y has hecho lo que debes hacer para seguir adelante. Ha pasado mucho tiempo, y ése es el único doctor que cura nuestras más íntimas heridas. Yo creo que no hay nada que pueda aconsejarte.

—No, Ysabella, no estoy aquí para pedirte consejo.

—Pues dime lo que te inquieta, te ayudaré en lo que pueda si está en mis manos.

—Ysabella, ¿puedo hacer una pregunta personal?

—Dime, querida, ¿qué quieres preguntarme?

—¿De dónde conoces al marqués Cavallerio?

La pregunta cayó como un balde de agua sobre Ysabella, Sofía intuía quién era en realidad el marqués. Se armó de valor y contestó:

—Lo conozco muy poco, no te puedo decir gran cosa de él, lo

conocí en Venecia el año pasado —ésa fue la primera mentira—. Lo conocí cuando paseaba por Italia.

—¿Sabes si tiene algún antepasado o algún pariente francés?

—No sabría decirte, la verdad no lo sé, ¿por qué lo dices?

—Vas a pensar que estoy loca y tal vez tengas razón, pero ¿me creerías si te digo que cuando lo vi por primera vez no pude evitar pensar en Juan Pedro?

—Sofía, no sé qué decirte, apenas lo conozco —dijo tras un hondo suspiro.

Ysabella quería responder con coherencia, pero era difícil, Sofía le acababa de confesar que algo en su corazón le decía la verdad acerca de Fernando de Montpellier, una verdad peligrosa, un misterio que tenía que mantenerse en secreto para cuidar la vida de él. No fue necesario que Ysabella terminara su contestación, Sofía la interrumpió.

—Perdóname, ya sé que sueno como una tonta, ¿a quién se le pueden ocurrir semejantes cosas? Pero Juan Pedro era de ascendencia francesa por el lado de su madre, y su apariencia se me hace tan similar a la del marqués, por supuesto que Juan Pedro era un adolescente y el marqués es un hombre maduro, pero aun así no puedo evitar pensar en él al ver al marqués, por eso pensé que tal vez el marqués Cavallerio tuviera alguna relación de parentesco con los De Montpellier, la familia materna de Juan Pedro. Perdóname una vez más, qué tonterías digo.

—¿Quieres un poco de chocolate, querida? —le preguntó Ysabella mientras caminaba hacia la cocina. Ysabella se puso de pie para huir de la presencia de Sofía y evitar que ella la viera secarse las lágrimas que también querían escapar de sus ojos.

—Sí, me encantaría, gracias.

Ya en la cocina Ysabella tuvo tiempo de reponerse y de reflexionar sobre lo que le diría a Sofía para cambiar el tema de conversación. El sentimiento que tanto entristecía a Ysabella era pensar que Fernando y Sofía habían sufrido tanto que se merecían estar el uno con el otro, y que ella, Ysabella, una extraña que por azares del destino se cruzaba en el camino de ambos, no tenía derecho a quitarle a Sofía el amor de Fernando, a pesar de la condición de mujer casada de su amiga.

Ysabella tenía que comportarse con mucha madurez, fuerza y discreción para cuidar la seguridad de Fernando. Tenía que guardar un secreto, era hasta peligroso hablar del marqués con Sofía, pues los sentimientos podían traicionar cualquier discreción, por fuerte que ella fuera. Cuando Ysabella regresó a la sala con Sofía, puso unas tazas de chocolate sobre la mesa.

—Sofía, discúlpame tú a mí si te pregunto algo.

—Dime, te he entristecido tanto con mis problemas que te debo cualquier cosa que me pidas —dijo Sofía, mientras veía que Ysabella tomaba la cruz de oro que había dejado sobre la mesa.

—Hace mucho tiempo te vi ponerte por momentos esta cruz, la primera vez que te acompañé al prado, ¿recuerdas?

—Sí.

—¿Por qué te la pusiste en aquella ocasión? Me preocupa que todavía no puedas sobreponerte a esos tristes recuerdos, yo pienso que una mujer como tú, con un esposo al que ama y tres hijos maravillosos, debería dejar el pasado atrás y enfocarse en lo maravilloso que es su presente.

—No me malentiendas, Ysabella, amo a mi esposo y a mis hijos. Gonzalo me dio la oportunidad de volver a creer en el amor y me ha dado tres hermosas criaturas, pero la posibilidad de que hay o tal vez hubo algo que me sigue inquietando.

Ysabella tenía que reconocer que Sofía tenía razón, para ella misma sería imposible olvidar a su difunto esposo.

—Pues sí, tienes toda la razón, pero me preocupa que te apegues tanto a esa cruz.

—No te preocupes, Ysabella, lo uso una vez al año. Me he dado el lujo de ponerme nostálgica, ¿no crees?

—¿Cómo? ¿Por qué una vez al año?

—Ese sábado que estuvimos tú y yo en el prado era 10 de marzo, la fecha en la que Juan Pedro hace tantos años me pidió matrimonio.

Al poco rato, Sofía se despidió de su amiga y ahora confidente. Ysabella trató de volver a su lectura, pero no podía, algo la inquietaba, la conversación que había tenido fue de lo más angustiante para ella y en el fondo intuía que había algo más, mucho más que debía saber. Caminó de un lado al otro de la sala y poco a poco fue hilvanando ideas y acontecimientos. De pronto supo que el padre de Sofía nunca vio el cuerpo de Juan Pedro, como él le aseguró a su hija, entonces ¿por qué la mentira? ¿Qué escondía el padre de Sofía que su hija jamás debería de saber? Al llegar a este punto, sintió que le faltaba el aire, sintió que se desmayaba de la impresión y recordó de nuevo las palabras de Sofía: «Me advirtieron que no me relacionara con los Filizola y Serrano de Montpellier porque esa familia andaba en cosas peligrosas». Si el padre de su amiga sabía lo que había sucedido con ellos, entonces, quizá, también estuvo involucrado en la muerte de los padres de Fernando.

29

La fiesta del marqués

FERNANDO SE LEVANTÓ ESA MAÑANA Y FUE AL JARDÍN DE SU CASA para ver cómo iban los preparativos para la fiesta. Luego fue a la biblioteca donde tenía la pintura que develaría esa noche, la observó un instante y sonrió al imaginarse la impresión que causaría. Cuando iba a abandonar la galería de pinturas de su biblioteca, un pensamiento cruzó por su mente, dudó en un principio, no quería entregarse a esa emoción, pero la tentación lo venció y se dirigió al otro rincón de la galería, al lugar donde había colgado aquella otra pintura, que guardaba con gran celo en su castillo de la isla cerca de Venecia, la misma que vio el capitán Jean-Baptiste Letrán el día que le informó que volvería a la Nueva España. Ahora que la observaba se dijo: «Cómo da vueltas la vida».

Llegó el día de la gran fiesta, la más esperada y comentada del momento, la fiesta en la que la alta sociedad de la Nueva España conocería al banquero y marqués Cavallerio, misma en la inauguraba sus operaciones en el virreinato. Sería una fiesta de disfraces, pues el marqués quería hacer el honor a las tradiciones de su ciudad de origen: cubrir la verdadera identidad bajo una imagen diferente para agregar misterio a la fiesta, la cual era festejada durante el carnaval veneciano y que le agregaba una gran fastuosidad.

La casa del marqués estaba repleta, con más de quinientos invitados, la mayoría de ellos había aceptado la invitación para disfrazarse, pero aun así el marqués había instalado a la entrada de la mansión un puesto de repartición de máscaras del carnaval de Venecia para aquellos que llegaran sin disfraz. Máscaras y vestimentas de todo tipo deambulaban por el lugar, los curiosos disfraces de los invitados se mezclaban con la fastuosa decoración que revestía la casa. En el jardín habían decenas de antorchas que iluminaban la noche, de los árboles colgaban estrellas, esferas y miles de adornos hechos de papel de diferentes colores, los cuales tenían lámparas de aceite en su interior y sus rayos de luz al pasar por el papel de color lanzaban destellos de todos colores a su alrededor.

En el centro del jardín había un estanque circular en donde había tres fuentes de agua hechas de mármol en forma de dioses griegos que soplaban dentro de un cuerno y que por este lanzaban agua. En el salón de fiestas, en el interior de la casa, la decoración era asombrosa, desde el techo colgaban maniquís de madera vestidos con diferentes disfraces de todo tipo y con armaduras hechas de papel de muchos colores, hadas mágicas, unicornios, caballeros medievales, brujas y un sinfín más de figuras daban la impresión de que flotaban en el aire. Rocco había instalado sobre la azotea de la mansión un horno de hierro que calentaba una caldera de agua, de la cual salían varias mangueras y tubos de metal que llevaban el vapor generado por el agua ardiente, justo enfrente de unos pequeños reguiletes de tela que giraban al recibir el impacto del vapor a presión. Los reguiletes estaban unidos a un palo de madera que atravesaba el techo de la casa desde el exterior al interior y que estaba unido a una estructura de madera en el interior de la casa desde la cual colgaban los maniquís y las figuras de papel. El movimiento giratorio de los reguiletes hacía girar la estructura de madera y entonces ésta hacía girar a los maniquís y demás figuras junto con ella, dando la impresión de que volaban en círculos, como un carrusel.

Los integrantes de El Gran Circo Ronchelli, también disfrazados, se mezclaban entre los invitados jugándoles bromas, haciéndoles trucos de magia e invitándoles a descubrir las sorpresas que se habían escondido en toda la casa. La música era amenizada por dos bandas, una tocaba en el salón de fiestas en el interior de la mansión y otra en el jardín. Los violines, las flautas, las guitarras, los tambores y demás instrumentos musicales tocaban música de Haydn, Mozart y, por supuesto, el favorito del marqués, Beethoven, así como música popular de la Nueva España.

En el interior de la casa, en el centro del salón de fiestas, había un tripié de cuatro metros de altura que sostenía una pintura en la cima, la cual estaba cubierta con un lienzo blanco. Úrsula, Claudia, Ángela y Mayra serían quienes la develarían. Ellas y sus esposos habían sido los primeros en llegar a la fiesta. Minutos después llegó Ysabella, acompañada por Sofía y su marido, mientras el marqués les daba un recorrido por la mansión a sus recién llegados, por lo que fue Katum quien recibió a los condes de Santángelo y a Ysabella.

Katum vestía una piel de león y sobre su cabeza ajustaba la melena del mismo animal. Katum recibía a los invitados y les decía que en cualquier momento el marqués regresaría a la fiesta y haría una aparición espectacular, cuando Sofía escuchó esto se inquietó y le preguntó a Ysabella si ella sabía a qué se refería Katum, pero Ysabella le contestó que al marqués le gustaba sorprender a sus invitados con gratas e inesperadas sorpresas, que por eso algunas veces le gustaba mantener el misterio de sus proyectos y que en esa ocasión ella tampoco sabía nada.

Sofía no sabía cómo reaccionaría al ver de nuevo al marqués, el recuerdo de Juan Pedro Filizola, sentía que volvía a causarle dolor y volvía otra vez la gran pregunta: ¿qué había pasado en realidad con su amado? «No hay nada por lo que deba estar nerviosa», se dijo. Bien podía ella preguntarle al marqués, siendo europeo, si conocía a la familia francesa De Montpellier, lo más seguro era que él le dijera que no y eso, para bien o para mal, pondría punto final a sus inquietudes. Todo sería resultado casual de un parecido físico y nada más. Sin embargo, Sofía no podía evitar pensarlo: «¿y qué pasaría si su respuesta fuera un sí?». Ella no lograba ahogar por completo este pensamiento y eso la ponía más nerviosa. «Al final, lo mejor era ir a la fiesta y verlo frente a frente, con eso todo terminará», se dijo.

Las mujeres iban disfrazadas cubriendo sus rostros con antifaces y máscaras doradas, el color por excelencia, y sus vestidos tenían bordados, encajes y adornos dorados que formaban figuras que representaban a las deidades de la mitología griega: Zeus, Apolo, Afrodita y Artemisa. Sofía había bordado a su vestido a las hijas de Atlas, aquellas de quien cuenta la mitología griega que Zeus las puso en el cielo para que Orión nunca pudiera alcanzarlas. Ysabella, más inclinada hacia los personajes de literatura, iba vestida de la Julieta de William Shakespeare. Los hombres no ponían el mismo esmero en su disfraz, sólo se ponían algunas ropas clásicas de las cortes europeas de la época en que Cristóbal Colón descubrió América y se cubrían el rostro con antifaces dorados o plateados.

Las amigas de Sofía corrieron hacia ella tan pronto como la vieron llegar y Sofía les preguntó por el marqués. Ellas respondieron que después de un grato recorrido por la mansión se había disculpado y las había dejado en el jardín del fondo. Mientas las mujeres comentaban la magnífica decoración de la casa, los caballeros hablaban de negocios, de todo lo que podrían llevar a cabo con la casa financiera Credito Commerciale dell'Atlantico, de las inversiones que ofrecía desde el extremo sur de América hasta Rusia. La conversación era amena y variada, y hubiera continuado si no fuera porque en ese momento, desde la mitad de la escalera, Katum hizo un gran anuncio con bombos y platillos:

—Damas y caballeros, es para Credito Commerciale dell'Atlantico, Institución Bancaria, un gran honor estar ahora en el nuevo continente, en América, en este virreinato que de manera tan amistosa nos ha dado la bienvenida. Esta casa de crédito se esfuerza por llevar consigo a todos los países y ciudades que visita la promesa del desarrollo, y busca siempre ser un socio de todos aquellos que quieren llevar progreso a su sociedad, un comercio más amplio que deriva en mejores empleos para la población —Katum hizo una pausa, miró a la concurrencia y continuó—: Como muestra de nuestro compromiso con el progreso, Credito Commerciale dell'Atlantico se enorgullece en llevar consigo a todos los rincones del planeta que visita una exposición de diversos inventos que a lo largo de la historia se han convertido en muestra del ingenio humano. Los hombres que construyeron estos inventos se han convertido a su vez en sinónimo de ingenio, en sinónimo de progreso, y es por eso que presenta ante ustedes uno de los inventos del más grande genio de la historia. Damas y caballeros, con ustedes, la máquina voladora de Leonardo da Vinci.

Al terminar la presentación, todos los invitados rompieron en un gran aplauso y la banda empezó a tocar los tambores. Al escuchar estas palabras, el corazón de Sofía latió más fuerte unos segundos, pero luego recordó para sí misma que debía dejar las fantasías de lado, respiró hondo y retomó su serenidad. En esos instantes algo más apareció flotando en lo alto del techo del salón interior de fiestas, una máquina manejada por un hombre disfrazado del genio italiano, vistiendo ropas típicas del Renacimiento, barba y cabellera blancas. Otro aparato perfeccionado por Rocco.

Después de impresionar a los invitados con esta fantástica demostración, la máquina aterrizó frente a las escaleras donde Katum estaba de pie. *Leonardo da Vinci* bajó de ella y se presentó ante los invitados haciendo una reverencia como un actor que saluda a su público, era el marqués Cavallerio que hacía su gran entrada a la fiesta.

—Gracias, queridos amigos y socios de la Nueva España, como ya lo ha mencionado mi compañero Katum, ciudadano del continente africano y digno símbolo de la universalidad de las operaciones de nuestra casa financiera, las cuales no son sólo monetarias o valuadas en oro y plata, sino que son también riquezas culturales. La música, la pintura, la literatura, el baile y otras muchas formas del arte… —en este momento el marqués hizo una pausa y extendió sus brazos hacia la concurrencia—. Acompáñenme a recibir a un excelente grupo de bailarines que nos traen el espectáculo de las bellas danzas del norte de África, Egipto y el Medio Oriente.

Cuando el marqués terminó de hablar, los invitados se empezaron a dar cuenta de que tenían que abrir paso y abandonar el centro del salón de fiestas porque un grupo de mujeres y hombres vestidos con las vestimentas típicas de aquellas lejanas regiones se abrían paso entre ellos. La banda musical dio entonces inicio a los ritmos africanos y los bailarines empezaron a dar su espectáculo. La fiesta del marqués era sin duda una gran sorpresa para todos. Pero las sorpresas no se detendrían ahí, todavía había más por llegar.

Después de diez minutos, la música se hizo más lenta y los invitados pensaron que el espectáculo estaba a punto de terminar, pero los bailarines caminaban al compás de la música y se colocaban en el centro del salón para formar un círculo. Entonces, uno de los africanos que observaba el espectáculo desde la orilla se acercó al círculo con una antorcha encendida y se la dio a una de las bailarinas en el centro del círculo, la cual pasó la antorcha a cada uno de sus compañeros para que cada uno de ellos encendiera una pequeña vela que sacaron cada quien de sus prendas. Cuando los bailarines tenían todos su vela encendida, la mujer que tomó la antorcha se dirigió al marqués, quien la esperaba al pie de las escaleras, ella le entregó la antorcha y él entonces se dirigió hacia el centro del círculo de bailarines, quienes lo rodearon y bailaron a su alrededor por un corto instante. Después el marqués se dirigió hacia la salida que daba al jardín caminando en medio de los bailarines, quienes lo rodeaban con la luz de sus velas. Cuando el marqués llegó a la puerta, les pidió a los invitados que lo siguieran. Continuó caminando hacia el jardín en medio de aquel círculo de luz hasta el estanque de agua. Dentro del estanque había colocado un jarrón que estaba lleno de aceite, el marqués lo encendió y el fuego se extendió a través de unos canales de piedra que sobresalían del agua del estanque, por los que también corría aceite. De modo que cuando el fuego llegó hasta las estatuas de los dioses griegos que soplaban sus cuernos, el espectáculo fue deslumbrante. Los invitados aplaudieron enloquecidos sin imaginar lo que les esperaba.

Para el final, Rocco había pensado en algo maravilloso, tal y como lo había hecho cuando construyó el león de madera del maestro Da Vinci. De unos planos que databan de la época del Imperio romano, el ingeniero del marqués hizo arriar dos caballos que tiraban de varias cuerdas que estaban ocultas bajo la vegetación del jardín y llegaban hasta el estanque, donde se perdían de vista bajo las aguas y estaban atadas a una gran plataforma de madera en el fondo. Cuando los caballos empezaron a tirar de las cuerdas, los invitados vieron que de las aguas del estanque emergía una gigantesca estatua del dios Poseidón. Con este tipo de demostraciones, los emperadores romanos hacían que su pueblo los viera como a unos genios, así quería Rocco que los habitantes del virreinato admiraran al marqués.

Cavallerio agradecía los interminables aplausos y continuaba cautivando a sus invitados diciéndoles que aún había más sorpresas. Después del espectáculo de fuego, los invitados se quedaron en el jardín un largo rato, la banda de musical empezó entonces a tocar y la fiesta se animó a la luz de las antorchas bajo el cielo estrellado. Fue en ese momento que el marqués aprovechó para presentar a su joven ingeniero italiano ante sus invitados. Durante ese momento, Sofía y su esposo, junto con Ysabella y algunas otras personas, aprovecharon para comentar todas las maravillas que habían visto esa noche. Mientras el grupo conversaba en el jardín, una figura disfrazada con ropas del Renacimiento y máscara de carnaval veneciano los observaba desde la distancia.

—¿Quién es en realidad este hombre? —dijo el conde de Santángelo.

Juan Antonio de Molina, esposo de Úrsula, sonrió ante el comentario de su amigo e intentó responderle después de darle una aspiración al tabaco ardiente de su pipa.

—Es un europeo excéntrico, si no que otra cosa podría ser. Vaya que yo también estoy impresionado, pero tampoco me extrañan las excentricidades de estos europeos. En algunas de las ocasiones que tuve la oportunidad de estar allá pude deducir un poco las razones de su amor por lo exótico. Europa se encuentra muy cerca de un sinnúmero de culturas raras, desconocidas, llenas de misterios y de singulares detalles, como el norte de África. Además, a través de Egipto pasan infinidad de caravanas que comercian con todo tipo de artículos, especias, telas, joyas y seres humanos que transportan desde la India. Todo lo desembarcan en Suez, en la punta del mar Rojo, luego llevan toda su mercancía por tierra hasta las costas del Mediterráneo y al final llegan a Europa. Y por si fuera poco, está también el Medio Oriente, Palestina, Siria, Persia, todo un mundo exótico y desconocido, y todo eso al alcance de los europeos. No me extrañaría si algún día descubrimos otro tipo de excentricidades de este hombre, que sin duda tiene muchos secretos.

—¿*Secretos*, Juan Antonio?, ¿a qué te refieres? —preguntó Sofía, curiosidad que notó su esposo.

—No se alarme, señora condesa, no será nada peligroso, al menos hasta ahora no tengo motivos para pensarlo. Pero hay una situación que no podemos olvidar, este hombre es un banquero europeo, de bastantes recursos económicos, y claro está que ha trabajado en muchas partes del mundo, eso implica que, con la situación política tan caliente que se vive en Europa en estos momentos es natural que a un banquero de tan alto perfil y con base en Italia los gobiernos de varios países europeos lo tengan en la mira, ya sea para presionarlo a trabajar para ellos o en contra de sus enemigos. Además, para un alto financiero siempre es de importancia tener buenas relaciones con los políticos y gobernantes de cada nación en las que opera su negocio y si como él mismo lo dice, su casa financiera tiene operaciones en muchos países, debe estar involucrado políticamente con muchos gobiernos. ¿Saben cuál fue una de las primeras actividades en su agenda?

—¿Cuál? —preguntaron las mujeres.

—Buscar una entrevista personal con el virrey, y la consiguió bastante pronto, eso habla de un hombre hábil y conocedor de la política.

Don Juan Antonio de Molina y Oviedo era un hombre de negocios muy aficionado a la política, pero el esposo de Sofía era un político profesional y sabía algo que Juan Antonio no, que aunque sus razonamientos fueran acertados, no lo era tanto hablar de ellos de manera tan pública y desenfadada, más aún, mientras más atinados fueran, más discreto se debía ser. El conde de Santángelo sabía que si había algo detrás del marqués, lo mejor era ser discreto con su persona, al menos por el momento, por lo que el conde decidió cambiar de conversación.

—Hablando de Europa y de viajes, les aviso que en poco más de un mes salgo para la madre patria, así que si gustan que les traiga algo de allá, no duden en pedírmelo.

Después de ese comentario, la conversación cambió de rumbo y las mujeres acapararon los oídos del esposo de Sofía encargándole un sinfín de cosas. Mientras esto sucedía, el hombre vestido de Leonardo da Vinci, quien además usaba una máscara veneciana, se acercó al grupo y los saludó.

—Gusto en saludarlo, marqués —respondió el conde de Santángelo.

—Igualmente —respondió el marqués y después se dirigió a Sofía—: Señora condesa, es un gusto saludarla de nuevo —el marqués tomó la mano de Sofía y la besó.

—Gracias, marqués, encantada de volverlo a saludar.

—Ysabella, qué gusto que hayas llegado, te esperaba más temprano —dijo el marqués al tiempo que la saludaba.

—Me entretuve en casa de Sofía, estos disfraces que no quedaban del todo bien, ya sabe, señor marqués, cosas de mujeres.

Era la primera vez que Fernando se encontraba con ambas mujeres juntas y un sentimiento de liberación surgió por primera vez en su corazón. Cuando Fernando tuvo enfrente a Sofía en ocasiones anteriores se sintió invadido por aquel amor perdido que aún no lograba superar, pero en esta ocasión la presencia de Ysabella opacaba ese doloroso recuerdo. Fernando no lograba descubrirlo por completo, pero Ysabella empezaba poco a poco a atraer sus pensamientos, y esta dulce distracción alejaba cada vez más a Sofía.

—¿Llegaste a tiempo para ver el espectáculo? —preguntó el marqués.

—Sí, gracias a Dios que sí, nunca me hubiera perdonado perderme semejantes maravillas —respondió Ysabella.

Cada uno de los invitados empezó a elogiar el genio y la creatividad del marqués, en eso transcurrió buena parte de la conversación. Mientras tanto, Sofía observaba al marqués, quien, sin demorar más la noche, los invitó a pasar al interior de la casa a cenar.

El marqués acompañó al grupo hasta una mesa cercana a la mesa principal, en donde sin duda se sentaría él. La sorpresa que se llevó el grupo de amigos fue que Ysabella no se sentó con ellos, el marqués la tomó del brazo y ella continuó caminando con él hasta su mesa. La pareja captó la atención de toda la fiesta y las mujeres murmuraron entre ellas. El marqués se quitó la máscara veneciana para cenar. Durante la cena, Ysabella no olvidaba que debajo de ese disfraz estaba Juan Pedro Fernando Filizola y Serrano de Montpellier; no pudo evitar que algunas veces se le escaparan miradas hacia donde estaba Sofía. Fernando no podía evitar descubrir esas miradas de contrabando, lo que no adivinaba era que a ella le dolía constatar que Fernando todavía estaba enamorado de Sofía. Si Ysabella hubiera podido controlar más sus sentimientos, sus celos, y pensar con una cabeza fría, se habría dado cuenta de que el marqués empezaba a sentir algo por ella.

Sofía también dejaba escapar de vez en cuando miradas hacia el marqués, quien no podría dejarse llevar por el sentimiento, por lo que echó mano de un recurso que le resultó muy efectivo para sacarse a Sofía de la mente unos instantes, oler la fragancia que emanaba el pelo de Ysabella, ver su sencillo y bello rostro, cosa que muchos otros caballeros en la fiesta, en especial los solteros, estaban haciendo con mucha discreción. Durante la cena, el marqués platicó con Ysabella, lo cual debería haber aliviado el silencioso dolor que le ocasionaban los celos a Ysabella, pero como siempre, ella no quiso entregarse a la posibilidad de que Fernando de Montpellier pudiera llegar a quererla más que a Sofía. El marqués notó a Ysabella algo turbada, pero él era buen anfitrión, acostumbrado como los buenos políticos a continuar comportándose bien ante los ojos del público, a pesar de saber que había un frente de batalla en complicaciones.

El marqués platicó con los otros hombres y mujeres sentados en su mesa, los hombres eran más que nada comerciantes y hacendados, y las mujeres, sus esposas. Con los hombres hablaba acerca de los negocios que estaban iniciando en la región, y con las mujeres, sobre las novedades europeas y la decoración de la fiesta. Ysabella se dio cuenta de que su actitud de seriedad estaba siendo notada en la mesa, pero ella era una mujer muy fuerte, y estaba en juego el éxito de la empresa de su buen amigo Fernando, a quien sabía que le debía tanto, así que se unió a la conversación de la mesa.

Ysabella estaba segura de estar enamorada de Fernando, pero él y Sofía estaban unidos por el destino, y no era su derecho entrometerse entre ellos, pensaba ella. Pobre Ysabella, si tan sólo supiera que cuando ella ponía su mano encima de la mesa para tomar el tenedor, Fernando miraba esa frágil pieza de su cuerpo y deseaba tomar esa pequeña mano, tan femenina, entre la suya, una ruda mano de soldado. Pero no lo haría, estaba obsesionado con la mujer que había amado toda su vida.

30

Verse de cerca

E L MARQUÉS NO OLVIDABA SU MISIÓN DURANTE LA FIESTA, ASÍ QUE dejó la confusión de sus sentimientos para después y se enfocó en el plan de esa noche. Después de terminar de cenar, se disculpó ante las personas sentadas a su mesa, se puso de pie y se dirigió hacia el tripié de cuatro metros de alto ubicado en el centro del salón. Entonces tomó la palabra.

—Queridos amigos, espero que disfruten del postre —cuando dijo esto, docenas de meseros salieron con los brazos llenos de platillos dulces— y también de la última sorpresa de la noche. Credito Commerciale dell'Atlantico impulsa el desarrollo de las artes al igual que impulsa el desarrollo de los descubrimientos científicos, y por eso nuestra casa financiera se esfuerza por mantener una galería de obras de arte, algunas propias y otras prestadas por varios museos que han tenido la gran gentileza de confiarnos sus tesoros por una temporada, claro está, después de hacerles una generosa donación monetaria —al decir esto se escucharon algunas risas—, gracias a eso hoy podemos exponer ante esta gran ciudad de México una de las obras de arte más queridas del Renacimiento italiano —el marqués hizo una pausa y dirigió su mirada hacia la mesa donde Sofía y sus amigas estaban sentadas—, para lo cual necesitaré la ayuda de cuatro damas —entonces Úrsula, Ángela, Mayra y Claudia caminaron hasta el centro del salón.

El marqués les pidió a dos de ellas que tomaran una cuerda sujeta a la esquina derecha de la gran manta y a las otras dos que hicieran lo mismo con la cuerda que pendía de la esquina izquierda. Entonces hizo una señal y la banda de música empezó a tocar los tambores, el marqués contó hasta tres y la mujeres jalaron las cuerdas hasta correr el telón, dejando al descubierto una de las obras de arte más famosas y codiciadas de la historia: «La Mona Lisa», de Leonardo da Vinci.

La pintura estaba dentro del plan maestro de Napoleón Bonaparte, quien le había autorizado a Fernando de Montpellier llevarla consigo a la Nueva España como carta de presentación, lo cual consolidaría la respetabilidad de la casa financiera. Bonaparte no se había equivocado, «La Mona Lisa» era capaz de dar una enorme credibilidad a cualquier institución, era capaz de cautivar la mente de cualquier persona que supiera de arte e historia, y en ese momento los invitados a la fiesta del marqués Cavallerio estaban siendo cautivados por ella. Al marqués le gustaba dejar que la fiesta siguiera su curso normal después del postre cultural, pues sentía que la revelación de una obra de arte siempre era el clímax de una fiesta, al menos entre gente culta y de sociedad. Después la velada continuó acompañada de la banda y los invitados no dejaban de bailar y beber, e Ysabella, de admirar la belleza del gran jardín del marqués.

—Hermosos jardines, ¿no crees? —le dijo Sofía.

—Hermosos jardines, hermosa casa, hermosos muebles, hermoso todo —respondió Ysabella.

—Oh, sí, es una casa esplendorosa —dijo Sofía llevando su vista sobre la casa—. ¿Qué haces aquí afuera? —preguntó Sofía.

—Me encanta la jardinería y siempre que vengo a casa del marqués le doy un vistazo a sus jardines.

—¿En serio? A mí también me encanta la jardinería.

—¿Sí? Pues te recomiendo que vengas... —Ysabella se detuvo un instante, pero ya había empezado, así que lo mejor era terminar— más seguido, el marqués ha traído desde Europa y África un sinnúmero de plantas exóticas que no se encuentran en otros lugares. También te recomiendo que te des la oportunidad para ver las rosas de perfume.

—¿Rosas de perfume?

—Sí, son las rosas que utilizan los franceses para hacer sus perfumes, desprenden un aroma increíble. El marqués ha traído varios rosales de éstos y los ha plantado por allá —dijo Ysabella extendiendo su dedo índice hacia un área alejada del jardín.

—Vaya, así que las sorpresas no terminan nunca con el marqués.

Ysabella sonrió, pero no pudo evitar pensar sobre las sorpresas que el marqués podría darle a Sofía.

—Sí, es un hombre lleno de sorpresas. ¿Gustas que te acompañe a caminar hasta la casa?

—No, salí a caminar para tomar el fresco, ¿y sabes qué? me has dado una gran idea, voy a caminar en ese jardín de las rosas de perfume, tengo mucha curiosidad.

—Te va a encantar, estoy segura, pero ten cuidado, está un poco alejado de la casa y en esa parte del jardín no hay antorchas para iluminarte el camino, no te vayas a espinar.

—No te preocupes, tengo una gran vista —y con estas palabras Sofía se alejó de su amiga.

El lugar era muy agradable y Sofía se dejó llevar por su encanto, por el que se quedó un largo rato, era un buen lugar para tomar el fresco y pensar, como lo deseaba Sofía. Se había alejado a cierta distancia de la casa y de los invitados, se encontraba sola y aprovechaba esa soledad para pensar un poco. Quería acercarse al marqués para preguntarle si conocía o tenía algún parentesco con una familia francesa de apellido De Montpellier. Mientras caminaba en la periferia del jardín de aquella mansión, pudo observar desde lejos al marqués, quien se encontraba platicando con otros invitados, entonces vio que Katum se acercó a él y le dijo algo al oído, el marqués empezó a caminar por el jardín en dirección a Sofía. Ella se ocultó detrás de un árbol y Fernando se desvió por otro sendero sin notar su presencia.

Desde donde estaba, Sofía vio que el marqués caminó hasta una puerta discreta, semioculta entre las plantas del jardín, para entrar a la casa, se acercó poco a poco y entró con pasos sigilosos, actuando como si estuviera confundida o perdida, por si alguien la encontraba ahí. Dentro de la zona de la casa en la que se encontraba había una oscuridad apenas aligerada por la luz de unas velas que ardían en el largo pasillo, cubierto por numerosos cuadros. Sofía estaba nerviosa y su corazón latía muy fuerte, pero su cabeza le aconsejaba regresar al jardín, sin embargo, la curiosidad y la esperanza de calmar las dudas de su corazón la animaban a seguir adelante. Otros pasillos se abrían a su paso, los cuales llevaban a los diferentes cuartos de aquel intrincado lugar. En una de esas habitaciones había pinturas, esculturas, maquetas en miniatura de numerosos monumentos históricos, instrumentos musicales y un sinfín más de objetos artísticos, después avanzó hacia otra habitación contigua y en ella descubrió globos terráqueos, telescopios, relojes y muchos más instrumentos científicos acomodados sobre mesas de madera fina y estantes repletos de obras de literatura y ciencia. Estaba en una biblioteca, sin duda uno de los lugares más apreciados por hombres como el marqués.

De pronto se escuchó una voz que dijo su nombre y la sangre se le heló. Estaba sola en medio de una oscuridad apenas rota por la luz de unas velas y en medio de una habitación tan intimidante como lo es una biblioteca. Sofía se congeló por un par de segundos pero no se dejó dominar por el miedo.

—¿Buscas a alguien? ¿Qué haces aquí? —preguntó Ysabella.

—¡Ay, bendito sea Dios que eres tú! —dijo Sofía poniéndose una mano en el pecho.

—¿Por qué? ¿Te sucede algo? ¿Necesitas que pida ayuda?

—No, no, estoy bien —Sofía todavía se estaba recuperando del susto y batallaba para hablar—. Es sólo que entré en esta casa por curiosidad y estaba algo nerviosa, tú sabes, es una casa tan grande y estaba casi a oscuras, la verdad es que tenía algo de miedo, y cuando tú me hablaste, me asustaste.

—Perdóname, no fue mi intención.

—No te preocupes, eso me gano por andar husmeando, pero… ¿y cómo me encontraste? —dijo más reflexiva.

—Te busqué en la huerta de rosales de perfume y no te encontré, luego pensé buscarte dentro de la casa, entonces, para evitar tener que darle la vuelta a toda la mansión y cruzar por el salón de fiestas decidí entrar por una de las puertas alternas, cuando me acerqué a la casa para buscar una de esas puertas me encontré con una que ya estaba abierta y entré por ahí. Después de caminar unos pasos por el pasillo te vi en este cuarto. ¿Querías conocer la casa? Me lo hubieras dicho, le hubiéramos pedido al marqués que te la enseñara y todo hubiera sido más sencillo, sin sustos —Ysabella rio al terminar de hablar.

—Sí, tienes razón, hay algo más que quería hacer, quería hacerle al marqués algunas preguntas sobre aquello que te había comentado.

Cuando Sofía dijo estas palabras, Ysabella se tomó un instante para pensar en ellas, luego reaccionó, entendió lo que su amiga quería decirle y dedujo por qué Sofía buscaba al marqués en la soledad, pero también dedujo que aquello era peligroso.

Ysabella pensaba que el marqués Cavallerio creía que Sofía no sospechaba nada sobre su verdadera identidad y que aquella ocasión en que se encontró con ella en el palacio del virrey no había sido más que un recuerdo pasajero que murió cuando él mismo la convenció de que lo había confundido con alguien más. El marqués le comentó a Ysabella que tenía confianza en que nadie sabía su secreto porque Sofía nunca sospecharía con seguridad que él era Juan Pedro Fernando Filizola y Serrano de Montpellier; sin embargo, Ysabella pensó que si Sofía lo interrogaba de frente, Fernando quizá tendría problemas para contener sus sentimientos y sus emociones. Si Sofía le hacía esa pregunta al marqués, significaría que lo había reconocido, o si no, al menos que algo de Juan Pedro quedaba todavía en el corazón de ella.

—Sofía, prometo ayudarte a encontrar la ocasión para que platiques con él de eso que tanto te inquieta.

—Gracias, amiga —al escuchar esta última palabra, Ysabella pensó que era muy duro ser amiga de la mujer que Fernando amaba.

—De nada, te lo mereces —dijo Ysabella y cambió de tema—. ¿Y qué has visto de interesante en esta biblioteca?

—¡Uf! No sé ni por dónde empezar, este hombre tiene de todo, libros, instrumentos musicales, esculturas, en fin, de todo.

—Sí, tienes razón, ¿te parece si husmeamos juntas un poco?

—¡Claro! Sí, vamos a ver qué encontramos.

Entonces cada una tomó un candelabro y empezaron a explorar juntas los diversos tesoros de aquella biblioteca.

—¿Quieres ver algo en especial? —preguntó Ysabella.

—Veamos algunas pinturas, me encantan los paisajes, ¿te parece?

—Por supuesto, vamos.

En aquella galería había sobre todo ese tipo de pinturas, paisajes, pero también algunas pinturas de escenas cotidianas bastante seductoras, y sería una de éstas la que enfrentaría a Sofía con uno de sus pensamientos más íntimos.

—Ésta de los novios paseando por las calles de París es bastante bonita, y ésta de la catedral de Notre Dame también es bellísima, parece que al marqués le gusta mucho París, ¿no crees, Ysabella? ¿No te parece muy extraño que el marqués tenga tantas pinturas de

París? A nadie le ha comentado que ha estado ahí, lo cual se entiende porque con la guerra entre España y Francia a nadie en la ciudad de México le agradaría que el marqués fuera visitante regular de Francia, sin embargo, con todas estas pinturas es difícil creer que nunca haya estado en ese país, ¿no crees? —pero Ysabella no respondió— ¿Te sucede algo, Ysabella? —preguntó Sofía al verla llorar frente a otra de las pinturas— ¿Qué sucede Ysabella? ¿Estás bien? —insistió Sofía.

—Sí, estoy bien, disculpa —respondió Ysabella y se alejó de Sofía.

—¿A dónde vas?

—Necesito un poco de aire, voy a abrir una ventana.

Ysabella caminó hacia una de las ventanas de la biblioteca mientras Sofía se quedaba para observar la pintura que tanto había afectado a su amiga, y creyó entender el porqué: la pintura era una escena en donde un par de esposos salía de una iglesia en donde recién se acababa de celebrar su boda, a la salida de la iglesia los cientos de invitados, amigos y familiares de los novios aplaudían y festejaban mientras los novios caminaban entre ellos en medio del festejo, todo parecía ser perfecto, como sacado de una escena de un sueño, sin embargo, había algunos detalles extraños en la pintura que Sofía no entendía. Todos los personajes de la pintura parecían felices, menos uno, un joven que sobresalía entre la multitud de invitados, no muy lejos de la novia, su rostro era triste, su mirada buscaba la mirada de la novia. También había una inscripción en francés al pie de la pintura. Cómo deseó Sofía en ese momento saber francés, pero analizando el resto de la pintura en su conjunto, creyó entender el porqué de las lágrimas de su amiga.

Ysabella le había platicado que había sido muy feliz con su difunto esposo, sus años de matrimonio habían sido muy felices y aquella pintura le recordaba aquel tiempo. Sofía quiso consolar a su amiga, pero sabía que en esos momentos la soledad era necesaria, así que la dejó sola frente a la ventana.

Sofía continuó observando esa pintura buscando más detalles en ella y poco a poco una extraña sensación empezó a anidarse en su pensamiento, pero no sabía qué. Las imágenes en la pintura se le hicieron familiares, pero no podía adivinar qué momento en su memoria se le escapaba. Mientras tanto, en medio de la oscuridad, sin que ninguna de las dos mujeres se diera cuenta, un hombre escondido en la biblioteca observaba aquella escena.

—Ysabella, hay algo extraño en esta pintura, pero no sé cómo describirlo —dijo Sofía y continuó—. La pareja se ve muy feliz, es el día de su boda; todos se ven muy contentos, pero este joven en medio de la multitud, no sé, parece muy triste.

—Sí, siendo una pintura de celebración, es una pintura muy triste —respondió Ysabella conteniendo el llanto.

Entonces, Sofía creyó entender lo que aquello significaba. Había rumores de que el marqués había perdido a una mujer hacía muchos años, una mujer de quien había estado muy enamorado, la perdió cuando ella se casó con otro hombre.

—Ya entiendo, ésta debe ser la princesa Andrea de Austria —exclamó Sofía llena de entusiasmo ante lo que creía que había descubierto—. Pobre marqués, debió haberla amado tanto —dijo tras un suspiro y fue hasta donde estaba Ysabella—. Ánimo, amiga —dijo Sofía tratando de darle un abrazo que Ysabella rechazó, se sentía humillada y necesitaba decir la verdad.

—¡Eres tú!

—Perdón, Ysabella, ¿qué dijiste? ¿Qué quieres decir?

—¡Eres tú! —repitió Ysabella ahora con una voz más quebrada.

Sofía observó la pintura y poco a poco cada una de las piezas del rompecabezas fue ocupando su lugar. La iglesia en el fondo, las torres tan distintivas, el río en la distancia. El rostro de la novia. Al final comprendió. Sofía sintió cómo su corazón se desbordaba. Se puso una mano sobre el pecho y batalló para mantenerse de pie. Esa boda era su propia boda, celebrada en la basílica de Nuestra Señora del Pilar, en Zaragoza, España, hacía quince años. Si ella era la novia en la pintura, entonces el marqués Cavallerio era Juan Pedro.

Fernando de Montpellier, escondido entre la oscuridad de aquellos pasillos, había observado toda la escena y había sentido como si un demonio hubiera sido exorcizado de su alma. Durante los años más duros de su dolor por haber perdido al amor de su vida, Fernando de Montpellier había comprado esa pintura, misma que lo acompañó durante toda una época, aun cuando estuviera en campaña militar.

Esa tarde que el capitán Jean-Baptiste Letrán lo visitó en su castillo y le dio a conocer su nueva misión en la Nueva España, sintió que los demonios del pasado volvían a perseguirlo. Uno de los pensamientos que más oprimió su corazón durante muchos años fue pensar que

Sofía nunca vería ese cuadro, nunca sabría lo que ese lienzo significaba para él y nunca sabría el papel protagónico que ella jugaba en la pintura. Pero gracias a los impredecibles juegos de la vida que el destino es capaz de lograr, ese día la protagonista de la pintura estaba frente a ella. Ver a Sofía parada frente a ese cuadro significaba algo inexplicable para Fernando, quien por fin se hizo presente en la habitación.

—Perdónenme las dos, pero han entrado en una habitación muy personal —Fernando estaba sin máscara ni disfraz e intentó rescatar su mentira—. Ninguna de las dos debería estar aquí, por lo que les pido que salgan de inmediato.

Fernando trató de hablar fuerte, trató de imprimirle autoridad a su voz, pero no pudo ante la mirada de Sofía, quien después de haber llorado tanto por perder el gran amor de su juventud, hoy ese amor estaba de pie frente a ella. Por sus ojos rodaron dos lágrimas, ambos no tuvieron fuerzas para actuar; sólo se miraron. Así pasó un instante que les pareció eterno.

—¿Dónde has estado todos estos años? —preguntó ella rompiendo la intimidad del momento.

A Fernando se le agolparon los recuerdos en el corazón. Recordó cuando eran niños y jugaban, sus cabellos dorados, sus años de juventud. Volvió a sentir el primer beso que se dieron y el calor de las caricias de Sofía sobre su rostro. Recordó la tremenda despedida y sus años de soledad, siempre buscándola en cualquier rostro de mujer. La tenía frente a frente, el gran amor de su vida al alcance de su mano, de su abrazo, ambos sin máscaras. Pero tenía un deber que cumplir, una misión encomendada por el propio emperador de Francia, no podía olvidar que era el espía de Napoleón. «¿Acaso el amor más sublime no es la mayor encomienda que puede tener un ser humano?», se dijo y respondió:

—Discúlpeme, señora condesa de Santángelo —el marqués hizo hincapié en su título nobiliario—, nuevamente me confunde —en ese momento, Katum los interrumpió.

—Marqués, los invitados preguntan por usted.

—Volvamos al salón —dijo el marqués.

—Hay que volver a la fiesta —dijo Ysabella.

—Me tengo que ir —dijo Sofía y fue la primera en salir.

31

La conspiración

En casa de don José María García Obeso, en Morelia, se había convocado la reunión, alrededor de la mesa estaban seis hombres más, don José Nicolás Michelena, don Luis Correa, don José María Izazaga, don Pedro Rosales y don Antonio Soto Saldaña y don José Mariano Michelena. Todos eran bastante discretos, sabían lo que se estaban jugando en esa reunión.

—Siempre volvemos al mismo punto, si es necesario llegar al conflicto armado, ¿la gente nos seguirá? —preguntó don Antonio.

—Señores —tomó la palabra don José Mariano Michelena—, es momento de que entendamos muy bien algo imprescindible, nadie en el gobierno virreinal va a acceder a estas propuestas de manera pacífica. Eso significa que si vamos a seguir adelante con esto, es necesario entender que el conflicto armado es inminente, al menos como medida de presión.

—Cuidado, Mariano, una cosa es hablar de reforma política y otra de revolución. Una reforma política siempre está al alcance de quienes saben negociar, es algo más factible, más realista. Un conflicto armado es algo totalmente diferente.

—Señores, permítanme opinar. Antonio, tienes razón, una reforma política siempre se antoja mucho más agradable que un conflicto armado por el simple hecho de que todos queremos evitar la violencia. Pero Mariano tiene razón, con la guerra en Europa los españoles de las juntas centrales de España necesitan tener todo bajo su control directo y no están dispuestos a entregar nada de su poder en lo más mínimo, ¿por qué?, porque necesitan una riqueza enorme para pelear contra los franceses y esa riqueza se la están llevando de las colonias en América, de nuestras tierras, cada vez en cantidades mayores. Los vales reales son impuestos que nos están empobreciendo cada vez más. Hasta a la misma Iglesia la han forzado a depositar su capital en las arcas del gobierno, sí, claro, en calidad de préstamo, pero nadie en la Nueva España espera recobrar el dinero que deposita en el banco de la corona porque tan pronto lo depositan el gobierno del virrey lo envía a España para financiar la guerra. ¿A qué nos ha llevado eso? A una gran crisis económica —dijo don Luis Correa.

—Don Luis, entiendo, pero la crisis económica pasará si logramos una reforma por la vía política. Tú lo sabes —dijo don Antonio.

—Don Antonio, por favor, permítame terminar, pensar que en España están dispuestos a negociar es engañarnos, la vida misma está en juego y ningún moribundo que lucha por salvar el pellejo se preocupa por la vida del vecino. La respuesta de España será un rotundo no. Es por eso que intentar ir a la ciudad de México para exigirle al gobierno un cambio pacífico es ponernos en la mira del gobierno del virrey, quien nos tomará por enemigos, peor aún, por conspiradores. A partir de entonces nos seguirán sus espías, vigilarán todas nuestras acciones, quizás incauten nuestros bienes, quedaríamos inhabilitados. Cualquier oportunidad de organizar una lucha armada, aunque fuera a pequeña escala como medida de presión, tal como dice Mariano, quedaría frustrada, sea lo que vayamos a proponer, tenemos que hacerlo a sabiendas de tener el apoyo de la fuerza armada —dijo don Luis.

—Ven, volvemos al mismo punto —volvió don Antonio a tomar la palabra—. Sí, todos sabemos que si tenemos una fuerza armada que nos apoye, tendremos más oportunidad de hacer valer nuestras demandas, pero si nos decidimos por la lucha armada, ¿quién nos seguirá? No es fácil encontrar hombres dispuestos a encarar el fuego de cañones enemigos en un campo de batalla. Si empezamos a maniobrar para levantar un ejército, entonces empezaremos a hacer mucho ruido, será muy difícil mantener la discreción, entonces sí nos volveremos conspiradores, y si nos descubren antes de estar listos, todo se irá por la borda, no habrá ninguna oportunidad de impulsar una reforma —don Antonio observó a los demás hombres, quienes sabían que tenía razón.

—Tiene razón, don Antonio —aseguró José María Izazaga—, nadie niega las dificultades de intentar un levantamiento armado, pero debe aceptar que don Luis también tiene razón cuando dice que sería una ilusión pensar que España se va a apiadar de nuestros problemas o que van a querer compartir el control de la colonia con nosotros. Yo digo que por nuestra seguridad, y por la seguridad del plan, debemos descartar la posibilidad de dirigirnos a la ciudad de México a proponer un diálogo pacífico, eso nos descubriría.

—Pues entonces ¿qué otras opciones proponen? No es posible que no haya otras opciones —dijo Antonio. Hubo un nuevo silencio en la sala y los hombres lo aprovecharon para reflexionar. Entonces don Mariano Michelena retomó la palabra:

—Señores, permítanme recordarles algo fundamental. El éxito de todo gran proyecto depende en gran medida de ponerlo en marcha en el momento adecuado, y el destino nunca hubiera podido situarnos en un momento más propicio que éste. ¿Alguien aquí soñó alguna vez que los franceses iban a decapitar a su rey? ¿Que Francia instauraría una república? ¿Que veinte años después un generalillo de Córcega dominaría la República Francesa e invadiría España? ¿Y que sometería al rey de España y lo obligaría a abdicar? ¿Que esa situación generaría un estado de descontrol en el gobierno español y que ese descontrol se expandiría a las colonias? Vamos, caballeros, los ideales de la democracia y la república están hoy al alcance de nosotros, no son imposibles, los Estados Unidos de América son hoy una nación democrática. Hasta los mismos jesuitas andan promoviendo los principios de la democracia, yo nunca me imaginé que eso fuera posible; sin embargo, sucedió. Tenemos que aprovechar el momento presente, nunca más la historia nos brindará una oportunidad igual.

Hubo de nuevo un silencio. Don Mariano Michelena tenía razón, la historia estaba lanzándoles una oportunidad que quizá jamás en sus vidas se podría volver a tener. Después de unos breves instantes, las caras de entusiasmo regresaron a los hombres reunidos en la casa de don José María García Obeso. Entonces habló don Luis Correa.

—Bueno, amigos míos, supongamos por un momento que nos decidimos por organizar una fuerza armada, ¿cuáles serían las implicaciones de eso? ¿Qué necesitaríamos para tener éxito?

—La verdad es que don Antonio tiene bastante razón —dijo Pedro Rosales—, los detalles prácticos de la creación de un ejército de miles de hombres disciplinados para luchar de manera organizada son impensables. Al menos yo me confieso ignorante de cómo lograrlo.

—Amigos, créanme cuando les digo que yo no tengo ningún temor a luchar, y así como don Mariano también pienso que la oportunidad histórica es inigualable —aseguró don Antonio—, pero no quiero iniciar un proyecto que esté destinado al fracaso y termine con la muerte de mis mejores amigos aquí presentes. Crear una fuerza armada popular capaz de darle pelea a un ejército bien entrenado y preparado como el del virrey no es cosa fácil. Se necesitan hombres dispuestos a enfrentar los cañones enemigos, además, se necesitan armas, equipo, dinero y, tal vez, por encima de todo eso, se necesita un líder, de preferencia un militar de carrera, y bien sabemos que no contamos con casi nada de esto —concluyó.

—Perdone mi interrupción, don Antonio —José María García Obeso por fin tomaba la palabra—. ¿Cree usted que haya un hombre en la Nueva España capaz de proveer lo que menciona?

Don Antonio Saldaña fue ahora el que hizo gesto de sorpresa y duda, de no entender lo que se le decía:

—¿A qué se refiere, don José María? —preguntó Antonio Saldaña—. ¿Se refiere a los requerimientos necesarios para organizar un ejército; armas, dinero, liderazgo militar?

—Sí —contestó don José María—, a todo eso me refiero.

—Es imposible, querido amigo. Para que un hombre tenga la capacidad de proveer todo lo necesario para la creación y adiestramiento de un ejército, por pequeño que fuera, debe tener muchos recursos financieros a su disposición y no sólo dinero, también muchas otras cosas. Incluso un hombre, por muy rico que fuera, tal vez podría conseguir las armas y el equipo, y digo tal vez porque tendría que meterlas de contrabando al país, pero eso no es todo, le faltaría el liderazgo militar, la capacidad logística y organizacional de un equipo de oficiales —después de decir esto, don Antonio observó a los presentes.

—¿Habrá alguien que reúna todas esas características? —se preguntaron todos a una sola voz y don José María continuó:

—Amigos míos, sé que es difícil de creer lo que voy a contarles, ustedes conocen el rumor que dice que desde hace años fuerzas francesas han estado operando en diferentes zonas de América. Muchos consideraron eso como fantasías, como paranoia causada por el temor que los reyes de Europa le tienen a Napoleón Bonaparte. El emperador francés ha puesto en jaque a los reyes de Europa con sus tremendas conquistas militares, los soberanos lo consideran un genio militar invencible y piensan, por fantasioso que parezca, que Napoleón pretende conquistar el mundo entero, entre ellos las colonias españolas en América por su riqueza abundante en oro y plata. Como les dije, todo esto se pensó en un inicio que eran rumores, pero hace poco la Junta Suprema Central de Sevilla, o el Consejo de Regencia, como se le quiera llamar, emitió un documento firmado por el general Castaños, presidente del Consejo de Regencia, en el que avisa a todos los gobiernos de las colonias españolas en América que tienen que estar alerta para detectar posibles agentes franceses enviados por Napoleón Bonaparte para infiltrarse en estos territorios y ocasionar desorden político. Cuando me enteré de que existía ese documento, me esforcé todo lo que pude por obtener una copia porque de ser cierto eso confirmaría los rumores, e aquí la prueba —dijo y sacó de un sobre tres hojas de papel y las puso sobre la mesa—. Como pueden ver, al parecer es cierto, Napoleón está impulsando los movimientos insurgentes en América. ¡De no creerse! —exclamó don Antonio con los documentos en la mano.

—Hay algo más —continuó don José María—. Hace algunos años doña María Ignacia Rodríguez estuvo en Europa.

—¿La Güera Rodríguez? ¿Y qué tiene ella que ver en todo esto? ¿Estás diciendo que ella tuvo contacto con Bonaparte? —alzó la voz don Antonio.

—Don Antonio, por favor, déjeme terminar. Sé lo que piensan todos ustedes, pero déjenme explicarles. La última vez que ella fue a Europa, aprovechó para contactar a los franceses. Un amigo de ella a quien varios de nosotros conocemos, porque visitó la ciudad de México hace algunos años, el señor Alexander von Humboldt, al parecer tenía contacto directo con un círculo de espías franceses.

—No lo creo —interrumpió don Antonio.

—Antonio, por favor —dijo don José María—, la situación es que de alguna manera logró concertar una entrevista con algunos agentes encubiertos franceses y la Güera Rodríguez se volvió su contacto en

América. Y se supone que ellos le dijeron que enviarían a un hombre que podría proveer todo lo que necesitemos para nuestros planes, y según la Güera, ese hombre tiene línea directa con Napoleón Bonaparte.

—¡Tonterías! —dijo don Mariano.

—¡Mentiras! Todo eso es una historia inventada por la Güera para hacerse la interesante jugando con sus amigas en las reuniones de chismes —dijo don Antonio.

—Vamos, don José, estas juntas son demasiado importantes como para hablar de tonterías y chismes de mujeres —dijo don Luis.

—Bueno. ¿Entonces no quieren ni siquiera discutir esta opción? —contestó don José.

—Bueno, pues digamos que la señora María Ignacia Rodríguez conoció a cierto hombre interesante. ¿Qué más? ¿Cómo puede ella estar tan segura de lo que dice? ¿Cómo podría ella garantizar la legitimidad de este hombre? ¿Acaso conoció ya al supuesto espía de Napoleón?

—No, el emperador no se lo presentó personalmente, pero la Güera dice que este hombre es un alto oficial del ejército francés, lo vio vestido de uniforme y en compañía de otros oficiales franceses. Se presentó ante ella con el nombre de Octavio de Almíbar, un nombre falso, claro está, pero así es como ella lo llama.

Todos miraron a don José con ansiedad. Algo así le daba a la historia más credibilidad, pero tampoco era la confirmación definitiva que ellos buscaban. El hombre pudo haber sido cualquier oficial común y corriente del ejército francés.

—Bien, digamos que ella está segura de que el tal Octavio de Almíbar es un oficial francés, ¿eso es todo? Eso no significa mucho, necesitamos mucho más que eso para arriesgarnos. ¿Le dijo este hombre a quién o a qué organización representaba? ¿Representa al ejército francés? —espetó don Luis.

—El señor De Almíbar nunca dijo qué organización estaba detrás de él, y llegado el momento hablarían de eso, pero se aseguró de garantizar su apoyo. Y hay algo más, este hombre le dio a la Güera esto —don José María se metió la mano en el bolsillo de su saco y extrajo un papel enrollado.

Era un pedazo de pintura que representaba a una multitud reunida en una plaza de alguna ciudad en Europa, la multitud miraba sorprendida hacia el cielo donde un globo flotaba sobre ellos.

—¿Qué es esto, José María? —preguntó don Mariano Michelena.

—El señor De Almíbar le dio eso a la Güera Rodríguez. Es un pedazo de una pintura de uno de los vuelos en globo de los hermanos Montgolfier. De Almíbar le dijo a la Güera que ese pedazo de pintura era un símbolo. Le dijo que en todo acuerdo se necesitan tres piezas de un rompecabezas, una propuesta, una confirmación de aceptación de la propuesta y un aviso para entrar en acción. Le dijo que ese pedazo de pintura era su propuesta y que las demás piezas del rompecabezas le llegarían a ella en el tiempo indicado. Lo que en verdad le estaba dando era una clave con la cual la Güera pudiera identificar a alguien enviado por los franceses en un futuro.

—¿Y cuándo sucedió todo esto? —preguntó don Luis.

—Hace un año —respondió don José María.

—Don José María —dijo don Nicolás Michelena—, si tal propuesta hubiera sido real, si el tal Octavio de Almíbar hubiera tenido contactos importantes en Francia como para apoyarnos, hace tiempo ya hubiera hecho contacto de nuevo.

—Los llamé para reunirnos hoy porque ayer me llegó un paquete por correo y recibí esto —dijo don José María y metió de nuevo la mano al sobre, sacó un segundo pedazo de papel enrollado y lo puso al lado del primero. Ambas piezas de la misma pintura encajaban a la perfección.

—Pues tengo que volver a preguntarte, José María, ¿qué significa esto? ¿Los franceses están confirmando el plan? ¿Están en la Nueva España? —preguntó don Mariano Michelena.

—Yo mismo no lo sé, pero al parecer pronto obtendremos las respuestas que buscamos —dijo don José María y volteó ambos pedazos de la pintura—, lean lo que dice al reverso. El grupo de siete hombres se pusieron de pie para acercarse más al centro de la mesa y poder leer la inscripción al reverso del segundo pedazo de la pintura, la cual decía:

«Por favor, acepte este regalo, usted es un buen amigo de un buen amigo mío. Creo que ha llegado el tiempo de que nos conozcamos, y no hay tiempo mejor que las noches de octubre. La oportunidad es única, no debemos perder tiempo. Dicen que de las lunas la de octubre es la más hermosa, le sugiero que estrene mis dos regalos la noche de mañana, use uno para observar la luna, y si encuentra algo nuevo en el firmamento, utilice el segundo regalo, así sabré que lo ha recibido usted y que vendrá a la cita. Le aconsejo seguir el rastro de lo que vea hasta llegar al lugar donde la luz toque la tierra. La mejor hora para observar el firmamento nocturno con más claridad será a la una de la madrugada».

Todos los reunidos en aquella habitación secreta se miraban unos a otros sin entender. Todos preguntaron qué significaba aquéllo.

—Tengo una idea vaga de lo que significa o quién lo envió. El paquete llegó dirigido a «Un buen amigo de un buen amigo», y junto con el pedazo de pintura venía esto —respondió don José María y señaló el telescopio que días antes había llegado de regalo.

—Permíteme, don José María, esa frase en el paquete se refiere a usted. Usted es un buen amigo de la Güera Rodríguez, quien a su vez es una buena amiga del agente francés, el señor Octavio de Almíbar. A ella le dijeron que llegado el tiempo, su amigo se pondría en contacto —dijo don Luis.

—El agente francés está haciendo contacto —confirmó don Pedro Rosales.

—Cierto, don Pedro —dijo Nicolás Michelena.

—Estoy de acuerdo con ustedes. Sin embargo, hay algo que me preocupa: ¿por qué tanto misterio? ¿Por qué no buscar una aproximación más directa? ¿Por qué esconderse y jugar este juego de acertijos? —dijo don José María García todavía con un aire de duda.

—Amigos, déjenme ser ahora yo el que conteste a José María. Ese alguien desconocido tiene que ser un hombre capaz de entrar a nuestro país sin ser detectado como emisario francés, tiene que ser un espía experimentado. Tiene que ser ese Octavio de Almíbar, pero él no te conoce. Él sabe que tiene que acercarse a nosotros con mucho cuidado porque no sabe qué tan seguro es nuestro grupo, tal vez teme que haya espías entre nosotros o piensa que es posible que nos amedrentemos al momento de proponernos, qué sé yo. El caso es que él tiene que acercarse a nosotros con mucho cuidado, si es un espía experimentado, sabe que nunca se puede ser lo bastante precavido. Nos envía algo para confirmarnos que está listo para actuar y ahora nos reta a que demos el siguiente paso: entrevistarnos con él. ¿Estamos listos, señores? Si no lo estamos, el espía de Napoleón se alejará sin dejar rastro. No hay duda, estamos lidiando con un agente profesional —dijo don Mariano muy emocionado.

El grupo de hombres sintió un escalofrío recorrer sus cuerpos al escuchar esto. Los franceses estaban cumpliendo su promesa, estaban enviando a alguien capaz de poner en marcha una operación armada de importancia. Eso significaba que finalmente estaban ante la posibilidad real de iniciar un suceso de gran trascendencia, estaban sintiendo la responsabilidad de desencadenar eventos históricos. Pero después de unos instantes los hombres volvieron a ser seducidos por el resto del acertijo. Don José María volvió la atención de todos al mensaje escrito al reverso de la segunda pieza de la pintura.

—Bueno, supongamos que esto significa la primera parte del mensaje: que en verdad tenemos un aliado que nos puede proveer lo necesario, que hemos sido contactados por uno de los agentes franceses a quienes tanto temen en España y de quienes alertan al virrey en el comunicado emitido por el Consejo de Regencia. ¿Qué significa la siguiente parte del mensaje?

—Es más que evidente —dijo Mariano Michelena tomando la palabra—, estamos en octubre, las noches son claras y en esta temporada del año se puede observar mejor el cielo y nuestro desconocido nos ha enviado un telescopio para observarlo. También nos ha dicho la hora precisa para hacerlo, la una de la madrugada. Ha escogido una excelente hora, sabe que a esa hora no hay nadie despierto, a excepción de amigos que se reúnen para hablar de cosas peligrosas.

—La última parte no puedo descifrarla: «y si encuentra algo nuevo en el firmamento, utilice el segundo regalo» —dijo don José María.

—¿Ideas, amigos míos? —propuso don Mariano. Después de que el grupo de hombres estuvo algunos instantes en silencio reflexionando acerca del posible significado de la última parte del acertijo, don Luis propuso ver cuál era el segundo regalo. Abrieron la otra caja y sacaron un cohete.

—Bueno, al parecer ya entendemos lo que nuestro amigo quiere, ¿estamos todos de acuerdo? —dijo don Antonio.

—¿Cuánto tiempo tenemos? —preguntó don José María.

—Justo a tiempo, todavía tenemos media hora —respondió don Luis mirando su reloj de bolsillo.

—Bien, ¿les parece, caballeros, que subamos a la azotea a admirar las estrellas? —dijo don José María y los amigos ahí reunidos lo siguieron llevando con ellos el telescopio.

Pasaron media hora a la intemperie, el frío de la noche los hacía que se frotaran las manos. La noche era clara y estrellada, con luna llena en mitad del firmamento. Instalaron el telescopio y comenzaron a observar.

—Es la hora —dijo don Luis después de volver a revisar su reloj—. ¿Ve usted algo? —preguntó a don Mariano.

—Nada aún.

Cinco minutos después de la una de la madrugada, después de que los hombres se disputaban la mirilla del telescopio, vieron algo que se movía lento en el cielo.

—Ahí, don José María, ahí —apuntó con el dedo don Antonio.

Don José María volvió a observar con el telescopio y vio algo rojo o naranja cruzar por sus ojos, lo mismo que estaba impreso en la pintura que había sido el primer contacto: un globo aerostático.

Después de que cada uno de ellos vio a través del telescopio, continuaron con el siguiente paso, encender el cohete. Tarea que le tocó a don Pedro y segundos más tarde vieron una ráfaga de luz salir de entre sus manos. Luego, los siete hombres que habían estado en aquella conjura abordaron el carruaje de don José María y salieron rumbo al campo, hasta «llegar al lugar donde la luz toque la tierra».

Dentro del carruaje, los hombres seguían el vuelo del globo aerostático y comentaban los reveses que la madre patria había tenido en los últimos años, sobre todo la familia real.

—En 1806, los franceses no habían invadido España, las relaciones todavía eran buenas, pero ahora, con la destitución del rey Fernando VII y el desorden que eso ha generado en las colonias... —dijo don Luis.

—Con la destitución del rey —continuó don Nicolás— y el desorden generado en las colonias la oportunidad es única, no debemos perder tiempo.

—Entiendo, pero no del todo. Tan pronto conozca a ese agente voy a pedirle que la próxima vez que nos quiera contactar lo haga en casa de alguno de nosotros, y si no confía como para visitarnos en nuestras casas, al menos que lo haga en un teatro. ¿Es necesario que nos saque de la ciudad a estas horas? —comentó don José María Izazaga.

—Permíteme darte mi opinión en cuanto a eso, ya hemos visto que nuestro amigo es bastante precavido, sin duda tiene experiencia en estas cosas. Lo que está haciendo es sacarnos de nuestro territorio y llevarnos al suyo. Imagínense que se presenta en casa de alguno de nosotros y entre nosotros existe algún espía —dijo don Antonio.

—Pero qué tontería dice, en nuestro grupo nadie podría —dijo don Nicolás.

—Nosotros sabemos que eso no sería posible, pero él no y me imagino que un agente profesional lo consideraría muy arriesgado. Nuestro amigo nos está sacando de nuestro terreno y nos lleva al suyo para asegurarse de no caer en una posible trampa. Nos va a llevar a un lugar donde él ya está preparado para defenderse en caso de cualquier cosa. Les apuesto que nuestro amigo ha estado vigilando nuestro trayecto desde que salimos de la ciudad para asegurarse de que no traemos guardias o policías con nosotros.

Los demás hombres no podían más que admirar la agilidad mental de don Antonio. En el interior del carruaje la conversación se avivó con estas nuevas piezas del rompecabezas. El carruaje continuó alejándose de la ciudad, adentrándose entre los bosques por aquel sendero guiado por las manos expertas de don José María, que controlaba las riendas, y por la dirección de don Mariano, que perseguía con su telescopio el punto rojo en el firmamento, hasta que vieron que el globo comenzaba a perder altura. Sin pensarlo más, arrearon con más fuerza los caballos, el contacto con el espía de Napoleón estaba próximo, todos recordaron las palabras en clave de la pintura: «Le aconsejo seguir el rastro de lo que vea hasta llegar al lugar donde la luz toque la tierra».

El globo bajaba poco a poco, pero a medida que los viajantes del carruaje se acercaban a la zona donde flotaba el globo, era evidente que este no estaba descendiendo sobre el camino, sino entre el bosque.

Para este momento, todos dentro del carruaje tenían sus cabezas fuera de las ventanas y seguían con la mirada la bola roja que descendía de los cielos entre las copas de los árboles a tal vez cincuenta metros desde el camino. Entonces de repente, para sorpresa de todos, tan pronto como el globo tocó el suelo la luz se extinguió. Tan perdidos estaban al buscar el lugar donde el globo había tocado suelo que el encargado de las riendas, don José María, no pudo evitar reaccionar con susto cuando regresó su mirada al camino y vio una luz que surgió repentinamente justo delante a ellos.

Don José María jaló las riendas y los caballos pararon en seco. Un hombre montado sobre un caballo de raza shire, de patas anchas y cubiertas de pelo, les cerraba el paso. Aquel jinete sostenía una antorcha, había sido la luz de ésta la que sorprendió a don José María. La ligera luz de la antorcha apenas permitía a los viajantes del carruaje ver la fisonomía de aquel jinete y su caballo, pero esto bastó para que los hombres del carruaje pudieran deducir que no era un hombre común. Ese caballo no era de la región, ni siquiera del continente, y su jinete, casi rubio, que vestía una capa negra, tampoco era un habitante de la Nueva España. No había duda, ese hombre era francés. Los conspiradores se miraron unos a otros sin saber qué hacer, pero no hubo necesidad de que hicieran nada, el jinete se acercó a ellos.

—Buenas noches, señores.

—Buenas noches —contestó don José con una voz trémula.

—Perdón por haberlos sorprendido de esta forma, caballeros, no acostumbro a tener mi antorcha prendida todo el tiempo, ustedes saben, hay que cuidarse de los asaltantes de caminos, ¿no creen?

—Sí, caballero, hay que cuidarse —dijo don Mariano.

—Disculpen, caballeros, ¿acaso los he interrumpido en su viaje? ¿Van a algún lugar en particular? Es raro ver a alguien por estos caminos a estas horas de la noche.

—Sí, amigo, tiene usted razón. Nosotros vimos algo raro y salimos a investigar, ¿no lo vio usted? ¿También usted salió a investigar? ¿Qué anda usted haciendo aquí? —dijo don Mariano. Estaba cambiando la jugada al extraño.

—Buena pregunta, caballero, yo salí a buscar a un amigo, un buen amigo, ¿me entiende? —respondió el jinete con una sonrisa. Don Luis reaccionó antes que los demás a las palabras en clave del jinete, mismas que buscaban una sola contestación. Asomado por la ventana, dijo.

—Caballero, ¿se refiere usted a un buen amigo de un buen amigo?

Al escuchar esta pregunta, el jinete miró a los hombres del carruaje e hizo una reverencia extendiendo su brazo hacia ellos como queriendo decir «bienvenidos». El capitán De Montpellier sacó del bolsillo interior de su saco el documento de los números y tachó el cuarto párrafo.

¿Qué decía éste? Otra máxima del general Bonaparte: «Contacta a los aliados locales, el enemigo de mi enemigo es mi amigo».

Después, el capitán aplaudió dos veces y sucedió algo que tomó a todos los hombres del carruaje por sorpresa, de entre los árboles cercanos apareció una docena de hombres con antorchas, iluminando a los presentes y cubiertos con capas negras. En ese momento el temor se apoderó de los hombres en el carruaje, pero acostumbrados a lo inesperado, se mantuvieron en control. El jinete se quitó la capa y la puso sobre su caballo, entonces los hombres del carruaje vieron el hermoso uniforme del ejército francés del regimiento de infantería de los coraceros y vieron al capitán Fernando de Montpellier llevarse la mano derecha a la frente para hacer el saludo militar.

—Caballeros, soy el capitán Octavio de Almíbar, oficial de la Gran Armada del Imperio de Francia. El catorceavo regimiento de coraceros de caballería del ejército de Francia les da la bienvenida.

Entonces Fernando le extendió a don Mariano un pedazo de papel, una pintura. Don Mariano lo observó y no tardó en deducir lo que era, tenía en sus manos la tercera pieza del rompecabezas, la invitación a entrar en acción. El hombre de quien se hablaba en todo el mundo, el invencible emperador de Francia, Napoleón Bonaparte, estaba haciendo contacto con ellos desde el otro lado del océano Atlántico. Al final, la conspiración de Valladolid hacía contacto, en el ambiente se respiraba un aire de libertad. ▣

FIN
del primer libro

El espía de Napoleón, de Eusebio GÓMEZ
se terminó de imprimir y encuadernar en junio de 2015
en Programas Educativos, S.A. de C.V.
Calzada Chabacano 65-A, Asturias DF-06850, México.

DATE DUE